밤소나기

향기바람이 장편소설

로담

밤 소나기

초판 1쇄 인쇄일 | 2023년 06월 05일
초판 1쇄 발행일 | 2023년 06월 20일

지은이 | 향기바람이
펴낸이 | 조승진
펴낸곳 | 로담

출판등록 | 제2023-000041호
주소 | 서울특별시 강서구 양천로 570, NH서울축산농협 NH서울타워 19층(등촌동)
전화 | (070)8826-4508
팩스 | (02)337-0668
E-mail | bear6370@hanmail.net

정가 | 12,500원

ISBN 979-11-5641-192-5 (03810)

밤 소나기

향기바람이 장편소설

로담

목 차

프롤로그

투명한 유리창으로 바깥이 내다보였다. 새움 엔터테인먼트 사옥은 저층의 아담한 건물이라 뷰가 그리 좋지는 않았다. 그래도 회사에서 임 대표 외에 따로 사무실을 갖고 있는 사람은 의진뿐이었다.

바보. 이 자리까지 오기 쉽지 않았으면서. 햇볕이 거의 들지 않던 반지하의 첫 사무실에서 그녀를 처음 만났던 순간이 문득 떠올라 마음이 착잡해졌다.

"말해 봐. 무슨 얘긴데?"

그때, 의진이 들어오는 소리가 났다. 윤은 굳이 고개를 돌려 보지 않은 채 물었다.

"어떻게 하면 돼요?"

"뭐가?"

밑도 끝도 없이 던진 말에 의진이 어리둥절하게 되물었다. 윤은 여전히 창밖에 시선을 둔 채로 말을 이었다.

"내가 어떻게 하면 여길 안 나갈 거냐고요."

"……."

"근무 시간 외에는 안 찾는 거? 주말에도 되도록 귀찮게 안 하면 되나요?"

등 뒤의 의진이 아무 말이 없자 윤은 그제야 몸을 돌렸다. 어느 정도의 거리를 두고 서서는 윤도 한동안 말없이 의진을 바라봤다.

비유가 조금 웃기지만, 지금 상황이 어쩐지 떠나려는 연인을 붙잡는 기분이 들었다. 솔직히 한 번도 그래 본 적이 없어서 이 마음이 그 마음인지도 잘 모르겠지만.

분명한 건 의진이 회사를 그만두는 게 싫었다. 그녀가 이곳을 나가서 저와는 완전히 상관이 없는 사람이 될까 봐, 그게 몹시도 싫었다.

"대표님이 그러시던데요? 실장님을 결혼은 물론, 연애도 못 하게 구는 사람이 바로 나라고."

이어지는 제 말에도 의진은 대답 없이 저를 보고만 있었다.

"난 그런 줄도 몰랐네."

진심으로 모르긴 했다. 생각만 나면 낮이고 밤이고 호출하는 자신 때문에 의진이 그동안 남자를 만나기 힘들었을 거라는 건 정말로 생각 못 했다.

"그런 거라면 진즉 말해 주지 그랬어요. 그랬더라면 적당히 눈치 있게 굴었을 텐데."

실은 그럴 리가 없다는 걸, 의진도 잘 알 터. 저 때문에 의진이 남자를 만나는 데 방해가 된다고 해도 딱히 다르게 행동하지는 않았을 거라는 게 솔직한 제 본심이었다. 오히려 더 방해를 했으면 했지.

왜인지 모르게 그랬다. 처음부터 신의진은 저만의 매니저였고, 그녀가 하는 행동마다, 그녀가 짓는 웃음마다, 나아가서는 그녀의 사소하고 자잘한 모든 생각까지 저를 위해서여야 한다고. 제게만 온통 시간과 에너지를 쓰는 것을 당연하게 여겼다.

그런데 잘 알지도 못하는 남자와 함께 그녀를 나눈다니, 말이 되지 않았다. 기이한 소유욕이라는 걸 알지만 곱씹을수록 자꾸만 배신감이 치솟았다. 윤은 그런 저를 스스로도 이해할 수 없었다.

"그런 거 아니야."

그 무렵 의진이 입을 열었다.

"전에도 남자 잘만 만나 왔잖아. 뭐, 그냥 잠깐 만나다 말긴 했지만. 어쨌든 그런 것들은 다 핑계고……."

그러면서 뒷말이 잘 생각나지 않는지 의진은 잘근잘근 입술을 깨문다. 무언가 할 말을 고를 때 짓는 습관적인 표정이었다. 평소에도 자주 봐 와서 그러려니 해야 하는데, 새벽에 괜히 쓸데없는 꿈을 꿔서인가? 자꾸만 그 모습이 눈을 어지럽혔다.

실제로 그거 할 때도 신음을 참으려고 저럴까? 참다 참다 내지르는 신음 소리는 어떨까? 절정에 달할 때면 허리를 뒤틀면서 몸부림도 치겠지……?

"난 그저, 윤아."

이어지는 의진의 목소리가 그런 저를 일깨웠다. 윤은 길게 한숨을 쉬었다. 그녀를 앞에 세워 둔 채 대놓고 음란한 상상이 떠다녔다. 마치 꿈에서 덜 깨어난 기분이었다.

"입술 깨물지 마요."

괜히 의진을 탓하듯 윤은 짜증스레 내뱉었다. 제가 무슨 생각을 하는지도 모른 채 내내 입술을 잘근거리던 의진이 그 말에 의아한 눈빛으로 쳐다본다.

머리는 왜 또 풀고 출근한 거야? 단정하게 묶지, 좀. 꿈속에서 흐트러진 머리칼을 섹시하게 쓸어 넘기던 그녀의 모습이 떠올라, 다시 짜증이 났다.

"왜 그래?"

의진은 여전히 아무것도 모르는 얼굴로 물어 왔다. 윤은 그런 의진을 지나쳐 문 쪽으로 다가갔다. 오늘은 어쩐지 대화하기 안 좋은 날이다. 이게 다 그 해괴한 꿈 탓인지도 몰랐다. 윤은 다음 날 다시 얘기하기로 마음먹고 문손잡이에 손을 올렸다.

"하려던 얘긴 다 끝난 거야?"

그런 그가 이상했는지 의진이 다가와 물었다. 윤은 고개를 끄덕였다.

"무슨 일 있으면 이젠 정민이 찾을 테니까, 사직하지 마요."

"그거랑 상관없다니까. 넌 여태 내 얘길 뭐로 들었어?"

"그럼 내가 어떻게 하면 돼요? 드라마 할까? 나혜원 작가 신작, 그거 하면 돼요?"

그러자 의진이 몰랐냐는 듯 도리어 묻는다.

"그 드라마 여자 주인공 한시은 씨로 결정 났어. 그래도 할래?"

"하라면 할게. 하라는 대로 다 할게."

사람이 절박해지면 이렇게 되나 보다. 의진의 생각을 돌릴 수만 있다면, 지금 같아선 드라마든 뭐든 시키는 대로 다 할 수 있을 것 같았다. 그런 제 간절함도 모른 채 의진이 한숨을 쉬더니 얘기한다.

"그게 중요한 게 아니잖아. 네가 드라마를 안 해서 내가 그만두는 게 아니라고."

"그럼 대체 뭔데!"

마음이 급해 순간적으로 화를 내고 말았다. 의진은 놀랐는지 그런 저를 쳐다보기만 했다. 둘 사이로 잠시 불편한 정적이 내려앉았다. 윤은 가까스로 목소리를 가다듬고는 다시 얘기했다.

"내가 중요한 건."

"……."

"실은 나도 모르겠어. 그냥 나는…… 실장님 없으면 어떻게 해야 할지 모르겠어요. 처음부터, 첫 연기 할 때부터 옆에 있었잖아. 근데 갑자기 왜 떠나려는데? 계속 곁에 있을 것처럼 그래 놓고."

"너는 우리 관계가 영원할 거라 생각했니?"

의진이 담담히 물어 오는 말에 윤은 한순간 대답하지 못했다. 영원이라, 어쩌면 정말 그랬나? 고작 일로 맺어진 관계일 뿐인데, 그 시간이 하도 오래되다 보니 영원할 줄 알았나 보다.

"대표님과 난 달라. 대표님은 너 은퇴할 때까지, 어쩌면 너 죽을 때까지도 곁에서 돌봐 주실 분이잖아."

"……."

"근데 난 사정이 달라서 그렇게까지는 못하고. 그래서 미안해."

그 말을 하면서 정말 미안한 듯 제 시선을 마주 보지도 못하는 의진을 보며, 윤은 그녀의 얘기를 완전히 이해했다. 사실은 어제부터 이해했다. 그저 쉽게 이해한 머리와는 달리 마음이 그러려고 하지 않았을 뿐.

의진은 이곳을 떠나 또 다른 인생을 그리고 있었다. 그게 그녀의 꿈이라던 카페 창업이든, 아니면 다른 남자와의 결혼이든, 단지 새롭게 시작하고픈 마음일 터. 그걸 제가 왜 잡지? 무슨 명목으로 잡는 거지……?

결국 윤은 더 말을 못 하고는 사무실을 나왔다.

01.

　밤새 눈이 내리다 그친 주말이었다. 아침에 일어났을 때, 창문 밖은 당연하게도 온통 눈으로 덮여 있었다. 이제야 진짜 겨울 같다고 감탄하던 의진은 뒤이어 핸드폰에서 들려오는 상대방의 말에 귀를 기울였다.

　- 그쪽에서는 최윤 님의 소년적인 면과 남성적인 면을 동시에 지니고 있는 신비로운 분위기가 마음에 드신 모양입니다. 브랜드의 고급스러운 이미지와도 잘 어울릴 것 같다는 의견이고요. 게다가 최윤 님이 여태 연기에만 집중하며 구설수 없이 철저한 자기 관리도…….

　모처럼 쉬려나 싶던 날이었다. 그러나 오전 9시도 채 되지 않아 걸려 온 업무 전화에 의진은 노트북부터 찾아야 했다. 메일을 열어 첨부되어 있는 파일을 다운받으며 의진이 얘기했다.

"네. 제안서 들어와 있네요. 검토해 보고 연락드릴게요."

의진의 말에 전화 속 모델 에이전시 담당자는 재빠르게 덧붙였다.

- 요즘 최윤 님의 신작 영화도 개봉을 앞두고 있는 터라 광고주들이 많이 찾으십니다. 오늘 보내드린 쪽과 협의가 잘 안 되시면 다른 곳들도 정리해서 안내해 드릴게요.

"그래 주시면 고맙죠. 좋은 곳으로 잘 부탁드리겠습니다."

통화를 끝낸 의진은 커피 한 잔을 타서는 책상으로 되돌아왔다. 방금 전화가 걸려 오기 전, 갓 식사를 마친 그녀였다. 설거지는커녕 미처 씻을 사이도 없이 의진은 하루 일과를 우선 새로 들어온 CF 제안서를 검토하는 것으로 시작했다.

파일이 열리길 기다리며 느긋하게 커피를 마셨다. 다른 때 같으면 벌써 바쁘게 움직였을 시간이지만 오늘은 휴일이라 서두르지 않아도 됐다. 의진은 머리 끈으로 머리칼을 둘둘 묶으면서 곧 열린 파일로 시선을 고정시켰다.

최윤을 단독 모델로, 2, 30초 길이의 광고 영상을 찍고 싶다는 내용의 제안서를 정독하기까지는 그리 오래 걸리지 않았다. 의진은 다 보고 난 뒤 메모장을 열어 본인의 의견을 두어 개 추가하고는 자리에서 일어났다. 핸드폰에 메시지 알람이 울린 건 그때였다.

[점심에 시간 돼? 윤이 데리고 사무실로 와. 오기 전에 밥도

좀 먹이고.]

임 대표의 느닷없는 호출에 의진이 고개를 갸웃거리다가 답장을 보냈다.

[정민이는요?]
[정민인 나경이 행사 때문에 지방에 내려갔잖아. 저녁 스케줄이라 아마 밤늦게야 돌아올 거야.]

맞다. 행사가 있었지. 걸 그룹 출신의 강나경은 현재는 연기자로 활동하고 있지만, 그룹 시절 메인 보컬 경력 때문에 지금도 종종 가수로 무대에 오를 때가 있었다. 그리고 그녀의 매니저는 얼마 전에 일을 관두고 나가서 여태 따로 사람을 구하지 못한 터였다.

[알겠습니다. 근데 정민이가 고생이네요. 어제도 새벽까지 윤이 촬영장 지켰을 텐데.]

늦게까지 일하다가 또 이른 아침부터 부랴부랴 움직였을 정민이 안쓰러워서 얘기했다. 그녀의 말에 임 대표가 그러게, 하면서 메시지를 보내왔다.

[행사 끝나면 하루 정도 쉬라고 했어. 아무튼 오늘은 윤이 부탁할게.]

[네.]

짧게 답하고는 일어나 준비하려는데 임 대표의 다음 메시지가 들어왔다.

[윤이랑 밥 먹으면서 그 얘기도 좀 더 해 보고.]
[무슨 얘기요?]
[거 있잖아. 나혜원 작가 신작 드라마 말이야. 다시 한번 설득해 봐.]

나혜원 작가의 신작이라면 윤한테 이미 두어 번 말을 꺼낸 적이 있었다. 그때마다 생각도 말라는 듯 칼 같은 거절이 돌아왔지만. 의진이 잠시 고민스러운 표정을 짓고 있자 임 대표는 그런 그녀의 표정을 보기라도 한 것처럼 덧붙였다.

[나보단 그래도 신 실장 말을 더 잘 듣잖아.]

의진은 나지막하게 한숨을 쉬면서 메시지를 보냈다.

[노력해 볼게요. 근데 기대는 안 하시는 게 좋을 것 같아요.]

첫 연기 데뷔를 멜로 드라마로 했던 최윤이지만, 그 뒤로 멜로라면 하나같이 거절해 왔는지라 그동안 제안 들어온 히트작을 허공으로 날려 버린 게 몇 갠지 모른다. 그 생각만 하면 배가 아픈지 임 대표는 드라마 대본이 들어올 때마다 달달 볶지만 소용이 없었다.

다행히 윤은 드라마 외의 영화와 CF판에선 기대 이상의 성적을 보여 주었다. 그래도 욕심이 많은 임 대표는 윤이 스크린과 안방을 오가며 대중적인 멜로 드라마로 한 번 더 팬층을 넓혔으면 하고 바라는 중이었다.

잠시 뒤 외출 준비를 하고 차에 오른 의진은 먼저 정민에게 전화를 걸어 봤다. 신호음이 두어 번 가더니 곧 전화가 연결됐다.

"용인에 내려갔다며?"

오늘 나경의 행사 지역이 용인이라 물었더니 정민이 네, 하면서 말했다.

– 지금 가는 길인데 휴게소에 잠깐 들렀어요. 근데 윤이 형한테는…….

"응. 내가 그쪽으로 가는 길이야."

의진이 시동을 걸며 대답했다. 무심코 룸미러 얼굴을 들여다봤더니 색조 없는 낯빛이 꽤나 밋밋해 보인다. 의진은 가방에 손을 넣어 립밤 하나를 꺼냈다. 슥슥, 입술에 문지르자 그제야 연한 체리 빛으로 생기가 도는 듯했다.

– 죄송해요. 제가 갔어야 하는데. 여기 스케줄 끝나면 바로 올라갈게요.

들려오는 정민의 말에 의진이 고개를 흔들었다.

"괜찮아. 마음 쓰지 말고 천천히 와. 윤이는 오늘 하루 내가 담당할 테니 걱정 말고."

이정민은 1년 전에 새움 엔터테인먼트에 들어와 윤의 로드 매니저가 됐다. 윤의 전담이긴 하지만 가끔 소속사의 다른 아티스트가 지원을 요청할 경우 이곳저곳 동행해야 했기에 오늘처럼 의진이 갑작스레 윤을 케어해야 하는 일도 빈번했다.

얼마 전부터 회사에서는 가수, 모델, 배우 할 것 없이 여럿 데려와 계약을 성사시켰으나 정작 그들을 관리하는 매니저는 늘 인력이 모자랐다. 겨우 뽑아다 놓아도 업무 자체가 여간 힘든 게 아니어서인지 며칠 해 보고는 그만두는 사람들이 더 많았다. 한 사람을, 그것도 대중의 관심을 한 몸에 받는 연예인을 아침부터 저녁까지 따라다니며 챙겨야 하는 일이 생각만큼 쉽지가 않았던 것이다.

- 실장님이 직접 담당하신다니 더 죄송하고 그런데요.

정민의 조심스러운 말에 의진은 그럴 필요 없다면서 웃었다. 말이 실장이지, 아직도 윤에게 무슨 작은 문제라도 생기면 가장 먼저 달려가 봐야 하는 게 바로 자신이었으니 말이다.

오늘도 정민이 자리를 비우자 맨 먼저 그녀를 부르지 않았는가? 정민이 없으면 팀장 매니저라도 보내는 게 순서이나 임 대표는 아주 당연하게 그녀부터 호출했다. 아무래도 함께한 시간이 가장 길어서인가……? 의진은 잠시 생각에 빠져 있다가 말했다.

"아냐. 그럴 거 없어. 너야말로 어제도 늦게까지 촬영장에 있다고 들었는데, 피곤하지?"

- 저야 그냥 열심히 자리 지키면 되는데요, 뭘. 윤이 형은 어제 잘 잤는지 모르겠네요. 푹 쉬어야 오늘 촬영도 무리 없이 잘할 거 잖아요. 오늘은 배역에 몰입해 감정 잡아야 하는 신이 많거든요.

"잘하겠지. 윤이도 이제 연기에 관해선 베테랑이야. 너무 걱정 말고, 일 잘 보고 올라와. 오면 다시 얘기하자."

정민의 전화를 끊고 의진은 핸들에 손을 올렸다. 출발하려다 가 문득 드는 생각에 다시 핸드폰을 찾아봤다.

[지금 들어왔어요.]

자정이 지나서 메시지를 보내왔던 윤이었다. 그 시간에 깜박 잠이 들어 있었던 그녀가 답이 없자 윤은 또다시 메시지를 남겼다.

[자나 보네.]
[잘 자요.]

이젠 그의 매니저 자리에서 물러난 지도 꽤 됐으나, 윤은 여전히 하루 일과를 그녀에게 공유하고는 했다. 어쩌면 오랜 시간 굳어진 습관일지도 몰랐다. 서로가 푸릇푸릇했던 20대 시절에 처음 만나, 햇수로 벌써 8년을 함께 일해 왔으니.

언제 시간이 이렇게 많이 흘렀나 싶은 생각에 의진은 가만히 기억을 더듬어 봤다. 그러고 보니 새해가 시작된 지 얼마 안 된 것 같은데, 벌써 1월도 첫 주를 다 지나고 있었다.

의진의 눈이 길가에 하얗게 쌓인 눈으로 향했다. 눈이 내리다 그치고, 바람이 불다 멎은, 평범한 겨울의 거리가 유난히 추워 보였다.

* * *

서래마을로 들어가는 입구에서 의진은 잠시 차를 세웠다. 그녀는 차에서 내려 길 건너편에 위치한 분식집까지 걸어 들어갔다.

"오늘은 이른 시간에 들렀네요. 뭐로 드릴까요?"

안으로 들어가자 안면이 있는 아주머니가 반겨 주면서 물어 왔다. 의진은 웃으면서 주문했다.

"참치 김밥 두 줄이랑 어묵국 두 개요."

"김밥 하나에는 여전히 오이 빼 드려요?"

"네. 매번 번거롭게 해 드리네요."

"번거롭긴요. 마는 김에 그냥 하나 빼면 되는 건데."

아주머니의 말에 의진이 고맙다는 듯 다시 웃어 보였다. 윤의 집과 멀지 않은 이곳은 급할 때 간단하게 끼니를 해결하기에 좋았다. 입맛이 까다로운 윤도 이곳 김밥은 잘 먹는지라 마땅히 뭘 먹을지 생각이 안 날 때면 의진은 늘 여기를 찾았다. 들를 때마다 메뉴도 항상 똑같았다. 어묵국 두 개와 참치 김밥 두 줄. 그리고 그중 하나에는 오이를 빼야 할 것.

"잘 먹겠습니다. 많이 파세요."

김밥은 금방 완성이 됐다. 포장된 음식을 들고 분식집을 나선 의진은 윤에게 전화를 걸어 봤다. 예상했던 대로 신호음만 갈 뿐 받지 않는다. 어제도 늦게까지 촬영한 터라 지금쯤이면 벨 소리를 무음으로 해 둔 채 자고 있을 테지. 의진은 더 전화하지 않고는 곧장 차에 올랐다.

잠시 뒤, 윤의 집 앞에 다다른 의진이 벨을 눌렀다. 여전히 답이 없었다. 이번에는 슬며시 손가락 하나를 도어록에 가져다 대었다. 지문이 인식되자 기다렸다는 듯 열리는 문을 보고 의진은 새삼스럽게 멍한 표정이 됐다.

"대표님이 오늘 들렀다가 그냥 돌아오셨대. 전화해도 받지 않고 벨 아무리 눌러도 대답이 없다면서. 대표님은 비밀번호 모르셔?"

언젠가 이곳에 막 이사를 왔을 때였다. 윤에게 볼일이 있어서 찾았다던 임 대표는 결국 그를 만나지 못한 채 돌아와야 했다. 임 대표의 얘기를 전해 듣고선 윤에게 물었더니 그가 고개를 끄덕였다.

"비밀번호 모르죠. 알려 준 적 없으니까."

"왜?"

"그냥 딱히 알려 줄 필요가 없어서요. 대표님이 집까지 찾아오는 일도 1년에 한두 번이 될까 말까 하고. 근데 그게 왜요?"

"아니, 그냥 좀 신기해서. 나도 알고 있는 걸 대표님이 모르신다니 왠지 대표님보다 내가 더 특별해 보이잖아."

그런 그녀에게 싱겁다며 웃어 보이던 윤이 이내 제안했다.

"근데 아무래도 지문이 나을 것 같은데, 가기 전에 등록해 놓고 가요."

최윤과 그녀는 무슨 사이인 걸까……? 아무 사이가 아닌 걸 알면서도 가끔 이런 순간이면 괜한 생각에 사로잡히고는 했다. 윤의 사적인 공간에 달랑 그와 그녀의 지문 두 개만 등록되어 있는 도어록 하나를 보고서도 말이다.

"뭐 해요, 안 들어오고?"

"……아, 응."

그러다 들려오는 인기척에 의진은 정신을 차렸다. 어느새 윤이 열린 현관문 앞에 서 있었다. 막 샤워를 끝냈는지 가운 차림에 슬리퍼를 끌고 나타난 윤을 보고 있다가 의진이 안으로 들어섰다. 남자 혼자 사는 집에 방문해 이런 모습의 윤과 마주하면서도 아무렇지 않은 건 역시나 둘의 관계 특수성 때문일까? 사실 처음에는 꽤 적응이 어려웠지만, 그동안 낮과 밤을 함께 지새운 세월이 하도 길어서인지 이젠 이 정도에는 익숙해져 버렸다.

"일어났구나. 전화해도 안 받아서 자는가 보다 했는데."

"전화했어요? 씻고 있어서 못 들었어요."

그러면서 윤이 그녀의 양손에 들린 것들을 하나씩 받아 주었다. 덕분에 손이 가벼워진 의진은 허리를 굽혀 신발을 벗었다.

"이건 뭔데요?"

"응. 간단하게 아침 먹으라고. 아니다, 벌써 점심 먹을 시간인가?"

대답하면서 고개를 들었더니 윤은 음식이 아니라 같이 들고 온 꽃묶음이 뭔지 묻고 있었다. 의진이 아, 하면서 웃어 보였다.

"오다가 예뻐서 샀어. 집에 놓으면 화사하니 좋을 것 같은데."

온통 흰색과 회색, 그리고 검정색으로만 인테리어 된 윤의 집

내부는 무척 고급스러워 보이는 반면, 어딘가 삭막한 느낌을 주었다. 그래서 의진은 윤에게 들를 때면 종종 아기자기한 소품 같은 것들을 사 와서 분위기를 살렸다. 그게 싫지만은 않은지 윤은 그녀가 가져다주는 것들을 크게 뭐라 하지 않고 그대로 두는 편이었다. 오늘도 '생화라 얼마 못 가 죽겠네.' 하고 중얼거리면서도 탁자 위에 얌전히 올려놓는다.

"정민이는 나경이 행사 때문에 용인에 내려갔대. 들었어?"

"그래서 왔어요?"

"응. 오늘 운전이랑 스케줄 관리는 내가 도맡고, 연희는 좀 이따 사무실에서 만나기로 했어."

이정민과 비슷한 시기에 입사한 지연희는 윤을 메인으로 담당하면서 소속사의 다른 아티스트들도 두루 맡아서 하는 코디네이터였다. 오늘도 윤이 오는 시간에 맞춰 의상들을 준비해 놓고 기다리겠다며, 아까 오는 길에 전화가 왔었다.

"난 오늘 새벽까지 촬영 있는데."

"그래. 간만에 새벽까지 같이 있어 주마. 됐지?"

의진의 너스레에 윤은 피식 웃고는 방으로 향했다. 옷을 갈아입으러 들어가는 그의 뒷모습에 의진이 잠시 시선을 주었다. 그러고 보니 꽤 오랜만이긴 했다. 윤과 둘이서 스케줄을 다니는 일 말이다. 처음에야 윤의 로드 매니저로 하루 스물네 시간을 거의 붙어 있다시피 하면서 함께 일정을 소화해야 했지만, 시간이 흐르고 나름 연차가 쌓이면서 그럴 필요가 없게 됐다. 회사에 들어온 지 2년이 됐을 때 임 대표는 그녀를 팀장으로서 대우해 줬고,

그렇게 5년이 더 지나자 '신 실장'으로 불리기 시작했다.

"이제 실장도 달았으니 전 이만 최윤에게서 완전히 졸업했다고 보면 되는 건가요?"

실장으로 승진했을 때, 언젠가 농담처럼 물었던 말이었다. 그런 그녀에게 임 대표는 어림없다는 듯 고개를 흔들어 보였다.

"나도 아직 졸업 못 했는데 무슨 소릴. 처음부터 우리 둘이 업어 키운 녀석이잖아. 윤이 은퇴할 때까진 책임져야지."

그 말을 들으면서 의진은 따로 반박하지 못했다. 사실이 그러했으니까. 최윤의 연기 인생은 말 그대로 임 대표와 그녀와 함께 시작됐던 것이다.

처음 그를 만났을 때부터 지금까지, 긴 8년의 시간을 윤의 방황과 노력, 좌절과 기쁨, 실패와 성공으로 보내왔었다. 윤이 울면 함께 울었고, 윤이 웃으면 그게 셋이서 웃는 일이 됐다. 대한민국에서 흔하디흔한 배우 중 하나인 윤이 그들에게는 오로지 전부라는 사실이 서로를 더 단단하게 묶어 놓았는지도 모른다.

어쨌든 윤이 뜨기 시작하면서 벌어다 주는 돈으로 그들은 반지하 사무실을 나와 자기 건물로 이사 가게 됐고, 겨우 세 사람뿐이던 〈새움 엔터테인먼트〉가 어느덧 수십 명의 직원을 둔 종합 기획사로 발전하게 됐다. 그 첫 시작엔 윤이 있었고, 당연하게도 그 처음을 함께했던 셋은 지금에 와선 쉽게 떼어 놓을 수 없는 운명 공동체처럼 변해 있었다.

그래서 의진은 요즘 혼자 있을 때면 자꾸 생각이 복잡해져 왔다.

언제까지 이렇게 끈끈히 묶여 있어야 할까? 언젠가는 각자의 삶을 살아야 할 텐데……. 임 대표와 윤은 앞으로 더 오랜 시간을 함께한다고 해도 의진은 달랐다. 그녀 나이 올해 서른둘, 새로운 계획과 고민들이 많아지는 때였다.

"앞머리 잘랐네요."

음식 포장을 뜯던 의진이 고개를 들었다. 어느새 면티와 바지로 갈아입고 나온 윤이 그녀를 무심히 보고 있다가 하는 소리였다.

"티 나? 아주 조금 잘랐는데."

윤이 응, 하고 고개를 끄덕인다.

"매일 보는 데도 티 나?"

"매일 보니까 티 나죠."

평소 어떤 것에도 관심 없어 보이건만, 어쩌다 그녀에게 사소한 변화 하나라도 생기면 귀신처럼 눈치채는 최윤이었다. 이런 것들에 자꾸 헷갈리면 안 되는데……. 의진이 복잡한 생각을 감추려 괜히 딴소리를 했다.

"근데 말은 좀 하나로 통일하지? 나처럼."

처음 봤을 땐 둘 다 서로에게 존대를 했다가 어느 정도 가까워지면서 의진은 자연스럽게 말을 놓았다. 반면에 윤은 나름 예의를 갖춰 얘기를 하다가도 무신경하게 한 번씩 반말을 섞고는 했다. 그의 성격상, 그리고 한글 어법상 크게 거슬릴 정도는 아니어서 별 신경을 쓰지 않았지만, 가끔 이렇게 뭘 말해야 좋을지 모를 때면 의진은 괜히 그의 말투를 지적하고는 했다.

"그럴까?"

그러나 윤의 이어지는 말도 썩 달갑지는 않았다. 의진은 결국 고개를 흔들었다.

"아니다. 그냥 하던 대로 해. 넌 나보다 세 살이나 어리잖아. 꼬박꼬박 반말보다야 가끔 존대해 주는 게 더 낫겠네."

"뭐, 원하시는 대로."

윤은 끝까지 미묘하게 존대인 듯 반말을 흘리고서는 그녀가 뜯다 만 어묵국을 가져갔다. 능숙한 솜씨로 포장을 뜯는 윤을 보고 있다가 의진은 그제야 일 얘기가 생각나 말했다.

"아, 참. 새로 광고 들어왔는데."

"어딘데요?"

"숀 커피."

숀 커피 코리아는 영국의 브랜드 커피 회사와 프랜차이즈 계약을 맺고 2000년대 초반에 설립된 커피 전문점이었다. 그때부터 현재까지 맛과 서비스로 꾸준한 인기를 자랑하고 있으며 어느 지역을 가든 심심치 않게 만나 볼 수 있을 만큼 대중화에도 성공한 카페로 발전해 왔다.

기존에 쓰던 모델과는 올여름 계약이 끝난다고 하면서, 숀 커피 측은 이번엔 '최윤'이라는 새로운 얼굴로 또 다른 변혁을 시도해 보고 싶다고 제안했다. 브랜드 이미지도 꽤 긍정적인 데다 윤도 여태 커피 광고는 따로 해 본 적이 없었던지라 의진은 좋은 기회라고 생각했다.

"한다고 해요."

"넌 무슨…… 모델료도 안 물어보니?"

오전에 꼼꼼히 봐 두고 메모해 뒀던 내용들을 막 설명해 주려고 하는 찰나에 윤이 바로 대답부터 하자 그만 김이 새 버렸다. 의진은 부루퉁하게 그를 바라봤다. 그러자 윤이 고개를 들면서 덤덤하게 말한다.

"신의진 실장님이 안 좋은 거 제안할까 봐? 이미 별로다 싶은 건 실장님 선에서 거르고 걸렀겠죠. 나한테 얘기해 줄 땐 내가 오케이만 하면 되는 거 아닌가?"

묘하게 일리 있는 얘기에 대답을 못한 채 가만히 있다가 물어봤다.

"그래. 그렇게나 믿어 주니 고마운데 말이야. 근데 다른 건 다 되면서 왜 내가 몇 번이고 추천하는 그 드라마는 거절해?"

"무슨 드라마?"

"나혜원 작가님 거 말이야."

"멜로는 체질에 안 맞아요. 실장님도 알잖아."

"내가 최윤 님 본인도 아닌데, 알긴 뭘 알아요? 그리고 너 멜로는 한 번밖에 못 해 봤잖아. 그냥 그때 그 상황들이 영 아니었을 수도 있어. 한 번 다른 드라마를 시도해 보면 또 다를 수도 있지 않을까?"

꽤 장황하게 얘기를 해 봐도 윤은 표정 하나 변하지 않은 채 고개를 흔들었다.

"안 해요."

"야, 이……. 너 정말."

"차라리 나더러 예능에 나가서 웃기라고 해."

"아니, 고민하는 척이라도 하란 말이야. 그렇게 딱 잘라 거절하면 내 입장이 뭐가 돼?"

"대표님한텐 내가 얘기할게요. 그 양반은 저번에도 알아듣게 말했는데 왜 또 그래."

제 쪽에서 도리어 짜증을 내는 윤을 보다가 의진은 그만 포기했다는 듯 자리에 앉았다. 그런 그녀에게 윤이 어묵국과 김밥 하나를 놓아 주었다.

여태 그녀가 제안하는 것은 대체로 말없이 들어 주던 윤이었지만 유독 드라마나 멜로 영화 출연과 관련해서는 고집을 꺾지 않았다. 오늘도 설득에 완전히 실패한 의진은 신경질적으로 김밥을 입 안에 넣은 채 우물거렸다. 한 번도 아니고 여러 번을 면전에서 거절당했으니, 그녀도 사람인지라 기분이 좋을 리가 없었다. 반면 윤은 별 상관없는 기색으로 느릿느릿 김밥을 먹어 치웠다. 그러다 숨도 쉬지 않고 먹는 그녀를 바라보더니 한마디 던진다.

"모자랄 것 같은데. 내 것도 줘요?"

"됐어. 오이 없는 건 안 먹어. 그것도 김밥이라고."

노골적으로 시비를 걸어도 윤은 피식 웃을 뿐 뭐라 하지 않았다. 그러더니 일어나서 싱크대로 다가간다. 그는 컵을 들고 돌아와 의진에게 하나 내밀었다.

"먹다 체하겠어. 물도 마시면서 먹어요."

"어……? 이건 못 보던 건데, 새로 샀어?"

처음 보는 컵에 의진이 궁금해서 물어봤다. 그러자 윤은 고개를 끄덕였다.

"응. 봐 봐요. 원 플러스 원."

자랑처럼 머그잔 두 개를 들어 보이는 윤을, 의진은 그저 보기만 했다. 그의 양손에 나란히 들린 머그잔은 딱 봐도 커플용이었다. 그게 오늘따라 몹시 괴상하게 느껴졌다.

"아무리 원 플러스 원이라도……. 혼자 살면서 낭비잖아."

"이렇게 같이 밥 먹는 사람이 있는데 어떻게 하나만 사요?"

그런 윤에게 의진도 무어라 더 말을 하지 못했다. 하긴, 여기서 둘이 같이 밥을 먹은 게 어디 한두 번 있었던 일인가?

윤과 밖에서 식사를 하다 보면 아무래도 알아보는 얼굴들이 많아서 종종 불편한 경우가 생기고는 했다. 그래서 소속사 회식이나 스태프들과의 식사 자리가 아니면 윤은 대부분 외식보다는 집을 선택했다.

혼자 두면 또 식사를 거르기가 일쑤여서 임 대표는 항상 그녀를 보내 밥 좀 먹이라고 부탁했다. 밥 먹이는 것 역시 매니저의 업무 중 하나인지라 그동안 윤과 단둘이 식사하는 데 의진은 별 거부감이 없었다. 윤과 먹든 윤이 아닌 다른 누군가와 먹든, 식사를 한다는 사실은 똑같았으니까.

따지고 보면 무엇 하나 이상할 것 없이 평소와 똑같은데, 요즘은 왜인지 이런 사소한 것들이 마음을 번잡스럽게 했다. 윤과의 관계, 둘 사이 무척 자연스러웠던 일들이 언제부턴가 불쑥불쑥 새삼스럽게 다가왔던 것이다.

의진은 아무 말 없이 묵묵히 그가 떠다 준 물을 마시기만 했다.

* * *

식사를 끝낸 뒤에 둘은 늦지 않게 집을 나섰다. 차가 있는 곳까지 다가가자 윤은 그녀에게 운전석 문을 열어 주고는 옆자리에 앉았다. 둘이서 이동할 때는 늘 뒷좌석이 아닌 조수석에 앉는 윤인지라 의진도 별다른 얘기 하지 않고 차에 탔다.

"춥거나 하면 얘기해."

의진은 한겨울에도 차창을 약간 열어 둔 채로 운전하는 습관이 있었다. 그런 그녀에게 이미 적응해 버린 윤은 오늘도 알았다고 그저 고개만 끄덕일 뿐이었다.

"촬영장으로 이동하려면 아무래도 회사 차로 바꿔 타는 게 편하겠지? 샵에는 12시 예약이라고 들었는데, 그전에 사무실까지 들르면 빠듯하지 않을까?"

의진이 묻는 얘기에 윤은 차 안의 시계를 흘낏 바라봤다. 벌써 11시가 가까워지고 있었다.

"옷만 갈아입고 나오면 돼요."

"대표님이 너 잠깐 보자 하시는데?"

"의상 정리하는 데 5분, 대표님 5분."

어려울 것 없다는 듯 대꾸하는 윤에게 의진은 머리를 살래살래 저어 보이고는 시동을 걸었다. 출발하면서 코디 담당인 연희에게 연락을 해 봤다.

- 여보세요, 실장님?

"우리 지금 출발할게. 20분 뒤에 봐."

- 네. 준비해 놓고 기다릴게요.

전화를 끊자마자 다시 전화가 걸려 왔다. 번호도 살필 사이 없이 바로 받았더니 이번에는 아버지였다.

- 주말인데 오늘 보기로 한 거 안 까먹었지? 집으로 올 거야? 이모가 물어보신다.

아, 맞다. 오늘 저녁에 집에 들르려고 했는데……. 갑자기 떠맡게 된 윤의 스케줄로 다음으로 미뤄야 했다.

"오늘은 안 될 것 같아요, 아빠. 다음 주에 제가 다시 연락드릴게요."

- 왜? 이번 주말에는 쉰다고 하지 않았어? 이모도 너 오는 줄 알고 뭐 잔뜩 준비해 놨는데.

"그게……. 회사에서 매니저 하나가 그만뒀어요. 그 빈자리 때문에 아마 당분간은 좀 바쁘지 싶은데, 상황 보고 내일 저녁쯤 갈게요."

- 그래. 그럼 그렇게 알고 있으마.

통화가 끝나자 차도 막 지하 주차장을 벗어났다. 차가 빠져나오는 길이 구불구불 길긴 하지만 고급 빌라 단지라 관리도 잘돼 있어서 언제 한 번 헤매는 법이 없이 순조로웠다. 경비실을 지날 때 안면이 익숙한 아저씨 하나가 그들의 차를 알아보고는 차창 너머로 인사를 건네 왔다. 의진도 고개를 끄덕이며 웃어 보였다.

"이모?"

그러다 문득 윤이 물어 오는 말에 의진이 응? 하면서 돌아봤다.

"방금 전 통화에서 그랬잖아요."

"아, 내 새어머니야. 쭉 이모라고 불러 왔거든."

그녀의 대답을 듣고 윤은 알겠다는 듯 머리를 끄덕였다. 나름 오랜 시간 같이 일하다 보니 윤의 사정을 환히 꿰뚫고 있는 의진처럼 그 역시 어느 정도 그녀의 가족 관계에 대해 알고 있었다.

그녀가 어릴 적 부모님이 이혼하셨다는 것도, 여태 어머니와 지내 오다 대학 시절부터 혼자 자취해 왔다는 것도, 종종 아버지 가족들을 뵈러 가며 새어머니와는 사이가 나쁘지 않다는 것도, 그런 대략적인 내용들을 말이다. 그런데 새어머니에게 '이모'라는 호칭을 쓴다는 건 여태 모르고 있었나 보다.

"이모 얘기 나온 김에 청소 도와주시는 이모님 내일쯤 부를까? 정민이가 아까 물어보던데."

"그렇게 해요."

윤은 보고 있던 대본을 무릎 위에 덮어 두었다. 이동하는 차 안이라 내용이 눈에 잘 들어오지 않는 모양이다.

"할머니한테는 언제 내려갈 거야?"

의진은 그런 윤을 보다가 지나가는 말로 물었다. 일찍이 부모님 두 분을 다 여의고 가족이라고는 할머니하고만 의지하며 지내 온 윤이었다. 할머니는 현재 고향 수원에서 홀로 지내시는지라 윤이 시간 날 때마다 찾아뵙는 게 다였다.

"다음 주쯤 가려고요."

"그래. 정민이한테 얘기해 놓을게. 스케줄 비는 시간에 맞춰서 내려가 봐."

작게 고개를 끄덕이는 윤에게 의진이 다시 물어봤다.

"서울엔 계속 안 올라오시겠대?"

"얘기해 봤는데 안 들어요. 평생 살아오셨던 그 동네가 편하다 하시니."

"그러실 테지."

의진이 수긍하듯 고개를 끄덕이다가 덧붙였다.

"별수 없다. 네가 자주 찾아뵐 수밖에."

그러나 활동이 잦은 시기에는 그 시간마저도 쉽게 뺄 수 없어서 문제였다. 전에는 그래서 촬영으로 바쁜 윤 대신 임 대표가 지나가다 할머니한테 잠깐씩 들러 보기도 했고, 요즘도 가끔 시간이 비는 날에는 의진이 수원에 한 번씩 내려가 별일 없는지 둘러보고는 했다.

"같이 가 줄까?"

그녀의 말에 창 너머를 보고 있던 윤이 고개를 돌린다. 열어 놓은 차창으로 한 줄기 바람이 들어왔다. 윤의 눈빛도 바람에 깊게 일렁이는 듯 보였다. 의진은 그가 가만히 저를 보기만 하자 공연히 어깨를 으쓱이며 말을 이었다.

"아니, 혼자 가는 게 편하다면 혼자 가도 되고. 누군가 필요하면 내가 같이 가 줄게. 할머니도 사람 많은 거 좋아하시잖아."

"바쁜데 뭐 하러 그래요? 오늘도 나 때문에 아버지한테 못 들른 것 같은데."

"이 정도야 일이니까, 뭐. 다른 사람들도 다 이렇게 살아. 바쁘면 밤중이고 주말이고 나와야지, 별수 있나."

윤은 더 말이 없었다. 그는 다시 대본을 펼쳐 들었고, 의진도 더 방해하지 않은 채 운전에 집중했다. 사무실에 도착한 건 그로부터 정확하게 20분 뒤였다.

성수동에 위치한, 작지만 아담한 6층짜리 사옥. 건물 로비부터 곳곳에 윤의 영상과 사진으로 화려하게 도배되어 있는 이곳을, 팬들은 〈새움 엔터테인먼트〉 대신 종종 〈최윤 엔터테인먼트〉라고도 불러 왔다. 지금이야 소속 연예인을 여럿 더 두고 있어서 일반적인 다른 기획사와 비슷한 모양새지만, 처음 회사가 설립되고 얼마 동안은 윤 한 사람이 벌어다 주는 걸로 유지됐으니 팬들의 얘기가 아주 틀린 건 아니었다.

"저기 사진 두 개는 위치 바꿔야겠다. 왼쪽이 더 최근 거지? 그러고 보니 내일 또 화보 촬영 있지 않아? 아니면 그거 나오고 나서 다시 여기 정리하라고 할까?"

로비에 들어서서부터 분주하게 주변을 둘러보며 의견을 내놓는 의진과 달리 윤은 무감한 얼굴로 그녀의 카드를 대신 가져갔다. 그는 둘의 출근 카드를 연이어 찍으면서 말했다.

"알아서 해요."

"네 생각도 물어보는 거잖아."

"전 다 상관없어요."

그러더니 제 온갖 얼굴이 걸려 있는 복도를 앞서서 휘적휘적 걸어간다. 다른 사람들은 본인 사진이 하나라도 더 걸려 있으면 꽤 신기해하고 좋아하던데, 쟤는 왜 저 모양일까? 좋으면서도 아닌 척한다고 하기에는 정말로 별 관심이 없는 표정이고. 아무래도 매사 시큰둥하고 시니컬한 녀석의 성격 탓인지도 모르겠다. 의진은 밉지 않게 윤의 뒷모습을 흘겨보다가 쫓아갔다.

"커피 마실 거지? 연희랑 의상 정리하는 동안 주문해 놓을게."

엘리베이터에 오르면서 의진은 확인차 물었다. 샵에 예약한 시간이 가까워 오니 서둘러야 했다.

"네."

윤은 짧은 대답과 함께 5층 버튼을 눌렀다. 임 대표의 사무실이 있는 곳이었다. 5층에 도착하는 동안 둘만 있는 엘리베이터에서 의진은 핸드폰으로 정민이 보내온 오늘 하루 윤의 일정을 다시 한번 꼼꼼히 체크했고, 윤은 벽에 기대어 선 채 그런 그녀를 지켜봤다.

"뭐가 그렇게 재미있어요?"

그러다 윤이 물어 오는 말에 의진은 핸드폰 화면에서 시선을 떼지 않은 채 대답했다.

"재미있긴. 재미있어서 보는 줄 아니? 뭐 하나라도 빠트려서 너한테 곤란한 상황이 생길까 봐 확인하고 또 확인하는 거야."

마침 띵, 하는 소리가 나더니 엘리베이터가 도착했다. 의진은 그제야 보고 있던 핸드폰을 가방에 넣었다. 윤도 기대어 서 있던 몸을 일으키며 그녀의 뒤를 따랐다.

사무실에 들어가니 임 대표가 꽤 초조한 모습으로 기다리고 있었다. 그는 들어서는 둘을 보고는 오, 하면서 반가운 어조로 말을 건네 왔다.

"이제 오네. 연희는 저기서 기다리고 있다. 얼른 가서 옷부터 갈아입고, 다음 일정 준비해야지."

임 대표에게 인사를 한 뒤에 윤은 연희가 있다는 건너편 의상실로 몸을 돌렸다. 이번에는 의진에게 기대에 찬 눈빛을 보내는 임 대표. 의진은 고개를 저으면서 오늘도 설득 실패임을 암시했다. 그리고 그런 둘을 알아채기라도 한 듯 윤은 걸어가면서 등 뒤로 말을 흘렸다.

"안 합니다. 그 드라마."

"뭐?"

임 대표가 역정 어린 목소리를 내자 윤이 돌아보며 다시 못 박았다.

"제가 안 한다고요. 그러니까 실장님한테 뭐라 하지 마세요. 대표님."

"야, 너는 꼭 이럴 때만 대표님이라고 하더라? 그리고 말 나온 김에 너처럼 회사 대표 안 무서워하는 애가 어디 있어?"

사석에서는 둘끼리 형 동생 하는 사이지만 윤은 다른 이와 얘기할 땐 꼬박꼬박 '대표님'이라고 칭해 왔다. 그리고 지금처럼 진지한 일 얘기나 제 의사를 정확히 밝힐 때도. 그게 오늘따라 임 대표는 심기에 거슬린 모양이다.

"저 자식을 내가……. 여태 오냐오냐해 줬더니 진짜 나를 지 형이나 친구쯤으로 알아."

어느새 윤이 사라진 쪽을 바라보며 중얼중얼하는 임 대표의 모습이 자못 안돼 보였다. 그러게, 이번에도 기대 말라고 했는데. 의진은 그 생각을 하면서 의자를 빼고 맞은편에 앉았다.

"내버려 두세요. 본인이 하기 싫다는데 등 떠밀어서 계약시키면 그 성격에 연기가 잘 나오겠어요?"

"아니, 남들은 대본이 안 들어와서 죽을 맛이라는데 저 녀석은 매일 호강에 겨워 요강에 똥 싸는 소리 하고 있잖아."

"드라마가 적성에 안 맞나 보죠."

"무슨 소리예요? 드라마로 쟤 연기 인생 시작됐거든요, 신 실장님?"

그야 당연히 알지만……. 의진은 딱히 무어라 얘기할지 몰라 대답하지 않았다. 임 대표가 컵을 들어 벌컥벌컥 물을 마시더니 말을 이었다.

"첫 드라마도 사실 시청률 잘 나왔잖아. 신인치고 연기 어색하지 않다며 반응도 꽤 좋았고. 그런데 그 뒤로 그쪽은 쳐다도 안 봐요. 내가 아주 환장하고 죽겠다니까."

의진은 임 대표의 얘기를 들으며 여전히 말을 못 했다. 실은 윤의 첫 드라마는 그녀가 직접 따 온 계약이었다. 그건 비싼 돈을 주고 얻은 고급 정보로부터 시작됐다. 인기 드라마 작가의 신작 대본이 한창 배역을 캐스팅하고 있다는 소식이었다. 의진은 어렵게 작가의 이메일 주소를 알아내서 우리 윤이 한 번 써 주십사, 긴 장문으로 메일을 보냈다. 윤의 잘 나온 사진 여러 장과 함께 프로필을 자세히 작성해서 첨부하는 것도 잊지 않았다.

물론 작가는 메일을 읽고도 아무런 답장이 없었다. 대개는 거기서 그만두기도 하겠으나 그때의 의진은 열정이 남달랐다.

어쩌다 보니 연예인 매니저라는 일을 하게 됐지만, 기왕 하게 된 것 한번 잘해 보고 싶어서 임 대표와 상의도 없이 이번에는 작가의 사무실 주소를 알아냈다. 제발 한 번이라도 좋으니 우리 윤이 실물 봐주시고 결정해 달라고, 직접 찾아가서 부탁을 드렸었다.

"매니저님 마음은 이해하지만 저는 글만 쓰거든요. 배역에 관해서는 PD님 영역이라 제가 마음대로 결정할 수 있는 일이 아니에요."

작가는 당돌하게, 어쩌면 무례하다 싶게 찾아온 그녀한테 그래도 정중한 말로 거절했다. 그때쯤이면 의진도 그만 마음을 접고 돌아서야 했다. 그러나 사무실을 나서려는 순간, 차 안에서 결과를 기다리고 있을 윤의 얼굴이 떠올랐다. 의진은 결국 눈을 질끈, 감고는 말을 쏟아 냈다.

"작가님 방송가에서 파워 있으시잖아요. 여태 집필하셨던 작품들이 매번 높은 시청률을 기록했고, 모두 인기리에 종영되셨잖아요. 끝난 뒤에도 팬들 사이에서 인생 드라마라고 오래도록 회자 되고 있는걸요. 그러시는 분이 자기 작품 캐스팅 권한이 없다니요?"

"……."

"한 번만 봐주시고 거절하셔도 괜찮아요. 저희 윤이 프로필 봤으면 아실 테지만, 원래 모델 하던 애라 키도 크고 비율이 엄청 좋아요. 이목구비도 조화롭게 잘생긴 데다 피부도 예뻐서 화면발 잘 받을 것 같거든요."

"저기요."

"이런 식으로 기회도 안 주면 신인은 연기는커녕 언제까지고 데뷔조차 못 하는 거잖아요."

윤의 매니저를 하게 된 지 반년이 훌쩍 넘어가던 때, 그 몇 달을 아무런 스케줄도 없이 매일같이 여기저기서 거절을 인사처럼 받던 게 떠올랐다. 일이 들어와야 돈도 들어올 텐데, 그 무렵 임 대표는 사귀던 여자 친구에게까지 돈을 빌리며 사무실의 임대료와 잡다한 지출은 물론 둘의 월급을 밀리지 않으려고 애썼다.

그걸 지켜보는 윤의 속이야 저보다 더하면 더했을 테지만 어렵게 작가를 찾아갔던 의진 역시 그때만큼은 세상에서 제가 제일 서러웠다. 연예계가 원래 이렇게 힘들고 치열한 곳이라는 걸 얼추 짐작은 했다마는, 이 정도로 일말의 기회조차 주어지지 않을 줄은 미처 몰랐던 것이다.

"……최윤이라고 했던가요? 우리 배우분이."

작가는 한참 뒤에 쓰고 있던 안경을 밀어 올리면서 물었다. 의진이 고개를 끄덕이자 작가가 얘기했다.

"지금 괜찮으면 한 번 봐도 될까요?"

"저, 정말요? 정말 우리 윤이 써 주시는 건가요?"

"아니, 아직 그런 건 아니고. 우선 작품에 관해 얘기 좀 나눠 볼게요. 그리고 제 마음에 든다고 해도 아까 얘기했다시피 현장에서는 PD님의 권한이니까요. 저는 그저 이 역할은 이 배우분이 좋겠다, 라고 추천만 하는 정도예요."

의진은 작가의 말을 들으며 그거라도 어딘가 싶어서 얼른 윤한테 전화를 걸려고 했다. 작가는 그런 그녀에게 당부했다.

"괜찮으시다면 배우분만 들여보내 주세요. 작품에 관해선 가능한 한 단둘이 얘기하는 편이거든요."

그날, 의진은 작가 사무실에서 나와 한달음에 윤이 기다리고 있는 차 안으로 뛰어 들어갔다. 조수석에서 그녀가 오길 기다리던 윤에게 간단히 얘기를 전해 주고는 빨리 올라가 보라고 하자 윤이 당황한 표정으로 물었다.

"나 혼자 가라고요?"

그 모습이 마치도 유치원에 처음 가는 어린아이처럼 보여 마음이 놓이지 않았지만, 의진은 어렵게 얻은 기회를 놓칠 수가 없었다.

"괜찮아. 가서 편하게 얘기만 나누고 오면 돼. 작품에 관한 얘기라니까 작가님이 무슨 말을 하는지 잘 듣고 잘할 수 있다, 열심히 해 보겠다, 무조건 네 열정과 자신감을 보여 줘."

그렇게 당부를 하고는 여전히 어리둥절한 표정인 그를 등 떠밀어 보냈다. 그리고 윤이 작가와 얘기를 마치고 다시 그녀에게로 오기까지 긴긴 50여 분의 시간을, 의진은 마치 수능 보러 간 아들을 기다리는 엄마의 마음으로 내내 손톱을 물어뜯어야 했다.

안 될지도 몰라. 이번에도 안 되면 나도 그만 포기하고 새로운 일을 찾아볼까? 윤이야 임 대표가 알아서 어떻게든 계속 지원해 줄 테니 그녀로선 눈 딱 감고 모른 척해도 그만이었다. 처음부터 그저 돈이 필요한 상황에 얼떨결에 하게 된 터라 이 일에 별 미련이랄 것도 없지…….

그러다 차창으로 윤이 걸어오는 모습이 보이자 의진은 벌컥, 차
문을 열었다. 뛰듯이 그에게로 다가가서는 결과부터 물어봤다.

"어떻게 됐어? 작가님이 뭐라 하셔? 안 될 것 같대? 직접 봤
는데도 마음에 안 들어 하셔?"

조급한 마음에 연달아 묻는 그녀와는 달리 윤은 평소처럼 무
덤덤한 얼굴이었다.

"PD님 연결해 줄 테니 오디션에 한번 나가 보라는데요."

"뭐? PD라면 드라마 담당 PD를 말하는 거야?"

고개를 끄덕이는 윤을 보며 의진이 중얼거렸다.

"그럼 합격 됐다는 거야, 안 됐다는 거야?"

"저야 모르죠. PD님 만나 봐요?"

"당연히 만나 봐야지! 지금으로선 그분이 이 구역 최종 보스
일 텐데."

어쩌면 정말로 오디션에 합격할지도 모른다는 기대감에 부풀
어 의진은 저도 모르게 두 팔을 벌렸다. 그러고는 눈앞에 서 있
는 윤을 힘주어 와락, 껴안았다.

"오디션도 잘될 거야. 걱정 마. 그냥 오늘처럼 하면 돼."

그런 저를 밀쳐 내지도 못하고 기다란 몸으로 어정쩡하니 안
겨 있던 윤. 그가 그때 무슨 생각을 했는지는 모른다. 따로 물어
본 적이 없으니까. 분명한 건 그때 그 시절이나 지금이나 윤은
항상 그녀의 말이면 다 되는 줄 알고 순순히 따라왔다는 것. 그
리고 그 결과물이 때로는 성공으로 되기도 하고, 실패로 되돌아

가기도 했지만, 윤은 늘 당연하게 받아들였다. 그게, 의진이 지금까지 윤에게 가장 고마웠던 점이었다.

어쨌든 그 뒤로 담당 PD와 여러 번의 면담 끝에 오디션에 나갔던 윤은 운 좋게 비중 있는 조연 자리에 발탁될 수 있었다. 연기 실력도 검증받지 못한 생 신인에게 그 정도의 배역을 주는 것 때문에 당시 방송국 높으신 분들의 불만과 압력도 만만치 않다고 들었다. 다행히 기존의 배우들보다는 새로운 얼굴을 찾던 PD와 윤의 독특하고 묘한 분위기를 꽤 마음에 들어 했던 작가의 주장으로 윤은 첫 데뷔를 하게 됐다.

"쟤 혹시…… 여자 안 좋아하거나 그런 건 아니고?"

갑자기 임 대표가 목소리를 낮추며 물어 왔다. 의진은 한숨을 쉬었다. 말도 안 되는 소리를 임 대표는 미간까지 찌푸려 가며 진지하게 고민하고 있었던 것이다.

"아니, 같이 사우나를 가 봐도 영 멀쩡하던데……."

"그런 거 아니라니까요. 전에 한시은 씨랑도 잘만 만났잖아요."

"어, 그래. 맞아. 그때 시은 씨랑 잠깐 만났었지."

임 대표가 기억난다는 듯 고개를 끄덕였다. 의진은 시간을 확인하고는 커피를 주문하기 시작했다. 윤이 옷 갈아입고 나오는 시간에 맞춰 배달이 오면 바로 가지고 출발할 생각이었다.

"근데 둘이 꽤 잘 어울렸는데, 왜 헤어졌대? 팬들도 처음엔 그렇게 난리더니 결국 공개 열애를 인정하는 분위기였잖아."

"저야 모르죠. 윤이 그런 걸 얘기하고 다니는 성격도 아니고. 당사자도 아닌데 정확한 건 저도 잘 몰라요."

알고 있는 건 그저 둘이 고작 반년도 안 되게 만나다 정리했다는 사실뿐이었다. 윤과 시은은 둘 다 연예인이고 당시 인기 배우였는지라 둘의 만남이 모두의 관심사였지만, 이상하게 오래가지 못했고 결국 서로 얘기 끝에 좋은 동료 배우로 남기로 했다.

"하여튼 속을 알 수 없는 놈이야."

의진은 주문을 마치고는 고개를 들었다. 그러곤 여전히 종잡을 수 없다는 표정의 임 대표에게 걱정 말라고 얘기했다.

"걱정 마세요. 정 그렇게 궁금하면 윤이한테 직접 물어보시든가요."

"됐어. 다 지난 일인데 이제 와 물어봐서 뭐 해? 그냥 난 여자를 안 좋아하는 것도 아닌 애가 왜 저렇게 여자랑 감정 신이 많은 장르는 딱 싫어하는지 모르겠다, 이 말이야."

이번에도 의진은 대답을 못 했다. 여태 임 대표에게 말하지 않았고, 윤에게도 굳이 확인하지 않은 일. 실은 짐작되는 게 있긴 한데 정확한지는 모른다. 남들이 들으면 별거 아니라고 생각할 수도 있으나 윤에게 있어서는 자존심이 많이 상했을 상황이고, 어쩌면 그게 여배우와의 감정 연기에 트라우마로 남았는지도 몰랐다.

첫 드라마 출연이 확정되고 매일같이 촬영이 이어지던 시절, 여자 주인공 역에는 그때 한창 잘 나가던 톱스타가 맡게 됐다. 드라마 전개상 윤은 여자 주인공과도 러브 라인이 있는 배역이라 둘 사이의 호흡이 매우 중요했다. 원래는 윤의 자리에 비슷한 인기의 남자 배우가 내정되어 있었다가 그 배우가 영화 스케줄이 겹친다면서 고사하게 됐고, 우여곡절 끝에 윤이 그 배역을 맡게 된 것까지는 아주 좋았다.

그런데 얼마 못 가 의진은 촬영장에서나 사석에서 그 여배우가 윤에게 함부로 대한다는 것을 눈치챘다. 말로는 신인이라 귀여워서 그런다며 가벼운 장난치듯 굴었지만 받아들이는 입장에서는 꽤 기분이 상했을 법한 행동들이었다.

"저 사람 왜 저래? 너 뭐 실수한 거 있어?"

하루 종일 옆에 붙어서 케어한다고 해도 그녀가 잠깐 못 본 사이에 무슨 일이 있었던 건 아닌지, 의진은 덜컥 걱정이 들어 물어봤다. 그러자 그때도 윤은 그저 덤덤히 고개를 흔들어 보였다.

"아무것도 아니에요."

"그렇다면 다행인데……. 어쨌든 넌 신인이고 저 사람은 너보다 한참 선배이니 잘 지내야 돼."

그러나 대기하는 차 안에서 그런 대화가 오고 간 뒤, 바로 다음 신에서 사고가 터지고 말았다. 대본상 여자 주인공이 윤과 탁자를 사이에 두고 얘기를 나누는 장면이었는데, 그 여배우가 대사 도중 갑자기 탁자 위의 물컵을 들어 물을 뿌렸던 것이다. 촤악, 하는 소리와 함께 갑자기 찬물 벼락을 맞은 윤은 그 자리에서 굳어 버렸다.

"스톱! 아, 아니."

현장의 스태프들은 물론 PD마저 갑작스러운지 자리에서 벌떡 일어났다. 대본에 없던 신이 틀림없었다. 뜻밖의 상황에 숨죽인 사람들 틈으로 의진이 맨 먼저 윤한테 달려갔다. 윤은 그새 얼굴은 물론 옷에까지 잔뜩 물이 튀어 버린 채였다.

"뭐야? 새희 씨. 사전에 둘이 호흡 맞춰 본 거야? 나랑 상의도 없이 그 장면에서 물을 왜 뿌려?"

"아니, 그게. 그냥 혼자 생각해 낸 애드리브예요. 윤이한테 미리 얘기하고 하면 화면상 당황스러움이 덜할 것 같아서요. 대본 흐름과도 잘 어울려 보이는데, 아닌가요?"

여배우는 담당 PD의 추궁에도 홀로 현장 분위기에서 동떨어진 것처럼 해맑게 말해 왔다.

"애드리브도 대사 정도여야지. 감독이랑 상대 배우랑은 상의도 없이, 무슨 매너야?"

"감독님."

"그리고 방금 그 신에서 물 뿌리는 건 좀 오버야. 거기서 갑자기 그렇게 감정이 터질 이유가 없지. 문 열고 들어오면서부터 다시 맞춰 봐."

여배우가 샐쭉한 표정으로 있는 사이에 PD는 윤을 돌아봤다.

"윤이는 괜찮나?"

"괜찮습니다. 감독님."

"그럼 잠깐 쉬었다 다시 하지. 메이크업이랑 의상 정리하고 와."

그날, 촬영이 끝난 윤을 돌려보내고 의진은 혼자 차 안에서 한참을 울었다. 난데없이 물벼락을 맞은 건 윤인데 왜 제가 그토록 분하고 서러웠는지, 윤 앞에서나 임 대표에게는 아무 말도 하지 못해서 의진은 홀로 시동 꺼진 차 안에서 울 수밖에 없었다.

그 뒤 썩 늦게야 알게 된 사실이지만 여배우는 윤이 마음에 들었다고 했다. 그러나 서로 보는 눈들이 많으니 진지한 만남은 말고 가끔 시간 날 때 가볍게 만나는 게 어떻겠냐는 메시지를 여러 차례 보냈지만, 그때마다 윤은 에둘러서 거절했던 것 같다.

둘이 나눴던 메시지를 우연히 발견한 의진이 어떻게 된 거냐고 따져 물었을 때, 윤은 다 지난 일이고 임 대표에게는 말할 필요 없다고 했다.

"그럼 그동안 그것 때문에 너한테 그렇게 악의적으로 대한 거야?"

장난이랍시고 머리 쓰다듬는 척 목 근처를 은근히 터치하고, 그러지 말라고 윤이 정색하면 왜 화내냐 오히려 아닌 척하고, 뺨 때리는 신에서는 의도적으로 몇 번이고 NG를 내던 일들이 한꺼번에 떠오르자 의진은 다시 울화가 치밀었다.

"드라마도 끝났으니까 이제 볼 일 없어요."

그런 그녀에게 윤은 신경 쓰지 말라고 했다. 그 뒤로 과연 윤은 그 여배우와 따로 마주치지 않았다. 자신을 데뷔시켜 준 작가와 PD와는 최근까지 종종 안부를 물으며 무난하게 지내 오면서도 그때 그 여배우와는 드라마가 끝난 이후로 지금까지 단 한 번도 엮이지 않고 있었다.

어쩌면 그 시절 쉽게 말 못 할 부당함을 겪어도 신인이어서, 혹은 어렵게 얻은 기회를 한순간의 자존심으로 날려 버릴 수 없어서 꾸역꾸역 눌러 참고 연기를 했던 게 윤한테는 안 좋은 기억으로 남았는지도 모른다. 그래서 드라마 판은 아예 쳐다보기도 싫었을까……? 의진이 짐작하고 있는 이유는 그것뿐이었다.

"다 된 거야? 그거 괜찮네."

문득 임 대표가 하는 얘기에 의진은 고개를 들었다. 의상실로 쓰고 있는 건너편 방문이 열리더니 윤이 걸어 나오고 있었다. 흔히 보는 평범한 셔츠에 슬림한 디자인의 면바지, 그리고 어깨에 자연스럽게 걸쳐 묶은 니트가 다였다. 과하지 않고, 자칫 밋밋해 보일 수도 있는 패션이지만 윤이라서 그런가? 깔끔하면서도 멋스러운 느낌이었다. 뒤따라 나오던 연희도 만족스러운 얼굴로 설명했다.

"모델은 괜히 모델이 아니라니까요. 뭘 입어도 오빠만의 독특한 분위기가 있어요."

임 대표는 마치 아들 칭찬을 듣는 아빠처럼 흐뭇해진 얼굴로 고개를 끄덕였다. 그 옆에서 의진이 조금 걱정스레 말했다.

"다 좋은데, 밖에 눈 와서 춥다. 너무 가을 느낌 아냐? 겉옷 같은 거 따로 챙겨야 할 텐데."

"네. 코트 가지고 갈 거예요. 쌀쌀할 때 걸치면 돼요."

임 대표가 듣고 있다가 의진에게 물었다.

"요즘 식단 관리는 하고 있어?"

"식단은 따로 관리 안 하고요. 그냥 야식이랑 술만 자제하는 정도예요. 대신 운동은 주 3회 꼬박꼬박 다니고 있습니다."

임 대표는 의진의 대답에 새삼 부러운 눈길로 윤의 위아래를 훑었다.

"타고났어, 타고났다니까. 식단도 크게 신경 안 쓰고 운동으로만 그 라인이 유지되다니. 넌 진짜 인마, 부모님한테서 축복받은 유전자 물려받은 거 매 순간 감사해야……."

"안 가요?"

임 대표의 애정 어린 잔소리를 툭, 자르며 윤이 굳은 얼굴로 의진을 불렀다. 부모님 얘기만 나오면 꼭 저렇게 표정이 변하던데? 의진은 한순간이지만 윤의 미묘한 변화를 감지하고는 얼른 고개를 끄덕였다. 마침 배달 기사도 주문한 커피를 들고 노크해 왔다.

"저흰 이만 가 볼게요. 샵에 들렀다가 바로 촬영장으로 가야 해서 서둘러야 돼요."

"그래, 그래. 어서 가 봐."

임 대표와 인사하고는 연희랑 셋이서 로비까지 내려오자 경호 팀장인 철주가 기다리고 있었다. 오늘 일정이 인파가 많은 곳이 아니라서 한 사람이면 충분할 것 같다고 했더니 본인이 직접 나온 모양이다. 철주에게 그의 몫의 커피를 건네주고는 우르르, 다들 한 차에 올라탔다.

오늘의 매니저인 의진은 운전석에, 그 옆에는 연희가 탔다. 윤과 철주까지 뒷좌석에서 안전벨트를 매는 걸 확인하고는 의진이 시동을 걸었다. 묵직한 중량의 밴은 그런대로 부드럽게 굴러가기 시작했다.

"주말인데 실장님은 쉬시지도 못하고, 고생 많으세요."

차가 출발한 지 10여 분 정도 지났을 때쯤 옆자리의 연희가 말을 건네 왔다. 의진은 아니야, 하면서 웃었다.

"근데 쉬는 날에는 보통 뭐 하면서 지내세요? 데이트? 실장님, 남자 친구 있으시죠?"

"없어."

차선을 변경하느라 간단히 대꾸했으나 연희는 가만있기가 심심한지 계속 재잘재잘 말을 걸어온다.

"왜요, 실장님처럼 예쁘신 분이. 혹시 이상형이 어떤 사람이에요?"

"글쎄, 그런 건 생각해 본 적이 없는데."

"아니, 왜요? 그래도 좋아하는 남자 기준 같은 건 있을 거 아녜요."

"응. 잘 모르겠어."

대답하기 귀찮아 대충 에둘러 응수한 게 아니었다. 실제로 한 번도 그런 것에 대해서 진지하게 고민해 본 적이 없었다. 그래서 지금껏 깊은 사이로 발전한 남자가 없었는지도 모르지. 그 생각에 의진은 혼자 웃어 버렸다. 대학 졸업 이후 현재까지, 생각해 보면 스치듯 연애 같은 만남을 가진 남자는 두어 명 있었으나 그마저도 오래가지 못했던 것이다. 굳이 이제 와 핑계를 찾자면 스물네 살, 윤의 매니저로 일을 시작하면서부터 연애다운 연애를 하는 게 상황적으로 쉽지 않아서였다.

"그러면 결혼 상대는요? 어떤 사람을 원하세요?"

"나한테 남자 소개시켜 줄 거야? 오늘따라 궁금한 게 많네."

농담처럼 물어봤더니 연희는 장난스럽게 배시시 웃는다. 앞자리의 화기애애한 분위기와 달리 뒤편의 윤과 철주는 말 한마디 없이 정적이었다. 철주는 차창 밖에 무덤덤한 시선을 던지고 있었고, 윤은 좌석을 한껏 젖힌 채 눈을 감고 있는 모습이 아무래도 잠이 든 것 같았다.

차 안에서 쪽잠을 자 가며 숨 가쁘게 스케줄을 소화하던 그 시절이 지나니 이제 윤은 피곤할 때는 차에 올라 5분 만에 딥슬립하는 내공이 생겼다. 어제도 늦게까지 촬영했으니 당연히 수면이 부족할 터. 의진은 룸미러로 잠시 윤을 건너다보다 눈길을 돌렸다.

"그냥 실장님에 대해 이것저것 알고 싶은 것도 많고, 가까워지고 싶어서요. 저부터 말하자면 전 가정적인 남자가 좋거든요. 일보다는 가정에 더 충실한 남잘 만나고 싶어요."

"그런 남자 좋지."

사거리로 진입하자 차가 막히기 시작했다. 사무실에서 15분 거리의 샵이니 크게 늦을 일은 없을 테지만, 여기서부터 막히면 안 되는데. 의진은 거리에 꽉 들어찬 차량들과 차 안의 시계를 번갈아 봤다.

"실장님은요? 어떤 사람이랑 결혼하고 싶으세요?"

"난 그냥 연예인만 아니면 돼."

거리 상황을 살피다가 건성으로 대답했더니 연희가 진짜요? 하면서 고개를 갸웃했다. 깊게 고민하지 않고 입 밖으로 나온 말이긴 하지만, 실은 농담 반, 진담 반이라 의진은 따로 해석하지 않았다. 연예인이란 특정 인물과 직업에 대해 편견이 있는 건 아니었다. 다만 그동안 나름 가장 가까이에서 그들을 접촉해 본 사람으로서 '연예인'이기 때문에 생기는, 조금은 특별한 상황들을 감당하기 어려워서였다.

"연예인이 왜요? 듣고 있는 연예인 기분 나쁘게."

그때, 들려오는 말에 화들짝 놀란 의진이 뒤를 돌아봤다. 윤은 여전히 그 자세 그대로 길게 몸을 뉜 채 제게 뭐라 하고 있었다. 자는 줄 알았더니 그새 엿들었나 보다. 의진이 그런 윤을 쳐다보다가 다시 고개를 돌렸다.

"잠이 안 오나 본데 음악이라도 틀어 줄까?"

"말 돌리지 말고, 방금 전 얘기 계속해 봐요."

윤은 몸을 일으키면서 커피를 가져다 입에 물었다. 의진은 딱히 뭐라고 이 대화를 매듭지어야 할지 몰라서 그냥 대꾸하지 않기로 했다. 그리고 난데없는 상황이 재미있는지 연희가 중간에서 푸흡, 하고 웃음을 터뜨렸다.

"에이, 농담이겠죠. 하루 스물네 시간을 연예인이랑 같이 일하는 실장님이 설마 진심으로 하신 말이겠어요? 안 그래요, 실장님?"

"넌 좀 가만히 있어."

최윤은 안 그래 보이지만, 무언가 꼬이면 은근히 뒤끝이 길었다. 그래서 의진은 어서 이 얘기가 끝나길 바라며 연희한테 조용히 하라고 했다. 다행히 윤은 더 곤란하게 굴지 않고 창밖을 건너다본다. 도로에 정체된 채 몇 분 동안 움직일 줄 모르는 차가 슬슬 짜증이 나는지 그가 잠시 후 혼잣말로 투덜댔다.

"차라리 걸어가는 게 빠른데."

"뛰어가면 더 빠릅니다. 그러나 형이 밖으로 나가는 순간,

지금 이 평화는 깨지겠죠."

옆자리의 철주가 윤더러 그런 생각 말라고 했다. 의진 다음으로 회사에 오래 있어 왔던 철주는 윤보다 고작 한 살 어렸지만 지금까지 꼬박꼬박 예의를 갖춰 대하고 있었다.

"그래. 철주 말이 맞아. 넌 그냥 차 안에 얌전히 있는 게 우릴 도와주는 거야."

의진이 동조했다. 엎어지면 코 닿을 거리도 연예인 특성상 웬만하면 차로 이동해야 했다. 밖에 잘못 나갔다가 이상한 사진이 찍히거나 팬들이라도 몰리게 되면 그때는 일이 몹시 복잡해지기 때문이다. 그래서 아무리 길이 막혀도 짙게 선팅된 이 밴 안이 그들에겐 가장 아늑하고 안전한 공간이었다.

의진은 손을 뻗어 음악을 틀었다. 곧이어 경쾌한 반주와 함께 요즘 뜬다는 신곡이 흘러나왔다. 흥얼흥얼 노랫말을 따라 부르며 창밖을 바라봤다. 어젯밤 내내 눈이 내리다 그친 하늘은 몰라보게 깨끗해져 있었다. 마치 가을날처럼 새파란 하늘을 보고 있다가, 어느 순간 눈이 부셔서 의진은 시선을 돌렸다.

그러는 동안 앞의 차량들이 조금씩 움직이고 있었다.

02.

샵에 들러 메이크업을 받은 뒤, 의진네 일행은 또 부랴부랴 영화 촬영장으로 향해야 했다. 약간의 숨 돌릴 틈도 없었다. 그 마저도 원장님에게 빨리해 달라고 부탁을 하고 나서야 간신히 제시간에 출발할 수 있었다.

"늦었으니 기본만 대충 해 주셔도 돼요. 우리 윤이는 로션만 발라도 빛이 나잖아요."

매니저로서 시간을 못 맞춰 놓고 능청스레 얘기하자 윤은 미간을 찌푸리며 그녀를 쳐다봤고, 원장은 웃으며 고개를 끄덕였다.

"그럼요. 최윤 씨야 워낙 피부 좋아서 오래 안 걸려요. 얼른 끝내 드릴 테니까 걱정 마세요."

다행히 원장은 타고난 솜씨로 그 짧은 시간에 로션뿐 아니라 갖은 화장품들을 활용해 마법을 부렸다. 덕분에 원래 세수만 해도 빛이 나는 윤은 메이크업까지 받고 나자 또 다른 사람으로 변해 있었다. 촉촉하게 매끈해진 피부, 자연스럽게 붉어진 입술, 음영 메이크업으로 한결 깊고 그윽해진 눈매까지, 정말이지 매번 보면서도 번번이 감탄이 나오는 외모였다.

"오늘 화장 잘 먹었다. 최윤. 촬영장에선 더 손보지 않아도 되겠는데?"

운전하다 룸미러를 힐끔거리며 얘기했더니 윤은 그런 그녀를 마주 보면서도 대답하지 않았다. 거, 시간 좀 늦었다고 그러시나? 사람이 얘기를 하면 대꾸를 해 줘야지.

의진은 혼자 속으로 구시렁거리며 윤의 눈길을 피했다. 실은 그의 시선을 오래 마주 보기가 멋쩍어서였다. 메이크업 때문인가? 긴 눈꼬리로 저러고 쳐다볼 때는 평소의 무표정도 한없이 압도적으로 보여, 의진은 저도 모르게 시선을 피해 버리곤 했다.

"제가 중간중간 체크할게요. 오늘은 따로 분장이 필요하단 얘기 없었어요. 아마 그쪽 촬영 팀에서 신에 맞춰 준비한 의상 정도가 다일 거예요."

대답이 없는 윤 대신 옆자리의 연희가 싹싹하게 얘기해 줬다. 의진은 응, 하면서 웃고는 전방을 주시했다. 일산에 위치한 촬영장까지는 거리가 좀 있어서 열심히 밟아야 했다. 그래도 막히지만 않으면 제시간에 도착할 듯했다. 의진은 핸들에 올린 손가락으로 시간을 재듯 리듬을 타며 운전에 집중했다.

다행히 40분 정도가 지나 일행은 별 탈 없이 촬영장에 도착할 수 있었다. 주차를 마치자 바람으로 철주가 맨 먼저 차에서 내려 문을 열어 줬다. 윤이 내리자 철주는 옆에 바싹 붙었고, 연희도 재빠르게 뒤따랐다. 의진은 뭐 빠트린 게 없는지 차 안을 한 번 더 점검하고는 가장 마지막에 내렸다.

"안녕하세요, 감독님."

세트장 바깥쪽에서 스태프와 얘기 중이던 나이 지긋한 남자 하나가 그녀의 부름에 고개를 돌렸다. 이번 영화를 계약하면서 두어 번 임 대표와 동행해 식사도 같이 했던지라 의진은 먼저 다가가 인사를 건넸다. 감독도 그녀를 알아봤는지 오, 하면서 반색했다.

"실장님이 웬일로 현장까지 오셨어요?"

"괜찮으니 말 놓으세요. 저보다 한참 선배시잖아요."

"그럴 수야 있나요. 새움에서 임 대표 다음으로 높으신 분인데."

"아니에요. 직급은 실장일지 몰라나 오늘도 여전히 윤의 매니저로 왔습니다. 그리고 아시잖아요? 새움에선 우리 윤이가 서열이 제일 높다는 거. 제가 세 번째입니다."

그녀의 말에 감독이 그건 그렇지, 하면서 시원스레 웃었다. 인사처럼 농담이 두어 번 오간 뒤에야 의진은 조심스럽게 영화 진행 진도와 윤의 상황을 물어봤다.

"윤이가 이번에 처음으로 악역에 도전하는 거잖아요. 어떻게, 잘 소화하고 있나요?"

처음 영화 시나리오를 받았을 때부터 들었던 걱정이었다. 여태 선하고 긍정적인 배역을 주로 맡았던 윤인지라 처음엔 임 대표는 물론 의진도 꽤 망설였다.

"배우는 말이야. 광고 출연도 해야 하고, 대중들에게 각인되는 고유의 이미지가 있을 텐데. 이건 너무 모험 아냐?"

그러나 시나리오를 첫 장부터 마지막까지 찬찬히 다시 읽어 본 윤은 캐릭터가 독특하고 매력 있다며 해 보고 싶다고 했다.

"계속 똑같은 스타일로만 연기하다 보면 변화도 없고 발전도 없죠. 한 번씩 이미지 변신을 하는 것도 나쁘지 않다고 보는데요."

"글쎄, 그 이미지 변신 잘못했다간 골로 갈 수도 있어요."

"실장님은요?"

윤이 그때까지 가만히 앉아만 있는 제게 의견을 물어보자 의진은 고민 끝에 대답했다.

"난 솔직히 반반? 한 번쯤 완전히 다른 캐릭터로 연기해 보는 것도 신선할 것 같고, 안전하게 계속 가던 길을 가는 것도 나쁘진 않을 것 같고."

"무슨 대답이 그래요?"

"어느 쪽이든 다 좋으니까 네가 하고 싶은 대로 하라는 뜻이야. 그리고 너 나름 악역에도 잘 어울릴 것 같아. 가만 보면 얼굴에 여러 모습이 들어 있는 걸. 뭐, 그래서 배우겠지만."

임 대표는 여전히 걱정스러워했지만, 윤은 결국 그 배역을 맡게 됐다. 그리고 그해 여름, 영화는 많은 이들의 관심 속에서 크랭크인했다. 그 뒤로 몇 달간의 고생 끝에 이제 막바지 촬영에 접어든 것이다. 아마 다음 주면 촬영이 다 끝난다고 했지.

의진은 그 생각에 세트장을 둘러봤다. 아마도 내내 이어져 온 고된 일정 때문인지 스태프들은 여러모로 지쳐 보였지만 한편으론 곧 끝나 간다는 기대감이어서일까? 어딘가 갓 시작했을 때와는 또 다른 들뜬 모습들이었다.

"처음에는 약간 어려워하더라고요. 아무래도 윤이가 처음 악한 인물을 연기하는 거잖아요. 그래서인지 캐릭터 몰입에 순간순간 덜컹거리는 게 느껴지긴 했는데, 시간이 지나니 괜찮아졌어요. 요샌 아주 연기에 물이 올랐다니까."

"다행이네요. 걱정 많이 했는데."

그동안 촬영 현장에는 따로 방문하지 못했던 의진은 그저 정민이 그날그날 찍은 모니터링 화면으로만 상황을 파악하던 중이었다. 여태 크게 잡음 없이 촬영이 이어져 왔기에 알아서 잘하겠거니 했는데, 오늘 이렇게 직접 감독의 얘기를 듣고 나니 한결 더 마음이 놓이게 됐다.

"이제 보면 아실 거예요. 액션도 액션이지만 감정 연기나 대사 치는 걸 정말 섬뜩하게 잘해요. 영화 개봉하면 스크린으로 꼭 확인하세요."

"당연하죠. 감독님. 모쪼록 마지막까지 잘 부탁드릴게요."

시간을 보다가 곧 촬영이 시작될 것 같아서 의진은 인사를 전하고는 물러났다. 잠시 뒤에 윤이 위아래 블랙 슈트로 환복하고 나타났다. 촬영 팀에서 전날 준비한 의상인데 몸에 딱 맞아 다행이라고 했다.

"메이크업은 따로 손 안 보고 머리만 살짝 정장 차림에 어울리게 매만졌어요. 어때요, 괜찮죠?"

어느새 곁에 다가온 연희가 얘기해 주자 의진이 응, 하고 고개를 끄덕였다. 그러는 동안 주변에 대기하고 있던 스태프들이 하나둘씩 각자의 위치로 돌아가는 게 보였다. 아역 배우인지 꼬마 하나가 맨 마지막으로 등장하자 감독과 얘기를 나누던 윤도 그쪽으로 다가간다. 윤의 경호를 맡은 철주는 촬영에 방해되지 않는 선에서 긴밀하게 근처에 대기하고 있었다.

"이제 시작하나 봐요."

연희의 말에 의진은 핸드폰을 꺼냈다. 연기 장면을 모니터링하기 위해 동영상 모드로 설정하고는 윤에게 초점을 맞추었다. 세트장에 들어간 윤은 더도 아니고 덜도 아닌, 딱 영화배우 모습 그대로였다.

나는 늘 여기에 있고 윤은 항상 저기에 있었지. 수많은 사람들과 수십 대의 카메라에 둘러싸인 윤의 모습이 무척이나 화려하고도 반짝거려, 의진은 이런 순간이면 어쩔 수 없는 괴리를 느껴야 했다.

"노력한다고 다 되는 줄 아니? 애기야."

"아저씨."

"노력보다는 선택이야. 넌 선택을 잘못했어."

그러다 들려오는 대사에 의진은 서둘러 녹화를 시작했다. 화면 속 윤은 목을 꽉, 죄는 타이가 답답한지 손으로 매만지다 혼잣말처럼 내뱉었다.

"씨발. 애새끼들은 아직 덜 자라서 그런가? 세상 이치를 알려 줘도 말귀를 못 알아먹어요."

"쟤 진짜 나쁘다."

의진이 신에 몰입한 채 중얼거리자 연희가 푸하, 하고 웃었다. 아니, 그렇지 않아? 하는 표정으로 의진은 연희를 돌아봤다. 시나리오 내용을 대충 다 알고 있음에도 코앞에서 나쁜 놈의 생생한 연기를 보자 저도 모르게 흥분하게 됐다. 그런 제 자신이 스스로도 우스웠지만, 이게 다 너무 리얼하게 연기하는 윤 탓이었다.

감정 기복이 거의 없어 평소에는 비속어도 웬만해선 안 쓰던 사람이 카메라를 들이대자 너무나 자연스럽게 욕을 섞어 가며 대사를 소화하는 걸 보고 있자니 한편으론 어떤 게 윤의 진짜 모습인 걸까, 궁금해지기도 했다.

"저 꼬마의 아버지도 결국 쟤가 죽인 거잖아. 근데 지금 어린애한테까지 그러는 거야?"

"너무 몰입하지 마요. 어차피 영화고 연기잖아요."

"그러니까 말이야. 결국 영환데 윤이, 쟤는 왜 저렇게 작정하고 연기하는 거야? 누가 보면 악역 전문인 줄 알겠네."

의진은 중얼거리면서 다시 그쪽을 바라봤다. 윤은 잔뜩 겁에 질린 채 저를 올려다보는 꼬마에게 싱긋이 웃으며 머리 위에 손을 얹었다. 다정히 머리칼을 어루만져 주는 손길과 달리 위험한 눈빛과 잔인한 웃음이 한데 어우러진 얼굴은 언뜻 기괴해 보이기까지 했다. 그의 붉은 입술 사이로 느리게 다음 말이 새어 나왔다.

"괜찮아. 다음에 다시 잘 태어나면 돼. 그땐 아빠를 잘 선택해서."

"……."

"지금처럼 가난하고 힘없는 아빠 말고. 아니면 또 이렇게 살다 죽는 거야."

"컷! 오케이."

감독이 사인을 줌과 동시에 해당 장면은 한 번의 NG 없이 완성됐다.

"오우, 너무 잘하시는데요?"

주변 스태프들이 칭찬하자 윤은 감사합니다, 하면서 인사했다. 그러더니 역할에서 아직 헤어 나오지 못한 듯 멍한 꼬마를 끌어안아 주며 괜찮다고 웃어 보인다. 방금 전 카메라가 돌아갈 때와는 전혀 다른, 깨끗한 미소였다.

저래서 연기자인가 봐……. 의진은 새삼 감탄했다.

"실장님은 근데 왜 이 일을 하게 됐어요?"

그러다 연희가 묻는 말에 고개를 돌려봤다. 연희는 자못 궁금하다는 얼굴로 얘기했다.

"처음엔 윤이 오빠 로드 매니저로 시작했다고 들었거든요. 매니저라고 하면 대부분 남초 집단인데, 그 속에서 여태 견뎌 오신 것도 대단하고요."

"대단하긴. 처음에야 그냥 아무것도 모르고 덜컥 시작했지, 뭐."

"정말요?"

"응. 윤이 데뷔 전까진 그저 하루하루 오기로 버텼고."

대학을 갓 졸업한 스물네 살의 그해는 매일같이 취업으로 고민하던 날들이었다. 다른 친구들처럼 차근차근 여러 회사를 알아보며 마음에 드는 첫 직장을 선택하고 싶었으나 그마저도 사치였는지 현실은 녹록지 않았다.

"500이 없으면 300이라도 좀 먼저 어떻게 안 되겠니, 딸?"

"500이고 300이고, 아직 직장도 못 구한 사람한테 무슨 돈이 있다고 그래요? 그리고 금방 돈 드린 지 얼마 되지도 않았는데, 뭐가 또 그렇게 많이 필요한데요?"

"아니, 냉장고가 아예 맛이 가 버렸다니까. 너도 저번에 집에 왔을 때 봤잖아. 냉동실이 얼마나 뜨듯한지 안에 음식들 다 상해서 버렸어. 그래서 벼르고 별러 어제 하나 장만했다. 요즘 세상에 냉장고도 없이 어떻게 살아? 안 그러나?"

"그럼 냉장고를 500이나 주고 샀다는 얘기세요?"

"아니지. 그건 아니고, 밀린 아파트 관리비며 지난번 새로 보험 든 거에 이것저것 돈 필요한 데가 많아서 그래. 애, 엄마도 먹고는 살아야 할 거 아냐."

누가 20대를 꿈 많고 열정 가득한 청춘이라 했는지, 의진에게는 그저 낭만스러운 헛소리가 아닐 수 없었다. 꿈은 어디다 쓸 것이며 또 열정은 쏟아서 뭐 하겠나 싶었다. 고향에 홀로 계신 어머니는 전화만 걸어오면 한다는 얘기가 돈 얘기뿐이었고, 하도 어릴 때부터 그 소리를 듣고 살아온 지라 이제는 그러려니 하는 경지에 이르렀다.

그보다 더 큰 문제는 제 처지였다. 졸업과 동시에 기숙사를 나오게 돼 어쩔 수 없이 자취방을 구했는데 당장 계약금이며 생활비며 돈 들어갈 데가 많았다. 와중에 몇 년째 잘 다니던 아르바이트 가게도 그 무렵 문을 닫아서 엎친 데 덮친 격이었다.

서울 가까운 데 사는 아버지에게 사정을 말씀 드리고 우선 도와달라고 해 볼까, 그런 생각도 안 한 건 아니었지만 결국은 스스로 해결해 보기로 했다. 안 그래도 평생을 생활력 없이 그저 아버지한테만 돈 더 가져오라 바가지를 긁어 온 어머니께 완전히 질려 버린 아버지였다. 그래서 저만은 그러고 싶지 않았다. 그럴 염치도 없었고.

비록 이혼을 했다지만 아버지는 여태 딸한테만은 부양의 책임을 다해 왔던 것이다. 이혼한 뒤 한 번도 양육비 지급을 미뤘던 적도 없고, 그녀가 성인이 되면서 양육비는 따로 주지 않아도 됐지만, 대신 몰래몰래 용돈을 챙겨 줬었다. 그런 아버지에게 의진은 다 커서 손을 벌리기 미안하기도 하고 자존심이 허락하지 않았다.

그래서 우선 급한 불만 꺼야지 싶어 취직 공고며 아르바이트 모집이며 여기저기 닥치는 대로 훑었던 그때, 우연히 〈새움 엔터테인먼트〉란 조그만 회사의 구인 게시 글을 발견하게 됐다. 급하게 연예인 매니저를 한 분 모시니, 다른 자격 필요 없이 운전 경력에 책임감과 끈기만 있으면 된다고 했다.

"이거 완전 나잖아."

의진은 중얼거리면서 일단 이력서부터 보내 봤다. 게시글에 적힌 대로라면 별 무리 없이 바로 합격할 것 같았다. 어릴 때부터 자동차에 꽤 관심이 많았던 터라 운전은 대학에 들어가면서 이미 면허를 따 놓았기 때문이다. 그동안 아버지와 만날 때면 종종 연습 삼아 아버지의 차로 운전을 해 왔기에 딱히 장롱면허도 아니었다. 그러니 운전 경력은 통과, 책임감과 끈기야 면접 때에 적당히 포장을 잘하면 되겠지. 의진은 그 생각으로 공고에 적힌 월급을 흐뭇하게 바라봤다.

〈수습 기간 200만 원. 상황에 따라 가불도 가능.〉

무엇보다 마음이 동했던 건 급한 현재 상황에 가불이 가능하다는 점이었다. 의진은 합격을 고대하며 연락을 기다렸다.

그리고 면접 전화는 이틀 뒤에 걸려 왔다. 이력서 잘 받아 보았으니 시간 되면 사무실에 한 번 들러서 면담하자는 내용이었다. 바로 준비하여 달려간 그곳에서 의진은 임 대표와 윤을 처음으로 마주하게 됐다.

"면허 있으시고 운전 경력도 풍부하다 했고. 아, 참. 전국 지리는 잘 알고 계시나요?"

"전국 지리요? 아예, 그건……."

의진이 얼버무리자 임 대표는 곧이어 별 상관없다는 듯 얘기했다.

"뭐, 그건 필수 조건은 아니고요. 대학 착실히 나왔고, 외국어는 영어로 기본 대화가 가능하다니 오케이. 직접 보니 인상도 무척 좋으시고."

그러나 이력서와 의진을 한동안 번갈아 보면서도 임 대표는 어쩐지 쉽게 결정을 내리지 못하고 있었다.

"딱 하나가 걸린단 말이에요."

"어떤 점을 얘기하시나요?"

"남자였으면 내일이라도 바로 출근하라고 할 텐데……. 괜찮 겠어요?"

"네? 그게 무슨?"

그때까지만 해도 연예인 매니저에 대해 크게 관심도 없었고 자세히 알아본 적도 없었던지라 의진은 임 대표가 무얼 말하는 지 몰랐다. 그래서 그저 어리둥절한 얼굴로 임 대표와 윤을 바라 보기만 했다.

그녀가 사무실에 도착해서부터 한마디 말도 없던 윤은 큰 키 를 자랑하듯 긴 다리를 죽, 편 채 의자에 앉아 있었다. 후드티의 모자를 뒤집어쓴 차림으로 핸드폰에만 시선을 두고 있어서 얼굴 은 제대로 볼 수 없었다. 무엇보다 그는 이 상황에 별 흥미가 없 는 듯 임 대표와 그녀의 대화에 관심을 보이지 않았다. 아마 하 루에도 면접 보는 사람이 여럿 다녀가는지 옆에서 무슨 얘기를 하든 아무 반응도 없이 저 할 일에만 몰두하고 있는 게 어쩐지 꽤 다가가기 힘든 스타일로 보였다.

"일이 좀 빡세거든요. 뭐 지금이야 데뷔 전이라 당분간은 괜 찮겠다만, 나중에 뜨기 시작하면 그때는 살인적인 스케줄일일 텐데."

"괜찮습니다. 기회만 주신다면 한 번 열심히 해 볼게요!"

의진은 힘차게 대답했다. 우선 시작하고 볼 일이지. 해 보다가

정 적성에 안 맞으면 그때 가서 다른 일을 찾아도 늦지 않다.

"그래요?"

그녀의 우렁찬 각오에 임 대표는 반신반의로 그렇게 묻더니 이어서 윤을 건너다봤다.

"윤아. 넌 어때?"

"전 다 상관없어요."

윤이란 남자는 그제야 첫마디를 했다. 그마저도 시선은 여전히 핸드폰에서 떼지 않은 채로, 건성으로 흘리듯이. 만약 오늘 면접에 통과된다면 이제부터 저 사람을 따라다니면서 밤낮으로 수발을 들어야 하겠지? 의진은 그 생각에 윤을 찬찬히 훑어보았다.

성격은 어떨까? 지금까지는 썩 예의 있어 보이지도, 친절해 보이지도 않는데. 혹시 싸가지 없이 굴거나 까다로운 성향이면 어떡하지……? 이력서를 보낼 때의 야심 차던 마음이 눈앞의 윤을 보면서 점점 작아졌다.

데뷔를 못 했다니 아직 연예인도 아닐 텐데, 그에게서는 보통 사람과 다른 묘한 아우라가 풍겼다. 아직 얼굴은 미처 못 봐서 어떻게 생긴 것도 모르겠건만 범상치 않게 커 보이는 키와 대충 걸쳐 입은 것 같은 옷에서도 그는 남다른 존재감을 드러내고 있었다.

"그러면 일단은 함께해 볼까요, 신의진 씨?"

임 대표는 종내에는 오케이 했다. 의진이 그 말을 듣고 번쩍 고개를 들자 임 대표는 곧이어 정식으로 윤을 인사시켰다.

"여긴 최윤입니다. 갓 등록한 회사라 현재로선 소속 아티스트가 얘 하나고요. 식솔은 의진 씨까지, 이렇게 셋입니다."

"아⋯⋯. 네."

무슨 회사가 직원이 나까지 셋이야? 혹시 불법으로 운영하거나, 아니면 사정이 나빠질 시에 직원 월급 떼먹거나 하는, 그런 이상한 곳은 아니겠지? 의진은 갑자기 덜컥 의심이 드는 바람에 대답을 흐렸다. 그런 그녀의 생각을 눈치챈 듯 임 대표가 웃었다.

"월급은 약속한 금액대로 어떻게든 안 밀릴게요."

"아, 그게."

혼자만의 생각이 그만 얼굴 밖으로 드러났나 싶어서 의진은 어색하게 웃어 보였다.

"대신 방금 전에도 얘기했다시피 저희뿐이라 모든 걸 셋이서 해야 합니다."

그만큼 힘들 수도 있다는 얘기겠지. 어차피 세상에 공짜란 없었다. 의진은 재빠르게 상황을 파악하고는 윤에게 인사를 건넸다.

"앞으로 잘 부탁드리겠습니다. 신의진이라고 합니다."

"부탁은 이쪽에서 드려야죠. 첫 매니저 생긴 거 축하한다, 최윤."

임 대표의 말에 윤은 비로소 자리에서 일어났다. 내내 보고 있던 핸드폰에서 고개를 들고는 처음으로 의진을 마주 봤다.

"최윤입니다."

어딘가 권태로운 눈빛, 그리고 툭, 던지듯 건넨 짧은 인사에선 어떠한 감정도 읽히지 않았다. 처음 보는 사람에 대한 낯가림이라기보다는 성격 자체가 냉소적으로 느껴졌다.

"의진 씨가 올해 스물넷이니 윤이보다 세 살 많네요."

임 대표의 뒤이은 설명에 의진이 '아, 네.' 하고 대답했다. 그때까지 그녀는 윤에게서 시선을 떼지 못하고 있었다. 의도한 건 아니지만 저도 모르게 계속 보고 있었다는 게 맞았다.

가까이에서 본 그는 키가 매우 컸고, 그리고 잘생겼었다. 그 외에는 다른 말로 최윤을 표현할 방법이 없었다. 그때까지 연예인이라곤 직접 본 적이 없었던 의진은 TV에서 나오는 연예인들은 다들 윤처럼 생겼을 거라 생각했다. 그 정도로 한순간에 사람을 잡아끄는 비주얼과 홀릴 듯한 분위기가 있어야 연예인이라고 명함을 내밀겠지, 하는 생각뿐이었다.

"윤이 오빠 이번 영화 끝나면 좀 쉬려나?"

문득 연희가 중얼거리는 말에 의진은 과거 추억에서 헤어 나왔다. 앞쪽을 바라봤더니 윤은 여전히 아역 배우와 함께 대사를 맞춰 보며 다음 신을 준비하고 있었다. 아역 배우가 긴장해서 대사를 놓치면 괜찮다며 표정 지도까지 해 주는 윤을 바라보다가 의진이 가만히 미소를 지었다. 언제 저렇게 프로가 다 됐지……? 잘 키운 내 연예인 하나, 열 남자 친구 부럽지 않은 순간이었다.

"지금 몇 달 내내 거의 쉬는 날도 없잖아요. 윤이 오빠가 쉬어야 나도 쉬는데."

그 말을 하면서 장난스럽게 눈을 찡긋거린 연희가 이어서 물었다.

"근데 처음에도 이렇게 바빴어요?"

"바쁘긴. 일이 아예 없었는데."

무심코 내뱉은 말에 연희가 정말요? 하면서 놀라워했다. 의진이 응, 하고는 웃었다. 지금 들으면 거짓말 같겠지만 그때를 생각하면 아직도 종종 감회가 새로웠다. 솔직히 처음에는 다해 봤자 세 사람뿐이니 다른 회사의 두세 배로 일을 많이 시키는 건 아닐까, 지레 겁을 먹었지만 그게 아니었다. 실은 일이 없어도 너무 없었던 것이다. 어느 정도냐면 월말이 되어 급여를 받을 때면 그 돈을 받기가 어색하고 민망할 정도였다.

임 대표는 나름대로 매일 바쁘게 사람들을 만나고 오는 것 같은데, 그때만 해도 사무실에 홀로 남겨진 의진은 뭘 해야 할지 몰라서 멍하니 자리만 지키기가 일쑤였다. 윤은 아예 사무실에 나오지도 않았고, 간혹 임 대표와 함께 사람들을 만나긴 했지만 평소엔 얼굴 보기가 몹시 드물었다. 그래서인지 그의 매니저 역할인 의진은 일이 없어도 너무 없었다.

정말이지 차라리 그때만큼은 매일같이 야근해서 죽을 맛이라던 친구의 하소연이 부러워서 나도 뭔가 일 좀 했으면 하는 생각만 가득했다. 일이 없어 고역인 것보다 일에 치여 과로사할 것 같은 상황, 그게 훨씬 마음이 편할지도 모른다고 생각했다.

그래서 그 무렵부터는 누가 시키지도 않았는데 사무실 구석구석을 청소하고, 임 대표가 들어오는 시간에 맞춰 커피도 따끈하게 내리고, 창가의 다 죽어 가는 화분을 정성 다해 살려 내기도 하면서, 의진은 부지런히 일을 찾아 헤맸다.

"대표님. 저기…… 이런 말 좀 그렇기는 한데요. 이번 달부턴 월급 절반으로 주셔도 돼요."

그러다 두어 달 지났을 때 고민 끝에 얘기했다. 그맘때쯤 제 급한 사정은 대충 해결됐으니 돈이야 차차 더 받으면 되는 일. 지금으로서는 언제 어떻게 문을 닫아도 이상하지 않을 회사가 더 걱정됐다. 이러니저러니 해도 제 첫 직장인 데다 소위 말하는 창립 멤버라는 생각 때문이었을까? 그녀의 인건비를 줄여서 회사가 한 달이라도 더 버틸 수 있으면 좋을 것 같다는 절박함마저 들었다.

"무슨 뜻이지?"

의진이 일을 시작함과 동시에 편하게 말을 놓았던 임 대표였다. 그는 그녀의 갑작스러운 얘기를 듣고는 눈을 가늘게 뜨며 이유를 물어 왔다. 월급을 올려 달라는 것도 아니고 절반으로 깎아 달라니, 직원의 요구가 좀 이상했나 보다. 그런 임 대표를 보며 의진이 말을 이었다.

"일도 없는데 그 돈 다 받기가 미안해서요. 회사 사정도 내내 어려운 것 같은데, 좋아지고 나서 다시 원래대로 주세요."

"그런 거라면 됐어. 급여 부분은 내가 의진 씨랑 한 약속이니까, 회사가 문 닫을 때까지는 어떻게든 지킬게."

정말 문을 닫는다고? 깜짝 놀라 눈을 크게 떴더니 임 대표가 걱정 말라며 덧붙였다.

"괜찮아. 내일 당장은 아니고, 우선 버틸 때까지 버텨 볼 생각이야."

"그럼 저도 이제부터 매일 외근 나가겠습니다. 어떻게든 윤이 데뷔시킬 수 있게 열심히 알아볼게요."

아마 그때부터였던 것 같다. 사무실에서 자리만 지키던 의진은 하나씩 직접 알아보러 다니기 시작했다. 영화·드라마 할 것 없이 오디션이 열린다 하면 일일이 지원서를 넣었고, 어떤 날에는 윤의 프로필을 들고서 무작정 제작사를 찾아가 보기도 했으며, 또 가끔은 사비를 털어 방송가의 고급 정보를 얻어 오기도 했다. 윤의 첫 드라마도 실은 그렇게 정보에 정보를 더해서 어렵사리 따 온 계약이었다.

"너 부르나 보다. 얼른 가 봐."

문득 철주가 연희를 향해 손짓하자 의진이 말했다. 간단하게 메이크업을 수정하기 위함인지 영화 촬영 팀 코디 하나가 윤의 옆에서 무어라 얘기하고 있었다.

"금방 다녀올게요."

연희는 말과 함께 종종종 그쪽으로 뛰어갔다. 의진도 저녁을 어떻게 할 건지 촬영 팀 스태프와 확인하기 위해 돌아섰다.

그리고 저녁은 결과적으로 그들이 준비하게 됐다. 윤의 앞으로 밥차가 도착할 거라며, 임 대표가 메시지를 보내왔던 것이다.

[나경이가 깜짝 이벤트로 보냈대. 나도 방금 전에 얘기 들었어. 혹시 모르니 스태프 쪽에서 준비한 식사랑 겹치지 않게 신 실장이 잘 조율해.]

애는, 지방에 행사하러 내려간 애가 무슨 뜬금없는 밥차야?

메시지를 확인한 의진이 급히 달려가 스태프한테 전했더니 스태프는 당황스러운 표정이었지만 이내 괜찮다고 했다.

"아직 시간이 있으니 저희가 예약한 오늘 식사는 취소하든가, 취소가 안 되면 야식으로 바꿔 달라고 할게요."

"번거롭게 해 드려서 죄송하네요. 소식을 미리 접했더라면 더 일찍 알려 드렸을 텐데."

스태프와 얘기를 마치고 차로 돌아가는데 어디선가 핸드폰이 진동하는 소리가 들렸다. 가방을 열어 보니 윤의 핸드폰이었다. 촬영에 들어가면서 그녀한테 맡긴 것이었다. 핸드폰에 뜨는 발신자는 다름 아닌 강나경이었다.

어떡하지? 의진이 세트장을 바라보자 윤이 마침 저를 찾는 줄 알았던 것처럼 고개를 돌려 본다. 의진은 그런 그에게 핸드폰을 흔들어 보이며 전화가 왔다고 했다. 받아요, 윤은 누군지 물어보지도 않은 채 그렇게 사인을 보내더니 다시 고개를 돌려 버린다. 그러고는 스태프들과 함께 계속하여 모니터링에 집중했다.

의진은 핸드폰으로 시선을 내렸다. 전화는 그동안 저절로 끊어졌다가 다시금 울리고 있었다. 전에도 촬영 중에 윤에게 걸려 오는 전화는 가끔 대신 받아서 전해 줬던지라 의진은 더 고민하지 않고 전화를 받았다.

- 오빠. 나예요, 나경이.

전화를 받자마자 전화 저편에서는 여자의 들뜬 목소리가 들려왔다.

"윤이 지금 촬영 중이야."

- ……어? 실장님이세요?

"응. 급한 일이면 얘기해. 대신 전해 줄게. 아니면 메시지 남겨 놓아도 되고. 윤이 끝나고 확인할 거야."

- 아, 급한 일이 있는 건 아니고요. 그냥 이것저것 오빠한테 고마워서요.

고맙다니? 무슨 얘기인지 몰라서 듣기만 하자 나경이 말을 이었다.

- 오늘도 저 때문에 오빠 매니저도 없이 곤란하실 텐데.

"괜찮아. 오늘은 내가 대신 나왔잖아. 빨리 사람 구해져야 할 텐데, 나경이도 불편해도 조금만 참아."

- 네. 실장님.

애교스럽게 대답하던 나경은 잠시 뜸을 들이더니 얘기한다.

- 아, 참. 저녁에 촬영장으로 밥차가 갈 건데요. 대표님한테서 얘기 들으셨죠?

"안 그래도 방금 전에 연락받았어."

- 저번에 제 드라마에 오빠가 카메오로 출연해 줬잖아요. 그 날도 저 때문에 스케줄도 다 비우고 달려와 줘서 얼마나 고마웠는데요. 뭐로 마음을 전할까 고민하다가 깜짝 선물로 밥차 예약했어요.

"그랬구나. 나경이는 마음도 예쁘네. 같은 회사 식구끼리 서로 도와야지. 좀 이따 윤이 촬영 끝나면 전화하라고 할게."

실은 같은 회사 식구여서 그랬던 것보단 해당 드라마 PD와의 인연으로 윤이 출연을 결정했던 이유가 더 컸지만, 어쨌든 나경의 입장에서는 소속사 선배가 자기 드라마에 나와 줘서 기가 살고 고마웠겠지. 사전에 회사 측과 아무 상의도 없이 밥차니, 뭐니 덜컥 보내와 잠시 곤란해지긴 했지만 의진은 그즈음 해서 더 따지지 않고 넘어가기로 했다.

 - 고맙습니다. 실장님. 윤이 오빠 촬영 끝나면 전화 꼭 좀 부탁드릴게요.

"응. 행사 잘 마치고. 서울 올라오면 다시 얘기해."

통화를 끝낸 의진은 핸드폰을 도로 가방에 넣어뒀다. 그리고 얼마 뒤, 나경이 예약한 밥차는 식사 시간에 맞춰서 화려하게 등장했다.

〈영화 '금지 구역'의 제작진과 배우 최윤 님을 응원합니다! 오늘 새움의 막내 나경이가 시원하게 쏩니다!〉

커다란 푸드 트럭에 걸린 현수막이 불어오는 바람에 기세 좋게 펄럭였다. 거기에 적힌 글자를 하나씩 읽어 내려가던 연희가 입술을 비죽댔다.

"아니, 지 스태프들한테나 이렇게 챙겨 주지. 만날 싸가지 없이 굴어서 매니저도 다 도망가게 만든 사람이, 아주 쇼를 해요."

"누구 듣겠다. 목소리 낮춰."

의진이 쉬잇, 주의를 줬지만 평소 쌓인 게 많았는지 연희는 개의치 않고 나경의 험담을 쏟아 냈다.

"나이도 어린 게 연예인 병 걸려선 요즘 좀 뜬다고 어찌 나대는지. 아우. 게다가 윤이 오빠한테는 왜 자꾸 친한 척인데요?"

"고마워서 보낸 거라잖아. 우리야 맛있게 먹어 주면 그만이고."

"나한테 버릇없이 굴던 걸 생각하면 어디 목구멍에 밥이 넘어나 가겠어요?"

그렇게 갖은 불만을 토해 내던 연희는 정작 잠시 후에 맛있는 음식들을 보자 언제 그랬냐는 듯 젓가락질이 분주해졌다. 나경이 직접 여러 군데 전화해서 알아보고 예약했다는 밥차는 메뉴 구성부터 알찼다. 소불고기 덮밥, 베이컨 크림 파스타, 쌀떡볶이, 냉채 족발 무침, 골뱅이 소면 무침, 어묵국, 미소 된장국……. 게다가 후식도 각종 과일과 음료수로 풍성하게 준비되어 있었다.

"강나경, 요새 잘 번다고 돈 좀 썼는데?"

의진이 혼잣말을 하며 젓가락을 뜯었다. 그런 그녀에게로 통화를 마친 윤이 다가왔다.

"전화해 줬어?"

나경한테 전화가 왔다고 얘기한 게 방금 전이었다. 벌써 통화 다했냐고 올려다보자 윤은 고개를 끄덕이면서 옆에 앉았다. 그러더니 자연스럽게 자기 몫의 식판에서 바나나 우유 하나를 건네준다.

"여기요."

"네. 감사합니다."

의진이 윤의 말투를 따라 하며 냉큼 받았더니 그런 둘을 보고 있던 연희가 물어 왔다.

"실장님 바나나 우유 좋아하세요?"

"응. 완전 좋아해."

그녀의 말에 윤이 웃었다. 우연히 그녀가 바나나 우유를 좋아한다는 걸 알고는 그 뒤로 때마다 제 몫의 우유를 따로 챙겨 주는 윤이었다. 윤의 취향은 생우유였고, 단 음료라면 질색했다. 식성이 반대인 사람과 식사하면 가끔 이렇게 좋은 점도 있었다.

"오빠는요?"

"응. 완전 싫어해."

연희가 묻는 말에 윤이 의진의 말투를 따라 했다. 연희는 뭐가 재미있는지 깔깔거리면서 웃었다.

"제 것도 드실래요? 실장님. 저도 바나나 맛은 별로라, 전 딸기 우유를 좋아하거든요."

"그럼 그것도 이리 줘."

의진은 거절하지 않고 주는 대로 하나 더 받았다. 그러자 한창 바나나 우유를 마시고 있던 철주가 약간 당황스러운 표정으로 바라본다.

"실장님. 미리 얘기해 주시지……."

"아냐, 됐어. 세 개면 배불러. 불편해하지 말고 얼른 먹어."

진심으로 괜찮다고 했지만, 철주는 이미 어딘가 불편해 보였다. 괜히 잘 먹는 사람 체하겠네. 신경 쓰지 말라고 다시 얘기하려는데 문득 두런두런 말소리와 함께 사람들 인기척이 들렸다. 고개를 들어 봤더니 식사하라고 아까 불렀던 감독과 스태프들이 이제 들어오고 있었다.

"맛있는 게 많네요. 잘 먹겠습니다."

"양이 넉넉하니까 다 드시고 더 가져오시면 돼요. 어서들 앉으세요."

의진이 자리에서 일어나 스태프들을 챙겼다. 잠시 후의 식사 자리에서는 늘 그랬듯 영화 얘기, 스태프와 기획사 식구끼리 서로 궁금한 얘기, 그리고 요즘 사회적으로 이슈가 되는 얘기들이 오고 갔다. 그러는 동안 짧은 겨울 해는 이미 흔적조차 보이지 않을 정도로 사라져 버렸고, 숨 가쁜 하루도 조금씩 저물어 갔다.

* * *

화요일 저녁이 되자 의진은 송파구 신천동에 위치한 한 아파트를 찾았다. 그곳은 아버지네 식구가 거주하는 곳이었다. 하나뿐인 정 여사의 아들이 얼마 전 호주로 아예 이주한 터라, 식구라고 해 봤자 지금은 달랑 아버지와 정 여사만 남게 됐다. 하나 의진에겐 어머니가 돌아가신 뒤 유일한 본가나 다름없어서 시간 날 때마다 틈틈이 찾아뵙는 곳이기도 했다.

골목 어귀에 도착해 택시에서 내린 의진이 잠시 맞은편을 바라봤다. 지은 지 꽤 오래돼 보이는 아파트는 처음 왔을 때부터 서먹서먹한 느낌보다는 친숙한 이미지로 다가왔다. 그런 아파트의 외양처럼 여기 사는 아버지네 가족과도 의진은 실제로 오랜

기간을 꽤 무난하게 지내 온 편이었다.

"의진이 왔네. 날이 춥지?"

벨을 누르고 얼마 지나지 않아 새어머니인 정 여사가 문을 열어 준다. 의진은 현관에서 신발을 벗으며 얘기했다.

"주말에 들르려고 했는데 일이 생겨서 오늘 왔어요. 아버지는요?"

"응. 오시는 중이래. 30분 전에 출발한다고 했으니 곧 도착하실 거야."

집 안 가득 맛있는 음식 냄새가 나는 걸로 보아 여태 혼자 저녁 준비 중인 듯 했다. 의진은 들고 온 선물을 간단히 드리고는 함께 주방으로 향했다.

"다 했어. 그냥 앉아 있어."

그런 그녀를 정 여사가 만류했지만, '수저라도 놓을게요.' 하면서 의진이 소매를 걷었다. 식탁에는 이미 갈비탕이며 제육볶음, 각종 나물 반찬이 그릇에 예쁘게 세팅되어 있었다. 서울에 있는 모 출판사에서 편집장으로 일했던 정 여사는 지난해에 조기 퇴직하여 요즘은 대부분 집에서 시간을 보낸다고 했다. 오늘처럼 가족끼리 모임이 있는 날에는 아침부터 장을 봐 오고 하루 종일 이것저것 여러 가지를 준비하는 것 같았다.

"회사는 아직도 바쁘고 그러니?"

정 여사가 큰 볼에서 잡채를 덜어 내며 관심조로 물어 왔다. 의진이 접시를 건네주면서 고개를 끄덕였다.

"그렇죠, 뭐."

"최윤 배우 말고도 연예인 여러 명 더 있다고 하던데, 그래서 주말에도 일이 많은가 보구나."

"매니저랑 사람들 여럿 더 뽑아 놓으면 좀 편할 거예요."

"근데 최윤 배우 말이야. 요즘 TV에서 광고 또 새로 나오더라. 혹시 드라마는 안 한다고 하니?"

"글쎄요. 한 번 얘기해 볼게요."

의진의 애매한 대답에 정 여사는 아쉽다는 듯 덧붙였다.

"스크린에선 자주 볼 수 있다고 하는데 사실 우리 세대는 영화보단 드라마를 더 많이 보잖아. 드라마를 안 하니까 광고로 그 잠깐 얼굴 나오는 거 보려니……. 감질나서, 원."

"이모도 윤이 팬이세요?"

장난스럽게 묻자 정 여사가 그럼, 하면서 웃는다.

"너랑 사이가 좀 특별해? 최윤 배우가 잘되면 너도 잘되는 것 같아서 괜히 응원하게 되더라고."

"아버지도 이모랑 같은 마음이시면 좋을 텐데."

"아무래도 여러모로 걱정되시겠지. 하나뿐인 딸이니 더 하실 테고. 이해해 드려."

"그래야죠. 기회 봐서 슬슬 정리할까 해요."

"정말이니?"

뜻밖의 얘기에 정 여사가 약간 놀란 얼굴로 물었다. 의진은 가만히 고개를 끄덕였다. 아직 임 대표나 윤에게 말을 꺼내지는 않았지만, 조만간 상황에 따라 사직 의사를 내비칠 생각이었다.

"혹시 아버지 때문이야?"

뒤이은 정 여사의 물음에 의진은 선뜻 대답을 하지 못했다. 솔직히 아버지의 영향도 아주 없진 않았으니까. 아버지는 의진이 연예 기획사에서 일하는 걸 달가워하지 않았다. 처음 윤의 매니저를 한다고 했을 때부터 지금까지, 그저 언제라도 그만두길 원하시던 분이었다.

"거길 나와서 다른 친구들처럼 제대로 된 직장에 들어가든가, 아니면 작은 가게라도 내든가 하는 게 어때? 착실하게 일하다 좋은 남잘 만나서 더 늦기 전에 결혼도 하고 그래야지."

"요즘은 기획사들도 관리가 잘돼 있어서 다른 직장이랑 똑같아요, 아빠."

"글쎄, 다른 건 모르겠고. 너 일하는 걸 봐봐. 네가 관리하는 배우한테 무슨 사소한 문제라도 생기면 낮이고 밤이고 달려가야 하잖아. 그래 갖고 연애며 결혼이며 할 수 있겠냐는 말이야."

아버지의 그 말에는 의진도 쉽게 반박할 수가 없었다. 실제로 한때 만남을 가져왔던 남자가 그 같은 이유로 이별을 고했던 것이다. 그는 자기 여자가 어떤 남자 배우와 하루 종일 같이 일하고 그 사람의 먹는 것, 자는 것, 쉬는 것을 포함한 모든 일상생활을 관리하면서 가깝게 지낸다는 사실을 받아들이기 힘들다고 했다. 의진은 남자의 말을 이해했고, 둘은 결국 짧은 만남을 정리했다.

그때 알았다. 남들처럼 정상적으로 연애하고 결혼하기에는 그녀가 조금 별난 직업을 가졌다는걸. 물론 이 세상에는 별의별 업종도 다 있고 그중엔 배우자감으로 정말로 적당하지 않은 직업들도 있을 것이다. 거기에 비하면 그래도 괜찮지 싶다가도 어느 순간, 하루 종일 윤을 따라다니는 게 일상다반사가 된 자신을 발견할 때면 의진도 어쩔 수 없이 인정해야 했다.

비혼주의가 아닌 이상 이 일을 그만두든가, 아니면 이 일을 완벽히 이해해 주는 남자를 만나든가. 솔직히 전자는 쉬워도 후자는 몹시 어렵다는 걸 알고 있다. 그래서 계속 생각이 많아지는 요즘이었다.

"그냥 여러 가지로 새로 시작해야 될 것 같아서요."

의진이 얘기하자 정 여사는 잘될 거라며 위로했다.

"그래. 생각을 정하면 정리가 빠를 거야. 뭐든 결정하기까지가 어렵지, 한 번 마음먹으면 또 의외로 잘 풀릴 수도 있어."

"네."

"근데 정말로 그만두게 된다면 최윤 배우가 몹시 서운해하겠네. 네가 첫 매니저였고, 데뷔 전부터 죽 같이 있었으니 그동안 많이 의지했을 텐데."

"……괜찮아요. 이제 저 없어도 문제없을 만큼 잘해요."

말은 그렇게 했지만 의진 역시 속으론 걱정스러웠다. 그녀의 빈자리에 서운해할 윤을 걱정하는 게 아니었다. 어차피 윤이야 어느 정도 시간이 지나면 다시 본래의 제 생활로 돌아가겠지. 방황할 시간조차 없을지도 모른다. 스케줄이 워낙 많아야지 말이다.

윤보다 더 걱정인 건 그녀 자신이었다. 사실 새움을 떠나고 싶다는 생각을 하게 된 건 아버지의 영향이나 저 자신의 미래를 고민해서이기도 했지만, 더 큰 이유는 윤 때문이었다. 언제부터 인지 모르겠지만, 윤에게 이상하게 끌리는 저 자신을 발견한 뒤였다. 연예인과 매니저, 정상적이라면 단지 일로 엮인 사이일 뿐인데 종종 마음이 헷갈릴 때가 있어서 혼란스러웠다.

만약 이런 제 마음을 임 대표나 윤이 알게 된다면……? 의진은 저도 모르게 고개를 흔들었다. 상상만으로도 식은땀이 났다.

물론 일로 만난 사이에도 남녀끼리 서로 눈이 맞으며 정들고 하는 게 충분히 있을 수 있는 일이었다. '사내 연애'라는 단어가 괜히 생겼겠나 싶다. 그러나, 그래도, 윤과는 아니었다. 현재 둘의 관계도, 앞으로 둘의 미래도, 어느 하나 쉬워 보이지 않았다.

"근데 뭘 이렇게 많이 준비했어요?"

생각이 복잡해지자 의진이 화제를 돌리기 위해 물었다.

"응. 아버지가 오늘 손님 한 명 데리고 오실 거라고 했거든. 너까지 넷이서 식사하려면 이 정도는 돼야지."

"무슨 손님이요?"

그때 마침 문이 열리는 소리가 났다. 아버지가 왔나 보다. 의진은 습관적으로 몸을 돌려 현관으로 향했다.

"오셨어요?"

"그래. 의진이도 일찍 왔구나."

현관에는 아니나 다를까 아버지가 있었고, 그 뒤로 언뜻 웬 남자의 모습이 보였다. 정 여사가 방금 전에 얘기한 손님인 것 같았다. 근데 누구기에 가족 모임까지 초대한 거지? 의진은 궁금했지만, 잠자코 기다려 봤다.

"아까 출발한다더니 좀 늦었네요. 이리 줘요."

뒤이어 정 여사가 다가오며 아버지의 코트를 받아 주었다. 별 거 아닌 그 모습이 무척 자연스럽게 느껴져 의진은 잠시 둘을 바라봤다. 그동안 함께 지내 온 시간만큼 두 분은 더할 나위 없이 평범하고도 일반적인 부부가 되어 있었다.

"중간에 차가 막혀서 말이야. 아, 자네도 얼른 들어와."

아버지가 말하면서 뒤에 서 있던 남자를 불렀다. 그러고는 누 군지 몰라 내내 어리둥절해 있는 둘에게 소개시켜 줬다.

"이건우라고, 내 후배야."

"네?"

저도 모르게 반문했더니 아버지가 호탕하게 웃으며 덧붙인다.

"후배라기엔 이 친구가 너무 젊었지? 의진이보다 겨우 두 살 이 많아. 그러고 보니 나한텐 아들뻘 후배네. 하하하."

"그럼 오늘 오신다던 손님이 이분이신가 봐요? 반가워요."

여전히 어정쩡한 표정으로 서 있는 의진과 달리 정 여사는 상 황 파악을 마쳤는지 남자더러 어서 들어오라고 했다. 어째 낌새 가 이상한데……? 문득 파고드는 생각에 아버지를 바라보자 그 런 그녀를 가리키며 아버지가 잊을세라 인사시켰다.

"여긴 내 딸, 신의진이라고 해."

"안녕하세요. 부장님한테서 평소에 얘기 많이 들었어요. 이렇 게 뵙게 되네요."

큰 키의 남자는 인상 좋은 웃음을 지으며 그녀에게 인사를 건

네 왔다. 의진도 떨떠름한 표정을 거두고는 애써 웃어 보였다.

"처음 뵙겠습니다. 신의진이에요."

그런 뒤에 정 여사를 따라서 재빠르게 주방으로 향했다. 등 뒤에서는 아버지와 그 후배라는 남자가 계속해서 두런두런 얘기를 나누는 소리가 들려왔다. 아직 누구도 뭐라고 말을 꺼내지 않았지만, 삽시간에 머릿속이 어수선해졌다. 나이가 아주 많았으면 의심이라도 안 하지, 데려온 손님이 하필이면 또래인 데다 그녀가 집에 들르는 시간에 맞춰 데려온 것도 영 수상했다.

"이모."

"저 양반도 나이를 잡수시긴 했나 보다. 왜 미리 얘기도 없이 주책이지?"

그래서 참지 못하고 정 여사를 불렀더니 정 여사도 똑같이 느꼈던 건지 얘기했다.

"그렇죠? 제가 생각하는, 그런 상황이 맞는 거죠?"

손님 초대는 무슨. 대놓고 맞선 분위기를 만든 거잖아. 이럴 줄 알았으면 집에 온다는 말이나 하지 말걸. 의진의 생각을 읽은 듯 정 여사가 소용없다고 했다.

"이번엔 아버지가 작정하신 듯하다."

"뭐가 그리 급하실까요, 아빠는?"

"글쎄다. 이모 얘기가 혹시 기분 나쁘거나 하면 그냥 흘려들어."

식탁에 수저를 하나씩 놓으면서 정 여사가 말을 이었다.

"실은 네 어머니가 돌아가신 뒤로 부쩍 초조해하셨어."

어머니는 3년 전에 갑작스러운 사고로 의진의 곁을 떠났다.

어제까지도 돈이 없다고 전화를 걸어 오던 사람이었는데, 다음 날 갑자기 경찰에서 연락이 와 어머니가 차에 치여서 구급 중이라고 했다. 황망한 얼굴로 새벽길을 달려갔던 응급실에서 의진은 결국 숨이 멎은 어머니를 마주해야 했다.

"아마 그동안 너희 모녀한테 못 해 준 것들도 후회가 됐을 거고, 의진이 네게 남은 핏줄이라고는 이제 자기밖에 없다고 생각이 드셨나 봐."

가만히 식탁 밑만 내려다보고 서 있자 정 여사가 지나가면서 어깨를 두어 번 토닥여 줬다.

"이해해 드려. 방법은 좀 일방적이지만 다 널 위하는 마음이시잖아."

"……."

"아니면 솔직하게 싫다고 하면 되지. 근데 그렇게 거절하기엔 저 총각, 꽤 괜찮아 보이는데?"

정 여사도 결국 아버지와 같은 편이던가? 의진이 그 생각으로 이맛살을 찡그리자 정 여사는 장난이라며 웃어 보였다.

그렇게 그날 저녁 식사는 뜬금없이 나타난 남자의 존재로 인해 약간은 불편하게 이어졌다. 의진은 딱히 무슨 말을 해야 할지 몰라 식사 내내 그저 밥 먹는 일에만 열중했다.

"건우, 이 친구도 의진이 자취하는 그 근처에 산다고 하던데. 시간 날 때 종종 만나서 차 한잔 마시고 그러렴."

"아, 그래요? 실례지만 어디 사세요?"

의진의 물음에 남자는 얼른 제가 살고 있는 곳을 알려 주었다.

아버지의 말처럼 의진이 자취하는 오피스텔에서 길 하나를 사이에 두고 있었다.

"가까운 데 사네요."

그러자 남자가 웃으면서 요청했다.

"혹시 오늘 차 안 가져오셨으면 데려다 드릴게요. 어차피 같은 길인데."

"괜찮아요. 전 그냥 택시 타고 가면……."

"뭐 하러 위험하게 밤 택시를 타? 오늘은 이 친구 차로 같이 가지 그러냐."

의진의 말을 자르며 아버지가 중간에서 얘기했다. 본가에 들를 때면 가끔 가볍게 와인 한잔하는지라 오늘도 차를 두고 왔더니 이런 애매한 상황이 돼 버렸다. 의진은 고민 끝에 별수 없이 고개를 끄덕였다.

식사는 오래 걸리지 않고 금방 끝났다. 잘 가라고 배웅해 주는 아버지와 정 여사에게 인사를 하고 둘은 함께 집으로 향하는 차에 올랐다. 멀지 않은 길이니 크게 상관없다고 생각했으나 막상 처음 보는 남자와 단둘이 있으려니 솔직히 어색한 기분이 드는 건 어쩔 수 없었다. 그래서 물끄러미 창밖만 바라보고 있자 남자가 눈치챈 듯 물어 온다.

"제가 불편한가요?"

"아, 아니요. 그런 건 아니고요."

"그동안 부장님한테서 의진 씨 얘기 들었어요."

어떤 얘기를 말하는 건지 몰라서 의진은 대답 없이 남자의 말을 기다렸다. 그는 운전하면서 말을 이어갔다.

"옆에 많이 있어 주지 못해 의진 씨만 생각하면 마음에 계속 뭐가 걸린 것 같대요."

"……."

"학생 때는 혼자 알아서 공부 다 하고, 커서는 또 혼자 벌어 어머니도 챙기고, 너무 야무져서 마음이 아프다고 하셨어요."

그렇게 마음 아프실 일, 어떻게든 이혼하지 말고 그들 모녀 좀 보듬어 주지. 양육비는 꼬박꼬박 줬다지만, 아버지의 그늘이 있고 없고는 완전히 달랐다. 평생을 제 손으로 돈 한 푼 벌어 본 적 없는 어머니와 단둘이 남겨졌을 때, 의진은 그 어린 나이에도 몹시 막막했다. 자식 생각해서라도 아버지가 조금 참아 주셨더라면…….

그런 생각이 원망처럼 들었다가 이내 접어 버렸다. 이혼 사유 중에서도 가장 흔한 '성격 차이'로 이혼하셨던 부모님이었다. 처음에는 핑계라고 생각했지만 다 커서 돌이켜 보면 어쩌면 진정으로 두 분 성격 차이에서 오는 불화가 맞았다.

사소하게는 생활 습관, 더 나아가서는 성향과 가치관이 전혀 달랐던 두 분이었다. 그런 두 사람이 어떻게 만나 오고 결혼까지 하게 됐는지가 신기할 정도로 서로 다른 성격에 모든 게 극과 극이었던 두 분은, 이혼 직전에 다다라서는 어린 의진이 느끼기에도 애정과 믿음이 거의 사라진 상태였다. 그렇게 아무 감정 없으면서도 만약 자식 때문에 꾸역꾸역 살았더라면 셋 다 불행해졌을지도 모르지. 의진은 아버지를 이해하기로 했다.

"아빠가 회사에서 별 얘기를 다 하셨네요."

한참 있다가 한 말에 남자가 웃었다.

"아마 제가 마음에 드셨나 봐요."

그러더니 빙빙 에두르는 것 없이 얘기한다.

"의진 씨 짝으로 말입니다."

"네?"

못 알아들은 건 아닌데, 남자가 너무 직설적으로 얘기해 오는 바람에 의진은 저도 모르게 당황한 표정을 짓고 말았다.

"실은 제가 먼저 부장님한테 졸랐습니다."

"조르다니요?"

"우연히 부장님 책상 위에서 의진 씨 사진을 봤는데, 꼭 제 이상형이었거든요. 그래서 한 번만 만나게 해 주십사 부장님한테 오래전부터 얘기를 드렸어요."

"……."

"근데 오늘 이렇게 직접 뵙고 나니 사진보다 더 인상이 좋으시네요. 앞으로도 계속 만나 보고 싶습니다."

이 남자, 보기보다 몹시 저돌적이다. 젠틀한 외모에 목소리 톤은 다정하지만 하는 말에는 조금의 주저함도 없었다. 식사 내내 아버지가 의도적으로 들려줬던 얘기처럼 여유 있는 집안에서 부족함 없이 자란 탓인지 말투와 표정 어딘가에선 특유의 자신감이 내비치고 있었다.

"의진 씨는요?"

의진이 말이 없자 남자가 물어 왔다. 때마침 핸드폰이 울리는 바람에 의진은 자연스럽게 대답을 피할 수 있었다. 가방을 뒤적거려 핸드폰을 꺼내 봤더니 전화를 걸어 온 사람은 다름 아닌 윤이었다. 무슨 일이지? 의진은 남자에게 잠시만요, 하고 양해를 구하고는 전화를 받았다.

"응. 왜?"

─ 숀 커피 광고 미팅이 내일이라면서요.

이제 스케줄 끝나고 돌아왔나 보다. 차 안의 시계는 밤 8시를 지나고 있었다. 너무 늦은 시간도 아니고, 그렇다고 일찍 끝난 것도 아니었다. 집에 돌아온 윤이 적당히 피곤해서 늘어져 있을 시간이었다.

"왜, 무슨 문제 있어?"

─ 실장님도 같이 가요?

"첫 미팅이니 가 봐야지. 오전 10시로 약속 잡았어. 늦지 않게 준비해."

─ 네. 저녁은 먹었…….

말을 하다 말고 윤이 문득 무언가를 감지한 것처럼 목소리에 날을 세웠다.

─ 근데 어딘데? 왜 이렇게 조용해요?

"아, 난 차 안이지."

─ 혼자?

"으응. 이따 전화할게."

순간적으로 거짓말을 해 버렸다. 그러고는 윤이 뭐라고 얘기할 사이도 없이 먼저 전화를 끊었다. 뭐지? 잘못한 것도 없는데 괜히 잘못한 것만 같은 이 찝찝함은……?

전에 남자를 만날 때도 종종 윤에게서 전화가 걸려 오긴 했으나 굳이 거짓말을 하지는 않았다. 근데 방금 전엔 왜 그랬을까? 의진은 그런 제 스스로에게 의문이 들었다. 그러다 곧 그럴듯한 이유를 찾았다. 그간 남자와 있다고 할 때마다 우연처럼 계속 방해를 해 대는 윤 때문에 난처했던 적이 한두 번이 아니니까. 오늘도 그럴까 봐서였다.

"저 때문에 통화가 불편하셨나 봐요."

그때, 남자가 걸어오는 말에 핸드폰만 쉼 없이 만지작거리던 의진이 고개를 들었다.

"어? 아니에요. 근데 방금 전에 무슨 얘기를 했던가요?"

윤의 전화 한 통 받고 그새 까먹어 물어봤다. 그러는 동안 차는 그녀의 집 앞까지 거의 다 와 있었다. 근처에 주차할 곳을 찾으면서 남자가 얘기한다.

"의진 씨는 저 괜찮은지 물어봤는데요."

아……. 맞다. 그 얘기를 하다가 말았었지. 간신히 피했던 대화를 스스로 다시 꺼낸 꼴이 되자 의진은 저도 모르게 한숨을 쉬었다. 어떻게 대답할까 고민하는데 구세주처럼 핸드폰 화면이 또다시 하얗게 빛났다. 여전히 윤이었다.

[집으로 와요. 기다릴게.]
[왜?]

[저녁 못 먹었어요.]

의진이 미간을 찌푸렸다. 자신은 이제 더 이상 윤의 전담 매니저가 아닐뿐더러 밥 못 먹는 아들 챙기는 엄마는 더더욱 아닌데 말이다. 의진은 남자에게 다시 양해를 구하고선 전화를 걸었다. 신호음이 가자마자 윤이 받는다.

"뭐 시켜 줄까?"

- 밖에서 먹고 싶은데.

"……."

- 혼자 나가도 되나 몰라.

의진이 한숨을 쉬었다. 이렇게 나오면 그녀가 아무 방법이 없다는 걸, 윤은 안다. 대중에게 얼굴이 다 팔린 인기 배우가 홀로 밖을 돌아다니게 놔두는 소속사 책임자는 없으니까.

윤이 혼자 외출할 수 있는 경우는 두 가지였다. 고향인 수원 본가로 내려갈 때와 거주하는 빌라 단지 내에서의 산책. 거기서 하나 덧붙이자면 본인 차로 운전하여 임 대표나 의진의 거처까지는 문제없다고 허용했다.

고향이 어딘지, 거기에 누굴 보러 가는지 정도는 데뷔하고 얼마 안 지나 드러난 사실이라 굳이 숨길 것도 없어서 자연스럽게 다니는 편이었고, 지금 있는 빌라는 워낙에 보안이 잘돼 있어서 외부인은 접근하기 힘든 곳이기에 그 안에서 이상한 사람들이 따라붙을 걱정은 없었다.

임 대표나 의진의 집까지 윤이 직접 방문하는 경우는 여태 없었지만, 만약에 윤이 혼자 찾아오는 일이 생긴다면 그건 말 그대로 비상 상황일 테니 임 대표가 특별히 그러도록 허락했던 일이었다.

그래서 전에 한시은과 잠깐 만날 때도 윤은 데이트 일정을 꼬박꼬박 보고해야만 했다. 그런 그를 보면서 의진은 연예인은 연애도 마음대로 못 하네, 하고 생각했다. 요즘은 그나마 대중들이 공개 연애에 대해 꽤 너그럽게 받아들이는 편이라고 해도 소속사에서는 이미지 관리차 여전히 엄격히 통제해 오고 있기 때문이다.

- 실장님?

"정민이 불러서 둘이 나가. 아니면 철주 부르든가."

재촉하는 윤에게 의진이 뒤늦게 방법을 알려 줬다. 정민이나 철주한테는 미안했지만 다행히 회사 초창기 시절도 아니고, 그녀 대신 달려가 줄 사람은 여럿 있었다.

- 둘 다 강나경 촬영하는 데 갔는데. 나 데려다주고 바로 떠나서 아마 새벽이나 돼야 끝날걸요.

"……."

- 하루 종일 여기저기 뛰어다니느라 애들만 고생이지. 그러게 사람 좀 빨리 뽑아 놓으라니까.

윤은 남 일 얘기하듯 말했다. 그럼 대표님이랑……. 의진은 하려던 말을 삼켰다. 임 대표는 오늘 저녁에 제작사 관계자들과 모임이 있을 거라고 했다.

- 왜, 지금 오기 좀 그래요?

느릿느릿 물어 오는 윤은 어쩐지 이 상황을 즐기고 있는 것처럼 느껴졌다. 마치 그녀가 어떤 핑계를 대도 결국엔 제게 오게될 거란 걸 다 안다는 듯이. 의진은 시계를 보다가 말했다.

"준비하고 기다려. 지금 갈게."

전화를 끊고 보니 차는 어느새 길가에 조용히 멈춰져 있었다. 남자는 그녀의 통화를 들으면서 무료한지 손가락으로 핸들을 톡톡, 건드리며 장난쳤다.

"죄송해요."

의진이 사과했다. 남자는 고개를 들더니 괜찮다는 듯 웃어 보인다.

"부장님한테서 들었어요. 현재 연예 기획사에서 일하신다더니, 이런 일인가 봐요."

"네. 거의 이런 일이에요."

의진은 씁쓸하게 대답했다. 언제 어디든 오라면 바로 출동해야 되는, 이 무슨 상명하복으로 길든 나라를 지키는 군인도 아니고.

그래도 그동안 윤이 크게 까다롭게 굴지 않아서 나름 버텨 왔는지도 모른다. 오늘처럼 가끔 고집을 부리는 날도 있긴 했지만, 그나마 다른 연예인들에 비하면 최윤은 양반이었다.

"그래서, 지금 가 봐야 돼요? 거기까지 데려다줄까요?"

남자가 물어 오자 의진은 얼른 고개를 흔들어 보였다.

"아니요. 괜찮아요. 어차피 집에 다 왔으니 제 차 가지고 가면 돼요."

다행히 오늘 식사 자리에서 술 한 방울 안 마시길 잘했지. 의진은 그 생각을 하면서 남자에게 인사했다.

"오늘은 여러 가지로 좀 정신이 없네요. 아빠한테 말씀드릴 것도 있고, 얘기가 정리되면 제가 한 번 연락드릴게요."

남자는 그러라는 듯 가볍게 고개를 끄덕였다. 의진은 곧 차 문을 열고 내렸다.

03.

밤이 깃든 서래마을은 한적했다. 대한민국의 부촌 중 하나로 꼽히는 이곳에는 재벌과 고위 공무원, 전문직 종사자들이 몰려 사는 데다 보안이 철저하고 주변 환경이 조용하다는 점을 들어 연예인들도 대거 밀집해 있었다. 몇 년 전부터 방송에 자주 알려 지면서 주변이 꽤 혼잡해졌지만 그래도 안으로 구불구불 들어갈 수록 인적이 드물어, 사람들 눈을 피해 다니기 좋았다.

의진의 차가 점점이 켜진 가로등 불빛을 따라 좁다란 길을 달 렸다. 길 가장 안쪽에는 지은 지 얼마 안 된 고급 빌라 하나가 있었다. 의진은 모던하게 지어진 빌라의 외양을 바라보면서 전 화했다.

윤은 전화를 받지 않았다. 준비하는 중인가 보다고 생각한 의진은 일단 주차를 하기 위해 지하로 향했다. 빌라를 매매할 때 윤은 차량 등록도 그녀의 것까지 두 개로 했다. 덕분에 무리 없이 지하 주차장까지 들어온 의진이 차를 세우면서 다시 전화를 걸었다. 신호음이 가자마자 맞은편 차의 전조등이 환하게 켜진다.

의진이 고개를 들었다. 윤의 차였다.

– 이리 와요.

그때, 전화를 받으며 윤이 말했다. 의진은 전화를 끊고는 차에서 내렸다. 그쪽으로 건너갔더니 차창 너머로 윤이 얘기한다.

"타요. 내 차로 이동하게."

"왜?"

또 무슨 수작인지 멀뚱하니 보고만 있자 그가 대답했다.

"이미 퇴근한 사람한테 운전까지 시키기 미안하잖아요."

미안한 걸 알면 그놈의 밥, 매일 먹는 밥, 그거 그냥 하루는 좀 굶든가. 아니면 혼자 대충 해결하든가. 꼭 이 시간에 여기까지 사람을 불러내야 속이 편하지.

"퍽이나 그러실까요?"

실은 정말 그가 끼니를 거른다고 하면 그건 그것대로 신경이 쓰일 거면서 의진은 괜히 툴툴거려 봤다. 그러고는 보닛을 돌아 조수석에 탔다. 그녀가 안전벨트를 매길 기다렸다가 차는 곧 부드럽게 출발했다.

"뭐 먹을래요?"

"나한테 묻는 거야?"

"응. 저녁 먹었어요?"

저녁 먹겠다고 불러낸 사람이 그녀더러 메뉴를 고르라고 하니 의진은 난데없는 고민에 빠져야 했다. 윤은 그녀의 대답을 기다리며 전방에 시선을 두고 있었다. 의진이 잠시 그런 윤을 바라봤다. 씻은 지 얼마 안 됐는지 덜 마른 머리칼이 이마에 약간 흐트러진 채로 그는 맨얼굴이었다. 스케줄이 아닌 편하게 밥 먹으러 갈 때는 옷에 별로 신경을 쓰지 않는지라 오늘도 그저 평범한 후드티에 트레이닝 바지 차림의 윤.

그럼에도 이렇게 옆모습만 보고 있어도 홀리듯 빠져드는 느낌은 뭐지……? 의진은 그런 그에게서 억지로 눈길을 돌리며 중얼거렸다.

"그나저나 네가 운전하는 차엔 오랜만이네."

"그러게."

윤이 무심하게 응대하더니 차창 밖 경비 아저씨를 향해 고개를 끄덕여 보인다. 의진도 따라서 밖을 내다보고는 인사하듯 웃어 보였다. 차는 순조롭게 빌라를 벗어나 거리로 향했다.

"나 처음 실장님 대신 운전했을 때 기억나요? 그날 되게 당황했었는데."

"처음……? 아, 그날."

의진이 생각난다며 고개를 끄덕였다. 기억을 더듬어 보자면 그날도 지금처럼 영하로 떨어지던 몹시 추운 겨울날이었다. 촬영장 대기하는 차에서 깜박 잠이 들어 버렸던 날, 그날은 아침부터 몸이 좀 안 좋았다.

버티고 버티다 결국 안 되겠다 싶어서 잠시라도 눈을 붙이기로 했다. 윤이 촬영 끝나는 시간에 맞춰 일어나려고 알람을 설정한 뒤 의진은 그대로 기절하듯 잠에 빠져들었다. 그것도 제 자리가 아닌 조수석에서 말이다. 윤이 잠깐씩 쉴 수 있게 의자 각도가 잘 조절돼 있어서 조수석을 선택했는데, 어느 순간 미약하게 흔들거리는 느낌에 정신이 들었다. 눈을 떠 보니 차는 한창 익숙한 도로를 달리는 중이었다.

"언제 왔어?"

둘뿐인 차 안, 운전은 윤이 하고 있었다. 의진은 벌떡 몸을 일으켰다. 그가 덮어 준 듯 얇은 담요가 그 바람에 주르륵, 흘러내렸다.

"몇 시야? 알람 소리 못 들은 것 같은데."

"5시 넘었어요."

촬영은 6시에 끝나는지라 아직 알람이 울리기 전이었다. 어리둥절해서 쳐다보자 윤이 눈치챈 듯 대답해 주었다.

"오늘 좀 일찍 끝났어요."

"아, 그랬구나. 그럼 나 먼저 깨우지. 아니다. 저기 잠깐 세워 봐. 자리 바꾸자."

힘들게 촬영하고 들어왔는데 매니저란 사람은 그동안 따뜻한 차 안에서 자고 있었으니, 윤이 기분 나쁠까 봐 얼른 말했다. 그러자 윤은 그녀의 말에는 대꾸 없이 무언가를 찾는 듯 창밖을 기웃거렸다.

"근처 어디 있을 것 같은데."

"뭐가?"

"약국이요."

그러다 찾았는지 곧바로 길옆에 차를 세운다. 의진은 그런 윤을 어정쩡한 눈으로 바라보기만 했다.

"감기 같은데, 증상이 어때요? 무슨 약으로 사다 줘요?"

"응? 아……. 감기 아니야."

그때까지 이마에는 식은땀이 흥건했고, 의진은 상황이 조금 난처해지는 바람에 서둘러 말했다.

"그냥 피곤해서 잠깐 눈 붙인 거야. 괜찮으니까 그만 가자."

그러면서 자리를 바꾸자고 얘기했더니 윤은 정색한 얼굴로 다가왔다. 커다란 손이 그녀의 이마를 만져 보다가 뺨에 닿았다. 의진은 흠칫 놀라서 저도 몰래 뒤로 몸을 뺐다. 미열 때문에 윤의 손이 차게 느껴진 것도 있었지만, 그보다는 평소와 달리 의도하지 않은 다정한 그의 행동에 이질감이 들어섰다.

"봐봐. 열나잖아. 방금 전에 자면서도 얼마나 끙끙댔는지 알아요? 괜히 운전하다 사고 내지 말고 얌전히 있어요."

"그 정도는 아니야. 그리고 운전하다 사고를 내다니, 지금 너 죽을까 봐 걱정인 거야?"

그러나 윤은 그녀의 말은 무시한 채 차 문을 열면서 말했다.

"종합 감기약이면 되죠?"

내리려는 그의 팔뚝을 잽싸게 잡자 윤이 왜 그러냐고 돌아봤다.

"내가 갈게. 감기약 아니야."

"그럼 뭔데요?"

"진통제인데……. 그, 있잖아."

망설이던 끝에 의진은 결국 무안한 얼굴로 토로하고 말았다.

"그게, 저기…… 생리통이야."

그녀의 그 말은 꽤 의외였는지 윤은 잠시 떨떠름하게 바라봤다. 얼마간 정적이 흐르다가 그가 다시 물어 왔다.

"그러니까 생리통 약을 사 오란 말이죠? 증상은요?"

아랫배와 허리가 쿡쿡 쑤시고, 머리도 깨질 듯 아프고, 무엇보다 온몸이 흐물흐물하면서 몹시 피곤하지. 그런데 그렇게 자세히 설명해 주긴 민망해서 의진은 그저 작은 목소리로 어물거렸다.

"얘기해 줘도 잘 몰라. 그냥 내가 다녀올게."

"그 몸으로 어딜 나가요? 지금 밖에 바람이 얼마나 찬데."

아침에 약 챙겨 먹고 와서 괜찮겠거니 했으나 추운 날씨에 야외 신을 찍는 윤을 지키느라 하루 종일 밖에 있어서인지 평소보다 더 심했다. 식은땀은 계속해서 배어 나왔고, 몸은 꼭 두들겨 맞은 듯 온통 무겁고 뻐근했다.

"생리통으로 안 죽어요, 글쎄."

그러나 의진도 고집을 꺾지 않았다. 아무리 바람이 차다 한들 윤더러 약국에 가서 생리통 약을 사 오게 할 수는 없었다. 이제 막 얼굴이 알려지고 있는데, 괜히 누구의 눈에 띄어서 이상한 루머라도 돈다면 골치 아파지니까. 그 생각에 의진은 패딩을 찾아 입었다.

"밖에 나오지 말고 기다려. 운전은……. 그래. 오늘만 네가 해. 네 말 들을게. 그러니 너도 내 말 들어."

윤은 그제야 수긍하는 얼굴로 더 얘기하지 않았다. 그러고는 잠시 뒤에 약을 사고 돌아온 그녀에게 중얼거렸다.

"아프지 마요."

"응?"

"매니저님하고 오래 일해야 되니까, 아프지 말라고요."

"알았어. 오래 같이 일하자. 난 아프지 않을 테니까 넌 꼭 성공해야 해. 그래야 나도 이렇게 밤낮으로 너 따라다닌 보람 있지."

그때가 윤의 첫 드라마 촬영 시절이었으니 그녀 나이 스물다섯 무렵이었나……? 문득 떠오른 기억에 의진의 마음이 착잡해졌다. 오래 같이 일하자는 약속, 조금은 지켰을까? 윤과 처음 만나서 지금까지 햇수로 8년을 함께해 왔으니 아주 못 지킨 건 아닐 텐데.

"……삼계탕이나 먹으러 가자."

한참 뒤에야 말을 했더니 윤이 돌아본다. 기껏 생각해 낸 메뉴가 그거냐는 듯 그가 웃었다.

"복날도 아닌데 웬 삼계탕?"

"응. 거기가 그래도 사람이 제일 없잖아."

윤의 데뷔 전부터 쭉 다녔던 곳, 맛이 좋고 가격도 착한 데다 무엇보다 손님이 많지 않아서 그 점 때문에 더 자주 갔었다. 게다가 얼마 전부터는 24시간 영업으로 바뀌어서 늦은 밤에도 부담 없이 들를 수가 있게 됐다.

"더 맛있는 거 사 주고 싶었는데."

"왜, 이 밤에 불러낸 게 미안해서?"

의진의 물음에 윤은 별다른 대답을 하지 않았다. 목적지를 정한 차는 곧 익숙한 길로 속도를 내어 달렸다.

"사실 저녁 먹고 와서 딱히 밥 생각 없어. 그냥 들어가서 너 먹는 거 지켜봐 줄게."

"누구랑 먹었어요?"

"아빠네 가서 먹었지."

"그럼 내 전화 때문에 식사하다 말고 급하게 나온 거예요?"

"아니야. 그땐 이미 다 먹고 집에 도착했을 때쯤이었어."

의진은 대답하면서 아까 집까지 데려다줬던 남자를 떠올렸다. 아버지의 후배라고 하니 직장은 나름 안정적인 편이었다. 아버지는 해양 관련하여 환경 정화와 복원을 주로 하는 공기업에서 쭉 근무하셨다. 남자도 대학을 졸업한 뒤 그곳에 입사하여, 지금은 과장으로 근무하고 있다고 했다.

남자의 부모님 또한 두 분 다 현직 공무원이라고 했다. 결혼 상대로서는 크게 흠잡을 데 없는 남자, 아버지가 마음에 들어 할 만하셨다. 게다가 한 사무실에서 오래 함께 일하다 보면 사람 됨됨이나 성격 같은 것도 대충 알고 있을 터. 아무리 남자가 먼저 얘기를 꺼냈다 하더라도 아버지의 성에 안 찼으면 데리고 오지도 않았겠지. 이렇게 의도적으로 자리를 마련해 그녀한테 소개시켜 줄 정도면 사윗감으로 아무 문제 없다는 뜻이었다.

거기까지 생각하자 무의식적으로 한숨이 새어 나왔다. 무언가 내키지 않는데 아버지로서의 마음은 또 이해가 되고, 무언가 핑계를 만들어 거절하고 싶은데 마땅히 그럴 만한 이유가 없었던 것이다.

"무슨 고민 있어요?"

그때, 윤이 물어 오는 바람에 의진은 저만의 생각에서 헤어 나왔다. 아무것도 아니라고 고개를 흔들다가 무심코 궁금해져서 윤을 불렀다.

"넌 언제 결혼할 거야?"

그 물음이 몹시도 뜬금없었던지 윤은 대답 대신 저를 바라본다. 의진은 조금 어색한 표정으로 덧붙였다.

"그냥, 궁금해서."

"갑자기 그게 왜 궁금해요?"

"그 뭐야. 소속 배우의 앞으로 결혼 계획 같은 건 당연히 알고 있어야 되는 거 아닌가? 그래야 향후의 활동 방향도 미리 잡아 두지."

그럴듯하게 둘러댄 그녀의 말이 일리가 있었는지 윤은 곧 순순히 대답해 주었다.

"당분간은 생각 없어요."

"왜?"

"결혼할 사람도 없는데, 결혼은 무슨 나 혼자 하나."

다 아는 걸 왜 묻느냐는 듯 윤은 심드렁한 어조로 내뱉었다. 의진은 알겠다고 고개를 끄덕였다. 하긴, 한시은과의 길지 않은 연애가 끝난 뒤로 윤은 따로 여자를 만나지 않았다. 혹시 회사를 속인 채 비밀 연애를 하고 있는 건 아닐까, 의심스러워하던 임 대표가 여러 번 뒤를 밟으라고 시켰지만 그러고 말고 할 것도 없었다. 그동안 하루 종일 윤과 붙어서 스케줄을 다니면서 의진은 그가 남몰래 누구를 만나는 것도, 수상한 통화를 하는 것도 보지 못했던 것이다.

그러고 보니…… 꽤 오랫동안 혼자였잖아. 의진은 문득 드는 생각에 윤을 훑어보았다. 직업이 직업이다 보니 주변에서 온갖 화려한 유혹들도 많을 텐데 말이다. 실제로 윤이 뜨기 시작하면서 전에 없던 관심들이 쏟아진 건 사실이었다. 작품을 함께하고 싶다며 은근하게 접근하는 여배우들도 있었고, 사석에서 직접 번호를 알아내 연락을 해 오는 경우도 있었다. 그때마다 윤은 잠잘 시간도 없는데 누군가를 만날 틈이 어디 있냐며 매번 시큰둥해했지만.

혹시 아직 한시은을 못 잊는 건 아닐까……? 의진이 생각에 골몰하다가 떠보듯 말을 꺼냈다.

"시은 씨 요즘 방송에 자주 나오더라. 저번엔 새 영화 홍보한다고 예능에도 잠깐 출연했잖아."

슬며시 건넨 그녀의 말에 윤은 그게 뭐, 하고 대답했다.

"연예인이 방송에 나오는 게 당연한 거 아닌가? 방송에 안 나오면 오히려 문제 있는 거죠."

그야 그렇지만. 그녀의 말뜻을 제대로 이해 못 한 듯해서 의진이 다시 얘기했다.

"둘은 그때 그렇게 끝난 거야? 그 뒤로 더 연락 없었어?"

이번에는 꽤 직설적으로 물어봤다. 실은 정말 궁금해서였다.

한편으론 이런 사적인 얘기도 배우를 관리한다는 명목으로 눈치 보지 않고 물을 수 있어서 다행이라 생각했다.

"연락은 종종 하는데, 그냥 안부 연락. 더 없어요. 이제 와서 뭐가 더 있을 사이도 아니고."

윤은 마치 어제오늘, 매일 똑같은 날씨 얘기를 하듯 덤덤한 어조였다. 의진이 고개를 갸웃했다. 저 성격에 거짓말을 할 리는 없고, 말대로라면 한시은을 못 잊은 것 같지도 않은데. 그렇다면 대체 무슨 문제지? 남자가 이렇게 긴 시간 여자를 만나지 않아도 생리적으로 문제가 없나? 괜히 이상한 데까지 생각이 번져 가는데 문득 윤이 물어 왔다.

"왜 그래요?"

"응? 뭐, 뭐가?"

"갑자기 내 사생활에 관리 들어가니까. 나 뭐 잘못한 거 있어요?"

그러다 윤의 헛다리 짚는 소리에 의진은 아니라고 했다.

"말했잖아. 그냥 네 생각이 궁금해서 물어본 거라고."

어쩌다 보니 오늘 말이 나오긴 했지만, 전부터 궁금했던 건 사실이었다. 윤의 앞으로의 결혼 계획이나 지금쯤 무슨 생각을 하는지, 그런 것들에 관해서 말이다.

"연예인은 인기 떨어지면 끝이라면서요."

의진이 고개를 돌려 봤다. 윤은 여전히 운전에 집중하면서 말을 이어 갔다.

"그러니 인기 떨어지기 전에 열심히 벌어 놔야죠. 딸린 식구들이 몇인데."

윤의 말이 맞았다. 지금에야 조금 사정이 나아졌다지만 아직도 새움에서는 윤이 간판 연예인이었고, 단순히 벌어들이는 금액만 놓고 봐도 그는 혼자서 거뜬하게 회사 전체를 먹여 살리고 있었다.

그리고 윤은 아직 스물아홉, 남자 배우로서는 한창이었다. 그동안 중간에 약간의 침체기를 겪긴 했으나 그래도 매일이다시피 사건 사고가 끊이지 않는 연예계에서 여태 크게 구설수 없이 꾸준한 인기와 팬층을 자랑하고 있으니, 어쩌면 앞으로가 더 기대되는 배우였다. 그런 그에게 커리어만 따져 봐도 결혼은 어딘가 이른 감이 없지 않았다.

그녀와는 모든 게 정반대의 상황, 둘의 현실적인 차이를 실감하지 않을 수 없었다. 의진은 생각이 복잡해졌다. 그러는 동안에 차는 어느새 목적지에 다 와 있었다. 가게 앞에 빈자리가 많았지만, 윤은 둘러보다가 가장 구석진 곳에 주차했다.

"오늘도 사람들이 별로 없나 봐."

유리창 너머의 손님들을 바라보며 의진이 중얼댔다. 내리기 위해 차 문을 여는데 윤이 불렀다. 그가 뒷좌석에서 무언가를 꺼내 준다.

"이게 뭐야?"

조그만 케이스가 들어 있는 쇼핑백을 보고 의아해서 물었더니 윤은 꺼내 보라는 듯 눈짓했다.

"선물."

"웬 선물?"

갑자기 선물이라니, 오늘 무슨 날이었나 기억을 더듬어 보는데 윤이 이내 알려 줬다.

"실장님이 실장님 된 날. 작년에도 축하해 줬는데, 또 까먹었어요?"

"아, 오늘이 그날이었어?"

그러고 보니 지난해에도 윤에게서 승진 선물이라며 지갑을 받았다. 팀장 됐을 때부터 해마다 잊지 않고 꼬박꼬박 선물을 챙겨 주는 윤이었다. 정작 임 대표는 물론 그녀 자신도 까먹고 지나치는 날을 윤은 홀로 챙겨 주고 있는 셈이었다. 그게 고마워서 의진은 웃어 보였다.

"고마워."

의진의 인사에 윤이 별거 아니라는 듯 대답했다.

"실장님도 내 데뷔 기념일 챙겨 주잖아요."

"그거야 당연한 거고. 넌 내 연예인이니까."

그건 그녀뿐만 아니라 회사에서도, 윤의 팬 카페에서도 매번 정성을 다해 챙기는 날이었다. 까먹으려야 까먹을 수가 없었다.

"아니다. 최윤은 우리 모두의 연예인이니까."

왠지 낯간지러워서 뒤이어 말을 정정하자 그게 더 오글거렸는지 윤이 그만하라고 미간을 찌푸린다. 의진은 장난스럽게 웃어 보이고는 얼른 쇼핑백을 열어 봤다. 유명한 명품 로고가 찍힌 케이스 안에는 여자 시계가 들어 있었다. 심플하면서도 고급스러운 디자인의 손목시계였다.

"손목에 맞춰 밴드 조절이 가능하니 혹시 안 맞으면 매장 위치 알려 줄게요."

윤의 말에 의진이 고개를 들었다. 막상 선물을 열어 보자 어쩐지 받기가 부담스러워졌다.

"마음은 고마운데 이건 너무 비⋯⋯."

"고마우면 그냥 받으시죠."

"아니, 그래도."

"실장님은 받을 자격 있어요."

그러더니 차창 밖 삼계탕집을 건너다보면서 그가 중얼거린다.

"이런 날엔 더 비싼 밥 사 줘야 하는데. 어쨌든 기왕 왔으니 제일 비싼 삼계탕 먹어요."

"너 저녁 못 먹었다는 건 핑계지? 실은 이거 전해 주려고 기어코 불러낸 거 아냐?"

"뭐 겸사겸사 저녁도 먹고."

"진짜?"

"응. 진짜. 오후 내내 베이글에 쿠키 몇 개 간식으로 먹은 게 다인데."

그제야 의진은 주섬주섬 차에서 내릴 준비를 했다. 벌써 밤 9시가 되어 가는 시간이었다. 윤의 말이 사실이라면 얼른 밥부터 먹여야지 싶었다.

가게 안에 들어가 보니 과연 사람들이 별로 없었다. 맛있고 서비스도 좋은데 손님이 적은 건 아무래도 가게의 위치 탓인지도 몰랐다. 몹시 외진 지역이라 교통이 불편하여 자차가 아니면 찾아오기가 꽤 힘든 곳이었던 것이다.

어쨌든 한창 식사 타임일 때도 손님이 몇 명 듬성듬성 앉아 있던 실내는 오늘 같은 시간대에는 더했다. 겨우 서너 테이블밖에 없는 안을 둘러보다가 의진은 습관적으로 창가 반대편의 가장 안쪽에 있는 자리로 다가갔다. 최대한 알아보는 이가 없게, 윤이 보다 편하게 밥을 먹으라고 고른 자리였다.

"요새 뜸하다 했더니, 배우님 드디어 오셨네. 우리 실장님도 오랜만에 들르는 것 같아."

주인아주머니가 어느새 그들을 발견하고는 다가와 건네는 인사였다. 의진은 웃으며 얘기했다.

"그동안 좀 바빴어요. 별일 없으시죠?"

"우리야 별일 있을 게 있나. 그리고 젊은 사람들은 바빠야 좋은 거지. 윤이 요즘 TV에서 광고 자주 나오던데, 다음엔 우리 가게 광고도 어떻게 좀 해 줘."

그동안 오랜 시간을 단골이었는지라 아주머니는 윤에게 아들 대하듯 스스럼없이 이름을 부르는 편이었다. 윤도 그런 아주머니에게 흔쾌히 웃으며 답한다.

"그럼요. 불러만 주세요."

"아유. 안 그래도 전에 연예인 덕 좀 봐 보겠다고 윤이 여기서 식사하는 사진 붙여 놨잖아. 그 며칠 동안 손님들이 어찌나 구름처럼 모여드는지……. 나중에 우리 직원끼리 너무 힘들어서 다시 사진 떼어 버렸다니까."

아주머니의 농에 의진이 크게 웃었다.

"그래. 오늘은 뭐로 줄까? 일이 바빠서 그런지 얼굴들이 그간 핼쑥해진 것 같네. 맛있게 해 줄 테니까 든든하게 먹고 가."

"전복 삼계탕 두 개 주세요."

제일 비싼 가격만 보고서 윤이 주문하자 의진은 얼른 고개를 흔들었다.

"난 밥 먹고 와서 삼계탕은 배부를 것 같아."

"그래도 뭐라도 먹어야죠."

"그럼 간단하게 김치전에 골뱅이 무침 하나 주세요."

시켜 놓고 보니 왠지 다 술안주 같긴 하지만, 이 밤에 삼계탕 한 그릇보다는 덜 부담될 것 같았다.

"마침 김치 맛있게 잘 익은 게 있어. 금방 해 드릴 테니 잠시만."

주문을 받은 주인아주머니가 물러가자 의진은 방금 전에 받았던 시계를 다시 꺼내 봤다. 특별히 따로 밴드를 조절할 필요는 없을 것 같았다. 약간 헐렁하긴 하나 그런대로 맞았던 것이다.

"고마워. 매일 하고 다닐게."

윤은 그녀의 말에 희미하게 웃어 보였다. 그런 윤을 보고 있다가 새삼 걱정이 들었다. 윤은 괜찮을까? 자신이 일을 그만두겠다고 하면, 회사를 떠나고 그의 곁에서도 아예 떠나겠다고 하면……. 아주 잠깐이지만 윤이 안 괜찮다고 하면 어째야 할까, 고민스러워졌다.

"윤아. 만약에……."

문득 테이블에 놓아뒀던 윤의 핸드폰이 울렸다. 벨 소리에 윤이 잠시만요, 하면서 전화를 받았다. 의진은 하려던 말을 슬며시 삼키고는 대신 애꿎은 물컵만 만지작댔다.

"왜? 누나."

누나? 윤이 전화 받는 소리에 의진이 무심코 건너다봤다. 촬영이 어쩌고, 시사회가 어쩌고 하는 걸 보니 아마 같은 영화팀의 배우인 듯했다. 근데 선배도 아니고 누나? 괜히 기분이 이상해져서 의진이 그런 윤을 빤히 쳐다봤다.

통화는 오래 걸리지 않았다. 1분도 안 되어 전화를 끊은 윤이 그녀에게 아까 하던 말을 물어봤다.

"방금 전에 뭐라고요? 만약에 뭐?"

"아니야. 됐어."

의진은 아무것도 아니라고 웃어 보이고는 화제를 돌릴 겸 물어봤다.

"누구한테서 전화 온 거야? 누나라고 하는 거 봐선 나이 많아?"

"나보다 두 살 많다고 그랬나."

윤은 잘 기억 안 난다는 듯 애매한 목소리로 대답했다.

"근데 넌 왜 나한테는 누나라고 안 해?"

"무슨 말이에요, 갑자기?"

"두 살이나, 세 살이나 거기서 거기잖아. 왜 나한텐 여태 누나라고 안 불렀냐고."

생각해 보니까 그랬다. 처음 만났을 때부터 지금껏 '매니저님', '팀장님', 그리고 '실장님'으로만 부르기에 호칭이나 격식에 되게 민감한 성격이려니 했는데 그동안 다른 여자들과는 누나라고 잘만 불러 왔던 것이다. 새삼 발견한 사실에 의진은 어쩐지 서운해지려고 했다.

"누나 소리가 왜 듣고 싶은데요?"

그러자 윤이 오히려 반문했다. 그 말에는 의진도 언뜻 답이 떠오르지 않아 떠듬거렸다.

"그야……. 딱딱한 실장님보다는 누나가 그래도 더 거리감 없고 친근해 보이니까?"

그녀의 얘기에 윤이 어이없다는 표정을 짓는다. 그런 녀석의 얼굴을 보고 있자니 이게 뭐라고, 자꾸만 약이 올랐다.

"야, 최윤."

"밥이나 먹어요. 국 식겠다."

어느새 종업원이 가져온 삼계탕을 가리키며 윤이 권했다.

"삼계탕 안 먹는다니까? 그리고 하던 말이나 계속해 봐. 내가 왜 누나가 아니야?"

윤은 안 먹는다는 말에도 기어이 그녀의 그릇에 따로 국물을 떠 줬다. 의진도 입으로는 안 먹는다고 했지만, 황태까지 넣어 뽀얗게 우러난 국물을 보니 금방 속이 허전해지는 기분이었다. 그런 그녀에게 윤이 숟가락을 쥐여 주며 말했다.

"누나라고 안 불러도 친근한 거 맞으니까, 얼른 먹어요."

더 말을 해 봤자 저 성격에 여태 안 해 왔던 '누나' 소리를 해 줄 것 같지는 않고, 별것도 아닌 거로 계속 실랑이를 하기에도 우스웠다. 의진은 결국 못 이긴 척 밥을 먹었다.

"와, 맛있다."

한술 떠먹은 의진이 저도 모르게 감탄했다. 간만에 와도 주인 아주머니의 손맛은 변하지 않은 채 그대로였다. 곧이어 김치전과 골뱅이 무침도 올라왔다. 의진이 세팅을 마치고 돌아서 가려는 아주머니를 불렀다.

"이모. 막걸리 한 병만 주세요."

"응? 실장님 드시게? 갈 때 운전해야 되는 거 아니야?"

"오늘은 윤이 운전하기로 했어요."

맞은편의 윤은 그녀 혼자 술 마시는 게 마음에 안 드는지 어딘가 못마땅한 표정이었다. 그래도 의진은 모른 척 무시했다. 그동안 어디를 가든 운전은 늘 그녀의 몫이었는지라 간혹 윤이 술을 시켜도 그녀는 홀로 냉수만 꼴깍거려야 했던 것이다. 오늘 같은 날은 1년에 몇 번 없었다.

"너랑 다니면 불편한 게 한두 가지가 아닌데, 가장 불편한 게 바로 이거야."

아주머니가 멀어지자 의진이 말했다.

"만날 차로만 다녀야 하는 데다 대리도 편하게 못 불러, 그래서 난 늘 술은커녕……."

"그래서, 오늘 날 잡았다 이건가요?"

"뭐 그 정도까진 아니고. 그냥 가볍게 한잔만 할게."

"괜찮으니 걱정 말고 양껏 드세요."

곧 올라온 막걸리를 그녀에게 따라 주면서 윤이 말했다. 그렇게 얘기하면 어디 눈치 보여서 제대로 마실 수나 있을까? 의진은 속으로 구시렁거리며 막걸리를 받았다.

"오늘은 어땠어요?"

그러다 윤이 물어 왔다. 빈 잔을 내려놓으며 의진은 그를 쳐다봤다. 어떤 걸 묻는지 몰라서 대답을 선뜻 하지 못했다.

"별일 없었냐고요."

그러고 보니 하루 종일 윤과는 동선이 겹치지 않았던 탓에 이렇게 저녁을 먹기 위해 만난 게 오늘의 첫 만남이었다. 그는 아마 자신이 평소 스케줄 끝내고는 잘 들어왔다고 인사하던 것처럼 그녀의 오늘 하루가 어땠는지를 묻는 듯했다.

"별일 있을 게 있나, 뭐. 그냥 똑같은 하루였지."

실은 여러 가지로 마음만 더 번잡해진 하루였지만, 그걸 일일이 윤에게 얘기할 수는 없었다. 윤 역시 그녀의 그런 사소한 일들까지 들으려고 물었던 것도 아닐 테고, 그저 식사하면서 심심한 대화를 건네는 것뿐일 테니.

"오늘 집에 들렀다고 하니까, 그 얘기 좀 들으려고 했는데. 별일 없다면 됐어요."

윤은 그 말을 하고는 밥을 먹었다. 의진도 더 다른 말을 하지 않은 채 막걸리 잔만 조용히 비워 냈다.

근데…… 저 사람들은 누구지? 의진의 시선이 대각선에 위치한 테이블로 향했다. 여자 세 명이 자꾸 이쪽을 힐끔거리며 저들끼리 소곤거리는 게 보였다. 얼마나 마셨다고 벌써 흐리멍덩해지는 정신을 붙잡으며 의진이 말했다.

"너 알아보는 사람 있나 보다. 혹시 이리 오게 되면 친절하게 대해 줘."

"계속 친절했어요."

그건 네 생각이고. 뻔뻔한 소리를 잘도 하는 윤에게 의진이

113

눈을 흘겼다. 평소 웬만해선 웃는 얼굴을 보기 힘들다는 배우 중 하나가 바로 윤이었던 것이다. 간혹 촬영장에서나 행사장에서 언뜻 미소 짓는 모습이라도 찍히면 팬들은 그날 종일 난리가 나곤 했다. 그래서 의진은 그동안 공식적인 자리에 나갈 때면 늘 윤더러 좀 웃으며 팬 서비스하라고 당부에 당부를 해 왔다.

"저기, 죄송한데……."

그때, 옆에서 말을 걸어오는 소리에 윤이 고개를 돌렸다. 방금 전 테이블의 여자들이었다.

"어머나. 진짜 최윤 님 맞으세요?"

그들은 어느새 다가와서 조심스레 얘기를 붙이더니 윤의 얼굴을 정면으로 확인하고는 두 손으로 입을 가렸다. 그들만의 숨죽인 환희가 느껴졌다. 의진은 얼른 자세를 바로 하면서 윤 대신 대답해 줬다.

"네. 반가워요."

그러자 여자들은 저들끼리 서로 손을 맞잡으며 한 명씩 말을 쏟아 냈다.

"어떡해, 진짜야. 아까 들어올 때부터 비슷해 보여서 계속 지켜보고 있었거든요."

"여기서 최윤 님을 보게 될 줄은 정말 몰랐는데. 와, 오늘 진짜 무슨 날이야."

"저 평소 최윤 님 진짜 진짜 찐팬이에요! 최윤 님이 나오는 영화는 여태 하나도 빠짐없이 다 봤고, 팬 카페 '윤이 나요'에서도 열심히 활동하고 있어요!"

윤은 자리에서 일어나며 그런 그들에게 감사합니다, 하고 웃어 보였다. 그래. 영업용 미소라고 해도 저 정도면 되지 싶었다. 의진이 그 모습을 흐뭇하게 바라보고 있는데 여자 중 하나가 이번엔 그녀한테 물어 온다.

"근데 데이트 중이세요? 혹시 두 분의 시간을 방해한 거면……."

"어, 아니에요. 전 소속사 사람이에요."

의진이 얼른 아니라고 하자 여자가 아, 하면서 알겠다는 듯 웃음을 터뜨렸다. 그러더니 주머니를 뒤져 핸드폰을 꺼내며 요청했다.

"그럼 잠시만 저희 사진 좀 찍어 주실 수 있을까요?"

그럼요, 그게 제 일인데요. 의진은 기꺼이 고개를 끄덕였다. 아기자기한 체구의 여자들 중간에서 홀로 돋보이게 큰 키의 윤은 카메라를 들이대자 자연스럽게 허리를 숙여 키를 맞춰 줬다.

하나, 둘, 셋, 찰칵.

그동안 수없이 많이 찍어 줬던 팬들과의 사진. 오늘도 의진은 정성을 다해 찍어 줬다. 사람들에 둘러싸인 채 늘 빛이 나던 최윤이 오늘도, 내일도, 먼 미래에도 언제나 화려하고 반짝거리기를 바라면서.

* * *

하루가 지난 뒤의 다음 날은 목요일이었다. 윤의 매니저를 대신하면서 주말 내내 바빴던 의진에게 회사에 나오지 말고 쉬라고 임 대표가 특별히 휴가를 준 날이기도 했다. 덕분에 의진은 오랜만에 늦게까지 푹, 자고 일어났다.

침대를 내려서며 의진이 핸드폰을 확인했다. 사무실에는 문제가 없는지 이메일들과 메시지를 습관처럼 한 번 훑었더니 다행히 아무 일 없어 보였다. 어제 있었던 숀 커피 광고 첫 미팅도 잘 끝나서 임 대표가 내심 흡족해하는 중이었다. 광고 콘셉트에 맞게 준비 작업을 마치면 다음 주 중으로 촬영에 들어가기로 했다.

[오전에 일 끝나면 11시 반쯤 될 것 같다.]

핸드폰을 내려놓으려는데 마침 아버지한테서 메시지가 들어왔다. 오늘 밖에서 점심을 같이 먹기로 약속했던지라 의진은 시간을 확인하고는 답장을 보냈다.

[그럼 제가 그쪽으로 11시 반까지 갈게요.]

의진은 메시지를 보내 놓고는 고개를 들었다. 창문 너머로 쨍, 하고 깨질 것같이 맑은 하늘이 보였다. 밤새 바람이 불다 멎은 거리에도 청량한 공기가 가득 흘렀다. 간만에 근사한 겨울 오전의 풍경을 즐기면서 한껏 여유를 부리고 싶은데, 점심 약속까지 시간이 별로 없었다. 결국 의진은 창밖에서 시선을 거두곤 욕실로 향했다.

아버지의 회사 근처에는 바쁜 직장인들이 간단히 점심을 해결

할 수 있는 식당들이 많이 보였다. 거기에서 아버지가 얘기한 이름의 한식당을 찾는 데는 그리 오랜 시간이 걸리지 않았다. 의진은 간판을 확인한 뒤에 안으로 들어갔다. 늦지 않게 출발했는데도 들어가 보니 아버지는 벌써 내려와 있었다.

"밖에 춥지? 오느라 고생했네."

의진이 다가가자 아버지가 말을 건네 왔다. 의진은 맞은편에 앉으며 대답했다.

"고생은요. 겨울이 다 그렇죠. 주문하셨어요?"

"네가 좋아하는 걸로 우선 시켰으니, 보면서 더 먹고 싶은 것 있으면 얘기해."

곧 주문한 음식들이 테이블에 하나둘씩 올라왔다. 더 시킬 것도 없이 둘이 먹기에는 가짓수가 너무나 풍성했다. 의진은 이 많은 걸 다 어떻게 먹지, 고민하다가 아버지가 얼른 먹으라고 하자 그제야 숟가락을 들었다.

"저번에 그 친구 말이야. 어때? 더 연락해 봤어?"

식사가 어느 정도 진행되다가 아버지가 먼저 말을 꺼내 왔다. 아마도 그동안 못내 궁금하셨던 모양이었다. 실은 의진도 오늘 그 얘기를 하러 온 것이기에 잠시 망설인 끝에 입을 열었다.

"그게 말이에요, 아빠."

"응. 얘기해 봐. 건우, 그 친구가 하도 너한테 관심을 보이기에 한번 만나 보라고 했는데. 마음에 안 들던?"

"아뇨. 건우라는 그 사람이 싫은 게 아니에요. 그냥…… 제 일은 제가 알아서 할게요."

"의진아."

아버지의 마음이 뭔지 잘 알지만, 그녀로서는 어쩐지 내키지 않았다. 의진은 아버지의 감정이 상하지 않게 조심스레 말을 골랐다.

"그 사람, 아버지랑 같은 사무실 쓰는 후배라면서요. 만약에 저랑 만나다가 잘 안되면 괜히 두 분 사이만 어색해지실 텐데요."

"괜찮아. 그런 건 걱정할 필요 없어. 그리고 나도 퇴직 얼마 안 남았다. 곧 회사를 나갈 사람이니, 그동안 그 친구가 먼저 얘기를 꺼내는데도 네 말대로 혹시 몰라서 이제 보여 준 거지."

"네."

의진이 대답 뒤에 다시 얘기했다.

"그래도 제가 알아서 하게 믿고 지켜봐 주셨으면 좋겠어요. 저도 생각이 있어요."

그렇지 않아도 지난번에 면접 봤던 사람 하나가 어제부터 매니저로 들어왔다. 이제 세 명 정도 더 보충 인력을 뽑게 되면 의진은 그만둘 생각이었다. 머릿속으로는 계획이 조금씩 잡혀 가는지라 임 대표와 윤과도 늦지 않게 얘기를 꺼내려 하고 있었다.

"혹시 너 지금 따로 좋아하는 사람이 있는 건 아니고?"

문득 아버지가 무언가를 눈치챈 것처럼 물어 오자 의진은 고개를 흔들었다.

"그런 건 아니에요."

얼결에 부정을 하긴 했지만 사실은 잘 모르겠다. 윤을 향한 마음이 그저 오랜 시간 동고동락한, 남들보다는 조금 더 특별한 동료애인지. 아니면 정말로 남자로 의식하게 된, 이성적인 그런 감정인 건지. 그래서 요즘 계속 혼란스러웠으나 이 마음이 더 깊어지기 전에 어느 쪽으로든 결론을 내려야 하는 건 확실했다.

"너무 걱정 마세요."

의진이 웃으며 얘기했다. 아버지는 뭔가 더 설득을 하고 싶어 하는 기색이었으나 결국 그 즈음해서 그만두었다. 늘 그래 왔듯 본인 성에 안 차도 조금 더 딸을 믿어 보고 싶은 마음이실 터. 의진은 착잡한 표정으로 억지로 식사를 이어 갔다.

아버지는 점심만 함께 드시고는 바로 회사로 돌아갔다. 구정 연휴를 앞두고 있어서인지 일이 꽤 많은 듯 보였다. 아버지와 헤어진 뒤 의진은 근처 발길이 닿는 대로 카페에 앉아 차도 마시고, 서점에 들러 책도 몇 권 샀다. 오랜만에 이렇게 한가로이 쉬는 게 좋아서 날이 추운데도 집에 들어갈 생각을 못 했다.

다시 차에 탔을 때는 오후 3시가 다 되어 가고 있었다. 가까운 마트에 들러 찬거리를 사서 집에 돌아가려는데 문득 핸드폰이 울렸다. 번호를 보니 윤의 할머니였다.

무슨 일이시지? 의진은 시동을 걸다 말고 전화를 받았다.

"네. 할머니."

─ 실장님. 바쁜겨?

"괜찮아요. 할머니. 말씀하세요."

─ 응. 다름이 아니라 우리 윤이, 요즘도 일이 많은지 물어보느라 전화 드렸디.

할머니들 말투는 고향이 어딘지 상관없이 다 비슷비슷하게 들렸다. 의진이 그 생각에 잠시 웃었다. 윤의 말로는 할아버지가 충청도 분이시라 할머니는 경기도와 충청도 방언을 가장 많이 쓴다고 했는데, 가끔 듣다 보면 경상도와 전라도 말투도 심심치 않게 튀어나오시곤 했다. 어릴 적부터 조부모가 일찍 돌아가셨던 의진에겐 그런 할머니의 사투리 섞인 말투가 어딘가 정겹고 따스하게 느껴졌다.

"왜요? 윤이 아직 수원에 안 내려갔어요?"

듣기론 이번 주에 할머니 댁에 찾아뵌다고 했는데, 여태 못 간 건가? 의진이 고개를 갸웃거렸다.

— 실은 오늘 오기로 했었걸랑. 근데 아침에 갑자기 연락 와서 촬영 생겼다고 못 온다지 뭐야.

"아, 네⋯⋯. 맞아요. 추가 촬영이 잡혔거든요."

영화 〈금지 구역〉의 본 촬영은 지난주에 끝나 이미 후반 작업에 들어갔다고 했다. 그러다 신 하나를 급히 보충해야 할 것 같다고, 연락이 온 게 어젯밤 10시 무렵이었다. 윤의 매니저인 정민이 맨 먼저 연락을 받아 그녀한테 보고했고 윤에게도 바로 전달했다. 아마 윤도 미리 알지 못했다가 갑작스레 수원에 내려가는 스케줄을 바꾼 것 같았다.

— 그래. 계속 바쁜갑네. 그렇다면 별수 없지.

할머니는 많이 서운한 목소리였다. 하나밖에 없는 손자를 내내 기다렸을 게 분명한 어조였다. 의진도 따라서 괜히 죄송해지는 마음이었다. 그렇다고 윤을 탓하기에도 힘든 일. 어떡하지?

의진은 손가락으로 작게 핸들을 두드리며 고민에 잠겼다.

─ 근데 저건 다 어쩌나 몰라.

"왜요, 할머니?"

─ 응. 윤이 온다고 반찬들 만들어 둔 게 많걸랑. 나 혼자선 다 못 먹고 저거 말이야, 시간 지나면 죄다 상해서 버릴 터인데. 아까워서 말이지.

의진이 차 안의 시계를 봤다. 지금 출발해도 저녁 전에는 무리 없이 도착할 수 있을 듯했다. 곧바로 시동을 걸며 의진은 얘기했다.

"아니면 제가 갈게요. 지금 출발할 수 있어요."

─ 여기 올 거? 아니, 실장님도 바쁠 턴디.

"저 오늘 휴무예요. 바로 갈 테니 저녁은 저랑 먹어요. 할머니."

─ 워매. 휴무면 집에서 쉬어야 되는디 미안해서 어쩌나. 이러려고 전화했던 게 아닌데……. 번마다 실장님한테 신세만 지네.

의진은 괜찮다고 대답하고는 잠시 뒤에 통화를 마쳤다. 차를 출발시키면서 가만히 한숨을 쉬었다. 왜 매번 윤의 일이라면 모르는 척하지 못하는 걸까? 그 생각이 들어 씁쓸해졌던 것이다. 어쩌면 여기를 완전히 그만두기 전까지는 늘 이럴 테지. 윤의 일이 곧 그녀의 일이고, 윤의 사정이 곧 그녀의 사정일 테니 어쩔 수가 없었다.

* * *

수원에 도착했을 때는 막 어스름이 내려앉기 시작하는 저녁이었다. 꼬불꼬불한 골목이 내다보이는 길 어귀에 주차를 하고 내리자 할머니는 그사이 마중 나와 있었다.

"추운데 왜 나와 계세요? 제가 알아서 잘 찾아갈 텐데."

"실장님 오시는데 어케 앉아서 기다릴 수야 있나. 기냥 궁금해서 나와 본겨."

"얼른 들어가요. 저녁 되니 바람이 차요."

할머니와 골목을 걸어가는 동안 쌀쌀한 겨울 공기 때문인지 할머니는 자주 잔기침을 했다.

"몸은 어디 불편하신 데 없으세요?"

"응. 별일 없어. 매일 저기, 우리 윤이 보고 싶으면 텔레비전 죙일 틀고 있응께. 광고 잠깐씩 나오는 거 보고 사는 게 낙이여."

"광고 더 많이 찍어야겠어요. 언제든 텔레비전 틀면 윤이 나오게요."

"아유, 그럼 나야 좋지."

의진의 가벼운 농담에도 할머니는 소녀 같은 얼굴로 활짝 웃는다. 그 모습을 바라보다가 의진도 덩달아 즐거운 웃음을 지었다.

집으로 들어가니 갈색의 원형 밥상이 부엌 한복판에 차려져 있었다. 갈치구이, 시래기 된장국, 고사리 무침, 그리고 윤이 좋아하는 고추장 불고기와 각종 나물 반찬까지…… 밥상 한가득 꽉 채워진 맛있는 음식들을 보고 있자니 의진은 이 귀한 걸 자신이 먹는 게 맞나 싶은 생각마저 들었다. 윤도 함께였으면 참좋을 텐데. 그녀의 표정을 읽었는지 할머니가 얼른 손을 잡아끌며 말했다.

"어여 앉아. 윤이는 없다만, 우리끼리 맛나게 먹으면 돼."

"네."

"저번에 보니까 실장님 갈치구이 잘 드셔서 좀 전에 나가 갈치 사다가 부랴부랴 구워 놓은겨."

"감사합니다. 잘 먹을게요. 할머니."

의진은 진심으로 감사한 마음을 담아 인사했다. 먼 길을 운전하여 달려오느라 마침 허기진 상태였다. 그래서 의진은 더 사양하지 않고는 자리에 앉았다. 할머니가 그런 그녀에게 수저를 챙겨 주더니 돌아서 밥솥을 열었다. 곧 하얀 김이 몰몰, 나는 고봉밥이 그녀의 앞에 놓였다.

"와아, 잘 먹겠습니다."

의진은 다시 인사하고는 수저를 들었다. 식사하는 동안 의진은 할머니가 내내 궁금해하셨을 윤의 그간 상황에 대해 세세히 알려 주었다. 할머니는 잘은 알아듣지 못하는 듯해도 간간이 고개를 끄덕이며 웃었다.

"드라마에나 한번 나와 주지. 그라믄 녀석 얼굴도 실컷 볼 수 있을 틴디 말이여."

다들 바라는 윤의 안방극장 복귀에 의진은 오늘도 한번 말해 볼게요, 하고 대답했다. 다행히 요즘에는 꼭 멜로가 아니더라도 수사물이나 미스터리 같은 드라마들도 많아서 선택의 범위는 훨씬 넓어졌다. 다만 장르도 장르지만, 윤이 그동안 단타로 치고 빠지는 영화 촬영에 맛을 들이더니 한 편 한 편 긴 호흡으로 가야 하는 드라마에는 영 흥미를 잃은 듯해서 설득을 하려면 그것도 문제였다.

"그나저나 일이 계속 그렇게 많아서 걱정이여."

"왜요?"

갑자기 할머니가 근심 어린 목소리를 내자 의진이 의아해서 물었다. 연예인은 일이 많아야 좋은 건데, 할머니의 걱정이 무얼 뜻하는지 몰라서였다.

"다른 게 아니라 윤이, 갸도 이제 내년이면 서른이잖여. 슬슬 결혼도 해야 될 터인데."

"아, 네."

뭔가 했더니 결국 그거였네. 의진은 짧게 웃었다. 아버지가 그랬듯 어른들 걱정은 전 국민적으로 하나로 통일되나 보다. 윤의 상황은 그녀에 비해 아직 괜찮다고 생각했으나, 할머니의 입장에서는 또 그게 아닌지 할머니는 근심을 지우지 못한 채 얘기했다.

"녀석이 우리 실장님처럼 똑 부러지는 여잘 만나는 걸 봐야…… 내가 그만 마음 편히 가제."

"가시다니요. 그런 말씀 마세요. 할머니 아직 얼마나 정정하신데요."

그런 생각 마시라고 얘기를 드렸더니 할머니가 그래, 하면서 미소를 지어 보인다. 예나 다름없는 인자한 표정이지만 오늘따라 묘하게 버석한 느낌이 들어, 의진은 한참 바라봤다.

"어쨌든 우리 윤이 계속 잘 좀 부탁할게."

"그럼요, 할머니."

"어릴 때 지 부모 모두 잃고 여태 내 손에서만 커 왔는데, 말은 안 해도 무쟈게 외로웠을껴. 안 그라겠어? 살아오면서 기댈 사람이라곤 다 늙은 이 할미밖에 없었을 터인데…….”

윤은 어린 시절, 사고로 부모님 두 분을 한꺼번에 잃었다고 했다. 임 대표한테서 얼핏 들은 얘기라 어떤 사고였는지는 의진도 정확하게 몰랐다. 윤이 먼저 말을 하지 않으니 의진도 무어라 물어볼 수 없었고, 그저 막연하게 그런 일이 있었으려니 짐작할 뿐이었다.

“그라도 윤이가 우리 실장님이랑 대표님 만난 뒤로는 내가 마음이 몹시 든든혀.”

“걱정 마세요. 윤이 잘할 거예요. 지금도 잘하고 있고요. 저희가 더 많이 신경 쓸게요.”

의진의 위로에 할머니는 고개를 끄덕이더니 당부하듯 얘기했다.

“실장님처럼 야무진 아가씨 있으면 윤이랑 만날 수 있게 잘좀 해 봐이.”

“네.”

의진이 웃으며 흔쾌히 대답하자 할머니는 왠지 못 미더운지 또 한 번 못을 박아 둔다.

“그런 아가씨 없으면 실장님이 우리 윤이 대신 책임져야 돼. 응?”

그것도 네, 하고 대답해 주자 할머니는 그제야 마음이 놓이는 얼굴로 돌아섰다. 다 먹은 밥상을 치우다 말고 의진이 문득 할머니를 바라봤다. 그동안 윤을 알고 지낸 시간만큼 할머니와도 가깝게 보내왔으나 오늘따라 구부정한 할머니의 몸이 유난히 지쳐 보인다. 후두가 안 좋아서 자꾸만 쿨럭쿨럭 기침을 하시는 모습도, 개수대를 문질거리다 어지러운지 허리를 펴며 잠깐씩 이마를 짚으시는 모습도, 오늘따라 자꾸만 마음이 쓰였다.

한참을 할머니의 뒷모습을 보고 있다가 의진은 결국 아무 내색 않고 상을 마저 치웠다.

* * *

할머니 집을 나와 다시 서울에 왔을 때는 밤 9시를 훌쩍 넘긴 시간이었다. 의진은 윤의 빌라 주차장에 차를 세웠다. 할머니가 보자기로 곱게 싸 주신 반찬들을 들고 내리는 것도 잊지 않았다.

[9시쯤이면 들어올 것 같은데. 그때까지 없으면 그냥 집에 두고 가요.]

수원에서 출발할 때, 윤에게 언제쯤 끝나는지 물어보니 그는 와도 된다고 답장했다. 그래서 의진은 가는 길에 반찬을 건네주려고 걸음 하는 중이었다.

잠시 뒤에 윤의 집 문 앞까지 걸어간 의진은 벨을 눌렀다. 문은 바로 열렸다.

"있었……."

"어……? 신 팀장님?"

문을 열어 준 이는 윤이 아닌 뜻밖의 인물이었고, 그 사람은 곧 다시 본인의 말을 정정했다.

"아니다. 이제 실장님이라고 들었는데, 오랜만이네요. 그동안 잘 지내셨어요?"

"아, 그래. 시은 씨도 오랜만이야. 더 예뻐졌네."

몹시 익숙한 장소에서, 몹시 의외의 사람을 맞닥뜨리자 의진은 순간적으로 당황했지만, 가까스로 웃어 보였다. 그러고 보니 그동안 방송에선 자주 봐 왔어도 시은일 이렇게 직접 만난 건 둘이 헤어지고 처음인 것 같았다. 마지막으로 봤을 때의 긴 생머리가 현재는 어깨에 간신히 닿는, 갈색의 중단발로 변한 것 외엔 시은은 별로 달라진 게 없었다. 가녀린 몸매에 하얀 피부, 동그란 눈의 그녀는 전이나 지금이나 아름답고 눈부셨다.

"실장님이야말로 여전히 예쁘신데요. 근데 이 시간에 여긴 왜……?"

그러다 시은이 의아하게 물었다. 제가 물어야 할 말을 시은이 먼저 하는 바람에 의진은 자신이 여길 왜 왔는지 한순간 생각이 나지 않았다. 그러다 시은의 시선이 그녀가 들고 있던 반찬통들로 향하자 퍼뜩 정신을 차렸다.

"윤이는? 안에 있어?"

"네. 침실에서 전화 받고 있어요. 일단 들어오세요."

시은이 웃으며 들어오라고 했지만, 의진은 왠지 들어가기가 어색해졌다. 그리고 그제야 시은의 옷차림이 눈에 들어왔다. 그녀는 딱 봐도 윤의 옷으로 보이는 헐렁한 외투를 걸치고 있었다. 방금 전 물을 마시다 벨 소리를 듣고 급히 나왔는지 한 손에는 익숙한 컵까지 든 채였다. 언젠가 윤이 원 플러스 원으로 샀다던, 바로 그 커플 머그잔.

그쯤 되자 의진은 어쩐지 자신이 한밤중의 불청객처럼 느껴졌다. 자신은 그저 할머니의 심부름 삼아 반찬들을 가져다주려고 들른 것뿐인데, 어쩌다 보니 상황이 영 난처해졌다. 의진은 생각 끝에 시은에게 반찬을 건네주었다.

"아니야. 들어갈 것까지는 없고. 윤이 통화 끝나면 이것 좀 전해 줄래? 아까 오기 전에 말해 놔서 보면 알 거야."

때마침 통화를 마쳤는지 안쪽에서 윤이 나오는 게 보였다. 그는 문밖에 서 있는 그녀를 보더니 다가왔다.

"왔어요?"

평소처럼 인사를 건네고는 시은에게서 반찬통들을 가져가며 윤이 중얼댄다.

"이 무거운 걸 뭐 하러 들고 와요? 내가 내일 가지러 가도 되는데."

별 뜻 없이 내뱉은 그 말이 꼭, 왜 이 밤에 굳이 여기까지 들러서 오붓한 시간을 방해하느냐는 소리로 들려서 의진은 느닷없이 서러워졌다. 이게 무슨 못 볼 꼴이람? 누군 이럴 줄 알고 다 늦은 시간에 쉬지도 못하고 여기까지 온 줄 아는지.

"우리 집 냉장고는 작아서 마땅히 보관해 둘 데가 없으니까. 마침 지나가는 길에 주고 가려고 들른 거야."

뒤이은 그녀의 말을 듣는 둥 마는 둥 윤은 반찬들을 식탁에 가져다 놓고는 다시 돌아왔다. 그러더니 눈짓했다.

"안 들어오고 뭐 해요?"

들어가긴 어딜? 내가 거기 들어가 뭐 한다고. 의진은 싫다고 거절했다.

"됐어. 시간도 늦었는데 그만 갈게."

"들어와서 차라도 마시고 가요."

이런 분위기에 차라니. 시은을 옆에 두고서도 너무 아무렇지 않게 구는 윤을 바라보다가 의진이 말했다.

"아냐. 됐다니까. 그리고 시은 씨 있는 줄도 모르고 들렀네. 아까 연락했을 때 얘기나 해 주지."

그때까지 시은은 문 옆에 가만히 선 채로 둘의 대화를 듣고만 있었다. 그런 시은에게 윤이 들어가 있으라고 했다. 그 모습이 마치 오래된 연인 대하듯 자연스러웠다. 의진은 더 얘기하지 않고 돌아섰다. 엘리베이터로 향하는 그녀의 뒤를 윤이 어느샌가 스적스적 따라왔다.

"왜 나와? 들어가."

윤은 대답 대신 그녀의 등 뒤에서 손을 뻗더니 버튼을 눌렀다. 담담한 향수 냄새가 가까워졌다가 다시 멀어진다. 의진이 고개를 돌려 바로 뒤에 선 윤을 새삼스럽게 훑어보았다. 그는 집에 들어온 지 얼마 안 된 것 같았다. 함께 있던 시은의 옷차림도 그렇고, 둘 다 밖에서 금방 들어온 모양인데……. 무슨 상황이었던 걸까?

"주차장까지 데려다줄게요."

"괜찮아. 혼자 갈 수 있어."

그러나 그녀의 말은 못 들은 척 윤이 열린 엘리베이터 문으로 먼저 들어갔다. 결국 의진은 그런 그의 뒤를 따라서 엘리베이터에 올랐다.

"시은 씨랑은 다시 만나는 거야?"

둘 뿐인 엘리베이터 안에서 의진이 물었다. 윤은 고개를 흔들었다.

"그런 거 아니에요."

"그럼 시은 씨가······."

이 시간에 왜 저기에 있는 거냐고 물으면 너무 사적인 질문일까? 단지 윤의 사생활을 관리한다는 명목이라고 하기엔 어쩐지 오버하는 것 같았다. 의진은 하려던 말을 삼켜 버렸다.

"왜 나랑 같이 있냐고요?"

그런 의진의 생각을 다 알고 있는 것처럼 윤은 물끄러미 그녀를 응시했다.

"설명하긴 좀 복잡한데."

그때, 엘리베이터가 중간층에서 멈추더니 문이 열렸다. 곧이어 사람 하나가 들어오자 윤의 말은 거기에서 끝이 났다. 의진도 더 물어보지 않았다. 그런 거 아니라던 방금 전 윤의 말은 거짓말처럼 들리지는 않았지만, 그렇다고 진짜인 것 같지도 않았다. 전에 시은과 사귀던 시절에도 처음에는 아니라고 했으니까.

실은 깊게 생각할 필요 없이 이 시간에 윤의 집에 단둘이 있다는 것만으로도 모든 게 설명이 가능했다. 그래서 의진은 더 이상 캐묻지 않았다. 그저 엘리베이터에서 내리며 그의 관리자로서 당부만 했을 뿐이다.

"오늘 시은이 얘긴 모르는 걸로 할게. 대신 확실해지면 말해. 대응을 생각해 봐야 하니까."

"뭔 대응?"

"몰라서 물어?"

짜증스레 되묻자 윤이 그런 그녀를 보고 있다가 고개를 두번 흔든다. 할 말이 있으나 정황상 얘기하기가 곤란할 때 그가 짓는 표정이었다. 그러더니 화제를 돌리듯 물어 왔다.

"할머니는 어때요?"

"계속 그러시지, 뭐."

사실은 오늘 만나서부터 헤어질 때까지 네 얘기밖엔 없었다는 얘기, 오랜만에 봐서 그런지 그사이 더 연로해 보이셨다는 얘기, 어지러운지 자꾸만 이마를 짚으시며 일어나던 모습이 마음에 걸린다는 얘기……. 그런 얘기들을 하려다가 그냥 그만두었다.

윤도 컨디션이 안 좋아 보였던 것이다. 요즘 잠이 많이 부족했는지 눈에는 빨간 실핏줄들이 꽤 보였고, 얼굴에도 피곤기가 어려 있었다. 밤에라도 잘 쉬어야 하니 괜히 마음 쓰게 하고 싶지 않았다.

"고마워요."

"뭐가?"

"나 대신 오늘 다녀와 줘서요."

"괜찮아. 어차피 쉬는 날이라 할 일도 없었어. 간만에 혼자 드라이브 삼아 수원 공기도 마시고 얼마나 좋았는데."

중얼중얼 얘기하며 의진이 먼저 걸었다. 그 뒤를 따라 걸어오면서 윤은 그저 그녀의 말을 듣기만 했다.

"가서 할머니가 손수 해 주신 집밥도 배부르게 먹고, 돌아올 때 반찬도 한가득 얻어 왔어. 며칠은 끼니 걱정 없겠어."

혼잣말처럼 계속 말하자 어느 결에 윤이 피식 웃었다. 언제부터인지 그는 그녀의 곁에서 걷고 있었다.

"너 일 많고 바쁜 건 내가 더 잘 알아."

그러다 의진은 차 앞까지 도착해서 걸음을 멈추었다. 윤도 따라 멈추더니 그녀를 마주 바라본다.

"그래도 짬 내서 자주 뵈러 가는 게 좋을 것 같아서."

가시고 나면 모든 게 후회로 남을 걸 아니까. 많이 찾아뵙지 못한 거, 많이 신경 써 드리지 못한 거, 나 사는 게 바쁘다고 모른 척하고 싶었던 거, 시도 때도 없이 제게만 의지해 오는 게 마치 짐처럼 온통 부담스러워졌던 거…….

의진의 눈가가 슬며시 붉어졌다. 평생을 그녀만 보면 돈돈거렸던 어머니가 문득 생각나서였다. 그렇게 한순간 허망하게 가실 줄 알았더라면 짜증 나도 달라는 대로 다 줄걸, 그렇게 온갖 신경질을 내며 마지막 전화를 끊지 말걸. 평소에도 사이가 안 좋았으면서 막상 어머니가 제 곁에서 아주 떠나고 나자 의진은 한동안 후회로 얼룩진 날들을 보내야 했다.

그래서 혹시라도 윤은 저처럼 그러지 않았으면 했다. 살아

계실 때 얼굴 많이 보여 드리고, 얘기 많이 해 드리고, 식사도, 산책도 같이 해 드리고.

"실장님."

"엄마가 돌아가시고 나서 난 뭐가 제일 슬펐는지 알아?"

윤이 무슨 소리냐는 듯 쳐다봤다. 의진은 씁쓸하게 말을 이었다.

"엄마가 돌아가시니 돈이 모이기 시작하더라. 전에는 내가 아무리 아껴 써도 내내 모자라던 돈이 갑자기 차곡차곡 모이는 거야. 나는 그냥 평소와 똑같이 월급 받고 먹고 쓰고 지냈는데도 저축이 저절로 되니까, 그게 왜 그리 낯설고 슬프던지."

"……."

윤은 말없이 그녀를 보기만 했다. 그 바람에 어색해진 의진이 고개를 수그려 가방을 뒤적였다. 제 감정에 취해 괜히 쓸데없는 소리를 했다는 생각에 의진은 서둘러 차 키를 꺼냈다.

"반찬 잊지 말고 오늘 내로 냉장고에 꼭 넣어 놓고."

"네."

"그만 들어가. 시은 씨 기다리겠다."

고개를 끄덕이면서도 그가 움직이지 않자 결국 의진은 먼저 차 문을 열고 들어갔다. 시동을 걸고는 인사처럼 손을 저어 보였다.

"내일 회사에서 보자."

차가 출발하자 윤은 점점 멀어졌다. 그러다 주차장을 벗어나기 위해 왼쪽으로 굽어들면서 그의 모습은 완전히 사라져 버렸다. 그래도 계속 머릿속에서 사라지지 않는 그림이 있었다. 윤의 외투를 입고 있던 한시은과 그녀가 들고 있던 하얀 머그잔. 그게 뭐라고, 그 두 가지가 몹시도 마음을 아리게 했다.

어쩌면……. 더 잘된 일인지 모른다. 이젠 무얼 고민할 것도, 망설일 것도 없었다. 의진은 빌라를 벗어나 밤 깊은 거리를 달리며 혼자만의 생각을 거듭했다.

04.

"드릴 말씀이 있습니다. 대표님."

주말을 앞둔 금요일, 의진은 아침 회의가 끝나자 임 대표의 사무실을 찾았다. 막 커피를 내리던 참이었는지 실내에는 은은한 커피 향이 감돌았다.

"무슨 얘긴데? 말해 봐."

그녀에게 먼저 내린 커피 한 잔을 건네며 임 대표가 얘기하라고 했다. 의진은 사양하고는 대신 손에 들고 온 사직 봉투를 드렸다. 무심결에 그걸 받아 보던 임 대표가 멈칫했다. 그러더니 잠시 후에 그녀를 바라본다.

"왜? 갑자기 사직이라니, 무슨 일 있어?"

"개인적인 사정 때문입니다."

어젯밤 사직서를 작성하면서 사직 이유에는 고민 끝에 그저 '개인 사유'라고만 적었다. 이곳에서 자그마치 8년을 일해 왔는데, 그만두겠다는 내용의 사직서를 쓸 때는 A4용지로 한 장도 채우기가 힘들었다. 그동안 새움과 함께 청춘을 보내오며 나름대로 열정을 불태우고 갖은 정이 들었던 건 사실이지만, 정작 떠나려고 마음을 먹으니 구구절절 보탤 말이 없었다.

"윤이는?"

임 대표의 시선이 그녀에게서 사직서로 옮겨 갔다. 그는 의진이 사양한 커피를 도로 가져가다 마시며 자리에 앉았다.

"알고 있어? 신 실장의 사직에 관해서?"

"곧 얘기할 생각이에요. 대표님이 오케이하시면요."

고개를 끄덕이던 임 대표가 한동안 말없이 커피를 마셨다. 의진은 그 앞에서 조용히 기다렸다.

"혹시 집안에 무슨 일이 생긴 건 아니고?"

"아닙니다."

"내 얘긴 신 실장이 해결하지 못할 곤란한 상황이라든가, 내가 도와줄 만한 게 있으면 얘기해 보라는 뜻이야."

"아니요. 그런 건 아닙니다."

그녀의 대답에 임 대표가 미간을 찌푸리더니 혼잣말처럼 중얼거렸다.

"난감하네."

"……."

"신 실장이 나랑 이렇게 오래 일해 왔는데 그동안 단 한 번도 이런 적이 없었단 말이야. 장난으로라도 언제 한 번 그만두겠다 입 밖에 낸 적 없는 사람이 갑자기 이러니, 나로선 당황스럽기만 해."

"조금 뜻밖이실 거란 건 압니다."

의진이 잠시 말을 끊었다가 다시금 얘기를 이어 갔다.

"꽤 갑작스럽게 얘기를 드리게 됐지만, 제 나름 고민을 거듭하다가 내린 결정입니다. 그리고 내일 당장 안 나오겠다는 건 아니고요. 인력이 충분히 보충될 때까지는 자리를 지키겠습니다. 후임자한테 인계할 내용들도 미리 준비해 둘게요."

"혹시 윤이 때문에, 그런 건 아니지?"

이게 무슨 소리지? 윤에 대한 자신의 감정을 임 대표가 알고 있는 건가? 의진은 놀라서 그를 바라봤다. 임 대표는 고개를 갸우뚱하더니 뒤이어 제가 한 말을 부정했다.

"아니, 걔 때문일 리도 없는데. 걔가 성격은 좀 그래도 또 그렇게 막 나가는 놈은 아닌데."

"대표님."

"난 그냥 혹시라도 윤이가 신 실장을 힘들게 했는지, 그래서 그만두려는 건지 해서."

의진이 미처 대답을 못 하자 임 대표는 여전히 의문이 풀리지 않는다는 듯 얘기했다.

"윤이 아니라면 여기서 신 실장한테 함부로 할 사람도 없잖아. 인간관계 문제가 아닌 이상 일이야 계속해 오던 건데 굳이 사직까지 할 이유가 없지 않나 해서 하는 얘기지."

"그냥, 더 늦기 전에 새로 시작하고 싶어서요."

"그게 무슨 소리야?"

"대표님 말씀처럼 여기선 일도, 사람들도 저를 힘들게 하는 건 없지만……. 이대로 계속 있다 간 연애도, 결혼도 하기 힘들 것 같더라고요."

의진의 얘기에 임 대표는 생각에 잠긴 얼굴로 말이 없었다. 그러더니 일단 알았다며 봉투를 가져가 서랍 안에 넣어 둔다.

"우선은 방법을 생각해 보자. 그리고 윤이한테는 스케줄 상황 보면서 좀 늦게 얘기할게."

"그래 주시면 고맙죠. 부탁드리겠습니다."

의진이 인사를 드리고는 사무실에서 나왔다. 회의가 끝나고 얼마 지나지 않았는데 그 잠깐 사이에 회사는 텅 비어 있었다. 오늘은 각자 촬영에, 미팅에, 행사가 잡혀 있는지라 이른 시간부터 사람들은 모두 밖으로 나간 것 같았다. 윤도 오늘은 생방송 라디오 스케줄이 잡혀 회사에 들르지 않고 아침에 곧장 방송국으로 간다고 했다. 휑뎅그렁한 회사를 둘러보다가 의진은 이내 자기 자리로 돌아갔다.

그날은 하루 종일 사무실에서만 일을 봤다. 중간중간 정민을 비롯한 매니저들이 외부에서 보내오는 상황을 점검하고, 새로 영입하는 신인 배우의 계약 건을 검토하느라 거의 시간을 보냈다. 그러다 점심 무렵에는 윤이 게스트로 출연한다던 라디오가 생각나 부랴부랴 핸드폰으로 라디오 앱을 켰다.

"사실 저 같은 경우는 운이 많이 좋은 편이죠. 언제부턴가 제가 늘 해 오던 연기의 틀을 깨고 변화를 주고 싶다는 생각이 문득문득 들었어요. 그때, 때마침 만난 영화 〈금지 구역〉은 제 게 있어서 뭐랄까, 새로운 캐릭터에 대한 도전이고 또 기존의 나와는 완전히 다른 감정으로 연기할 수 있었던 좋은 기회였다 고 생각해요."

"해당 역할에 대해 최윤 씨가 캐릭터의 이미지나 의상 같은 것도 감독님한테 직접 아이디어를 내셨다고요?"

"네. 아무래도 제가 이 인물을 어떻게 해석하느냐에 따라 서……."

라디오에서는 갓 촬영을 끝낸 영화에 대한 얘기가 한창이었 다. 생방송 라디오는 자주 출연하지 않았던 터라 걱정이 많았는 데 다행히 윤은 실수 없이 잘하고 있었다.

"이제 개인적인 질문을 드려 볼게요. 실은 오늘 라디오에 나 와 주신다고 해서 저희 청취자분들이랑 최윤 씨 팬 여러분들이 저희 쪽으로 굉장히 많이 보내온 질문이 있습니다. 어떤 내용인 지 짐작이 가시나요?"

"글쎄요. 잘 모르겠는데요."

뭐지? 의진도 덩달아 궁금해져서 귀를 기울였다. 지난번 라디 오 담당 PD와 사전 미팅할 때는 딱히 못 들었던 것 같은데, 진 행자의 현장 애드리브인가? 생각에 골몰하는 사이에 라디오에서 말이 흘러나왔다.

"다름이 아니라 최윤 씨 이상형에 관한 질문입니다."

"아, 네."

이어진 진행자의 말에 윤은 다소 긴장이 풀린 듯 낮게 웃었다. 무슨 질문일까 괜히 걱정했다가 안도한 윤의 표정이 보이는 듯했다. 그나저나 요새도 저런 걸 물어보나? 의진도 그 생각에 혼자 웃고 말았다.

"데뷔 이후 한 번도 여기에 관해 직접적인 답이 없었다고 들었는데, 혹시 무슨 이유라도?"

"아니요. 이유가 있는 건 아니고요. 그냥 딱히 생각해 본 적이 없었던 것 같아요."

"생각해 본 적 없어요? 이상형에 대해서? 그러면 그때그때 상황에 따라서 취향도 바뀐다는 얘기신지요?"

"네. 아마도 그런 것 같아요. 꼭 어떤 스타일이 좋다, 이런 건 없었는데."

"그랬는데요?"

잠시간 침묵이 흐르더니 곧 대답이 들려왔다.

"요즘은 그저 편하고 익숙한 사람이 좋더라고요."

"편하고 익숙한 사람이요?"

"굳이 나를 꺼내 보여 주지 않아도 저를 다 알고 잘 이해해 주는 그런 사람이요."

윤의 말은 영 알쏭달쏭했다. 의진이 듣기에만 그런 게 아닌지 진행자도 약간 뜸을 들이다가 이내 시원스럽게 웃었다.

"그럼요. 편한 게 좋죠. 그리고 익숙한 사람일수록 서로를 더 잘 이해도 해 줄 테고. 그나저나 어떻게 팬 여러분들 궁금한 마음에 답이 되었는지 모르겠습니다. 최윤 씨 이상형은 편하고 익숙한 사람, 그러면서 서로 의지할 수 있고 보듬어 줄 수 있는 그런 사람이 되시겠습니다. 자, 그럼 가볍게 음악 한 곡 듣고 2부로 넘어가실까요?"

진행자의 말과 함께 이어서 잔잔한 음악이 흘러나왔다. 의진은 음악을 들으면서 생각에 빠진 얼굴이 됐다. 방금 전, 대본에 없는 사적인 질문에도 윤은 당황하지 않고 침착하게 얘기를 잘한 셈이었다. 대답 내용 또한 어느 한 군데 꼬투리 잡히지 않을 만큼 깔끔했다. 그러니 의진으로선 마음이 놓여야 하는데, 도리어 머릿속은 어수선하게 헝클어지는 느낌이었다. 의진은 억지로 생각을 털어 내며 다시 일에 집중했다.

점심에는 라디오에서 윤의 목소리를 들으면서 보냈고, 늦은 오후에는 또 정민이 윤의 모습이 담긴 연습 동영상을 보내왔다.

[어때요? 오늘 처음 연습해 보는 건데, 잘 추죠? 가르쳐 주는 댄서분이 이 정도면 더 오실 필요 없이 오늘로 다 끝날 것 같다고 하거든요. 동작도 잘 익히고 춤 선이 자연스러운 게, 아무래도 형은 타고났나 봐요.]

이번에 숀 커피 측에서 기획한 광고 콘셉트는 모델이 한 손에 커피잔을 든 채로 춤을 추는 장면이 대부분을 차지했다. 하여 윤은 광고 촬영 전에 춤 레슨을 얼마간 받기로 했다. 오후에 바로 연습실로 이동했다는 정민은 윤이 생각보다 잘해서 빨리 끝날 것 같다고 전해 왔다.

의진은 동영상을 재생해 봤다. 정민의 말처럼 화면 속 윤은 어색함이 전혀 없는 모습이었다. 과한 동작 없이 오히려 내키는 대로 대충 추는 것 같은데도 그게 리듬과 묘하게 잘 어우러졌다.

[괜찮은데? 연기하기 전에 혹시 다른 데서 춤 좀 추다 왔는지 물어봐봐.]

의진이 농담처럼 답장을 보냈다. 안 그래도 처음 손 커피 광고 기획을 듣고는 여태 춤 한 번 춰 본 적이 없는 윤이 잘 소화할 수 있을까 걱정을 했더랬다. 그런데 지금 보니 윤을 걱정하느니, 차라리 그 시간에 오늘 저녁 뭐 먹을지를 고민했으면 더 생산적이었을 듯했다.

[그니까요. 잘생긴 얼굴로 연기면 연기, 춤이면 춤. 우리 형은 못 하는 게 뭘까요, 진짜?]
[다음엔 노래시켜 봐야겠다. 걔 목소리도 좋잖아. 근데 노래까지 잘하면 '최윤'이란 캐릭터는 진짜 사기야. 이건 누굴 붙잡고서라도 따져 봐야 해. 왜 한 사람한테만 재능을 다 준건지.]

정민과 시시콜콜한 잡담을 나누다가 시계를 보고선 의진이 자리에서 일어났다. 어느새 퇴근 시간이 다 되어 가고 있었다.

* * *

집 근처까지 도착한 의진은 길옆의 마트와 카페를 번갈아 보다가 결국 카페로 향했다. 사무실에서 나올 때까지만 해도 오늘은 찬거리를 사다가 직접 저녁 만들어 먹어야지 했으나 막상 여기까지 오니 그새 귀찮아졌다. 생각을 바꾼 의진은 커피에 도넛으로 간단히 저녁을 때우기 위해 카페 문을 열었다.

"9,500원입니다. 맛있게 드세요."

잠시 후, 달달한 라떼 한 잔에 따듯하게 데운 도넛 한 개를 들고서 의진은 자리를 찾아 앉았다.

"맛있겠다."

적당하게 허기져 있던 참에 음식을 보니 마음이 급해졌다. 의진은 손을 뻗어 커피를 한 모금 마시고서 이번엔 도넛을 먹기 위해 입을 크게 아, 벌렸다. 그때, 카페 문이 열렸다. 무심결에 들어오는 손님을 바라보다가 그 사람과 눈이 마주치고 말았다.

"어……?"

"의진 씨?"

느닷없이 나타난 사람에 미처 반응을 못 하고 있는데 그쪽에서 먼저 그녀의 이름을 불러 왔다. 지난번, 아버지가 가족 식사에 초대했던 이건우라는 남자였다.

"아, 안녕하세요."

의진이 뒤늦게 인사를 건네자 남자가 테이블에 눈길을 주더니 말한다.

"근데 여기서 드시나 봐요? 전 포장해 가려고 했는데, 잘됐네요. 금방 주문하고 올 테니 잠시만요."

그러고는 바로 몸을 돌려 주문대로 향했다. 의진은 순식간에 벌어진 상황에 난감한 표정을 지었다. 여기서 남자를 만나게 될 줄이야. 이럴 줄 알았으면 귀찮더라도 저녁은 그냥 집에 가서 해 먹을걸. 의진이 후회스러운 표정을 지었다.

실은 어제 아버지를 만난 뒤에 남자에게도 메시지를 보내 그녀의 생각을 간단하게나마 전달했었다. 관심은 고맙지만, 자신은 아직 누군가를 만날 여유가 없다고 에둘러서 거절했던 것이다. 거기에 남자도 알겠다고 답장을 보내왔다. 그렇게 남자와는 잘 정리된 거라 생각했는데, 하루 만에 여기서 다시 얼굴을 보게 될 줄은 몰랐다.

"서로 가까운 데 사니 좋네요. 이렇게 동네 커피숍에 들러도 마주치게 되니 말이죠."

얼마 안 지나 남자가 커피와 샌드위치 같은 것들을 들고는 그녀에게로 되돌아왔다.

"이제 퇴근하시나 봐요."

단정한 슈트 차림을 보고서 의진이 물었다. 큰 키에 날렵한 몸을 가진 남자는 정장이 꽤 잘 어울려 보였다.

"네. 부장님은 아까 반 시간 전에 나가셨어요. 전 일이 좀 남아서 마치고 오다 보니 이 시간이네요."

의진이 알겠다는 듯 네, 하고 대답하자 이번에는 남자가 관심 조로 말을 건네 온다.

"의진 씨도 오늘은 일찍 끝났네요."

"저희는 외근이 없으면 거의 정시 퇴근이에요."

물론 퇴근했다가도 다시 불려 나가는 경우가 허다했지만. 그래도 그렇게 그녀를 아무 때나 불러낼 수 있는 사람이 최윤 말고는 없다는 게 다행이라면 다행이었다.

초반에는 임 대표도 무슨 일만 생겼다 하면 그녀부터 호출했으나 직원이 어느 정도 생기자 요즘은 윤의 일을 제외하고는 대부분 팀장 매니저에게 연락하는 편이었다. 어쩌면 오래 함께해 온 직원에 대한 배려이기도 했다. 그걸 모르지 않기에 사실 오늘 사직서를 내면서도 의진은 임 대표에게 죄송한 마음이 더 컸다.

"근데 저녁은 그거 갖고 돼요? 여기 케이크도 더 시켰으니 같이 먹어요."

문득 남자가 그녀의 조그만 도넛을 보더니 말했다. 의진은 웃으며 사양했다.

"입맛이 별로 없어서요. 감사합니다."

"이 카페는 자주 다니나 봐요?"

"아, 그냥 가끔이요."

"전 여기 카페 오픈 때부터 단골이라 하루에 한두 번 꼴로 오거든요. 여긴 커피도 맛있지만 사이드 메뉴가 많아서 매일 와도 질리지 않아요."

의진은 남자의 말을 들으며 앞으로 이 카페는 오지 말아야겠다고 생각했다. 이건우라는 남자가 싫은 게 아니었다. 그저 마음이 동하지 않는 이 관계가 불편할 뿐이었다. 그런데도 남자는 처음 만났을 때부터 내내 친근하게 굴었다.

남자의 속을 알 수가 없었다. 어제 그녀가 보낸 거절의 메시지에는 분명 알았다고 답장을 보내왔으면서, 오늘은 또 이렇게 아무 일도 없었던 것처럼 태연하게 웃고 있으니 말이다. 보통은 그런 얘기를 들었으면 우연히 마주치더라도 어색하게 인사만 건네고 돌아서는 게 대부분일 텐데.

"건우 씨. 어제 제가 보낸 메시지요."

그래서 의진은 오늘 다시 얼굴을 본 김에 더 확실히 제 생각을 전하려고 말을 꺼냈다. 의진의 부름에 남자가 커피를 마시다 말고 그녀를 건너다본다.

"죄송하지만, 그 생각에는 변함이 없어요."

"그래요."

의진이 남자를 쳐다봤다. 남자는 미소 띤 얼굴로 오히려 그게 왜, 하는 표정이었다.

"제 얘기에 알았다고 건우 씨도 답장하셨잖아요."

"의진 씨 생각을 잘 알았다는 뜻인데."

"……."

"실은 제 생각도 변함이 없다는 얘기를 하고 싶었어요. 기왕이면 문자로 말고 이렇게 만나서요."

어째 영 쉽지 않은 상대를 만났다는 생각이 들었다. 의진은 잠시 말없이 입술만 잘근잘근 씹었다.

"근데 바로 이렇게 다시 만난 걸 보면 저희도 꽤 인연이네요."

"건우 씨는 저한테 관심 있으세요?"

"그럼요."

직설적으로 물은 그녀의 말에 남자 역시 빙빙 돌리지 않고 얘기했다.

"관심 없는 여자한테 누가 이렇게까지 말을 붙이나요?"

"아니, 저를 몇 번이나 봤다고……."

"꼭 여러 번을 만나야 관심이 생기는 건 아니잖아요. 전 처음 의진 씨 사진을 봤을 때부터 느낌이 왔어요."

한마디도 안 밀린다. 그런 남자에게 의진은 이젠 될 대로 되라는 심정으로 물었다.

"왜요?"

"예쁘시잖아요."

"……."

"혹시 그런 얘기 여태 못 들으셨어요? 의진 씨 정도면 관심을 가지는 남자들이 한둘이 아닐 텐데."

저 자신의 미모가 과연 어느 정도인지는 객관적으로 알 수 없지만, 이 남자가 작업 거는 수준이 보통이 아니란 건 잘 알겠다. 결국 의진은 대화를 포기하고 도넛을 집어 들었다. 그리고 도넛을 한입 베어 물다 고개를 든 순간, 다시 한번 깨달았다. 어디에 어떻게 꽂힌 건지는 몰라도 제게 관심이 있다던 남자의 말은 거짓이 아니었다. 그는 말 그대로 그녀에게 호기심을 잔뜩 지닌 채

탐색하듯 계속하여 제게서 시선을 떼지 않고 있었다. 얼른 먹고 일어나야지. 의진은 애써 남자의 눈길을 피하며 애꿎은 도넛을 입 안에 욱여넣었다.

"이상형이 어떻게 돼요?"

남자도 그녀를 따라 샌드위치를 하나 집어 들더니 물어 왔다. 정말 궁금해서 물은 건지, 아니면 그냥 할 말이 없어 물은 건지는 알 수 없었다. 그래서 의진도 그저 생각나는 대로 대답했다.

"편하고 익숙한 사람이요."

말을 해 놓고 보니 아까 전 윤이 라디오에서 얘기했던 이상형이었다. 그 얘기가 왜 그렇게 머릿속에서 떠나지 않던지, 저를 두고 한 말이 결코 아닐 텐데도 왜 자꾸만 헛된 기대가 생기던지…….

의진은 도넛을 우물우물 씹어 삼키면서 생각했다. 짝사랑도 오래 두면 병이 된다고 했다. 상태가 더 심각해지기 전에 새움을 떠나기는 해야겠다. 어떻게든 윤에게서 멀어져야 이 복잡 미묘한 감정들도 사그라지겠지.

"특이하네요."

남자가 미간을 살짝 찌푸리며 말을 이었다.

"대개는 키 크고 잘생긴 남자, 아니면 능력 있고 책임감 있는 남자, 뭐 이런 틀에 박힌 내용들이던데."

그러게. 의진은 저도 모르게 남자의 말에 동조했다. 대개는 그런 게 이상형인 거지. 몸매 좋고 예쁜 여자, 아니면 착하고 잘 웃는 여자, 이런 클래식하면서도 정형화된 답변이어야 하는데. 최윤의 이상형은 어딘가 특이하기는 했다. 어쩌면 그 순간 그냥 무난하게 떠오른 방송용 멘트일지도 모르지만.

"어쨌든 시간을 두고 천천히 자주 봐야겠어요. 의진 씨한테 제가 편하고 익숙한 사람이 될 때까지요."

"네?"

이 무슨……? 그런 결론이 나오려고 여태 얘기를 나눈 건 아닌데. 의진의 멍한 표정에 남자가 재미있다는 듯 피식 웃는다. 그때, 테이블에 놓아둔 그녀의 핸드폰이 울렸다. 손을 뻗어 발신자를 확인한 의진이 남자에게 눈짓으로 양해를 구하고는 전화를 받았다.

- 어디에요?

전화 받자마자 따져 묻던 윤은 그녀가 대답을 하기도 전에 다시 물었다.

- 지금 갈게요. 집으로 가면 돼요?

"왜? 무슨 일인데?"

- 무슨 일인지는 내가 묻고 싶은 말인데.

전화 저편의 윤의 목소리는 왠지 화가 난 듯했다. 언뜻 감을 잡지 못하는 사이에 윤이 이어서 말했다.

- 사직서 냈다면서요?

아……. 들었구나. 의진이 그제야 상황을 파악했다. 임 대표가 벌써 얘기를 전해 줬나 보다.

"우선은 방법을 생각해 보자. 그리고 윤이한테는 스케줄 상황 보면서 좀 늦게 얘기할게."

참 늦게도 얘기한다. 의진이 한숨을 쉬었다. 뭐가 그리 급했을까? 하루도 못 넘기고 그새 얘기를 해 버린 임 대표한테 실망감마저 들었다. 그렇다고 오랜 시간을 끌어도 별 의미가 없긴 하지만.

"어. 그러긴 했는데, 일단 다음에 얘기해. 오늘은……."

– 다 왔어요. 신호등 하나만 더 지나면 돼요.

"뭐?"

의진이 저도 모르게 벌떡 일어서서 창가를 기웃거렸다. 얘가 지금 어딜 혼자 온다는 건지, 마음이 급해져서 바깥을 살피는데 윤이 걱정 말라는 듯 얘기했다.

– 정민이랑 같이 있어요.

"그래. 정민이 바꿔 봐."

오늘은 일단 돌려보낼 생각으로 전화를 넘기라고 했으나 윤은 들은 척도 안 했다.

– 저기 한아름 마트 보이네. 옆에 무슨 카페도 있고. 잠깐만……. 이정민.

갑자기 전화 저쪽에서 윤이 뭔가를 발견한 것처럼 정민을 불렀다. 의진은 숨을 죽인 채 핸드폰에 바짝 귀를 댔다.

– 저거, 실장님 차 아냐? 저기에 세워 봐.

눈썰미도 좋지. 하여간에 뭐 하나 그냥 지나치는 법이 없다. 카페 앞에 주차한 그녀의 차를 어느새 발견한 윤은 정민에게 근처에 세우라고 했다. 의진은 더 앉아 있을 수가 없어서 주섬주섬 물건들을 챙겼다.

"왜요? 또 가 봐야 돼요?"

그때까지 맞은편에서 그녀를 보고 있던 남자가 물어 왔다. 의진은 난처한 기색으로 고개를 끄덕였다. 의도한 건 아니지만 어쩌다 보니 매번 남자에게 실례하는 상황이 되고 있었다.

"네. 지금 급한 일이 생겨서요."

"그럼 같이 나갑시다. 마침 저도 다 먹었는데."

아니, 그럴 필요는 없는데……. 망설이는 사이에 남자가 매너 좋게 웃으며 문가로 먼저 다가갔다. 결국 의진은 가방을 챙기고 는 그 뒤를 어정쩡하게 따라갔다.

카페 문을 열었더니 마침 윤과 정민이 보였다. 윤은 그녀의 차 옆에 나란히 주차된 밴에 등을 기댄 채, 팔짱을 끼고 서 있었다. 쟤가 미쳤나? 의진이 급하게 그쪽으로 뛰다시피 걸어 갔다.

"야, 최윤!"

버럭 소리 지르며 다가가는 그녀를 오히려 뻔뻔스레 노려보는 윤. 그는 그녀에게 잠시 시선을 주다가 이번에는 옆의 남자를 바라본다.

"사직서 내고 기껏 한다는 게, 여기서 남자랑 데이트하는 건 가 봐요?"

"무슨 헛소리야? 그리고 너, 얼른 차에 안 들어가?"

아무리 어스름이 깃든 저녁이라지만, 그 흔한 선글라스나 마스크도 없이 얼굴을 다 드러내 놓고는 뭐가 이렇게 당당한지 모르겠다. 의진은 근처에서 혼자 너무 튀는 윤을 누가 알아보기라 도 할까 봐 조바심이 났다.

그러나 윤은 그녀의 말에도 그 자세 그대로 꿈쩍하지 않았다. 그는 평소와 달리 단단히 화가 난 얼굴이었다. 난데없이 사직서를 제출한 그녀에게 배신감을 느껴서인지도 몰랐다. 저한테 미리 얘기 한마디 없이 그만둔다고 하니 갑작스럽긴 하겠지. 의진은 윤을 이해할 것 같았다.

"아, 그분이시구나. 배우 최윤."

그때, 옆에 있던 남자가 말을 해 왔다. 그는 윤을 향해 앞으로 두어 발짝 다가서더니 신사처럼 웃어 보인다.

"티브이에서 자주 보곤 했는데 실물은 처음이네요. 팬입니다."

팬이라고 먼저 인사를 건네는데도 윤은 남자를 쳐다만 볼 뿐 대답이 없었다. 아까부터 중간에서 괜히 어쩔 바를 몰라 하던 정민이 형, 하고 윤을 재촉했다.

"사인해 드려요?"

잠시 후, 윤이 호의라고는 조금도 없이 그렇게 물어 오자 오히려 분위기만 더 엉망이 돼 버리고 말았다. 남자의 뭐 씹은 듯한 얼굴을 보다가 의진은 얼른 윤을 데리고 조용한 곳으로 피해야겠다고 판단했다. 벌써 길을 지나다니는 사람들 몇이 자꾸만 돌아보는 모양새가 어쩐지 윤을 알아보는 느낌이다.

"오늘은 먼저 가 볼게요. 지난번에 이어 여러모로 죄송하네요."

의진이 남자에게 부랴부랴 인사를 건넴과 동시에 정민에게도 눈짓했다.

"이정민. 시동 걸어."

계속 그들을 번갈아 보며 분위기를 살피던 정민이 기다렸는 듯 잽싸게 차 문을 열었다. 의진은 이번엔 윤의 팔뚝을 잡아끌었다.

"집에 가서 얘기해. 내가 천천히 설명해 줄게."

윤은 그런 그녀의 손을 툭, 뿌리쳤다. 또 무슨 돌발 행동을 할까, 긴장해서 바라봤더니 다행히 그는 돌아서 혼자 차로 다가갔다.

윤이 차에 앉자마자 의진은 밖에서 차 문을 닫아 버렸다. 그제야 안도의 숨이 나왔다. 윤과 함께 공공장소에 있으면 꼭 마치 언제 터질지 모르는 시한폭탄을 안고 있는 기분이다. 물론 그가 공개된 장소에서 사고 친 적은 여태 단 한 번도 없었지만, 의진으로서는 항상 긴장할 수밖에 없었다.

"최윤 배우 소속사에서 일하셨군요. 난 또."

윤과 정민이 차에 타고 둘만 남게 되자 남자가 해 오는 말이었다. 의진이 고개를 돌려 남자를 봤다.

"왜요?"

"아닙니다. 그냥 최윤 배우를 담당하고 있다니, 의진 씨 꽤 다르게 보이네요."

무슨 뜻인지 이해를 못 해서 쳐다만 보고 있는데 갑자기 등 뒤에서 차창이 스르륵, 내려진다.

"안 타요?"

그새를 못 참고 재촉하는 소리에 의진은 더 생각할 겨를 없이 조수석에 올라탔다. 곧 차가 출발하면서 남자도 서서히 멀어졌다. 그때야 의진은 잊고 있었던 제 차가 떠올랐다. 에라, 모르겠다. 일단 이곳에 세워 두고 이따 다시 와서 가져가야지. 지금으로선 윤을 잘 달래는 게 급선무였다.

"어디로 갈까요, 실장님?"

옆에서 정민이 조심스레 안경을 추어올리면서 물어 왔다. 작달막한 체구의 정민은 목소리가 가는데다, 오늘은 잔뜩 화가 난 윤 때문에 없던 기마저 죽은 모습이었다.

"우리 집."

"아, 네."

"알지? 여기서 왼쪽으로 돌면 바로 보이잖아."

두어 번 와 본 적이 있는 정민은 다시 네, 하며 고개를 끄덕였다. 육중한 밴이 느리게 커브를 돌고 있는 동안 의진은 힐끔 뒷자리의 윤을 봤다. 그는 차창에 시선을 준 채 아무 말 없었다. 그걸 보면서 의진이 슬며시 한숨을 쉬었다.

사실 이런 반응을 아주 예상 못 했던 건 아니었다. 어쨌거나 8년이라는 시간을 밤낮으로 같이 일해 왔는데 하루아침에 그만둔다고 했으니, 서운한 마음이 드는 게 당연했다. 그러니 이 시점에서 그녀의 상황을 잘 설명하는 게 몹시 중요했다.

5분도 안 지나 차는 목적지에 도착했다. 그녀가 자취하는 오피스텔 주차장에 차를 세우자 윤이 먼저 내렸다. 그는 차 문을 닫으면서 정민에게 말했다.

"넌 여기서 기다려. 실장님이랑 얘기하고 올게."

"그, 그래도 돼요?"

정민이 의진을 바라봤다. 의진은 상관없다며 고개를 끄덕였다. 여기서 누군가에게 윤과 단둘이 있는 모습을 들켜도 어차피 그녀는 회사 소속이니 딱히 문제 될 건 없었다.

"배고프면 어디 가서 먼저 저녁이라도 먹으렴."

의진이 말하고 돌아서려는데 정민이 그녀를 붙잡았다.

"근데 사직이라니요, 실장님? 형 오는 길 내내 화 많이 났어요."

윤은 이미 저만치 혼자 걷고 있었다. 그 뒷모습에 눈길을 주며 정민이 소곤거리듯 말했다.

"진짜 아니죠? 정말 관두려는 건 아니죠?"

이러다 내일은 회사 모두가 그녀의 사직에 대해 알게 될 것 같았다. 언젠간 알게 될 일이니 미리 안다고 한들 크게 상관은 없지만, 의진의 입장에선 조금 난감한 건 사실이었다. 생각 끝에 의진은 정민에게 걱정 말라고 웃어 보이고는 돌아섰다.

"앉아. 뭐 마실 거라도 만들어 줄게."

집에 들어온 의진이 코트를 벗으면서 말했다. 그녀의 말에 윤은 겉옷을 벗어 두고 가장 가까운 소파에 앉았다. 그는 팔짱을 낀 채 삐딱한 자세로 앉아서는 무슨 생각엔가 잠겨 있었다.

의진은 우선 커피 머신으로 다가갔다. 윤의 몫으로 연하게 커피를 한 잔 내린 뒤에 그녀가 마실 물도 한 컵 따랐다.

"돈이 문제인가?"

그러다 윤이 중얼거리는 소리에 응? 하고 돌아봤다. 그는 그녀를 마주 보며 말을 이었다.

"아니면 나나 대표님이 힘들게 했어요?"

"그런 거 아니야."

의진이 그쪽으로 걸어갔다. 탁자에 커피를 내려놓고는 변명처럼 얘기했다.

"그런 이유였다면 진즉에 그만뒀겠지."

"그럼 이유가 뭔데요?"

윤은 집요하게 물어 왔다. 그는 아무리 생각해도 영 이해할 수 없다는 얼굴이었다. 그런 윤을 의진이 잠시 바라봤다. 아까 오후에 춤 연습실에 있었다더니 거기서 바로 소식을 듣고 온 건지 박시한 사이즈의 흰 티셔츠에 아래는 검정색 트레이닝복 차림의 편한 모습이었다. 다만 옷차림과는 달리 표정은 몹시 불편해 보인다는 게 문제긴 하지만.

"그게, 설명하자면 좀 긴데……."

"네. 길게 말해 봐요. 납득만 된다면 밤새도록 들어 줄 테니."

"농담하는 거 아니야."

"난 농담하는 것 같아요?"

까칠한 말투에는 흔치 않게 짜증까지 묻어 있다. 그 바람에 의진도 슬슬 신경질적으로 변해 가기 시작했다. 아니, 지가 사장도 아니면서 왜 임 대표보다 더 피곤하게 구는지 모르겠다. 그것도 일할 만큼 일하고 퇴사하겠다는 사람을 붙잡고서 말이다.

"그냥 이 일에 여러 가지로 슬럼프도 오고 좀 쉬고 싶어서 그래."

"……."

"직장 생활 하다 보면 다들 한 번씩 그런 거 오고 그래. 너야 직장인과는 조금 다른 삶이라 잘 모를 테지만."

윤은 여전히 이해가 안 되는 듯했지만 일단 그녀의 말을 끊지 않았다.

"그리고 나 정도면 한 직장에 오래 충성한 셈이야. 대학 졸업하고 여기가 처음이었고, 쭉 새움 한 곳에서만 일해 왔다는 거 너도 잘 알잖아."

갓 학교를 나선 사회 초년생에서 어엿한 사회인으로, 철없던 20대에서 적당히 성숙해진 모습의 30대로, 그동안 그녀에게도 많은 변화가 있었다. 그리고 그 변화를 어쩌면 가장 가까이에서 지켜보고 함께했던 사람이 바로 윤이었다. 아무 말이 없는 윤에게 의진은 계속해서 얘기를 이어 갔다.

"어쨌든 그동안은 대표님도 그렇고, 너한테도 정이 많이 들었으니 지금까지 다닌 거지. 내가 원래 하고 싶었던 일은 이쪽이 아니라고. 이제라도 슬슬 다른 일 시작해 보려고."

"여길 나가서 시작하려는 그 일이 뭔데요?"

"응. 아직은 생각뿐이지만, 그냥 소소하게 카페라도 낼까 해."

"카페?"

윤이 눈썹을 찌푸리며 되물었다. 의진은 고개를 끄덕였다.

"작지만 아담한 나만의 카페를 갖는 게 소원이었거든. 금방 졸업했을 때는 돈이 없어 엄두를 못 냈지만, 더 나이 먹기 전에 자그맣게 하나 차려 보면 어떨까 싶어."

꿈꾸듯 설레는 그녀의 표정과 달리 윤은 몹시 한심하다는 눈빛이었다.

"자그맣게 차리면 자그맣게 망한다고 생각해요?"

"뭐?"

"그동안 열심히 벌어 놓은 거 그런 식으로 말아먹게요?"

"야, 말이 너무 심한 거 아냐? 시작도 전에 망하라고 저주하는 것도 아니고."

윤이 자리에서 일어났다. 그는 더 이상 얘기할 것 없다는 얼굴이었다.

"왜. 난 카페 차리면 거기 한쪽 벽에 네 사진 커다랗게 걸어 놓고 장사할 거야. 최윤 전직 매니저라고, 주변에 광고도 하고."

"티브이 여기저기 다 나온다고 난 뭐 초상권도 없는 줄 알아요? 걸기만 해 봐."

윤은 어림도 없다는 듯 내뱉었다. 그러더니 소파에 아무렇게나 벗어 뒀던 패딩을 집어 든다. 얘기하다 말고 옷은 왜 갑자기 주워 입는 거야? 의진이 의아한 눈으로 윤을 쳐다봤다.

"저녁은 나가서 먹으려는데, 같이 갈래요?"

"아니야. 난 됐어."

실은 아까 카페에서 건우란 남자와 대충이나마 먹었기에 더 생각이 없었다. 그녀의 대답에 윤이 알았다고 고개를 끄덕였다.

"그럼 쉬어요. 정민이랑 갈게."

"이렇게 간다고?"

얘기도 다 안 끝났는데? 밤새도록 들어 줄 테니 길게 말해 보라던 사람이 10분 만에 자리를 털고 일어난다. 변화가 하도 급작스러워서 의진은 어리둥절하게 바라봤다.

"아니면? 배고파 죽겠는데 말도 안 되는 헛소리를 계속 듣고 있으라고요?"

"뭐, 헛소리?"

"갑자기 잘 다니던 회사 그만두고 카페나 내 볼까 하는 게, 그럼 진심이세요?"

아니, 저게 보자 보자 하니까. 의진이 벌떡 일어나 뒤를 쫓아갔다. 윤은 어느새 현관에 다가가 신발을 신고 있었다.

"너, 내가 여태 한 말들이 다 농담으로 들리나 본데……."

그러다 윤이 몸을 돌리는 바람에 성큼성큼 뒤에까지 섰던 의진이 그만 그의 어깨에 얼굴을 부딪쳤다. 반동으로 휘청거리는 그녀를 윤이 재빨리 잡아 주지 않았더라면 자칫 우스꽝스럽게 넘어질 뻔한 순간이었다. 그 탓에 의진은 하려던 말도 까먹은 채 삽시에 얼굴이 빨개져 버렸다.

워낙 넓은 어깨에 큰 키를 가졌는지라 이렇게 마주 서면 의진의 시선에 들어오는 건 그저 그의 보기 좋게 도드라진 목울대뿐이었다. 그 목울대가 느릿느릿 움직이더니 특유의 저음이 흘러나왔다.

"아, 그리고 하나 더."

잊고 있었다는 듯 윤이 주의를 주었다.

"아까 그 남자 만나지 마요."

"왜?"

"인상이 재수 없어."

"넌 무슨 내가 만나는 남자들마다 인상이 재수 없대. 네가 관상가라도 돼?"

그런 그녀에게 윤이 '이봐요, 실장님.' 하고 불렀지만, 화가 난 의진이 연속적으로 쏘아붙였다.

"그리고 못 들었니? 네 팬이라잖아."

"그래서요? 사진이라도 한 장 찍어 드릴 걸 그랬나?"

정확히 무엇 때문에 꼬인 건지는 몰라도, 사사건건 빈정거리는 윤에게 의진은 기가 막혀서 말이 나오지 않았다.

"갈게요. 문단속 잘하고."

곧이어 짧은 인사와 함께 문이 쾅, 닫혔다. 혼자 남은 의진은 탁자 위의 입도 안 댄 커피를 흘낏 보다가 핸드폰을 꺼냈다.

[사직서, 헛소리도 아니고 농담도 아니야. 내일 당장은 아니겠지만 회사 인력이 채워지는 대로 그만둘 테니 너도 미리 알아 둬. 좀 갑작스러울 거란 건 나도 이해해. 그래도 나름 오래 고민한 끝에 결정한 거라 번복은 없을 거야.]

꽤 길게 메시지를 보냈지만, 윤은 읽은 상태로 답장이 없었다. 의진은 가만히 서 있다가 흐리게 한숨을 쉬고 말았다.

* * *

좀 갑작스러울 거란 건 나도 이해해……? 이해하긴 뭘 이해해? 윤은 찌푸린 얼굴로 핸드폰을 던지듯 테이블에 내려놓았다.

"뭐 더 시킬까요, 형?"

옆에서 그림자처럼 앉아 있던 정민이 조심스럽게 물어 왔다.

테이블에는 이미 안주와 함께 술들이 올라와 있었다. 저녁을 먹기 위해 나왔지만 어쩐지 밥보다는 술이 당기는 날이었다. 윤은 결국 정민을 데리고 가끔 가던 술집을 찾았다.

"대표님은?"

"출발하신다고 한참 전에 문자 왔으니 금방 도착하실 것 같아요."

정민의 대답과 동시에 룸 문이 삐걱, 열렸다. 고개를 들어 보니 과연 임 대표였다. 그는 '어우, 춥다야.' 하면서 그들 곁으로 다가왔다.

"초저녁부터 술집이나 찾고 잘하는 짓이다. 마시려면 조용히나 마실 것이지, 나는 또 왜 부른 거야?"

임 대표가 인사처럼 잔소리를 내뱉으며 맞은편에 자리를 잡고 앉았다. 정민이 그런 임 대표의 앞으로 갓 따른 잔을 건넸다.

"정민인 안 마셔?"

"전 이따 운전해야 하니 콜라로 대신할게요."

"이 기사 부르면 돼. 같이 한잔하지."

이 기사는 임 대표의 전용 기사였다. 임 대표가 괜찮다며 한잔하라고 했지만, 평소에도 술을 별로 좋아하지 않는 정민은 완곡하게 거절했다.

"아니요. 괜찮습니다. 내일 일찍 또 스케줄이 있어서."

"스케줄은 윤이 하는데 술은 네가 못 마시고, 고생이 많네. 근데 넌 왜 그렇게 죽을상이야?"

임 대표가 이번엔 그를 건너다보더니 뭐라고 했다. 내내 기분이 안 좋은 윤을 대신해 정민이 슬그머니 대답해 줬다.

"방금 실장님 만나고 오는 길이에요."

"아, 그랬어? 신 실장이 뭐래?"

늦은 오후, 전화를 걸어와 의진이 사직서를 냈다고 전해 준 게 바로 임 대표였다. 상황을 보면서 천천히 얘기하려고 했으나 아무래도 그가 먼저 알아야 할 것 같다며, 조금이라도 일찍 알려 주는 거라고 했다.

윤은 말없이 잔을 가져다 마셨다. 그런 그를 대신해서 이번에도 정민이 물었다.

"실장님은 어떻게 되시는 거예요? 사직 처리되시나요?"

"아니면? 본인이 그만두겠다는데 난들 뭔 방법이 있다고."

"형, 아니. 대표님."

듣고 있다가 윤이 참지 못하고 임 대표를 불렀다.

"괜찮아. 부르고 싶은 대로 불러. 여기에 우리 말고 더 있나?"

사석에서는 편하게 형이라고 불러 온 지도 어언 8년, 짧지 않은 세월이었다. 그 시간만큼 그들과 함께 동고동락한 또 다른 인물이 바로 신의진이었다. 부대낀 정으로 따지면 결코 임 대표에 뒤지지 않는데, 한순간 그만두겠다고 한다. 윤은 이해할 수가 없었다.

"근데 실장님은 갑자기 왜 그러시는데요? 정말로 그만두시겠대요?"

이해할 수 없는 건 이정민도 마찬가지인 듯했다. 정민이 묻는 말에 임 대표는 양념 먹태를 질겅질겅 씹으면서 고개를 끄덕였다.

"그냥 해 본 말 같지는 않았어."

"왜요? 무슨 그럴 만한 이유라도……."

"개인적인 상황이 계속 다니기가 그런가 봐."

윤이 뚫어지게 바라보는 시선을 느꼈던지 임 대표가 나더러 어쩌라고, 하면서 괜히 성질을 냈다.

"아니, 이 일을 계속하다 보면 연애고 결혼이고 하기 힘들다는데. 신 실장 남은 인생 책임져 줄 것도 아니면서 어떻게 잡아?"

"……."

"막말로 그렇잖아. 신 실장 벌써 서른둘이야. 미래를 새로 다시 계획할 나이긴 하지."

"누가 연애하지 말래요? 꼭 사직을 해야만 결혼이 가능한가."

생각지 못한 얘기에 적잖이 당황했으나 윤은 곧 대수롭지 않게 말했다. 근데 아까 저한텐 나가서 카페를 차릴 거라고 하더니, 임 대표한테는 또 연애며 결혼이며 이유를 댔나 보다. 어떤 이유든 간에 의진이 사직 얘기를 꺼냈다는 자체가 왜 이렇게 배신감이 들고 짜증 나는지 모르겠다. 윤은 다 마신 잔을 내려놓는 대신 꽈악, 움켜쥐었다.

"모르는 척하는 거야, 아니면 진짜 모르는 거야?"

"뭐가요."

"신 실장 그렇게 곤란하게 만든 거엔 네 지분이 90이야. 네가 밤낮으로 시도 때도 없이 불러 대는데 연애를 어떻게 해? 결혼을 해도 문제겠어. 어떤 남자가 속 좋게 그걸 다 이해해 줘?"

"맞아요. 가끔 보면 대기업 비서팀들도 실장님만큼은 아닐 것 같……."

옆에서 동조하던 정민이 그의 표정을 살피더니 이내 말끝을 흐렸다. 윤은 머리가 복잡해져 왔다. 내가 그렇게 자주 불러 댔나? 매니저였던 시절에는 아침부터 저녁까지 의진이 그의 모든 일정을 관리해 왔기에 당연히 무슨 일이든 제일 먼저 그녀를 찾았던 거고, 그의 매니저에서 물러났을 땐 그나마 자제해 온 편인데 말이다.

물론 하도 오랜 시간을 함께해 오다 보니 습관적으로 그녀부터 찾았을 수도 있다. 그런데 그게 왜, 어때서? 그게 그렇게도 그녀의 일상에 방해가 됐었다고?

문득 아까 카페에서 의진과 같이 나오던 남자의 모습이 떠올랐다. 큰 키에 희멀끔한 얼굴, 그리고 어딘지 모르게 여유가 흘러넘치던 미소. 딱 봐도 저보다는 나은 환경에서, 사랑받으며 자란 티가 나는 멀쩡한 놈이었다. 의진이 만약 새움을 나간다면 저런 놈들하고 만나고 데이트하며 결혼까지 한다는 얘기가 되겠지. 저와는 다른, 평범하면서도 안정적인 삶을 살면서 혹여 아이라도 생기면 그 아이에게도 어색함 없이 사랑을 줄 수 있는 남자와…….

뭐 그러든가 말든가. 그간의 정도, 의리도 없는 사람이 나가서 뭘 하든 제 알 바가 아니었다. 윤은 의진에 대한 생각을 그만 접고는 맥주를 하나 더 따라 마셨다.

"저도 있으니까 이제 뭐 필요하면 저 부르세요. 실장님이 좀 편해지시면 혹시 마음이 바뀔지도 모르잖아요."

정민이 제게 하는 말에 임 대표가 대신 고개를 끄덕였다.

"그럼. 신 실장 힘들게 하는 건 쟤가 문제지, 우리 회사가 문제인 건 아니잖아. 그렇지?"

대놓고 저를 탓하는 소리임에도 딱히 무어라 반박할 말이 없었다. 윤은 인상을 찌푸린 채 맥주만 들이켰다.

"일단 여러 방법을 생각해 보자고 했어. 그동안 신 실장을 설득할 수 있으면 좋은 거고."

방법이라……? 윤이 고민에 잠겼다. 그러다 문득 그런 제게 헛웃음이 나왔다. 방금 전까지는 의진이 회사를 그만두든가 말든가 했다가, 1분도 안 지나 또 그녀를 붙잡을 생각을 하니 말이다. 윤은 마른세수를 하듯 한 손으로 얼굴을 문질렀다. 얼마 마시지도 않았는데 벌써 취기가 올라와, 머리가 아팠다.

임 대표와 헤어지고 집으로 향했을 때는 10시가 넘어가고 있었다. 평소 안 마시던 맥주 때문인지 유난히 노곤하고 피로했다. 윤은 운전하는 정민의 옆에 늘어져 있다가 언뜻 메시지의 진동음을 느꼈다. 의진인 줄 알고 핸드폰을 꺼내 보니 메시지를 보내 온 사람은 강나경이었다.

[오빠. 마카롱 좋아해요? 저희 집 근처에 새로 생겼는데 너무 맛있더라고요. 내일 회사에 좀 사 가려고요. 무슨 맛으로 골라 드릴까요?]

한밤중에 마카롱 같은 소리 하네. 근데 얜 요즘 왜 이렇게 자꾸 연락해 오는 거지? 윤은 성가신 얼굴로 핸드폰을 도로 넣었다. 그런 그에게 정민이 궁금한지 물어 왔다.

"누구예요?"

"아니야."

"내일은 어떻게 하실래요? 위촉식 날짜 변경됐잖아요."

내일 오전에 예정돼 있던 모 대학병원의 홍보 대사 위촉식은 병원 측의 내부 사정으로 연기됐다고 했다. 병원 홍보 대사로 참가하려던 윤의 오전 스케줄은 그렇게 취소됐고, 오후에는 따로 운동만 다녀오면 되는지라 모처럼 한가한 날이었다. 그래서인지 정민도 오랜만에 쉬고 싶어 하는 눈치였다.

"회사 가자."

"네?"

스케줄도 없는데 회사를 가자니, 정민은 의아한 표정으로 돌아봤다.

"회사 들렀다가 오전에 운동 다녀오고 오후에는 본가에 갈 생각이야. 수원엔 나 혼자 가도 되니 넌 오후부터 쉬어."

"아, 근데 바로 운동 가면 되지 않아요? 오전에 회사는 왜 들르시는 거예요?"

"응. 출근 카드는 찍어야지."

윤은 몰라서 묻느냐는 듯 대답했다. 정민은 여전히 이해할 수 없다는 표정이었지만 윤은 더 얘기하지 않고 생각에 잠겼다. 어떻게 된 게 여태 연락이 없다. 물론 아까 보내온 메시지에 제가 따로 답장을 보내지 않았으니, 의진도 뭐라고 더 얘기할 게 없었을 테지만. 그래도 뭔가 계속 해명이나 설득을 해 올 줄 알았는데 아무 반응이 없었다. 윤은 저도 모르게 초조해지는 걸 감추기 위해 애써 창밖으로 시선을 돌렸다.

그리고 그날은 갑작스러운 사직 얘기 때문인지 밤에 잠이 들어서도 의진의 꿈을 꿨다. 그것도 아주 엿 같은 꿈을 말이다. 꿈속에서 그녀는 어떤 남자와 섹스를 하고 있었다. 언뜻 저녁에 카페에서 봤던 그 남자 같기도 하고, 처음 보는 완전히 다른 남자 같기도 한, 그런 놈의 품에 안겨서는 열락에 찬 표정을 짓고 있었다. 흐트러진 머리칼, 흥분으로 발갛게 달아오른 뺨, 쾌감을 참기 힘든지 살짝 깨무는 입술까지…….

그토록 생생하게 야한 꿈을 꿔 본 건 사춘기 이후로 처음이었다. 그나마 그때는 제가 주인공이기라도 했지. 다 커서 이따위 꿈에, 그것도 제삼자가 되어 남의 정사를 바라보는 꼴이라니. 윤은 흡사 악몽이라도 꾼 것처럼 온몸이 땀에 흠뻑 젖은 채로 깨야 했다.

씨발, 신의진…….. 나한테 무슨 짓을 한 거야? 윤이 흘러나오는 욕을 삼키며 몸을 일으켰다. 굳이 시간을 확인하지 않아도 어두컴컴한 방 안을 보니 아직 새벽이었다. 어둠 속에서 애꿎은 천장을 마치 의진을 보듯 한참 노려봤다. 그러자 꿈속 그녀의 모습이 다시금 떠오른다. 하얗고 매끈한 어깨와 가녀린 팔다리, 그리고 몽글몽글 아주 부드러울 것 같던 젖가슴도 차례로 떠올랐다. 윤은 그만 이불을 젖히고는 침대를 내려섰다.

뭔 지랄이지? 만약 다음에 이정민이 사직한다고 한다면, 그땐 그놈이 웬 여자랑 몸을 섞는 꿈을 꾸게 될까? 머리에 총 맞지 않고서야.

윤은 거기에서 생각을 끝내고는 욕실로 향했다. 이 찝찝하고 더러운 기분은 불쾌하게 땀에 젖은 몸 때문이겠지. 씻기 위해 욕실 문을 열면서 윤은 다시 한번 헛웃음을 지었다.

* * *

간밤의 악몽 여파인지 아침이 돼도 몸이 온통 찌뿌둥했다. 흐리멍덩한 상태로 회사에 도착했을 때, 마침 사무실 문을 열고 나오던 의진과 마주쳤다. 무슨 자료인지 여러 장의 서류를 들여다보느라 그녀는 앞에 사람이 있는지도 모르고 있었다. 그러다 마주 서 있는 그와 부딪히고는 그제야 고개를 들었다. 그를 발견하고선 습관처럼 웃어 보이는 신의진. 누구 때문에 밤새 잠을 설쳤는데, 아무것도 모른 채 무척이나 해맑은 웃음이다.

"왔어? 근데 오전에 스케줄 취소됐다고 하지 않았어? 집에서 쉬지, 여기까지 웬일이야?"

"뭔데요, 그건?"

대답 대신 의진이 보고 있던 걸 눈짓하며 물었다. 그러자 의진은 응, 하면서 얘기해 주었다.

"오늘 면접 볼 이력서들."

"면접?"

"매니저들 금방 더 구해질 것 같아. 요즘은 지원자가 많네."

언짢은 제 표정은 보이지도 않는지 내내 생글생글 웃는 모습이 얄밉다. 윤은 들고 있던 커피를 입에 가져가며 빨대를 물었다. 그러고는 커피를 들이켜는 대신 빨대만 질근질근 한참을 짓씹었다.

"나랑 잠깐 얘기 좀 해요."

"무슨 얘기? 지금은 바쁜데."

잔뜩 경계하는 모습이 마치 할 얘기는 어제 이미 다 끝난 거 아니냐는 표정이었다. 윤은 그녀의 사무실을 가리키며 말했다.

"10분이면 돼요."

말을 마친 윤이 먼저 그쪽으로 걸어갔다. 뒤에선 이제 주차하고 올라오는지 정민의 기척이 들렸다.

"안녕하세요, 실장님."

"그래. 잠시만 이것 좀 맡아 줘. 나 윤이랑 얘기하고 올게."

윤은 그들의 말을 등 뒤로 흘리며 열어 놓은 사무실 문을 가로질러 창가로 다가갔다. 투명한 유리창으로 바깥이 내다보였다. 새움 엔터테인먼트 사옥은 저층의 아담한 건물이라 뷰가 그리 좋지는 않았다. 그래도 회사에서 임 대표 외에 따로 사무실을 갖고 있는 사람은 의진뿐이었다.

바보. 이 자리까지 오기 쉽지 않았으면서. 햇볕이 거의 들지 않던 반지하의 첫 사무실에서 그녀를 처음 만났던 순간이 문득 떠올라 마음이 착잡해졌다.

"말해 봐. 무슨 얘긴데?"

그때, 의진이 들어오는 소리가 났다. 윤은 굳이 고개를 돌려 보지 않은 채 물었다.

"어떻게 하면 돼요?"

"뭐가?"

밑도 끝도 없이 던진 말에 의진이 어리둥절하게 되물었다. 윤은 여전히 창밖에 시선을 둔 채로 말을 이었다.

"내가 어떻게 하면 여길 안 나갈 거냐고요."

"……."

"근무 시간 외에는 안 찾는 거? 주말에도 되도록 귀찮게 안 하면 되나요?"

등 뒤의 의진이 아무 말이 없자 윤은 그제야 몸을 돌렸다. 어느 정도의 거리를 두고 서서는 윤도 한동안 말없이 의진을 바라봤다.

비유가 조금 웃기지만, 지금 상황이 어쩐지 떠나려는 연인을 붙잡는 기분이 들었다. 솔직히 한 번도 그래 본 적이 없어서 이 마음이 그 마음인지도 잘 모르겠지만.

분명한 건 의진이 회사를 그만두는 게 싫었다. 그녀가 이곳을 나가서 저와는 완전히 상관이 없는 사람이 될까 봐, 그게 몹시도 싫었다.

"대표님이 그러시던데요? 실장님을 결혼은 물론, 연애도 못 하게 구는 사람이 바로 나라고."

이어지는 제 말에도 의진은 대답 없이 저를 보고만 있었다.

"난 그런 줄도 몰랐네."

진심으로 모르긴 했다. 생각만 나면 낮이고 밤이고 호출하는 자신 때문에 의진이 그동안 남자를 만나기 힘들었을 거라는 건 정말로 생각 못 했다.

"그런 거라면 진즉 말해 주지 그랬어요. 그랬더라면 적당히 눈치 있게 굴었을 텐데."

실은 그럴 리가 없다는 걸, 의진도 잘 알 터. 저 때문에 의진이 남자를 만나는 데 방해가 된다고 해도 딱히 다르게 행동하지는 않았을 거라는 게 솔직한 제 본심이었다. 오히려 더 방해를 했으면 했지.

왜인지 모르게 그랬다. 처음부터 신의진은 저만의 매니저였고, 그녀가 하는 행동마다, 그녀가 짓는 웃음마다, 나아가서는 그녀의 사소하고 자잘한 모든 생각까지 저를 위해서여야 한다고. 제게만 온통 시간과 에너지를 쓰는 것을 당연하게 여겼다.

그런데 잘 알지도 못하는 남자와 함께 그녀를 나눈다니, 말이 되지 않았다. 기이한 소유욕이라는 걸 알지만 곱씹을수록 자꾸만 배신감이 치솟았다. 윤은 그런 저를 스스로도 이해할 수 없었다.

"그런 거 아니야."

그 무렵 의진이 입을 열었다.

"전에도 남자 잘만 만나 왔잖아. 뭐, 그냥 잠깐 만나다 말긴 했지만. 어쨌든 그런 것들은 다 핑계고……."

그러면서 뒷말이 잘 생각나지 않는지 의진은 잘근잘근 입술을 깨문다. 무언가 할 말을 고를 때 짓는 습관적인 표정이었다. 평소에도 자주 봐 와서 그러려니 해야 하는데, 새벽에 괜히 쓸데없는 꿈을 꿔서인가? 자꾸만 그 모습이 눈을 어지럽혔다.

실제로 그거 할 때도 신음을 참으려고 저럴까? 참다 참다 내지르는 신음 소리는 어떨까? 절정에 달할 때면 허리를 뒤틀면서 몸부림도 치겠지……?

"난 그저, 윤아."

이어지는 의진의 목소리가 그런 저를 일깨웠다. 윤은 길게 한숨을 쉬었다. 그녀를 앞에 세워 둔 채 대놓고 음란한 상상이 떠다녔다. 마치 꿈에서 덜 깨어난 기분이었다.

"입술 깨물지 마요."

괜히 의진을 탓하듯 윤은 짜증스레 내뱉었다. 제가 무슨 생각을 하는지도 모른 채 내내 입술을 잘근거리던 의진이 그 말에 의아한 눈빛으로 쳐다본다.

머리는 왜 또 풀고 출근한 거야? 단정하게 묶지, 좀. 꿈속에서 흐트러진 머리칼을 섹시하게 쓸어 넘기던 그녀의 모습이 떠올라, 다시 짜증이 났다.

"왜 그래?"

의진은 여전히 아무것도 모르는 얼굴로 물어 왔다. 윤은 그런 의진을 지나쳐 문 쪽으로 다가갔다. 오늘은 어쩐지 대화하기 안 좋은 날이다. 이게 다 그 해괴한 꿈 탓인지도 몰랐다. 윤은 다음 날 다시 얘기하기로 마음먹고 문손잡이에 손을 올렸다.

"하려던 얘긴 다 끝난 거야?"

그런 그가 이상했는지 의진이 다가와 물었다. 윤은 고개를 끄덕였다.

"무슨 일 있으면 이젠 정민이 찾을 테니까, 사직하지 마요."

"그거랑 상관없다니까. 넌 여태 내 얘길 뭐로 들었어?"

"그럼 내가 어떻게 하면 돼요? 드라마 할까? 나혜원 작가 신작, 그거 하면 돼요?"

그러자 의진이 몰랐냐는 듯 도리어 묻는다.

"그 드라마 여자 주인공 한시은 씨로 결정 났어. 그래도 할래?"

"하라면 할게. 하라는 대로 다 할게."

사람이 절박해지면 이렇게 되나 보다. 의진의 생각을 돌릴 수만 있다면, 지금 같아선 드라마든 뭐든 시키는 대로 다 할 수 있을 것 같았다. 그런 제 간절함도 모른 채 의진이 한숨을 쉬더니 얘기한다.

"그게 중요한 게 아니잖아. 네가 드라마를 안 해서 내가 그만두는 게 아니라고."

"그럼 대체 뭔데!"

마음이 급해 순간적으로 화를 내고 말았다. 의진은 놀랐는지 그런 저를 쳐다보기만 했다. 둘 사이로 잠시 불편한 정적이 내려앉았다. 윤은 가까스로 목소리를 가다듬고는 다시 얘기했다.

"내가 중요한 건."

"……"

"실은 나도 모르겠어. 그냥 나는…… 실장님 없으면 어떻게 해야 할지 모르겠어요. 처음부터, 첫 연기 할 때부터 옆에 있었잖아. 근데 갑자기 왜 떠나려는데? 계속 곁에 있을 것처럼 그래놓고."

"너는 우리 관계가 영원할 거라 생각했니?"

의진이 담담히 물어 오는 말에 윤은 한순간 대답하지 못했다.

영원이라, 어쩌면 정말 그랬나? 고작 일로 맺어진 관계일 뿐인데, 그 시간이 하도 오래되다 보니 영원할 줄 알았나 보다.

"대표님과 난 달라. 대표님은 너 은퇴할 때까지, 어쩌면 너 죽을 때까지도 곁에서 돌봐 주실 분이잖아."

"……."

"근데 난 사정이 달라서 그렇게까지는 못하고, 그래서 미안해."

그 말을 하면서 정말 미안한 듯 제 시선을 마주 보지도 못하는 의진을 보며, 윤은 그녀의 얘기를 완전히 이해했다. 사실은 어제부터 이해했다. 그저 쉽게 이해한 머리와는 달리 마음이 그러려고 하지 않았을 뿐.

의진은 이곳을 떠나 또 다른 인생을 그리고 있었다. 그게 그녀의 꿈이라던 카페 창업이든, 아니면 다른 남자와의 결혼이든, 단지 새롭게 시작하고픈 마음일 터. 그걸 제가 왜 잡지? 무슨 명목으로 잡는 거지……?

결국 윤은 더 말을 못 하고는 사무실을 나왔다.

05.

"오늘은 스케줄 없어? 오전부터 왜 그렇게 무리해서 운동해?"

기척에 윤이 고개를 들었다. 땀에 젖은 머리칼 사이로 크롭티에 레깅스 차림의 여자가 보였다. 한시은이었다. 이제 막 운동을 시작하려던 참인지 시은은 머리칼을 둘둘, 묶으면서 곁에 다가왔다.

"근데 운동은 여기 다니나 봐. 난 우리 코디 언니가 하도 추천하기에 오늘 처음 와 봤어."

윤은 운동 후 스트레칭을 도와주던 트레이너에게 그만 됐다고 눈짓했다. 트레이너는 그럼 이만, 하면서 매너 있게 웃어 보이고는 몸을 일으켰다. 논현동에 위치한 피트니스 클럽은 평소에도 연예인들이 많이 다녀가는지라 트레이너는 한시은을 알아보고도 과한 반응 없이 그저 눈인사만 건넨 채 자리를 떴다. 트레이너가 나가자 삼면이 투명한 유리로 장식되어 있는 스트레칭룸에는 둘만 남아 버렸다.

"매니저랑 왔어?"

윤이 자리에서 일어나며 물었다. 시은이 고개를 끄덕이더니 '아, 참.' 하면서 얘기했다.

"택배는 받았지? 그제인가 보냈는데."

"어. 받았어."

그의 대답을 들은 시은은 다행이라며 웃어 보였다.

"직접 전해 주는 게 맞는데, 알다시피 보는 눈이 많잖아. 괜히 이상한 얘기라도 떠돌면 안 되니까."

시은이 말하는 택배는 다름 아닌 그의 옷이었다. 지난번 언젠가 늦은 저녁, 갑자기 전화를 걸어 온 시은은 곤란한 일이 생겼다며 도와달라고 했다.

서래마을 근처의 모 레스토랑에서 지인과 약속이 있었던 날, 매니저 없이 혼자 나왔는데 지인이 늦는 사이에 사생팬이 따라붙은 것 같다고 했다. 구석에 몸을 숨기고선 자꾸만 사진을 찍어 대는 바람에 더는 앉아 있을 수가 없어서 레스토랑을 빠져나온 시은은 급한 마음에 코트는 놔둔 채 핸드폰만 들고 도망치듯 밤 길을 내달렸다고 했다. 그러다 어느 순간, 맞은편의 빌라 단지를 발견하고는 거기에 그가 산다는 게 떠올라 곧장 전화를 해 온 것이었다.

마침 스케줄을 끝내고 금방 집에 들어왔던 윤은 전화를 받고는 경비실에 연락해서 그녀를 들여보낼 것을 부탁했다. 그렇게 시은은 그날, 그의 집에서 매니저가 올 때까지 기다리다가 매니저가 오자 우선 입고 있던 그의 외투만 빌려 갔다.

"신 실장님은 그날 일에 대해 뭐라고 안 해?"

의진의 얘기가 나오자 윤이 무슨 말이냐는 듯 쳐다봤다.

"그 시간에 너랑 집에 있는 거 보고 실장님이 뭔가 오해했을까 봐. 회사 측에서도 아무 얘기 없었어?"

"그런 걸로 오해하고 여기저기 얘기하고 다닐 사람이 아니야."

윤은 딱 잘라서 말했다. 그가 아는 신의진은 그렇게 입이 가볍지 않았다. 지금까지 임 대표가 따로 말이 없는 걸 봐선 아마 그날 그의 집에서 시은을 본 일도 모른 척 넘어간 것 같았다.

"여전하네."

시은은 미묘한 뜻이 담긴 어조로 말을 이었다.

"너랑 신 실장님 말이야."

말뜻을 이해 못 해서 대답 없이 보고만 있자 시은이 어깨를 으쓱였다.

"그날에도 느꼈지만, 여전히 애틋해 보여. 시간이 이렇게 흘렀는데."

"……."

"아니, 시간이 흐를수록 더 애틋해지는 건가?"

"뭔 소리야. 운동이나 해. 간다."

마시던 생수병을 들고서 윤이 먼저 스트레칭룸을 나왔다. 단

시간 동안 너무 과격하게 운동을 한 탓에 안 그래도 머리가 어지러워 죽겠는데, 알쏭달쏭 복잡한 얘기를 계속 듣고 있을 인내심이 없었다. 밖으로 나오자 저쪽에서 대기하고 있던 정민이 재빠르게 달려왔다. 둘이 있는 모습을 내내 지켜봤는지 정민이 뒤에 따라붙으며 물었다.

"한시은 씨죠?"

"응."

"뭐래요? 여긴 왜 왔대요?"

"헬스장에 운동하러 왔지, 밥 먹으러 왔겠어?"

윤의 얘기에 정민은 할 말이 없는지 머쓱하게 웃었다. 그러더니 여전히 시은 쪽을 힐끔거리며 속삭였다.

"조심하셔야 돼요, 형."

"뭘?"

"아, 왜. 둘이 전에 사귀던 사이라면서요. 괜히 이상한 루머 돌지 않게 조심하셔야 된다고요."

언제 적 일을……. 윤은 개의치 않는 얼굴로 말했다.

"알았으니까, 그만 돌아가서 쉬도록 해. 난 씻고 바로 수원으로 출발할 테니."

"저 정말 이대로 집에 가도 돼요?"

"아니면? 나랑 들어가 같이 씻을래?"

"어우, 형. 저한테 왜 그러세요?"

시시한 농담에도 발끈 정색하는 정민이 귀여워 피식 웃어 보였다. 곧 샤워실로 들어가는 그의 등 뒤에서 정민은 여전히 마음

이 안 놓이는지 무슨 일 있으면 전화하라고 당부에 당부를 하고
는 사라졌다.

평일의 고속도로는 차가 거의 없어 한산하면서도 다니기 편했
다. 한 시간이 좀 지나자 익숙한 고향 냄새가 났다. 차창 밖의
하늘이 희끄무레하게 흐려오던 건 그맘때부터였다. 날씨 정보에
서 오늘 아니면 내일 눈이 올 거라고 하더니, 때맞춰 바람까지
을씨년스럽게 불어왔다.

윤은 비좁은 골목길에 접어들자 근처의 공영 주차장을 찾아서
차를 세웠다. 차에서 내려 후드티의 모자만 뒤집어쓴 채 할머니
댁까지 멀지 않은 거리를 혼자 걸었다. 대낮임에도 지나다니는
인적이 워낙 드문 곳이라 따로 그와 마주친 사람은 없었다.

"아이고, 내 새끼 왔네. 이게 얼마만이여."

할머니 댁에 도착하여 대문을 열자 마침 마당에 나와 계신 할
머니가 보였다. 할머니는 그를 보고는 반색하면서 달려왔다.

"추운데 왜 밖에 계세요?"

"응. 마당 청소 좀 하다가, 인자 다 했어. 드가자."

그러더니 그의 뒤를 힐끗 살펴보며 묻는다.

"근데 혼자 온 거?"

"누구랑 같이 와야 되는데요?"

의아해서 되묻자 할머니는 아쉬운 기색으로 말했다.

"아녀, 가끔 대표님이랑 실장님도 따라오셨잖여. 그래서 그냥
물어본 겨."

윤은 못 말린다는 듯 웃었다. 얼마 전에도 의진이 혼자 다녀 갔다고 들었는데, 그새 또 찾으시는 걸 보면 따로 말은 안 해도 꽤 많이 적적하신 듯했다. 옆에 늘 있어 드리지 못해 죄송한 마음이 이럴 때면 더욱 커져 갔다.

"아가. 이 할미가 또 고리타분한 소리 한다고 웃어도 되는디."

"말씀하세요."

"언제쯤이면 옆에 꽃 같은 여자랑 나란히 찾아올 거?"

또 시작이다. 그 표정을 읽은 건지 할머니는 내가 백날을 얘기해 봐야 뭐 하나, 하면서 고개를 절레절레 저었다.

"……그냥 나도 다 관두고 결혼이나 확 해 버릴까?"

그래서 윤도 무심결에 중얼거려 봤다. 할머니가 해 주신 저녁을 배부르게 먹고는 마당에 앉아서 사과를 우적우적 씹다가 내뱉은 헛소리였다. 평상을 사이에 두고 앉아 있던 할머니 역시 그의 말이 실없는 소리라 여겼던지 미적지근한 반응을 보였다.

"그려. 기왕이면 예쁜 여자랑 혀."

"예쁜 여자 누구?"

"네 눈에 예쁜 여자면 되지, 뭐."

일리 있는 말이라며 윤이 고개를 끄덕였다. 그나저나 아까 도착했을 즈음부터 눈이 올 것 같더라니, 어느새 검은 하늘에서는 눈송이들이 푸실푸실 내리고 있었다. 그래서인지 겨울인데도 별로 춥지 않았다. 조용한 동네에 흐르는 고즈넉한 밤공기가 유달리 정겨웠다.

"할미 눈에는 우리 실장님이 참 곱드만."

그러다 할머니가 말했다. 윤이 고개를 돌려 할머니를 보았다. 할머니는 과도로 사과 껍질을 아삭아삭 깎아 나가면서 혼잣말처럼 얘기했다.

"어디 인물만 곱나. 마음씨도 착하고 어른한테도 싹싹하니 잘하고 얼마나 야물딱진지. 언 놈이 데려갈지 궁금해 죽갔어."

"좋은 놈이 데려가겠죠."

시큰둥하게 대꾸하자 할머니는 그런 저를 밉지 않게 흘겨본다.

"어디 실장님 반만 되는 아가씨라도 데려와 봐. 내가 신나서 너울너울 부채춤이라도 춰 줄 텡께."

"알아서 할게요. 걱정 마세요."

"만날 말로만⋯⋯. 준서 봐봐라. 어릴 적부터 아가 그리 똘똘하드만 이렇게 딱 맞춰 결혼한다고 그라지 않드냐?"

오랜 시간 허물없이 단짝으로 지내 왔던 친구, 김준서는 안 그래도 얼마 전에 결혼한다는 좋은 소식을 전해 왔었다. 그간 서로 바쁘다는 핑계로 같은 서울에 살면서도 자주 만나지 못했는데 이번에 올라가면 한번 볼 생각이었다.

"이것저것 재지 말고 니도 얼른 찾아봐. 돈이야 벌 만큼 벌었잖여."

윤은 더 얘기하지 않고는 할머니가 새로 건네는 사과도 기계적으로 받았다. 이것까지 먹으면 배가 부르다 못해 터질지도 몰랐으나 무의식 간에 계속 씹어 먹게 됐다. 어쩌면 허전한 건 배가 아니라 마음일 텐데, 꾸역꾸역 뭐라도 집어넣어야 견딜 수 있을 것 같았다.

그사이 눈발은 점점 더 굵어지고 밤도 한층 더 깊어 갔다.

* * *

어젯밤부터 내린 눈은 이튿날 점심이 되도록 그치지 않았다.
의진은 창밖 너머에 잠시 시선을 주다가 다시 책상 위 여기저기
를 뒤적거렸다.

노트가 보이지 않는다. 분명 며칠 전까지 썼는데, 사무실에도
없고 내내 들고 다니던 가방 안에도 없었다. 어디에 잃어버렸지?
기억을 더듬어 봤지만, 마땅히 떠오르는 장소가 없었다. 일상적
인 업무와 개인 스케줄을 적은 노트라 꽤 중요했다. 꼭 찾아야
되는데, 어디에 둔 건지 알 수가 없어 답답했다.

문득 똑똑, 하고 노크 소리가 났다. 의진이 고개를 들어 봤다.
곧 문을 열고 들어온 이는 코디네이터인 지연희였다.

"바쁘세요, 실장님?"

"왜? 무슨 일 있어?"

"아니요. 별건 아닌데요."

말과 함께 가까이 다가온 연희가 이어서 조심스레 물었다.

"회사 그만두신다는 게 사실인가요?"

의진이 나지막하게 한숨을 쉬었다. 지금쯤이면 회사에 소문이
다 퍼졌을 수도 있겠다는 생각이 들었다. 임 대표는 그렇게 입이
무거운 양반이 아니었다. 지난번에도 그러지 않았는가? 늦게 얘
기할 거라고 하더니 하루도 안 돼 윤에게 말해 줬으니 말이다.

기왕 이렇게 된 거 의진도 더 잡아뗄 필요를 못 느꼈다.

"응. 사정이 좀 생겼어."

"왜요? 실장님 가시면 저희는 어떡해요?"

그녀의 말을 듣고는 연희가 의자에 바짝 다가앉으며 울상을 지었다. 의진이 어떻게 설명할까 고민하는데 문득 핸드폰으로 메시지가 들어왔다.

"어?"

메시지를 들여다보던 의진이 어리둥절해졌다. 방금 전까지도 찾아 헤매던 노트가 사진으로 버젓이 찍혀 발송되어 왔던 것이다. 발신인은 다름 아닌 이건우.

[이거, 그날 의진 씨가 카페에 놔두고 간 것 같은데요, 카페 측에서 의진 씨를 못 찾아서 같이 있었던 저한테 연락이 왔더라고요.]

아, 그럼 거기서 잃어버렸나 보다. 그날, 윤의 전화에 하도 정신없이 일어나다 보니 노트를 까먹은 채 그대로 나온 게 틀림없었다. 의진은 얼른 답장을 했다.

[네. 제 노트 맞아요.]
[어떻게 돌려드리면 되죠?]

아버지한테 건네주면 된다고 말하려는데 남자의 메시지가 먼저 들어왔다.

[안 그래도 지금 밖에 잠깐 외근 나왔거든요. 의진 씨네 사무실 쪽이요.]

[여기 아세요?]

[그럼요. 최윤 배우 소속사가 새움 아닌가요? 근처 자주 다니는데요. 지나가다 몇 번 봤어요. 〈새움 엔터테인먼트〉라고 간판 달고 있는 6층짜리 건물이요.]

아……. 서울은 좁다. 생각보다 더 많이 좁다. 의진은 입술을 잘근거리며 고민했다. 그러는 동안 남자가 다음 메시지를 보내왔다.

[괜찮으면 나오실래요? 마침 점심이니 같이 식사나 합시다.]

결국, 의진은 그러자고 답장을 보냈다. 별수 없었다. 제 물건을 돌려받으려면 밥 한 끼 사는 건 당연했다. 모르는 사람이 물건을 주워서 돌려준다고 해도 일정한 사례는 해야 하니 말이다. 그럼에도 왠지 자꾸만 이건우란 남자에게 휩쓸리듯 끌려가는 이 상황들이 불편해졌다.

"아, 미안. 어디까지 얘기했지?"

약속을 정하고는 핸드폰을 내려놓자 그때까지 맞은편에 앉아 있던 연희가 침울한 표정으로 얘기한다.

"혹시 회사에서 무슨 일이라도 있는 거 아녜요? 그런 것 때문에 그만두려는……."

"아니야. 그런 게 아니고, 그냥 개인 사정 때문에. 근데 나 지금 약속 잡혀서 점심은 나가 먹어야 될 것 같은데. 넌 어떻게 할래?"

그제야 연희도 자리에서 일어났다. 그녀는 여전히 묻고 싶은 게 많아 보였지만 더 곤란하게 하지 않았다.

"전 그냥 여기 식당에서 먹을게요. 아직 윤이 오빠랑 정민이도 안 왔어요."

어제 수원에 내려간다고 하더니 좀 늦나 보네. 의진은 잠시 생각에 잠겨 있다가 서둘러 코트를 걸쳤다. 건우란 남자가 이쪽에 와 있다고 했으니 늦지 않게 내려가 봐야 했다.

"어⋯⋯?"

그러나 다음 순간, 의진은 사무실 문을 열자마자 멈칫하고 말았다. 바로 눈앞으로 무언가가 휙, 하고 날아갔던 것이다. 뭐지? 고개를 돌려 봤더니 범인은 나경이었다. 한창 매니저에게 옷 같은 걸 집어 던지며 신경질 내느라 의진이 나온 것도 모르고 있었다.

"일 좀 똑바로 하란 말이야. 그거 하나 주문을 못 해서 잘못 가져와?"

또 시작이네. 옆에서 연희가 지겹다는 듯 중얼댔다. 그동안 강나경의 만행에 대해서 얼추 듣기는 했어도 이렇게 직접 마주친 건 처음이라 의진은 한순간 당혹스러움을 감추지 못했다.

"그만두지 못해? 곧 대표님 들어오실 시간인데, 이게 다 무슨 소란이야?"

의진이 다가가자 그때서야 그녀를 발견하고서 다들 수런수런

옆으로 비켜섰다. 들어온 지 얼마 안 된, 나이도 어린 매니저는 이런 수모가 견디기 힘든지 얼굴이 온통 시뻘게져 있었다. 의진이 말했다.

"나경이랑 둘은 나 따라오고, 다른 분들은 그만 자리로 돌아가요."

의진은 둘을 데리고 사무실로 도로 들어갔다. 말 한마디 없이 의자를 빼고 앉자 나경이 그런 그녀의 눈치를 살피다가 먼저 입을 열었다.

"실장님. 실수는 이 사람이……."

"사과부터 해. 세 살짜리 애도 아니고, 물건은 왜 집어 던져?"

날카롭게 뭐라고 하자 나경은 움츠러드는 기색으로 가만히 말을 삼켰다. 방금 전까지도 사람들 가득한 데서 있는 대로 성질을 부려 놓고는 지금은 오히려 억울한 모습이다. 얘는 성격이 방정이고 뭐든 생각 없이 저지르는 스타일이라 언젠가 크게 사고 칠 것 같았다. 의진이 답답한 표정으로 눈앞의 나경을 쳐다봤다.

"죄송합니다. 실장님."

"매니저한테도 사과해야지. 매니저는 네 일을 도와주는 사람이지, 함부로 막 대해도 되는 아랫사람이 아니야. 뜬 지 얼마나 됐다고 벌써 나쁜 것부터 배워?"

의진이 다그치는 소리에 나경은 매니저를 향해 어물어물 말했다.

"미안해."

매니저는 여전히 굳은 얼굴로 대답이 없었다.

"다시 이런 일이 내 귀에 들어오면 그땐 대표님한테 보고해서 조치 취하도록 할 거야. 알았어, 강나경?"

"네. 조심하겠습니다."

의진은 둘 다 그만 나가라고 했다. 잠시 후, 연희한테서 자초지종을 들어 보니 별것도 아닌 일이었다. 커피를 나경의 취향대로 정성껏 주문하지 못해서 화가 난 거라고 했다.

"온도는 너무 뜨겁게 말고 미지근하게, 우유 말고 두유로, 바닐라 시럽은 못 먹으니까 헤이즐넛으로, 샷 추가해서……."

"아니, 커피 한 잔 먹는데 뭐가 그렇게 설명이 길어?"

의진이 듣다 말고 말을 잘랐다. 연희가 그러니까요, 하면서 고개를 끄덕였다.

"더 웃기는 건 그때그때 주문이 바뀌어요. 매번 물어보고 확인해서 그날 기분에 따라 새롭게 주문해 줘야 된다는 거예요. 제가 몇 번 해 줘 봐서 알아요. 변덕이 정말이지 지랄 맞다니까요."

그동안 쌓인 게 많았는지 한참을 다다다다, 쏘아 대는 연희였다. 의진은 더 듣고 있을 수가 없어 자리에서 일어났다. 시계를 보니 약속 시간에 가까워지고 있었다. 의진은 연희에게 매니저를 데리고 같이 점심 먹으라고 일러둔 뒤에 밖으로 나갔다.

건물을 내려오자 남자는 이미 도착해서 기다리는 중이었다. 의진은 다소 빠른 걸음으로 그쪽으로 다가갔다.

"오래 기다렸죠? 나오려다가 일이 조금 생겨서."

"아니요. 저도 온 지 얼마 안 됐어요."

남자는 오늘도 다정한 웃음으로 인사를 대신했다. 의진은 그런 남자의 시선을 피하듯 주위를 둘러봤다. 회사 건물 바로 옆 거리에는 맛집들이 많아서 우선 그리로 가자고 말했다.

"노트도 돌려받을 겸 오늘은 제가 밥 살게요. 건우 씨 뭐 좋아하세요?"

바로 그때, 익숙한 밴 하나가 건물 쪽으로 다가오는 게 보였다. 밴은 서두르지 않고 주차 구역 안으로 유유히 들어와서 정차하더니 곧 문이 열렸다.

"이제 오는 거야?"

차에서 내린 사람은 다름 아닌 윤이었다. 그는 의진이 건네는 말에는 대답 없이 서 있는 둘을 슥, 훑어봤다. 그러곤 몸을 돌려 건물 안으로 들어가 버린다. 뒤따라 내린 정민이 의진에게 잽싸게 고개를 숙여 인사를 건네더니 종종종 윤의 뒤를 따라갔다. 의진은 그들의 모습에 시선을 준 채 손에 든 가방만 만지작댔다.

"여기 지나갈 때면 가끔 연예인들 마주치곤 했는데, 최윤 님은 오늘 처음이네요. 아, 지난번에도 의진 씨랑 있다가 봤으니 실물은 두 번짼가?"

들려오는 남자의 말에 의진이 정신을 차리고는 웃어 보였다.

"근데 실제 이미지도 꽤 차가우신가 봐요? 팬이라고 인사드렸는데, 두 번 다 썩 친절하지는 않네요."

"아니요. 알고 보면 모난 데 없이 착해요. 평소 나쁜 말도 안 쓰고 악취미도 없고, 얼마나 바르게 사는데요."

의진이 해명처럼 길게 말하자 남자가 알겠다는 듯 웃었다. 그러더니 그만 가자고 눈짓한다. 의진은 고개를 끄덕이며 남자의 뒤를 따랐다.

"글씨가 참 예쁘시던데요."

회사에서 멀지 않은 한 식당에 들어가 메뉴를 시킨 뒤에 남자가 먼저 건넨 말이었다. 그가 돌려주는 노트를 받으면서 의진이 물었다.

"혹시 다 펼쳐 보신 거예요?"

대부분 업무적인 내용이긴 하지만 가끔 개인적인 사항들도 적혀 있는지라, 잘 모르는 사람이 그걸 봤다고 생각하자 의진은 불편한 마음이 들었다.

"아뇨. 앞 장이랑 맨 뒷장만 보다가 넘겼어요. 더 보고 싶은데, 그러면 의진 씨한테 예의가 아닌 것 같아서요."

"아, 고맙네요. 어쨌든."

"근데 좋아하는 사람이 있어요?"

"네?"

뜬금없는 질문에 고개를 들었다. 남자가 노트를 턱짓으로 가리켜 보였다.

"이 마음이 더 깊어지기 전에."

"……."

"거기 맨 뒷장에 그렇게 적혀 있던데요?"

의진은 슬며시 숨을 삼켰다. 난처하기가 이를 데 없었다. 꼭 마치 사춘기 시절의 일기장을 들킨 기분이었다. 그나저나 그런 건 언제 적어 뒀대? 기억도 잘 안 나는 걸 보니 그냥 어느 한 순간에 충동적으로 끼적였던 것 같다. 그래도 글 뉘앙스나 시기를 보면 깊게 생각하지 않아도 윤을 향해 쓴 것이란 걸 알 수 있었다.

"점점 더 어렵네요."

의진의 침묵을 긍정의 뜻으로 받아들인 듯 남자가 말했다.

"마음에 다른 사람이 있는 여자에게 관심을 가져 본 적은 없어서요."

"건우 씨. 제 생각은 지난번에 이미 얘기 드렸던 것 같은데요."

"네. 알고 있어요."

뭘 알고 있다는 건지, 짧게 웃던 남자가 이어서 얘기했다.

"그래도 흥미롭기는 마찬가지예요. 어쩐지 저도 의진 씨에 대한 호기심이 더 깊어질 것만 같네요."

"건우 씨가 이러면 저 불편해서 못 만나요. 연락도 못 받고요."

"그럼 친구처럼 지내는 건 어때요? 친구라 생각하고 편하게 지내 봐요, 우리."

관심이 어쩌고 호기심이 어쩌고 하더니, 갑자기 웬 친구? 의진은 경계의 눈으로 남자를 쳐다봤다. 그런 그녀의 모습이 재미있는지 남자는 또다시 웃어 보였다. 윤과는 달리 미소가 얼굴에 밴 듯 자주 웃는 남자였다. 윤은 잘 웃지 않아서 문제인데. 그래도 무심코 한 번 씩 웃어 줄 때면 그게 그렇게 설레고 좋았는데…….

가만히 윤의 생각을 하고 있다가, 문득 아까 전 무표정으로 인사도 안 하고 지나가 버린 윤이 떠올랐다. 또 뭐가 골이 났던 걸까? 회사를 그만두겠다고 말한 이후로 윤과는 매일이 평화롭지 않았다. 이 또한 과정이려니, 생각하지만 그래도 마음 한편이 영 개운치 않은 건 사실이었다. 의진은 답답한 마음에 그저 멍하니 창밖만 바라봤다.

* * *

그 뒤로 며칠 동안을 윤은 내내 쌀쌀맞았다. 전화도, 메시지도 따로 없었고 회사에서 마주치면 대충 인사만 하고 지나갈 뿐이었다. 의진은 생각보다 거센 그의 반응에 내심 당황했다. 시간이 지나면 자연스럽게 받아들이겠지 했으나 일주일이 가도록 윤은 찬바람만 쌩쌩 불었던 것이다. 그랬지만 그녀로서도 뭘 어떻게 할 방법이 없어서 의진은 그저 모른 척 상황이 괜찮아지길 기다렸다.

모처럼 사무실에서만 머무르게 된 오전, 회사에도 꽤 많은 직원들이 외부에 나가지 않은 채 각자 자리를 지키고 있었다. 의진은 급한 일만 마무리하고는 자리에서 일어났다. 어쩐지 집중도 안 되고 마음이 복잡해 잠깐 나가서 바람이라도 쐴 생각이었다. 의진은 코트만 걸쳐 입고는 옥상으로 향했다.

6층에 도착하여 계단을 통해서 옥상 문 어귀까지 간 의진이 삐걱, 문을 열었다. 날씨가 좋은 날에는 가끔 이곳까지 올라와 커피를 마시거나 담배를 피우며 잡담을 나누는 사람들이 많은지

191

라 오늘도 누구 없는지부터 둘러봤다. 다행히 오늘은 인기척 대신 한적한 공기만 흐르고 있었다. 아무도 없……. 있네. 의진의 시선이 난간 한쪽에 기대어 서 있는 사람에게로 향했다.

윤이었다. 그는 옥상 문을 등진 채로 있어서 아직 그녀를 발견하지 못한 듯했다. 도로 내려갈까 하다가 의진은 결국 그쪽으로 다가갔다. 이 기회에 요즘 그가 왜 그러는지 속 시원하게 물어볼 생각이었다. 아무리 회사를 그만둔다고 해도 윤과는 평생 모르는 척 지낼 순 없었기에, 나갈 때 나가더라도 서로 좋게 마무리 짓고 헤어지는 편이 모양새가 좋았다.

"여기서 뭐 해?"

옆에 다가가 물었다. 그러자 윤은 고개도 돌리지 않은 채 딴소리를 했다.

"맞네."

"응? 뭐가?"

"돌아보지 않아도 누군지 알겠더라고요. 실장님 향수 냄새랑 걸어오는 발소리만 듣고서도."

의진이 대답을 못 하고 가만히 바라보자 윤이 소리 없이 웃었다.

"이 정도면 나도 신의진에 관해선 귀신인데."

"……네가 나한테 그렇게 정이 있는지는 몰랐어."

그건 정말이지 조금 의외였다. 저만 윤에게 애틋한 마음인 줄 알았는데, 윤도 그동안 그녀를 꽤 각별하게 생각한 듯해서 한편으론 기분이 좋았다. 만약 그녀가 그만두겠다고 했을 때 윤이 별

다른 반응 없이 쿨하게 고개를 끄덕였더라면 긴 시간 둘 사이가 그것밖에 안 됐나, 오히려 상처받았을 텐데 말이다.

"그래서, 그 남자랑 결혼할 거예요?"

"무슨 남자? 아…… . 그 사람. 아니야, 그런 거."

이건우란 남자를 묻는 얘기에 의진이 황급히 고개를 흔들었다.

"그럼 결혼할 것도 아니면서 그렇게 자주 만나요?"

"자주 만나긴. 그냥 어쩌다 보니 그런 건데, 아무 사이도 아니야."

이상하게도 이건우와는 세 번인가밖에 만나지 않았는데 그때마다 윤과 얽히는 것 같았다. 그래서인지 정말 아무 사이 아님에도 윤의 눈에는 괜히 다르게 보여지나 싶었다. 그녀의 대답을 듣고 윤은 가타부타 더 말이 없었다. 의진은 그런 윤에게 조심스레 물어봤다.

"근데 너는 요즘 왜 그래?"

"뭐가요?"

"나랑 통 얘기도 없고 마주쳐도 인사만 쓱, 하고 지나가잖아."

"응. 정 떼려고."

웃으며 말하는 윤은 농담하는 것 같기도 하고 또 한편으론 진심인 것 같기도 했다. 의진은 무어라 얘기해야 할지 몰라 고개를 수그렸다. 한동안 말 없는 둘 사이로 바람만 휘잉휘잉, 소리를 내며 불었다.

"춥다. 그만 들어가요."

그러다 윤이 난간에 기댔던 몸을 일으키며 말했다. 먼저 옥상

문으로 향하는 윤을 보다가 의진도 따라갔다.

"잠깐만."

문 앞까지 거의 다다랐을 때 문득 의진이 귀를 기울였다. 문 반대편에서 작게 인기척이 났기 때문이다.

"왜 여기까지 올라와? 누가 보면 어쩌려고?"

"이 추운데 누가 있다고 그래?"

"아, 그래도 걱정되는데."

대화를 주고받는 목소리가 어딘가 익숙한 데다 언뜻 들어 보면 여기까지 몰래 연애하러 온 사람들 같았다. 어쩐담? 괜히 어쩔 바를 몰라 하는 의진과 달리 윤은 개의치 않는 표정으로 문 손잡이를 당겼다. 동시에 저쪽에서도 문을 밀었는지 한순간에 문이 확, 하고 열렸다.

"……왜요?"

왜 그랬는지는 몰라도 의진은 문이 열림과 동시에 바로 옆의 잡다한 물건을 넣어 두는 공간으로 몸을 숨기며 윤도 함께 잡아끌었다. 얼떨결에 끌려와 숨어 버린 윤이 그녀에게 이유를 물었다. 의진은 손가락으로 입을 가리며 쉬잇, 주의를 주었다. 남모르게 데이트를 즐기러 온 사내 커플들 같은데, 굳이 거기서 맞닥뜨려 아는 척을 해야겠니? 그런 눈빛으로 조용히 하라고 하자 윤은 어이가 없다는 듯 쳐다봤다.

"어머. 진짜 아무도 없네."

"그러게, 보라니까. 이 시간엔 여기 아무도 안 올라와."

세상에……. 저 둘이 그렇고 그런 사이였어? 뒤이어 익숙한 목소리의 정체를 확인한 의진이 두 눈을 휘둥그렇게 떴다. 대낮에 용감하게 이곳까지 데이트를 즐기러 온 이는 다름 아닌 지연희와 박철주였던 것이다.

아니, 언제부터 둘이 사람들 눈을 피해 연인으로 발전한 거지? 여태 모르고 있었던 사실에 의진은 새삼 놀라서 두 사람을 바라봤다. 그러다 곧 당황스러운 소리를 삼키면서 고개를 돌려 버렸다.

소곤소곤 얘기를 나누던 둘은 곧바로 서로를 껴안으며 키스하기 시작했던 것이다. 뜻하지 않게 연희와 철주의 비밀스러운 사이를 알게 된 데 이어, 어쩌다 보니 현실 연인들의 애정 행각까지 낱낱이 감상하게 됐다. 어떡하지? 의진은 고개를 돌려 나갈 곳을 찾아봤다.

다행히 현재 그들이 있는 곳은 보기 싫은 잡동사니들을 가리기 위한 얇은 커튼 덕분에 쉽게 발각될 것 같지는 않았다. 그러나 옥상을 나가려면 문을 다시 열어야 하는데, 그러면 당연히 문소리가 나겠지. 이제 저들한테 안 들키고 나가기란 쉽지 않았다. 아니면 꼼짝없이 여기에 갇혀 둘이 먼저 나가길 기다려야 하나?

"이거 보려고 숨었어요?"

그때, 그녀를 지켜보던 윤이 물었다. 의진은 다시 조용히 하라고 사인을 줬다. 가뜩이나 좁아터진 공간에 둘이 숨어 있으려니 바짝 몸을 붙여야만 했다. 그러는 바람에 공연히 둘 분위기까지도 이상해진 듯해서 의진은 애써 윤을 마주 보지 않은 채 바깥 동향만 살폈다.

"거, 되게 오래 하네."

"아…… 좀."

그새를 못 참고 또다시 투덜대는 소리에 의진이 손으로 윤의 입을 막았다. 제발 좀 가만히 있으라고 무심코 한 행동인데, 다음 순간 손 안쪽에서 느껴지는 남자의 숨결에 멈칫했다. 당황스러운 기색이 윤의 얼굴에도 똑같이 스쳤다.

"……."

"……."

서로를 응시한 채 몇 초간의 정적이 흘렀다. 그의 체온 때문인지 그녀의 손바닥이 점점 뜨거워지고, 둘을 감싸는 공기마저 잔뜩 미묘해졌다. 그러다 윤이 그녀의 손을 잡아서는 휙, 떨어트리듯 내렸다.

"숨 막혀. 뭐 하는 거예요?"

"미, 미안."

의진이 어색하게 사과했다. 윤은 대답 없이 그런 저를 물끄러미 보고만 있었다. 슬며시 그의 시선을 피하며 의진은 바깥을 기웃거렸다. 그나저나 쟤네는 정말이지 왜 저렇게 오래 하는 거야? 키스가 다 저렇던가? 남자와 저토록 열정적으로 키스해 본 지가 언제였던지 기억도 안 나는지라 괜한 자괴감마저 들었다.

사랑에 빠진 철주와 연희는 그 뒤로도 추운 줄 모르고 옥상에서 한동안 얘기를 나누며 둘만의 시간을 보냈다. 그리고 그 시간 동안 둘은 꼬박 움직이지 못한 채 그들이 내려가기만을 기다려야 했다.

"들키면 곤란한 건 쟤넨데, 왜 우리가 여기 이러고 있어야 돼요?"

중간에 억울한지 갑자기 윤이 따져 묻기도 했다. 의진은 그 말에 글쎄, 하면서 난처하게 웃었다. 누가 이리될 줄 알았나? 그녀 역시 의도하지 않은 일이었다.

"살다 살다 별······."

기가 찬지 윤은 말하다 말고 욕을 삼켰다.

"야. 금방 갈 것 같아. 봐봐. 온다, 온다. 이쪽으로 오고 있어."

커튼 틈 사이로 밖을 내다보던 의진이 흥분에 차서 속삭였다. 윤은 그런 그녀의 말을 듣는 둥 마는 둥 양 주머니에 손을 꽂은 채 신발 끝으로 바닥을 긁어 대고 있었다. 안 그래도 비좁아 죽겠는데 커다란 몸으로 공간을 다 차지하고는 저 혼자 편한 모습이다. 그래도 별수 없었다. 누구 때문에 윤도 지금 여기 갇혀 있는 꼴이니, 의진은 더 뭐라고 하지 않기로 했다.

곧이어 철주와 연희는 옥상 문을 열고 비상계단으로 내려갔다. 그제야 안도의 숨이 후, 하고 나왔다. 그 잠깐 사이에 긴장으로 다리마저 뻣뻣하게 굳은 느낌이다. 의진은 후들거리며 겨우 걸어서 밖으로 나왔다. 윤도 스적스적 그녀의 뒤를 따라왔다.

"당분간은 모른 척해 주자. 쟤들도 그러길 바랄 텐데, 안 그래?"

윤에게 당부하듯 얘기했더니 그는 무심한 어조로 답한다.

"남 일에 관심 없어요. 사귀거나 말거나."

"그래. 너 잘났다. 넌 대체 뭐에 관심 있어?"

괜히 빈정 상해서 쏘아붙이자 윤이 심드렁하니 되물어 왔다.

"그게 왜 궁금한데요?"

"안 궁금해. 나야말로 그러거나 말거나."

그렇게 의미 없는 말을 한마디씩 주고받으며 옥상을 천천히 내려왔다. 계단의 끝에 선 채 의진은 문득 엘리베이터로 향하는 윤의 뒷모습을 바라봤다.

어쩌면 이 모든 게 시간이 주는 착각일지도 모른다. 일 분 일 초, 한 시간, 하루, 일 년, 그런 일 년이 거듭하고 거듭하여 모두 여덟 번……. 점점 늘어가는 시간 속에서 하나둘 쌓여 가는 사소한 추억들, 별거 아닌데 그런 것들이 모여서 괜히 사람 마음을 착각하게 하는지도 모른다.

윤을 향한 마음의 실체를 이제 더는 고민하지 않기로 했다. 접기로 했고 떠나기로 했으니까, 그녀 또한 윤의 말처럼 서서히 정을 떼면 된다.

또 어쩌면 시간이 더 흘러 그때 가선 지금의 용기 없는 저를 후회할지도 몰랐다. 제 마음을 찬찬히 들여다보지 않은 용기, 앞으로 다가서는 것보다는 안전하게 뒤로 물러나는 걸 선택했던, 그런 용기 없는 저 자신에 대한 후회 같은 것들…….

엘리베이터 버튼을 누르며 윤이 안 오냐는 듯 돌아봤다. 눈이 마주치자 의진이 전처럼 웃어 보였다. 늘 가까이에 있으면서도 멀리에 있는 것 같은 최윤은, 오늘도 그 자리에서 그녀를 마주 보다가 얘기했다.

"왜 자꾸 웃어요? 정 떼야 하는데."

말본새하고는. 저만의 감정에 취해 있다 한순간 정신을 차린 의진이 그를 흘겨보며 다가갔다.

"빨리 와요. 문 닫힐라."

윤의 말과 함께 엘리베이터 문이 열렸다가, 그들이 타자 다시 닫혔다. 그녀의 마음도 그렇게 꾸욱, 닫혔으면 좋겠다는 생각을 잠시 했다. 의진은 멍하니 숫자가 바뀌는 엘리베이터의 전광판만 한동안 바라봤다.

* * *

드르륵, 드르륵……. 잠결에 어렴풋이 들리는 진동 소리에 의진이 협탁 위를 더듬었다. 기상 알람 전에 전화가 먼저 울리는 날에는 대개 느낌이 좋지 않았다. 아직 새벽 시간임에도 아랑곳없이 전화를 걸어 온다는 건 그만큼 중요한 일이 터졌다는 것이기 때문에. 의진은 부스스, 몸을 일으키며 전화를 받았다.

– 실장님!

전화 저편의 다급한 목소리는 정민이었다. 의진이 잠기운을 밀어 내면서 물었다.

"무슨 일이야?"

– 스캔들 터졌어요.

"뭐?"

– 윤이 형 스캔들 기사가 터졌다고요.

순식간에 잠이 확, 달아났다. 의진은 침대를 내려서 테이블로 다가갔다. 노트북을 부팅하며 물었다.

"누구랑?"

오늘 잠이 들기 전까지만 해도 아무 일 없이 평화로웠는데. 무엇보다 이 몇 년 동안 사소한 논란 하나 만들지 않고 조용하게 연기 활동에만 전념해 왔던 윤이었다. 그런데 갑자기 스캔들이라니? 말도 안 된다고 얘기하려던 찰나에 문득 스치듯 누군가가 떠올랐다.

혹시……?

- 한시은 씨요.

뒤이어 들려오는 정민의 대답이 제 생각이 맞았음을 알려 주었다. 역시 한시은이었구나. 그렇다면 그날, 빌라에서 둘은 정말 뭔가가 있었던 것일까?

- 사진까지 떠서 골치 아프게 생겼는데요?

정민의 말을 들으며 의진은 켜진 노트북 검색창에 빠르게 윤의 이름을 검색했다. 과연 한시은과의 관련 기사들이 줄줄이 뜨고 있었다. 시간을 보니 최초 기사는 한 시간 전이었던 것 같다. 그리고 가장 최근 기사는 바로 5분 전이었다. 눈에 띄는 대로 그중 하나를 클릭해 봤다.

《단독! 최윤♡한시은 서로를 못 잊은 연인, 핑크빛 재회!?》

제목부터가 사람들 이목을 끌기에는 제격이었다. 한때 공개 연애를 했던 두 사람이 몇 년이 흘러 다시 만나게 된다면 어떤

면에서는 처음 시작하는 연인들보다 더 호기심을 자극하는 일일 터. 의진의 눈이 기사 중간에 첨부되어 있는 사진으로 향했다.

사진의 배경은 윤의 빌라 지하 주차장이었다. 그의 외투를 입고 있는 시은과 나란히 걷고 있는 윤의 모습이 다였다. 다행히 여타 스캔들 기사 사진처럼 결정적인 스킨십 장면은 보이지 않았다. 그러나 한밤의 주차장, 누가 봐도 곁에 있는 남자의 옷을 입은 것으로 보이는 여자의 모습은 그럴듯한 의혹을 불러일으키기에도 딱이었다. 기사 내용을 대강 훑어보니 아니나 다를까 시은이 입고 있는 옷이 윤이 그 언젠가 촬영장에 입고 나타난 사복이었다는 정황 증거들을 나열하고 있었다.

의진은 다시 기사 사진을 들여다봤다. 사진이 찍힌 각도로 봤을 때 건너편의 차 안에서 누군가 몰래 찍은 듯했다. 사생팬의 짓일까? 무슨 목적으로 소속사에 연락하지 않고 먼저 터뜨린 거지? 보통은 나한테 그쪽 아티스트의 이런 사진이 입수됐으니 공연한 구설에 오르기 싫으면 얼마를 달라고 거래를 요구해 오는 게 일반적인데, 그런 거 없이 바로 기사부터 내보내는 경우는 드물었다.

이런 일은 흔히 스캔들 당사자한테 원한이 있어 일부러 엿 먹으라고 악의를 품은 사람의 짓이거나, 그게 아니라면 어딘가에서 두 배로 돈을 줬기 때문에 이쪽에는 사실 관계 확인이 필요치 않아 무단으로 추측성 오보 기사를 내는 경우였다.

– 어떡하죠, 실장님? 지금 대표님께 보고드리러 가려고요.

"대표님은 아셔?"

- 네. 기사 내용은 대충 확인하셨고 사무실로 오라고, 지금 당장.

"윤이는?"

- 같이 있어요. 좀 전에 화장실 갔는데, 그 틈에 실장님께 전화 드리는 중이에요.

의진은 옷장으로 다가가며 말했다.

"먼저 가 있어. 금방 갈게."

정민의 전화를 끊고는 부랴부랴 외출 준비를 했다. 자면서 흐트러져 있던 머리칼을 정리한 뒤에 양치하고 옷만 갈아입고는 집을 나섰다.

회사로 가는 동안에도 머릿속에는 풀리지 않은 의문들이 연달아 떠올랐다. 바로 어제 있었던 일도 아니고, 윤의 빌라에서 시은을 봤던 날은 한참 전이었는데 그동안 뭘 간 보고 있느라 이제야 터뜨리는 걸까? 무슨 목적과 의도를 가지고 있는 거지? 무엇보다……

"진짜일까?"

의진이 혼잣말로 중얼거렸다. 윤의 얘기를 들어 봐야 알겠지만, 실은 계속 마음이 복잡했다. 만약 아무것도 모른 채로 방금 전 기사를 접했더라면 조작 의심이라도 생길 텐데 그날, 제 눈으로 윤의 빌라에서 한시은이 그의 외투를 입고 있는 모습을 봤으니 말이다. 그때는 그저 그런 거 아니라던 윤의 말에 반신반의로 넘겼지만, 오늘 다시 보니 뭐가 진실인지 언뜻 판단이 서지 않았다. 의진이 답답한 표정을 지었다.

잠시 후, 의진은 회사에 도착하여 차에서 내렸다. 밖에서 올려 다본 건물은 온통 캄캄했으나 임 대표의 사무실만 불빛이 환했다. 의진은 서둘러 그리로 올라갔다.

문을 열자 안에는 임 대표를 비롯하여 정민, 윤까지 세 사람이 있었다. 들어서는 그녀를 향해 정민이 오셨어요, 하고 맨 먼저 인사를 건넸다. 임 대표는 담배를 피우다 말고 의진이 들어서자 비벼 껐다. 평소 담배 연기를 싫어하는 그녀를 알고 있는 임 대표는 일어나 창가로 다가갔다. 그는 창문을 열며 물었다.

"신 실장은 자다가 나온 거 아냐?"

"아, 네. 정민이 전화 받고요."

"나도 자다 전화 받고 달려왔어."

잠시 말을 끊었던 임 대표가 이내 뭐라고 했다.

"어째 지난 연말이 몹시 평화롭다 했다. 새해 시작된 지 얼마 나 됐다고 신 실장 사직 선언에 이어 윤의 스캔들까지, 아주 다들 나 편한 꼴이 보기 싫은 거지?"

"죄송합니다."

의진이 고개를 수그렸다. 그러면서 윤을 흘낏거렸으나 그는 평소와 같은 표정으로 아무 말이 없었다.

"말해 봐. 기사 내용은 다들 봤을 테니 거기에 관해선 생략하고, 대응을 어떻게 할 건지 의견들 말해 보라고."

임 대표가 책상에 두 손을 짚으면서 그들을 둘러봤다. 의진의 옆에 선 정민은 우물쭈물 눈치만 살필 뿐 먼저 말을 하려 들지 않았다.

"윤이 이 녀석은 사실이 아니라고 짧게 입장문만 내고 끝내자는데, 신 실장 생각은 어때?"

"그렇게 정리가 될까요?"

의진은 윤을 보다가 임 대표에게 물었다.

"사실이 아닌데 그딴 기사들에 일일이 대응할 필요가 뭐 있냐하는데?"

"사실이 아닌데 그 사진은 뭐야, 그럼?"

의진의 말에 윤이 시선을 돌려 그녀를 본다. 자다 깨서 달려온 그녀와 달리 윤은 여태 촬영장에 있다가 온 건지 메이크업도 지우지 못한 모습이었다.

"합성이라도 했다는 거야?"

"아니요."

윤이 대답했다. 그렇다면 사진은 진짜라는 얘기네. 의진은 저도 모르게 헛웃음이 났다. 와중에 왠지 모를 씁쓸함이 드는 건 어쩔 수 없었다. 윤이 그런 의진을 보며 얘기를 이었다.

"사정이 생겨 옷을 빌려달라고 해서 빌려줬을 뿐이에요. 사진은 한시은 매니저가 와 있는 데까지 데려다주면서 찍힌 거 같고."

"아니, 그러니까 네가 왜 한시은이랑 그 시간에 네 옷을 빌려주고 말고 하면서 쓸데없이 사진까지 찍혀 이 사달을 일으켰냐이 말이야."

참다 못했는지 임 대표가 버럭 성질을 냈다. 듣고 있던 윤의 미간도 짜증스레 찌푸려졌다.

"지금 대응을 어떻게 할 건지 의논하는 거 아니었어요?"

"뭐가 어떻게 됐는지는 우리도 사실 여부를 정확히 알아야 대응을 어찌할지 결정하지. 안 그래, 신 실장?"

의진은 아무 말 하지 않았다. 사무실에는 잠시 무거운 정적이 흘렀다.

"윤이 말대로 해요. 그게 좋겠어요."

그러다 의진이 생각을 정리하고는 임 대표에게 제안했다.

"일단 저쪽 상황을 지켜보죠. 기사 내용과 사진들도 오면서 얼추 봤는데, 그렇게 심각하지 않아요. 간단한 입장문으로 무마가 될 것 같아요."

"그래?"

"그리고 사실이든 아니든 연예인은 사람 아닌가요, 뭐. 만나다가 헤어질 수도 있고, 헤어졌다가 다시 또 만날 수도 있고 그런 건데. 팬들도 한때 둘 사이의 열애를 인정하는 분위기였잖아요. 만나는 동안에도 크게 트러블 없이 사귀었던 사이인데 시간이 흘러 그런 사진, 찍힐 수도 있죠."

옆에서 윤이 저를 보는 시선이 느껴졌으나 돌아보지 않았다. 둘 사이 진실이 뭐든지 더 물을 필요도, 따지고 싶지도 않았다. 처음부터 자신은 최윤을 관리하는 매니저이자 책임자일 뿐이었다. 이번에도 그저 윤이나 회사한테 최대한 피해가 가지 않게 처리하면 되는 일. 의진은 담담히 말을 이었다.

"한시은 소속사랑은 제가 내일 출근해서 통화해 볼게요. 대표님은 내일 중으로 기사가 다 내려갈 수 있게 조치만 해 주세요."

"알았어. 그럼 신 실장 말대로 하지."

처음부터 윤의 뜻이었는데, 어쩌다 보니 그녀의 말대로 하자고 결론이 났다. 그래도 이 정도로 정리가 된다면 큰 문제는 없어 보였다.

"시간이 늦어서 오늘은 먼저 들어가 볼게요. 내일 오전에 다시 상황 보고드리겠습니다."

의진은 고개를 숙여 임 대표에게 인사하고는 정민과 윤에게도 차례로 눈인사를 건넸다. 그리고 사무실을 나설 때까지 윤은 더 말이 없었다.

건물을 나와 차가 있는 곳까지 걸어가며 의진은 생각에 잠겼다. 잠깐 잊고 있었던 사실 하나, 그녀와 윤은 달랐다. 매일 얼굴을 마주 보며 시간을 보내와서 가끔은 저와 비슷한 줄 착각하지만, 사실은 서로가 완전히 다른 세상에 있다는 걸, 오늘 다시 한번 깨달았다.

얼마든지 평범한 연애가 가능한 그녀와 달리 윤은 앞으로 누구를 만나든 오늘처럼 무형의 간섭을 받을 테지. 데이트를 하든, 사랑싸움을 하든, 모두의 시선에서 자유로울 수가 없었다. 대중들의 사랑으로 먹고사는 연예인은 어마어마한 인기와 부를 누리는 반면에 어느 정도의 사생활 침해를 감수해야 했다. 윤은 그런 직업을 택했고, 거기에 지금껏 문제 없이 잘 적응하고 있었다.

그래서 언제부턴가 혼자 계속 두려웠는지 모른다. 윤의 특별한 세계에 섞여 들어갈 자신도 없으면서, 그를 향한 마음이 정말로 이성적 호감이고 진심일까 봐…….

의진은 다시금 윤의 곁을 떠나기로 했던 게 잘한 일이었다고
스스로를 위로했다.

* * *

- 저희도 사실이 아니라고 입장문 내려고요. 며칠 좀 관심 가
지다가 조용해지겠죠.

이튿날, 의진은 직접 한시은의 소속사 담당자와 통화를 했다.
저쪽에서도 오전 내내 기자들 전화에 지쳐 버렸는지 말하는 목
소리에는 힘이 하나도 없었다.

"죄송한데 한시은 씨는 어떤가요?"

- 좀 당황스러워하긴 하는데 스케줄엔 지장 없어요.

결국 서로 비슷한 시기에 입장을 내자고 합의를 보고는 통화
를 마쳤다. 전화기를 내려놓자마자 노크 소리가 들렸다. 고개를
들어 보니 문을 열고 들어온 이는 정민이었다.

"기사 확인 전화가 너무 걸려 오는데요?"

"사실이 아니라고 얘기하고 끊어."

"계속 그러고는 있는데요, 오전 내내 똑같은 말만 반복했더니
입이 다 아파요."

"점심 지나면 기사 전부 내려갈 거야. 조금만 참아."

그때, 또다시 노크 소리가 났다. 이번에는 나경이 당장 울음을
터뜨릴 것 같은 얼굴로 입술을 비죽이면서 들어온다.

"윤이 오빠랑 한시은 기사는 뭔가요? 그거 진짜 다 사실이
에요?"

"안 그래도 바빠. 넌 남한테 신경 끄고 네 일이나 해."

"실장니임……."

"왜. 매니저 겨우 들어온 거 또 나가게 만드니 이제 속이
시원해?"

의진의 그 얘기에 나경은 할 말이 없는지 입을 다물었다. 지
난번 커피 주문 하나 잘못했다고 그 난리를 친 바람에 새로 들
어온 매니저는 결국 그만두게 됐다. 힘들게 사람을 구해다 놓
으면 뭐 하는가? 트러블 메이커 강나경 때문에 인력에 계속 공
백이 생기는데. 이대로라면 몇 년이 지나도 사직은 그저 말뿐
이고 회사에 영영 묶여 있을 것 같아서, 의진은 생각할수록 짜
증이 났다.

"윤이는 어디 있어?"

자리에서 일어나며 정민에게 물었다. 정민은 손가락으로 옆
사무실을 가리켰다.

"대표님이랑 같이 있어요."

정민과 나경을 그대로 둔 채 의진은 임 대표 사무실로 건너갔
다. 손을 들어 두 번 노크하고는 문을 열어 봤더니 임 대표는 밖
에 나갔는지 보이지 않았다. 대신 윤이 창가에 서 있다가 들어서
는 그녀를 바라본다.

"대표님은?"

"몰라요. 방금 전에 전화 받고 나갔는데."

윤은 평소처럼 무덤덤하니 대답했다. 지금 누구 때문에 다들 이 난리인데, 그의 표정은 더없이 고요했다. 마치 어제오늘 일들이 저와는 무관한 것처럼 세상 혼자 평화로운 얼굴이다.

"오늘은 스케줄 없어?"

"오후에 나가 봐야 돼요."

윤은 손을 들어 시계를 보더니 한 시간 남았다고 대답했다.

"근데 넌 지금 이 사태가 걱정도 안 되는 거야? 너무 아무렇지 않아서 좀 사이코 같다?"

그런 그를 보다가 참지 못한 의진이 한마디 하자 윤이 피식 웃고 만다. 그는 정말로 아무 걱정이 없어 보였다.

"걱정해서 뭐 하게요? 어차피 사실도 아닌데, 하루도 안 지나 정리되고 묻힐걸요."

"뭘 믿고 그렇게 장담해?"

"신 실장님이 처리해 주니까."

"됐고, 일이나 만들어 주지 마. 너 때문에 이게 뭐야? 나만 고생이니? 정민인 온 오전……."

"알았어요. 미안해. 죄송하다고요. 말 나온 김에 이정민 소고기 사 줘야겠다."

말하다 말고 윤이 갑자기 핸드폰을 들여다본다. 메시지가 온 건지 무심코 확인하던 그가 곧 귀찮다는 듯 내뱉었다.

"나경인 얜 또 왜 이러는 거야?"

나경이 결국 윤한테 기사 내용에 대해 사실인지 물었나 보다. 그런데 평소에도 늘 냉랭했던 윤인지라 직접 물어볼 용기는 없고, 겨우 메시지로 물은 거겠지.

문득 그런 윤을 보면서 의진은 말할 수 없는 초라함을 느꼈다. 강나경과 한시은을 비롯하여 그동안 그와 접점이 있었던 여자들이 머릿속에 스쳐 지났다. 그러고 보면 의진 자신 역시 윤을 좋아하는 수많은 여자들 중 하나였다. 그리고 윤은 그런 여자들에게 매번 별 감흥을 보이지 않았다. 그나마 한시은과는 조금 달랐지만, 그것도 오래가지 않았으니 얘한테는 진심이라는 게 있긴 한 걸까?

"넌 혹시…… 누군가를 사랑해 본 적은 있니?"

매사 이래도 그만 저래도 그만, 그 어떤 것에도 관심이 없던 윤이 이상하기도 했다. 가끔은 꼭 마치 사는 것 자체가 지겨운 사람처럼. 첫 드라마 촬영 때 난데없이 물벼락을 맞은 이후로 연기에 대한 오기 비슷한 열정은 생긴 것 같았으나, 거기까지였다. 그는 여전히 다른 것에는 별 흥미가 없어 보였다.

"무언가에 몹시 간절해 본 적은 있어?"

생각해 보면 할머니는 정 많고 따뜻하며 푸근한 분이신데, 윤은 어딘가 많이 달랐다. 의진은 갑자기 그가 어떻게 자라 왔는지 궁금해졌다. 그건 그를 알고서 여태 처음으로 들어 본 의문이었다.

"글쎄."

그리고 윤은 그녀의 그 물음마저도 대충 성의 없이 응수했다. 뭔가 다른 생각에 잠긴 듯한 눈빛이 대답과는 달리 공허하고 쓸쓸해 보였다. 의진은 그런 그를 바라보다가 결국 더 말하지 않았다.

다행히 스캔들 기사는 점심을 전후로 하나둘씩 내려갔다. 새로운 내용의 추가 기사들도 더 뜨지 않는 걸 보니 임 대표가 잘 막은 듯했다. 상황이 어느 정도 정리가 되어 한숨을 돌렸을 즈음, 임 대표는 또다시 당분간 윤을 맡아 줄 것을 부탁했다.

"알다시피 나경이 매니저 자리가 늘 문제잖아. 정민이가 잠시 그리로 가야 하니까, 그동안 윤이 좀 도와줘."

"번번이 이러실 거면 차라리 나경일 내보내요."

언제 한번 크게 사고 쳐서 회사까지 같이 물 먹일까 봐 한 소리였다. 그러자 임 대표도 골치 아프다며 한숨을 쉬었다.

"안 그래도 재계약은 고민해 봐야겠어. 활동도 투자 대비 영 시원치 않아. 안 하겠다는 건 왜 또 그리 많은지."

"어쨌든 이번까지만 윤이 케어하고, 사람 구해지는 대로 저도 나갈 거예요."

의진은 괜히 임 대표한테 성질을 부리고는 밖으로 나왔다. 자꾸 일이 꼬여 가며 아무 진전이 없는 게 답답했다. 그렇다고 회사 사정이야 죽이 되든지 밥이 되든지 뒤도 돌아보지 않고 떠날 수 있는 패기 또한 없었다. 결국 남은 시간을 의진은 사람을 구하는 데 집중하기로 하고 다시 윤을 맡았다.

그 뒤의 며칠은 그럭저럭 평화롭게 흘러갔다. 윤의 손 커피 광고 촬영은 별 탈 없이 마무리되었고, 새 영화도 예정대로 크랭크 인하여 초반 촬영에 돌입했다. 의진은 그동안 윤의 스케줄을 같이 따라다니면서 틈틈이 새 매니저를 구하는 일에도 소홀하지 않았다.

"그렇게 그만두고 싶어요?"

그런 그녀를 한동안 지켜만 보던 윤이 어느 날 물어 왔다. 외부 스케줄이 끝나 집에까지 데려다주고는 이튿날 일정에 대해 확인하던 중이었다. 얘기 도중 의진의 가방 한쪽에 삐져나온 이력서들이 거슬리는지 윤이 몇 장 꺼내어 보다가 툭, 던지듯이 내려놓았다.

"말했잖아. 번복 같은 건 없을 거라고."

그녀의 대답을 듣고 윤의 낯빛이 흐려졌지만, 의진은 모른 척했다. 핸드폰이 울린 건 그때였다. 의진이 무심코 핸드폰을 집어 들었다가 망설였다.

"뭐 해요, 안 받고?"

핸드폰이 계속 시끄럽게 울려 대자 윤이 턱짓하며 뭐라고 했다. 그러다 그녀의 난처한 표정을 눈치챘는지 발신자 이름으로 힐끗 눈길을 던졌다. 전화를 걸어 온 사람은 다름 아닌 이건우였다. 의진은 윤의 시선을 피하면서 마지못해 전화를 받았다.

– 어디에요?

전화를 받자마자 남자가 물어 왔다.

"아직 일하고 있어요."

– 그럼 사무실인가요? 제가 그쪽으로 갈까요?

윤의 빌라에 있다고는 말을 못 한 채 의진이 어물어물 얘기했다.

"아니요. 밖인데……. 근데 무슨 일로 전화하셨어요?"

– 그냥 의진 씨 생각이 나서요. 시간 되면 저녁이라도 함께 먹

을래요? 부장님 얘기로는 의진 씨가 메밀 소바를 좋아한다고 하더라고요. 마침 잘하는 집 알고 있어서 전화 드렸어요.

"아, 네. 그건 그런데."

적당하게 둘러댈 말이 생각나지 않아서 말끝에 습관처럼 웃다가 도로 웃음을 거두었다. 맞은편에 있는 윤의 표정이 심상치 않았던 것이다. 언제부터였는지 그의 얼굴은 어둡게 굳어 있었다. 의진은 뭐가 잘못됐는지 몰랐으나 일단 전화부터 끊어야 할 것 같아서 서둘러 말했다.

"다음에요. 오늘은 이미 먹었어요."

- 진짜요? 벌써 식사하셨어요?

"네."

- 아쉽네요. 다음엔 미리 연락해야겠다.

"예. 그, 그렇게 해요. 지금은 좀 바빠서 먼저 끊을게요."

급하게 전화를 끊고는 윤을 바라봤다. 그는 싸늘한 얼굴에 더해 무언가를 억눌러 참는 듯 입술을 꾹, 물고 있었다.

"왜? 윤아."

조심스레 말을 붙여 봤지만, 윤은 대답 없이 가만히 저를 응시할 뿐이다.

"내일 일정 얘기한 대로 문제없는 거면, 이만 먼저 갈게."

왠지 더 앉아 있으면 안 될 것 같아서 얼른 일어나려고 했다. 방금 전 그가 아무렇게나 던져 놓은 이력서들과 가방을 챙기는데 윤의 말이 들려왔다.

"그 남잔가? 저번에 카페에서 같이 나오던 그놈."

"······왜?"

"아무 사이도 아니라고 하더니, 꽤 자주 연락하네요?"

"그런 거 아니라니······. 근데 네가 왜 거기에 관심 가져?"

변명하다 말고 왜 이런 것까지 윤한테 일일이 설명해 줘야 되나 싶어서 의진이 짜증 냈다. 생각해 보면 전부터 그녀가 남자와 왕래 좀 한다 싶으면 이상하게 틱틱대고 시비를 걸어 오던 윤이었다.

"핸드폰 줘 봐요."

그러다 윤이 말하자 의진은 의아한 목소리로 물었다.

"핸드폰은 왜?"

"그 새끼 번호 차단하게. 아니면 그냥 그거 뽀개 버리든가."

"뭔 소리야? 네가 뭔데 그런 말을 해?"

그러나 그녀의 얘기에도 개의치 않고 윤은 손에 있던 핸드폰을 가져갔다. 어이가 없어서 도대체 뭐 하려나 쳐다봤더니 그는 화면이 미처 꺼지지 않은 핸드폰에서 방금 전 남자의 번호를 차단과 동시에 삭제해 버렸다.

"야, 최윤."

"재수 없으니까 만나지 말라고 했잖아요. 다시 한번 그놈이랑 웃으며 통화해 봐요. 이렇게 안 끝나."

"너······ 왜 그래? 지금 되게 웃기는 거 알아? 나한테 무슨 자격으로 간섭하는데?"

의진은 정말로 이해가 되지 않아서 연달아 캐물었다. 이런 건 서로 사귀는 사이에서나 있을 법한 소유 내지는 구속이 아닌가 싫었다. 그녀와 윤, 둘 다 오랜 시간을 함께해 왔다고는 하지만 지금껏 남녀로서의 선을 넘은 적은 단 한 번도 없었다. 그런데 지금 이 상황은 뭔가 사람을 대단히 착각하게 만들고 있었다.

"내 마음이야."

그리고 윤은 애매모호한 대답으로 더 헷갈리게 굴었다. 의진은 그런 그를 한참 보다가 자리에서 일어났다. 말없이 코트를 입고 현관으로 향하는 그녀를 윤이 거칠게 따라왔다.

"집에 갈래. 너랑 오늘은 더 얘기 못 하겠어."

문을 열려는 그녀의 뒤에서 윤이 도로 닫았다. 그러더니 그녀의 어깨를 잡아서 돌려세운다.

"놔. 이게 무슨 짓이야?"

손아귀에 힘을 잘못 준 건지 코트와 니트가 한꺼번에 어깨 아래로 잡아당겨졌다. 그 바람에 드러난 맨 어깨와 브라 끈. 의진이 낮은 비명처럼 소리를 내며 손을 들어 감추었다.

"왜요? 무슨 짓인데, 이게?"

"최윤."

"그렇게 얘기하니 나도 확인하고 싶네. 내가 하려는 게 대체 무슨 짓인지."

온몸을 압박하듯 윤의 상체가 다가오는 바람에 그만 숨이 막힐 것 같았다. 의진은 빠져나가려 버둥대다가 마음대로 안 되자 뒷걸음질했다. 그러나 두 발짝도 못 간 채 더 도망칠 곳도 없이 차디찬 현관문만이 등에 닿았다. 그런 그녀를 응시하며 윤이 말했다.

"자극하지 마요. 정말 혼란스러운 건 나니까."

"……."

불규칙한 제 호흡과 뜨거운 그의 숨소리가 금방이라도 한데 섞일 것 같았다. 의진은 간신히 발끝에 힘을 준 채 버텼다. 긴장과 두려움이 뒤엉켰다. 눈앞의 윤은 여태 알아 왔던 모습이 아니라 완전히 다른 사람처럼 느껴졌다. 공격을 앞둔 수컷에게서만 나는, 진한 살의 같은 욕망을 드러낸 채 그는 그녀를 시험하고 있었다. 윤이 고개를 숙였다.

"그, 그만."

두 손으로는 그녀의 머리 양쪽 벽을 짚은 채 거리를 좁혀 오자 의진은 말 그대로 그의 몸에 의해 꼼짝없이 갇힌 꼴이 되었다. 그녀를 온전히 제 몸 안에 가둔 윤이 손을 내려 이번에는 팔과 허리를 끌어안듯 한 번에 힘주어 잡았다. 빈틈없이 밀착된 둘의 몸에 이어 하복부에 단단하게 부푼 남자의 신체 일부가 닿았다. 둘뿐인 집 안에서 이런 모습으로, 의진은 그가 뭘 하려는지 짐작이 안 가서 두려웠다.

아니, 어쩌면 알 것 같기도 했다. 윤은 지금 그녀에게 남자로서 반응하고 있었다. 그의 행동과 표정, 그리고 현재 벌어지고 있는 모든 상황들이 그러했다. 다만 이 모든 게 아무 예고도 없이 갑작스럽게 일어났기에 그녀로서는 어찌해야 할지 당황스럽기만 했다.

"나만 그래요?"

뺨에 그의 숨결이 스치며 서로의 입술이 닿을 듯 말 듯 가까워졌다. 그러나 윤은 거기에서 더 다가오지 않고 중얼댔다.

"뭐가 뭔지 잘 모르겠어."

의진은 차마 숨소리도 내지 못한 채 그저 윤을 바라볼 뿐이었다. 서로의 시선이 허공에서 한동안 집요하게 얽혔다.

"……가요, 그만."

그러다 그가 꽉, 잡고 있던 손을 풀었다. 윤이 뒤로 한걸음 물러나자 그녀는 자유로워졌다. 그제야 숨이 트였지만, 의진은 여전히 얼어붙은 듯 움직이지 못했다. 마치 꿈을 꾸고 있는 것만 같았다. 바로 앞의 윤의 모습을 보고 있으면서도 도저히 현실처럼 느껴지지 않았다.

"보내 줄 때 가요."

"……."

"아니면 내가 실장님 강제로라도 어떻게 할지 모르니까."

윤이 그 말과 함께 직접 문을 열어 줬다. 방금 전까지는 죽어도 열리지 않을 것 같던 현관문이 윤에 의해 손쉽게 열린다. 차가운 복도 공기가 흘러 들어오자 갑자기 정신이 들었다. 의진은 무작정 밖으로 발을 내디뎠다가 다시 고개를 돌렸다.

윤은 어느새 그녀에게서 몇 걸음을 사이에 둔 채 서 있었다. 둘 사이 늘 그래 왔던 것처럼 그리 멀지도 그리 가깝지도 않은, 적당한 거리. 불과 몇 초 전까지도 서로에게 틈 하나 없이 붙어 있었던 게 꼭 거짓말처럼 느껴지는 순간이었다. 제게 닿았던 윤의 뜨거운 열기는 아직 그대로인데, 저를 보고 있는 그의 얼굴은 평소처럼 무덤덤하고 고요했다.

의진이 밖으로 나왔다. 쾅, 문이 닫히고 드디어 혼자 남은 의진이 복도 벽에 몸을 기댄 채 주저앉았다. 10분도 안 되는 그 잠깐 동안의 일들이 마치 반세기가 흘러간 듯 아득하게 느껴졌다.

06.

……큰일이네.

물끄러미 현관문을 보며 윤이 그 생각을 했다. 의진이 나가고 얼마나 한참을 서 있었는지 몰랐다. 잔뜩 달아올랐던 하체가 서서히 정상으로 돌아오고 흥분이 어느 정도 가라앉은 뒤에야 윤은 몸을 움직였다. 후우, 한숨을 내쉬며 마른세수를 하듯 두 손으로 얼굴을 쓸었다.

정말로 큰일이다. 8년 동안 한 번도 이런 적 없었는데, 신의진이 대놓고 여자로 보이니 말이다. 그리고 그런 그녀에게 주체 못할 만큼 소유욕이 들끓는 자신도 큰일이었다. 뭐가 문제지? 윤이 멀거니 생각에 잠겼다. 나름 정 떼려고 마음먹고는 그럭저럭 잘 참고 있었는데, 오늘 한순간에 다 망친 기분이다.

방금 전, 저를 앞에 둔 채 딴 남자와 웃으며 통화하던 의진의 모습에 속된 말로 눈깔이 돌았다. 그래도 처음에는 그저 화만 났다. 저와 있을 때면 오로지 제게만 집중해야 할 의진이 다른 사람과 얘기를 나누고 웃는 게 짜증이 나, 어떻게든 분풀이를 하고 싶었을 뿐이었다.

그런데 그깟 번호 하나 삭제해 버렸다고 화를 내며 나가던 의진을 잡아 돌려세운 순간, 그전까지의 분노는 복잡하게 변질되어 갔다. 힘을 잘못 준 탓에 옷 한쪽이 찢기듯 내려가면서 무방비 상태로 드러난 하얀 어깨와 가슴골. 거기에 더해 여자의 달큼한 냄새가 가까이에서 훅, 끼쳐 오자 순식간에 터질 듯 반응하던 신체는 저조차도 당황스러울 정도였다.

다짜고짜 옷을 찢어발겨 그녀의 숨은 살결마저 낱낱이 맛보고 싶은 충동이 일었다. 그런데 그렇게 제 욕심대로 다 망가뜨리고 싶다가도, 겁에 질린 그녀의 눈을 보면 또 한편으론 아주 작은 상처도 주고 싶지 않았다. 이토록 모순되는 감정은 처음이었다.

결국, 그래서 보내 줬다. 당장이라도 안고 싶은 욕망을 간신히 눌러 참으며 그 선은 넘으면 안 되지, 끝까지 인내했다.

"근데…… 밥도 못 먹여 보냈네."

지금쯤 저 때문에 충격받아서 밥 생각이나 날지 모르겠지만. 먼저 돌아간 의진이 걱정돼 핸드폰을 들었다가 다시 내려놓았다. 그의 시선이 바닥에 떨어진 물건으로 향했다. 방금 전 실랑이를 하다가 뜯어졌는지 의진의 것으로 보이는 단추 하나가 떨어져 있었다. 그걸 주워 들고 한참을 보다 손안에 지그시 말아 쥐었다.

엘리베이터가 지하 주차장에 도착하자 윤이 내렸다. 그는 익숙한 자리에 정차해 있는 의진의 차에 눈길을 줬다. 다음 순간, 망설이지 않고 그리로 성큼성큼 다가갔다. 어떻게 보냈는데 제 발로 또 찾아가고 있었다. 그래도 별일은 없을 테지. 휘몰아치던 감정이 어느새 이성을 찾은 뒤였다.

차 옆에 다가섰는데도 의진은 그의 존재를 눈치채지 못한 채 핸들에 머리를 묻고 있었다. 나간 지가 언젠데 아직도 출발을 안 했다. 왠지 저만큼이나 혼란스러워 보이는 모습에 윤은 쉽게 기척을 내지 못했다.

한동안 그녀를 지켜보다 윤이 조수석 문손잡이를 잡아당겼다. 문은 손쉽게 열렸다.

"문도 안 잠그고 뭐 해요? 위험하게."

그가 말하는 소리에 의진이 화들짝 놀라서 고개를 든다. 그녀는 태연히 차에 들어와 앉는 그를 멍한 눈으로 쳐다보기만 했다.

"왜, 왜 나왔어?"

그러다 의진이 물었다. 어딘가 경계심이 깃든 어조였다. 윤은 바지 주머니에서 단추를 꺼냈다. 대답 대신 그녀에게 건네주자 의진은 아, 하면서 말끝을 흐렸다.

"이거 전해 주려고 굳이 내려온 거야? 다음에 그냥 아무 때나 줘도 되는데."

의진은 그가 단추를 돌려주기 위해 내려온 줄로 알고 있었다. 사실 집에서 나올 때까지만 해도 괜찮은지 얼굴이라도 한번 보게 아직 안 갔으면 좋겠다, 그 생각이 다였다. 그러나 막상 의진의 얼굴을 보고 단추까지 돌려줬는데도 이대로 돌아가긴 싫었다. 밑도 끝도 없던 화가 제풀에 누그러지고 나자 뜬금없이 외로움이 밀려왔다.

"삼계탕 먹으러 가요."

"뭐? 삼계탕?"

한참 뒤에 말했더니 갑자기 삼계탕 같은 소릴 한다는 눈빛으로 의진이 되물었다. 윤은 고개를 끄덕였다.

"응. 배고파."

의진은 몹시 황당하다는 표정이었지만 더 얘기하지 않았다. 단추를 가방 안에 넣어 두고는 곧 시동을 걸었다.

삼계탕집은 여전히 손님이 없었다. 군데군데 빈 테이블이 보이는 실내로 들어서자 주인아주머니가 반색하며 맞아 주었다.

"이제 일 끝났나 보네. 얼른들 앉아."

의진이 아주머니와 인사를 나누는 동안 윤은 늘 앉던 자리로 다가갔다. 앉아서도 뒤적뒤적 공연히 메뉴판을 훑다가 결국은 지난번처럼 전복 삼계탕 두 그릇에 간단히 전을 시켰다.

손님이 없어서인지 주문한 음식은 오래 걸리지 않고 금방 나왔다. 음식을 앞에 두고서도 내내 말없이 가만히 있는 의진을 대신해 윤이 젓가락으로 살을 발라 줬다.

"그때 그 말 기억나요?"

생각 끝에 말을 건네자 의진이 뭐냐고 고개를 들었다.

"무슨 말?"

"무언가에 몹시 간절해 본 적은 있는지 물었잖아요."

"아, 그거……."

윤이 전복을 집어서 그녀의 접시에 놓아 주었다. 그래도 의진은 먹으려고 들지 않았다. 아직도 아까 전의 일 때문에 마음이 복잡해서이거나, 아니면 이제 저와 마주 앉아 있는 게 불편해서일지도 모르지. 윤은 씁쓸한 기분이 들었지만, 살을 바르는 젓가락질을 멈추지 않았다.

"어릴 적 아홉 살 때인가 그런 마음이 들었던 적이 있었어요."

"……."

"속으로 간절하게 빌고 빌었었는데. 제발 엄마 가게 하지 말라고, 아무것도 모르면서 무턱대고 하느님에게도 빌고 부처님에게도 빌고."

그래서 하느님도 부처님도 화가 났었나? 할 거면 한 분한테만 했어야지, 이 세상 신들한테 여기저기 눈치 없이 다 부탁을 해서 짜증이 나 안 들어주셨나? 윤은 저 혼자 쓸데없는 생각을 하다가 말을 이었다.

"그랬는데도 엄마는 결국 집을 나가셨어요."

그 얘기에 의진이 의아한 표정으로 저를 바라본다.

"왜 그리도 매정하고 독하실까. 그때는 몹시도 슬펐지만, 사실을 알고 나니까 이해가 가기도 하고."

엄마로서는 당연했을 테지. 나라도 그리했을걸. 윤은 엄마를 원망하지 않았다.

"그게 무슨 뜻이야?"

조심스레 물어 오는 의진에게 이번에는 삼계탕 국물을 떠서 건네줬다. 무의식적으로 그걸 받아 든 채 의진이 다음 말을 기다리고 있었다.

"엄마는 제 친어머니가 아니었어요."

"뭐?"

"듣기론 친어머니는 날 낳다가 죽었다고 하고, 아버지는 갓 태어난 핏덩이를 안고 와서 엄마께 좀 키워 달라고 하셨대요. 엄마는 그 소리에 기절해 넘어가셨고요."

말끝에 한숨이 묻어 나왔지만 그뿐이었다. 그동안 꽁꽁, 숨겨 뒀던 자신의 치부를 드러내면서 윤은 의외로 괴롭거나 힘들지 않았다. 그저 평소처럼 덤덤히 말이 흘러나왔다.

"아버지가 바람을 피워 밖에서 낳아 온 아이거든요, 제가요."

뜻밖의 얘기에 많이 놀랐는지 의진은 할 말을 잃은 사람처럼 얼굴이 창백해졌다. 반면에 윤은 계속 담담했다. 살면서 누구에게도 해 본 적 없는 얘기건만 막상 말을 꺼내고 보니 별로 어렵지 않았다. 윤이 얘기를 이어 갔다.

"그때까지 두 분 사이엔 따로 아이가 없었던 데다, 금방 태어나 젖도 못 먹고 배고파 빽빽 우는 아이가 가여우셨나 봐요. 엄마 결국 나란 존재를 받아들이고 키워 주기로 하셨는데……. 영 쉽지 않으셨겠죠."

아직도 아홉 살의 그때가 기억난다. 엄마가 가끔 저를 바라보던 그 눈빛을. 한참 동안 아무 말 없이 보고만 있다가 한숨을 쉬며 고개를 돌리던 엄마의 모습이, 다 커 버린 지금도 문득문득 꿈에서 나올 정도로.

"그래도 욕 한 번, 매 한 번 들지 않고 친자식처럼 키워 주셨어요."

그래도 마음에 한 번 패인 멍, 쉽게 지워지지 않았겠지. 엄마는 우울증이 심하게 왔다고 했다. 다른 누구도 아닌, 어린 윤을 보면 죽고 싶다고 했다. 아버지가 용서가 안 된다고 했고, 그 분노가 아무것도 모르는 윤한테로 갈까 봐 두렵다며, 할머니를 붙잡고 울었다고 했다.

"윤아. 엄마는 이제 기차 타고 저기 먼 데로 갈 거야. 우리 윤이는 아빠랑 할머니랑 밥 잘 먹고 씩씩하게 잘 지내야 돼."

"싫어. 나도 같이 갈래. 엄마랑 같이 갈 거야."

엄마가 할머니를 붙잡고 울었던 것처럼 윤도 엄마의 옷자락을 붙들고 떼를 썼다. 그러나 그렇게 간절하게 울고 빌어도 엄마는 제 말을 들어 주지 않았다.

"그랬는데 결국 나가셨구나. 힘드신 마음에."

의진의 말에 윤이 고개를 끄덕였다. 엄마는 기어이 제 손을 뿌리치고 집을 나갔다. 그리고 엄마가 떠난 뒤, 아버지도 집을 나갔다. 무슨 생각을 했는지는 몰라도 아버지는 집 나간 엄마를 찾는다고 전국을 다 떠돌면서 헤맸다. 그러다 경기도의 포천 어딘가, 호수를 낀 외진 동네에서 겨우 엄마를 찾았다고 했다.

"엄마랑 아빠는 그 뒤로 어떻게 되신 거야?"

"죽었어요."

의진의 얼굴이 다시금 충격으로 일그러졌다. 윤은 숟가락을 들어 국물을 떠먹었다. 비린 맛이 훅, 올라왔다. 그동안 이 집에서 먹은 삼계탕이 얼만데, 처음으로 맛이 이상했다. 어쩌면 기분 탓인지도 모른다.

"자살인지 사고사인지는 정확히 몰라요. 그저 둘 다 근처 저수지에 빠져서 익사했다고만 들었어요."

어쩌면 아버지가 부득부득 엄마를 끌고 오려고 몸싸움을 벌이다 사고가 났을 수도 있고, 아니면 그런 아버지가 소름 끼치게 무서워 엄마가 스스로 저수지에 몸을 던졌을 수도 있다. 거기에 더해 가능성은 없지만, 그런 엄마를 구하려고 아버지도 함께 뛰어들었다가 나란히 돌아가셨을 수도……

사실 이 모든 얘기들은 그 시절, 윤의 등 뒤에서 동네 사람들이 수군수군 주고받던 그럴싸한 내용들이었다. 아직도 정확한 진실이 뭔지는 모른다. 그맘때쯤 신문에도 사고에 관해 자그맣게 기사가 실렸지만, 경찰은 간단한 수사 끝에 사고사로 종결해 버렸다.

"할머니가 충격이 크셨겠네."

한참 만에 의진이 착잡한 표정으로 말했다.

"저 때문에 갖은 고생을 다 하셨죠."

그럼에도 할머니는 언제 한 번을 귀찮아하지 않으셨다. 아들 잘못 키운 업보를 지극정성으로 손자를 길러 내는 것으로 갚을 거라 하셨다.

지금도 기억에 선명한 일이 하나 있다. 엄마와 아버지가 그렇게 갑작스럽게 돌아가시고 나서 언젠가 외가에서 많은 사람들이 몰려왔던 그 날. 다짜고짜 집 안에 있던 그를 끌어내 마당에 내동댕이치면서 엄마의 언니, 그러니까 저한테는 이모가 되는 사람이 했던 얘기가 아직도 기억이 난다.

"얜 누구야? 내 동생은 애 밴 적도 없는데, 누군데 내 동생한테 감히 엄마라고 불렀냐고! 그러고 보니 애당초 다 애 때문에 벌어진 일 아니야? 처음부터 불륜의 더러운 피를 갖고서 태어나지 말았어야 할 놈이잖아!"

구경거리가 난 듯 동네에서 사람들이 몰려와 수군거리는데도 윤은 아무 말을 못 했다. 어린 나이임에도 그 자리에 서 있는 게 무척 창피했으나 어떻게 대처해야 할지를 몰랐던 것이다. 왜 여태 친절하던 이모가 갑자기 이렇게 저를 망신 주는지에 대해 따져 물어야 하는지, 아니면 저를 둘러싼 사람들을 피해 일단 어딘가로 도망쳐야 하는지…….

홀로 어찌할 바를 몰라 가만히 서 있기만 했을 때였다. 마침 대문에서부터 나타난 할머니가 한달음에 달려왔다.

"왜 그려! 애 잡겠어. 욕하려거든 나한테 혀. 아들놈 잘못 키워 이 사달이 난 건 모두 다 나 때문잉께!"

"그래요. 말씀 한번 잘하셨어요. 다 아들자식 잘못 키운 어르신 탓이니 내 동생 살려 내요! 왜 내 동생이, 그 꽃 같던 아이가 몇 년을 속이 시꺼멓게 타들어 가다 결국은 물에 빠져 죽어야 했는지……. 흐어억. 어르신이 한 번 살려 내 보시라고요!"

이모는 할머니의 옷깃을 부여잡고 흔들면서 무너져 내렸다. 그간 아들 내외의 초상을 치르느라 못 견디게 초췌해지신 할머니도 어지러움을 견디지 못해 주저앉았지만, 윤을 꽉, 끌어안은 두 손만은 풀지 않았다.

"괜찮아. 내 새끼. 할미가 옆에 있을게. 무서워할 거 없어."

저를 품에 안고서 할머니가 연이어 눈물을 훔치시던 그 날, 윤은 그런 생각이 들었다. 어쩌면 이모의 말처럼 자신은 이 세상에 태어나지 말았어야 한 건 아닌지, 저만 없었더라도 엄마는 그렇게 안타깝게 가지 않았을 텐데. 제가 꼭 마치 이 모든 불행의 씨앗이고 화근처럼 느껴졌다.

그때부터였을까? 세상 어떤 것에도 간절함과 기대 같은 게 생기지 않았다. 저를 키우느라 고생하신 할머니한테는 무척 죄송한 말이지만, 어느 순간 사는 것 자체가 무의미해져 버렸다. 누굴 만나든, 어디를 가든, 무슨 일을 하든, 재미있는 게 없었다. 가끔 엄마가 꿈에 나타났다가 홀연히 사라지는 밤이면 더욱 살기가 싫어졌다. 그래서 한창 사춘기 때에는 불안과 무기력을 견디지 못해 자해도 꽤 하고, 약도 털어 넣어 봤다.

그런 상태였으니 당연히 대학에도 못 갔다. 이제부터 넌 무얼 해 먹고 살아야 하누? 하고 할머니가 걱정 어린 잔소리를 하자 비틀린 마음에 그게 듣기 싫어서 무작정 친구 준서를 따라 서울로 올라오기도 했다. 네 얼굴 정도면 길거리에 그냥 가만히 서 있기만 해도 돈을 벌 수 있는 동네가 바로 서울이라던, 준서의 말을 믿고서였다.

녀석의 말은 과장이 아니었다. 준서를 따라간 모델 학원에서 윤은 교수님의 눈에 들어 얼떨결에 학원을 다니게 됐다. 그렇게 뭣도 모른 채 반년 정도 런웨이를 걸어 다녔을 즈음, 임 대표를 만났다.

그날은 연습이 끝난 뒤의 늦은 오후였다. 추적추적 비가 오는 바깥을 바라보며 벽에 기대어 서 있는 그에게로 누군가 다가왔다.

"날이 어두워지는데 여기서 뭐 해요?"

돌아보니 서른 초중반쯤 돼 보이는 남자 하나가 제게 알은체를 해 오고 있었다. 윤은 무덤덤하게 대답했다.

"우산이 없어서요."

그때까지만 해도 윤은 처음 보는 남자를 그저 학원 관계자쯤으로 여겼다. 그래서 적당히 예의를 갖춘 채 물어 오는 이런저런 말에 대답해 줬더니 잠시 후에 남자가 명함 한 장을 내밀었다.

"혹시 모델 말고, 배우나 연기자 이런 쪽은 해 볼 생각이 없나요?"

"네?"

"사실 지난번부터 눈여겨봤어요. 저기 스포츠 아웃도어 패션쇼에 갔다가요. 여러 모델들 중에서도 한눈에 들어오던데요."

윤은 남자의 말을 들으며 명함에 적힌 글자를 봤다. 거기에는 〈새움 엔터테인먼트〉 대표 이사, 임찬혁이라고 적혀 있었다. 남자는 자신을 모 유명 배우의 로드 매니저부터 시작해서 일해 왔기에 나름 이 바닥에서 잔뼈가 굵다며, 이번에 새로 기획사를 차려서 본인만의 연예인들을 키워 내고 싶다고 소개했다.

"모델로만 지내기엔 특유의 분위기가 너무 아까운 것 같은데, 어떻게 한번 고민해 보실래요?"

그렇게 또다시 얼떨결에 임 대표를 따라 새움에 들어가게 됐다. 그때는 연예인이나 톱스타가 되어 반드시 성공해야겠다는 꿈같은 것도 없었다. 그저 새벽까지 아르바이트를 해서 다달이 모델 학원 수강비를 내는 게 지겨웠던 참에 데뷔 전에는 따로 월급도 준다는 임 대표의 말을 듣고서 반신반의로 따라갔을 뿐이었다. 어떻게 보면 준서의 말마따나 정말로 가만히 서 있다가 돈을 벌 수 있게 된 셈이었다.

"대표님은 네 이런 얘기들 다 아시니?"

문득 의진이 걱정스레 물어 오자 윤이 아뇨, 하고 고개를 흔들었다. 임 대표는 물론, 준서마저도 자세히 모르는 일이었다. 다들 그저 그가 어릴 때 사고로 부모를 잃고 할머니 손에서 커왔다고만 알고 있었다.

"그래. 좋은 일도 아닌데 굳이 얘기하고 다닐 필요는 없지."

잠시 침묵하던 의진이 곧 말을 이었다.

"다만 혹시라도 이 얘기가 세상 사람들에게 알려졌을 때 어느 정도 이미지에 타격은 입을 수 있어. 연예인들 가끔 지난 과거가 터져서 곤욕을 치르는 경우가 많잖아."

그럴 수도. 세상이 아무리 변했다 하더라도 사람들은 여전히 '불륜'이나 '사생아' 이런 것들에 관대하지 않았다. 그게 당연했다. 세상에는 그래도 원칙과 도덕을 지키며 사는 사람들이 훨씬 많으니까.

"알고 있어요."

윤이 대답했다. 의진이 뭘 걱정하는지 알고 있다. 그녀는 혹여 과거, 부모의 사연 때문에 그의 연예인 인생에 흠이 날까 우려하고 있는 것이었다.

"솔직히 어느 누구도 부모를 선택해서 태어나진 못하니까, 굳이 따지고 보면 네 잘못도 아닌데."

"⋯⋯."

"미안해. 이 와중에도 관리자 입장이다 보니 이렇게밖에 말을 못해 주네."

"괜찮아요. 신경 쓰지도 않고. 다른 사람들이 날 어떻게 보든 상관없어요."

거짓말이었다. 윤이 그 말을 하며 자조적인 표정을 지었다. 만약 정말로 타인의 시선이 두렵지 않았다면 여태 아무에게도 얘기하지 않았을 리가 없지 않은가? 그래도 애써 괜찮은 척을 하는 건, 어쩌면 의진의 앞에서만큼은 바닥끝까지 초라해지고 싶지 않아서였다.

"어쨌든 지금은 이렇게 잘됐으니까 다행이다."

의진의 말에 윤이 고개를 들었다. 잘됐다는 그녀의 뜻을 알 것 같으면서도 모르겠다. 아마도 이런저런 일들을 잘 견디고 연예인으로서 나름 성공했다는 의미겠지.

"혹시 아는지 모르겠어요. 내가 처음으로 성공하고 싶다는 생각을 했던 게 바로 실장님 때문이란 거."

"그게 무슨 소리야?"

윤은 대답 대신 그저 웃었다. 자신은 처음부터 태어나지 말았어야 할 존재라는 생각 때문인지 사는 게 온통 지겨웠던 그 시절. 희망도, 목표도 없이 대충대충 살아오다 스물한 살의 그 봄에 의진을 만났다.

처음에는 데뷔도 안 했는데 매니저가 생겼다는 사실이 은근히 불편했다. 저는 별생각도 없건만 저보다 더 열심히 동분서주하면서 노력하는 의진이 가끔은 신기하기도 했다.

그러다 우여곡절 끝에 그녀가 따 온 계약으로 첫 드라마에 출연했을 때였다. 이상하게 처음부터 대놓고 접근해 오는 여주인공 역할의 배우 하나가 있었다. 내내 무반응으로 굴었더니 그런 그가 괘씸했는지, 대본에도 없는 물벼락을 날렸던 그 날. 솔직히 좀 당황스럽긴 했지만, 이 바닥이 원래 그렇겠거니 하고 신경 쓰지 않았다. 억울하면 출세하라는 말이 괜히 있는 건 아닐 테니.

그런데 그날 밤, 제가 내린 뒤에 차 안에서 혼자 울던 의진을 발견한 건 조금 예상 밖이었다. 차에 뭐 둔 게 있어서 되돌아갔다가 윤은 우연찮게 의진이 울고 있는 모습을 보고 말았던 것이다. 의진의 평소 운전 습관이 차창을 약간 열어 두는 탓에 알 수 있던 일이기도 했다. 열어 둔 그 틈 사이로 새어 나오던 흐느낌 소리에 윤은 더 다가가지 못했다.

그날의 의진이 무슨 일로 그렇게 서럽게 울었는지는 지금도 모른다. 따로 물어보지 않았으니까. 뭐가 잘 안 풀리거나, 아니면 뭔가 기분 나쁜 일이 있었거나. 그게 아니라면 혹시 낮에 촬영장에서 그가 당했던 일에 대신 속상해서 울었는지도……

이유가 무엇이든 윤은 쉽게 아는 척을 못 했다. 들어가서 왜 우느냐고 위로하는 대신 그저 그 자리에 선 채로 그녀의 울음이 조금씩 잦아들기만을 기다렸다.

유난히 춥고 새카맣던 밤, 바로 가까이에서 들려오는 여자의 흐느낌을 들으며 한동안 그런 생각을 했다. 성공하고 싶다. 반드시 성공해야지. 지금보다 정말 잘나가는 배우가 됐을 때, 의진이 기뻐하는 모습이 궁금했다. 제 눈으로 직접 보지 않고는 궁금해서 못 견딜 정도로.

물론 그 뒤로도 쉽지만은 않았다. 겨우 첫 드라마로 얼굴을 알렸으나 종영과 동시에 그의 세상은 다시 조용해졌던 것이다. 데뷔만 하면 인생 역전까진 아니더라도 무언가 아주 많이 달라질 것 같았던 기대와는 다르게 찾는 이는 여전히 없었다. 그렇게 또다시 무명의 배우 생활을 보내야만 했다.

그래도 바뀐 건 있었다. 바로 저 자신이었다. 아무래도 상관없던 예전과는 달리 새로운 갈증이 생겼다고나 할까? 윤은 더 이상 집에만 늘어져 있지 않았고, 조연이고 단역이고 가릴 것 없이 배역이 주어지는 대로 촬영장에 나갔다. 그러면서 조금씩 연기 경험을 쌓고 실력을 늘려 갔다.

그러던 어느 날, 유명 영화감독 한 분이 회사에 전화를 걸어 왔다. 우연히 텔레비전에서 윤이 나오는 걸 봤는데 얼굴에 선과 악이 공존하는 느낌이 아주 묘하다며, 한 번 직접 만나 보고 싶다고 했다.

혹시나 하는 기대감으로 나가 본 자리에서 윤은 매우 긍정적인 반응을 얻었다. 그 뒤로 몇 번의 미팅과 오디션을 더 거쳐 감독이 새로 준비하는 영화의 주연으로 발탁될 수 있었다. 그것도 배우 경력만 30년인, 탄탄한 연기력의 중견 남자 배우와 함께 투톱 주인공으로 열연하게 됐다. 윤의 입장에서는 자신의 연기 실력과 인지도를 두루 쌓을 수 있는 절호의 기회인 동시에, 잘못하다가는 유명 감독과 배우진들에게 몹시 폐가 될 수도 있는 배역이었다.

그렇게 모두의 우려와 기대가 섞인 속에서 윤은 이를 악물고 촬영을 마쳤고, 다행히 반응이 아주 좋았다. 영화 초반 순박한 시골 소년에서 여동생의 복수를 위해 점차 처절하게 변해 가는 후반부의 캐릭터를 이질감 없이 소화해 낸 덕에 윤은 숨겨 왔던 연기력을 인정받았으며, 또한 그 영화를 통해 제대로 이름을 알릴 수 있었다. 영화의 흥행과 더불어 CF 및 차기작 제안들도 줄줄이 들어왔다. 오래 기다렸던 대운이 드디어 터진 건지 그 뒤로는 하는 작품들마다 성적이 좋게 나왔다.

"아무튼 난 알아. 네가 여기까지 어떻게 왔는지. 다른 배우보다 무명 시절도 길었고, 여러 가지로 안 풀릴 때도 많았잖아. 그게 나 때문이든 누구 때문이든 성공했으면 된 거야."

의진이 하는 말에 윤은 그녀를 바라봤다. 여기까지 오는 게 쉽지 않았다는 걸 누구보다 잘 알고 있으면서, 이제 와 미련 없는 얼굴로 제 곁을 떠나겠다고 한다. 긴 시간 동안 그의 실패와 좌절, 그리고 성공과 기쁨을 내내 함께해 왔으면서, 어느 순간 자신과는 상관없다는 듯 새 삶을 계획하고 있었다.

그녀한테서 회사를 그만두겠다는 말을 들은 지도 한참 지났건만 배신감, 얄미움, 서운함, 막막함, 짜증과 분노와 그리고 절망 같은 온갖 감정의 덩어리들은 하루에도 몇 번씩 울컥하며 좀체 가라앉질 않았다. 그래서 던져 봤다.

"나랑 잘래요?"

한 번 제대로 선을 넘어 보면 알 수 있을까? 이 모호한 감정의 실체를. 단지 외로웠던 제 곁에서 늘 의지가 되던 사람이라 특별했던 건지, 아니면 그걸 넘어서 정말 남녀 사이의 설렘과 욕망이 뒤섞인 사랑인 건지.

"……전개가 왜 그렇게 돼? 네 지난 얘기를 하다가 갑자기."

그리고 의진의 반응은 아까 빌라에서와 똑같았다. 그가 던진 말이 하도 뜬금없던 탓일까? 멍하니 굳은 채 저를 바라보고 있었다. 윤은 그런 의진의 얼굴에서 답을 찾으려는 듯 한동안 시선을 떼지 않았다. 혹시 저와 같은 마음일까? 혹시 저만큼이나 혼란스러운데 애써 감추려는 건 아닐까……?

"아니면 나랑 연애할래요?"

만약에 의진도 저와 똑같은 감정이라면, 그들 역시 다른 이들처럼 보통의 다정한 연인이 될 수 있지 않을까? 희미한 기대가 생김과 동시에 확신이 필요했다. 그녀에게, 그리고 제 마음에게.

"내일부터 내 얼굴 안 볼 거야?"

"……."

대답을 못 하고 있는 사이에 의진은 어느새 평소의 차분한 표정으로 돌아와 말을 이었다.

"아까 일들도 그렇고, 방금 한 말도 그렇고. 날 존중해 줬으면 좋겠어. 내가 너한테 그렇게 함부로 대할 사람이었어?"

잠깐 가졌던 기대는 그렇게 맥없이 꺼졌다. 윤은 롤러코스터 맨 꼭대기에서 사정없이 바닥으로 곤두박질치는 기분을 느꼈다. 의진의 진심을 확인하고 나니 오늘은 더 이상 마주 앉아 있기가 힘들었다.

"못 먹겠다. 비려서."

윤은 숟가락을 놓았다. 그러고는 삼계탕 그릇을 쓱, 밀어 놓은 채 자리에서 일어났다.

"먹고 나와요. 차에 가 있을게."

테이블에 놓아둔 그녀의 차 키를 가져가며 말했다. 복잡한 표정으로 저를 보고 있는 의진을 지나쳐 윤은 카운터로 향했다.

"얼마예요?"

"응. 전복 삼계탕 두 개랑 전 하나 나갔지? 7만 2천 원인데, 7만 원만 줘."

카운터를 지키고 있던 주인아주머니가 싹싹하게 얘기했다. 윤이 카드를 건네주자 그걸 받으며 아주머니가 은근한 목소리로 말한다.

"근데 둘이 너무 자주 다닌다. 그러다 정분나겠어."

뜬금없는 얘기에 윤이 고개를 들었다. 아주머니는 저만치 테이블의 의진을 눈짓하며 웃었다.

"물론 배우랑 매니저니까 당연한 거겠지만……. 나도 그 정도는 알지. 텔레비전을 봐도 매니저들은 그냥 하루 종일 자기 연예인이랑 붙어 다니드만."

"왜요? 저희가 좀 이상해 보여요?"

궁금해서 물어봤더니 아주머니가 아유, 하며 손사래를 쳤다.

"그런 게 아니라, 둘이 잘 어울리고 보기 좋아서 해 본 소리
야. 모르는 사람이 보면 당연히 애인 사이인 줄 알겠어."

"……."

"그러니 조심해. 남녀 사이는 아무도 몰라. 오래 붙어 있다 보
면 필시 정분이 난다니까."

아주머니의 말이 정확했다. 정분은 벌써 났으니까. 윤은 인정
하듯 씁쓰레하게 웃었다. 다만 저 혼자 이 감정에 빠졌다고 생각
하자 마음 속 어딘가 미칠 듯이 허전해져 왔다. 윤은 묵묵히 카
드를 받아 들고선 밖으로 나왔다.

밤공기는 그렇게 차갑지 않았다. 문득 생각해 보니 겨울도 벌
써 다 가고 있었다. 봄을 앞둔 계절 속 바람이, 제 마음도 모른
채 유난히 싱그러웠다.

* * *

며칠이 흘렀다. 혹시라도 그날 일들 때문에 의진과의 사이가
어색해질까 걱정했으나 예상외로 그녀는 평소와 똑같았다. 마치
그날, 둘 사이에 있었던 일과 얘기들은 모두 잊어버린 듯이 담담
한 얼굴에 어떠한 것도 티 내지 않은 채 그를 대했다.

회사도 똑같았다. 한 번 나간 매니저는 다시 돌아오지 않았고,

새 사람을 구하는 일도 여전히 쉽지 않았다. 상황이 그러한 바람에 의진은 그동안 내내 그의 매니저를 도맡다시피 했다. 오늘도 오전엔 지난번 연기됐던 대학병원 홍보 대사 위촉식이 있어서 함께 다녀왔고, 오후에는 예정대로 영화 촬영장에 동행했다.

"참, 너 시상식 MC 같은 건 해 볼래? 어제 섭외가 들어왔는데."

스케줄을 다 마쳤을 때는 어느덧 어스름이 내려앉는 저녁이었다. 차에 타면서 의진이 무심코 물어 오는 말에 윤은 우선 고개부터 끄덕였다. 무의식적인 행동이었다. 신의진 실장의 일 얘기라면 일단 승낙하고 보는, 그동안의 본능적인 신뢰 같은 거.

가끔은 하기 싫은 드라마 출연 같은 제안에는 제 고집대로 거절하기도 하지만, 의진도 그런 것에 있어선 나름 이해해 주는 편이었다. 그래서 긴 시간 큰 트러블 없이 무난하게 잘 지내 왔는지도 모른다. 의진에 대한 새로운 감정과는 별개로, 둘은 여전히 일적으로는 아무 문제 없었다.

"매년 봄에 열리는 예술 대상 시상식 말이야. 원래 거기 진행자가 셋이잖아. 그중 한 사람이 이번에 해외 스케줄이 겹쳐서 못하게 됐대."

윤은 다시 할게요, 하고 대답했다. 그런 곳에서 마이크 한 번 잡으면 이미지나 인맥에 도움이 된다며, 전에도 의진이 얘기했던 적이 있었다. 그래서 선선히 응낙했더니 의진이 잘됐다는 듯 웃었다.

"바로 집에 데려다주면 되지?"

"아니, 역삼동으로 가요. 저녁에 준서 만나기로 했어요."

"김준서?"

"응. 지금 출발하면 얼추 맞겠네."

"남자끼리 둘만?"

고개를 끄덕이자 의진은 걱정이 가시지 않은 목소리로 재차 물었다.

"술도 마시겠네?"

문득 대화의 흐름이 이상해서 윤이 의진을 바라봤다. 캐묻는 내용만 보면 이런 건 흔히들 연인 사이에서나 주고받을 대화인 데……. 그걸 못 느꼈는지 의진은 미간을 찌푸리며 혼자 심각했다.

"오랜만에 준서 만난다는데 가지 말라고 할 수도 없고, 그렇다고 친구끼리 만나는 자린데 내가 거기 낄 수도 없고. 답답하네."

"이봐요. 신의진 씨."

듣다못해 불렀더니 응? 하면서 의진이 돌아본다.

"아무리 매니저라지만 말투가 좀 남자 친구 술자리 간섭하는 것 같지 않아요? 나만 그렇게 느꼈나?"

윤의 장난기 섞인 지적에 그제야 의진은 더 말하지 않았다. 그러나 지난번 한시은과의 느닷없는 스캔들 때문인지 여전히 마음이 놓이지 않는 얼굴이다. 약속 장소에 그를 내려 주면서 의진이 다시 한번 당부해 왔다.

"밝은데 말고 최대한 사람들 눈에 안 띄게 구석에서 마셔."

"룸 있어요."

"잘됐네. 그럼 끝날 때까지 웬만하면 거기서 나오지 말고."

알았다고 얘기해도 표정이 무슨 물가에 내놓은 아이를 걱정하는 듯 못 미더워한다. 물론 전에도 준서나 할머니를 비롯하여 매니저 없이 혼자 다닌 적이 있었다. 흔하지는 않지만 어쨌든 그럴 때마다 의진은 지금처럼 당부에 당부를 해 왔고, 덕분인지 별다른 사고가 생기지 않았다.

"그나저나 준서 만난다고 일찍 말해 주지. 내가 선물이라도 준비했을 텐데."

"그럴까 봐 안 말한 거예요. 가요."

말과 함께 의진에게 그만 출발하라고 문을 닫아 주었다. 그러고는 모자를 푹, 눌러쓴 채 윤이 근처의 와인 바로 들어갔다.

예약한 룸에는 준서가 벌써 와서 기다리고 있었다. 문을 열고 들어서는 그를 보더니 왔어? 하고 웃어 보인다. 평일이라 회사에 있다가 왔는지 매끈한 정장 차림이었다. 고등학교를 졸업하고 스무 살이 되던 해, 무작정 저를 여기까지 데리고 온 게 바로 이 원수 같기도 하고 은인 같기도 한 김준서였다.

평생 촌구석에서만 네 얼굴과 끼를 낭비할 거냐며, 서울은 무슨 별천지라도 되는 듯 묘사해 가면서 사람을 들뜨게 하더니, 그 해는 모델 학원비마저 제대로 내지 못해 둘이서 늦게까지 아르바이트 시장을 전전해야만 했다.

자긴 꼭 유명한 모델이 되어 성공할 거라고 혹독한 워킹 연습에도 불평 한마디 없던 준서는, 윤이 우연히 임 대표의 눈에 들어 먼저 모델 학원을 떠날 때도 너무 잘됐다며 제 일처럼 기뻐해 주던 녀석이었다. 훗날 우여곡절 끝에 어렵사리 데뷔를 했을 때도 맨 처음 달려와 축하해 줬고, 오랫동안 그가 무명으로 지내던 시절에도 연예인 인생은 한 방이라며, 이러다 언제 빵 뜨면 자길 못 본 척이나 하지 말라고 힘을 실어 줬던 녀석이기도 했다.

정작 준서 자신은 모델 아카데미 과정을 마친 뒤에도 한동안 연예인의 꿈을 접지 못해 여기저기 방황하다가 얼마 지나서는 평범한 직장인으로 진로를 바꾸고 말았다. 그렇게 몇 해가 지나자 처음 들어간 그곳에서 제법 자리를 잡았는지 지난 연말에는 과장을 달았다고 자랑해 왔다.

"근데 우리 배우님은 요새 너무 자주 보이더라? 아니, 무슨 TV 좀 볼까 하고 채널만 돌리면 네 광고가 나와."

"자주 보면 정들고 좋잖아. 왜 앙탈이야."

"방금 전 여기 오면서 길에서도 봤어. 그새 숀 커피 광고도 찍었던데? 야, 근데 커피 잔 들고 그렇게 춤추면 모델료는 얼마나 받을 수 있는 거야? 나도 한 번 해 볼까? 나 아직까지 한창 모델하던 때의 그 라인이 살아 있지 않아?"

인사치고 너무 장황한 준서의 말을 듣다못해 윤은 핸드폰을 턱짓으로 가리켰다.

"그 모델료 받아서 곱게 넣어 놨으니 확인해 봐. 결혼 축하한다. 김준서."

"아, 진짜? 뭘 벌써 축의금을 주고 그래? 이러고 나서 식 때는 모른 척하려고?"

"그때도 또 넣어 줄게. 지금은 제수씨 몫으로 준 거니까, 중간에서 가로채지나 마."

윤의 말에 준서는 글쎄 아까 뭐가 들어오더라니까, 하면서 핸드폰을 집어 들었다.

"뭘 또 금액까지 확인해? 제수씨 임신했으니 그걸로 맛있는 거나 사다 줘."

준서는 알았다고 대답하며 기분 좋은 표정을 감추지 못했다. 몇 년 전이었나? 준서가 전화로 그랬다. 사내 연애로 만나고 있는 여자가 있다고. 착하고 귀여운데 얼굴까지 예쁘다고 했다. 그러더니 바로 얼마 전에는 곧 아빠가 될 거라며 반가운 소식을 전해 오기도 했다. 아직 임신 초기여서 두어 달 지나 식을 올릴 거란 얘기를 듣고 윤도 오늘 모처럼 약속을 잡아 만난 것이었다.

"아무튼 이래저래 고맙다. 보니까 넌 여전히 잠자는 시간도 없이 스케줄 소화하는 것 같던데, 그래도 친구라고 이렇게 시간 내서 만나러 와 주니 말이야."

어울리지 않게 격식을 차리는 준서에게 윤이 부러 퉁명스레 얘기했다.

"너밖에 없어서 그래. 친구라고는."

"야, 나두."

준서가 냉큼 말을 받았다. 준서는 농담일지 모르지만 윤한테는 사실이었다. 저한테 친구라고는 여태 김준서밖에 없었고, 가족이라고는 이제 할머니밖에 없고, 사장이라고는 처음부터 임 대표밖에 없었다.

그럼 신의진은…… 저한테 뭐였을까? 갑자기 마음이 헝클어
졌다. 요즘 의진을 떠올릴 때마다 드는, 말로 설명하기 힘든 감
정이었다.

"사회 생활하면서 여럿 사귀어 봐도 그게 왜 옛날 학교 다닐
때 친구들과는 또 다른 거 있지? 그래서인지 너한테 하는 것처
럼은 정을 주게 안 되더라고."

이어지는 준서의 말을 들으며 윤이 동조하듯 웃었다. 준서의
얘기처럼 윤 또한 연예계에 발을 들여놓으면서부터 여러 동료
배우들과 가깝게 지내 오기도 했다. 서로 하는 일이 비슷하다 보
니 그런 데서 오는 정보와 고충들을 나눌 수 있어서 좋았지만,
딱 거기까지였다. 어쩐지 준서에게 하는 것처럼 그렇게 편하지
않았고, 또 그만큼의 일정한 거리가 좁혀지지 않았다.

"그나저나 서른도 안 돼 아빠 되는 기분이 어떠신가?"

윤이 화제를 바꾸어 묻자 준서가 알면서, 하는 뜻으로 웃어
준다.

"세상 억울하지, 뭐. 요즘은 다들 늦게 결혼한다는데 나만 이
게 뭐냐? 서른도 안 돼 청춘 다 날리고, 애 때문에 완전히 발목
잡힌 기분이야."

청춘을 날리고 발목을 잡혔다는 말과는 다르게 표정은 무척
행복하고 뿌듯해 보였다. 약을 올리든, 자랑질을 하든, 하나만
하든가. 윤이 미간을 찌푸리자 빙그레 웃던 준서가 문득 생각난
듯 물었다.

"근데 넌 지난번에 뭔 스캔들 났던데? 그거 진짜야? 정말 한

시은 씨랑 다시 만나는 거 맞아?"

"아니야."

윤은 신경 쓸 거 없다고 얘기했다. 실은 생뚱맞게 '전 연인과의 재회'라는 타이틀로 기사가 터졌을 때는 몹시 황당했었다. 시은과는 1년에 몇 번 연락도 없을뿐더러 그날 역시 곤란한 상황에 처한 그녀를 딴에는 모른 척하지 못해 도와줬을 뿐이었다. 주차장까지 바래다주며 찍힌 사진도 누군가 노리고 찍은 게 분명했다.

"그리고 사실이든 아니든 연예인은 사람 아닌가요, 뭐. 만나다가 헤어질 수도 있고, 헤어졌다가 다시 또 만날 수도 있고 그런 건데. 팬들도 한때 둘 사이의 열애를 인정하는 분위기였잖아요. 만나는 동안에도 크게 트러블 없이 사귀었던 사이인데 시간이 흘러 그런 사진, 찍힐 수도 있죠."

기사가 터진 당일, 의진이 했던 말이 떠올랐다. 솔직히 그날 그 얘기들을 듣고 있을 때 윤은 기분이 썩 좋지 않았다. 의진이 괜히 저와 시은의 관계를 오해하는 걸까 걱정스럽기도 했고, 그게 아니라고 해석을 해 주고 싶었으나 왠지 모르게 지쳐 보이는 그녀의 표정에 결국은 아무 말도 하지 못했다.

"그럼 따로 만나는 사람은 없고? 요즘은 연예인들 비밀 연애, 그런 거 별로 안 하고 그러지 않아?"

윤은 무신경하게 응, 하고 대답했다. 준서의 얘기도 사실 어느 정도 맞았다. 전에 비해 대중들의 시선이 많이 너그러워진 편이라 열애 사실을 무조건 숨길 필요는 없었던 것이다. 그러나 이미지로 먹고사는 특성상 잦은 연애사는 팬들이 떨어지고 인기가 하락하는 요인으로, 멀리 봤을 때 득이 될 게 없었다. 그래서 아직도 특별한 경우가 아니라면 굳이 공개하지 않는 게 원칙이었다. 회사 측에서 몰래 만나는 사람이 있는지 주기적으로 확인하는 것도 그런 차원에서였다.

"좋아하는 여자는…… 있어."

떠오르는 의진 생각에 한참 동안 말을 흐리다가, 결국 윤은 한숨 쉬듯 내뱉었다. 그맘때쯤 스스로가 인정한 답이었다. 그는 의진을 여자로서 좋아하고 있었다. 그게 아니라면 도저히 요즘 상황과 감정들이 납득되질 않았다. 신의진을 좋아하지 않고서야 떠나겠다는 사람한테 이토록 매달릴 이유가 없었다. 다만 그녀와 지내 온 지금까지, 내내 아무 일 없다가 왜 갑작스럽게 자각이 들고 감정이 터진 건지는 아직도 잘 모르겠다.

"넌 네 감정을 잘 알아?"

"갑자기 뭔 소리야?"

준서가 의아하게 바라보더니 얘기했다.

"나도 잘 몰라. 모르면서 아는 척하는 거고, 알면서 또 모르는 척하는 거야."

어렵네. 윤이 잔을 가져다 마셨다. 그런 그의 표정을 읽은 듯 준서가 피식 웃었다.

"다 알면 재미없잖아. 안다고 그게 정답인 것도 아니고. 감정이란 게 그런 거지, 뭐."

"……"

"근데 왜 그렇게 죽을상이야? 좋아하는 여자 있다면서."

뒤이어 준서가 뭐라 하는 소리에 윤은 대답 대신 잔에 다시 술을 채웠다. 결론은 정말 좋아하는 게 맞나 보다. 이렇게 마냥 행복하지만은 않은 걸 보면. 누군가를 좋아하면 좋아하는 만큼 괴롭다던 말처럼 제 마음이 지금 그랬다. 언제부턴가 의진을 생각하면 괜히 설레다가도 갑자기 어느 한순간에 기분이 바닥을 쳤다. 애써 멀쩡한 척하지만 사실 자신의 상태는 점점 심각해지고 있는 듯했다.

"그 여자는 나 안 좋아하는 것 같아."

"뭐? 그럼 너 혼자 짝사랑한다는 얘기야?"

테이블에 흘린 땅콩을 주워 먹다 말고 준서가 웬일이냐며 고개를 들었다. 윤은 가타부타 대답을 하지 않았다. 지난번 삼계탕 집에서 충동적으로 의진의 마음을 떠봤던 게 후회가 됐다. 저랑 잘 건지, 연애할 건지 물을 대신 조금 더 진솔하게 얘기를 전해 봤더라면 의진의 반응 또한 달랐을까……?

와중에 또다시 기대가 생기자 윤은 거기에서 생각을 멈추었다. 소용없는 짓이었다. 요 며칠 동안 의진이 저를 대하는 것만 봐도 그녀는 제게 마음이 없었다. 아니면 어떤 여자가 그런 일이 있고서도 평소처럼 담담할까 싶었다. 그날은 그저 의진이 자신을 여태 잘 챙겨 주었던 건 매니저로서 그런 것이지, 다른 마음이 아니었다는 사실만 확인한 셈이었다. 그게 무엇보다 씁쓸했다. 윤은 잔에 담긴 술을 또다시 한 번에 비워 냈다.

"그 여자가 누군데? 어떻게 우리 최윤을 다 싫어하나?"

"싫어하는 건 아니고."

말은 정확해야지. 신의진은 제가 느끼는 마음과 다를 뿐, 저를 인간적으로 싫어하지는 않을 거다. 정말 저를 싫어했다면 그 긴 시간을 그렇게 밤낮으로 옆에 있어 주진 않았겠지.

"좋아하지 않으면 싫어하는 거지, 뭐."

그러나 준서는 눈치 없이 계속 제 속을 긁어 댔다.

"근데 그 여자도 배우야? 아니면 가수? 그것도 아니면 나처럼 비연예인?"

준서의 질문은 끝이 없었고, 밤은 조금씩 깊어 갔다. 어느새 테이블에 비워진 술병들을 보다가 윤은 그만 자리에서 일어났다. 들어온 지 얼마 안 된 것 같은데, 얘기하면서 한 잔씩 하다 보니 꽤 마신 듯했다.

"그만 가자. 시간 늦었어."

"뭔 9시도 안 됐는데 늦어?"

"아니면? 넌 제수씨 임신했는데 여기서 밤이라도 새우려고?"

그 말에 준서는 더 이상 군소리를 하지 않았다. '그러게, 우리 애기 기다리겠네.' 하면서 주섬주섬 일어나 갈 준비를 하는 김준서. 그 모습을 보다가 괜히 부러워져 윤은 소리 없이 웃었다.

밖으로 나오니 밤공기는 여전히 푸근했다. 3월의 이른 봄다운 날씨였다. 준서가 대리를 불러 집까지 데려다주겠다고 해서 같이 기다리는데 문득 녀석이 물어 왔다.

"저건 뭐야? 저것도 연예인들 타고 다니는 밴 아니야?"

"어디?"

"저거 말이야, 까맣고 긴 차. 저기 옆에 세워져 있잖아."

준서가 가리키는 손을 따라가 봤더니 거기엔 몹시도 익숙한 차가 서 있었다. 몇 신데 안 가고, 여태 기다린 건가? 차를 확인한 순간 술이 다 깼다.

"갈게."

급한 마음에 앞뒤 자른 채 짧게 인사말을 던지자 준서가 어리둥절해서 쳐다본다. 윤은 덧붙여 설명했다.

"내가 타고 온 차야."

"뭐? 그럼 우리 술 마실 동안 매니저가 계속 밖에서 대기하고 있었던 거야?"

그건 나도 모르겠고. 어떻게 된 건지 빨리 가 보려고 하는데 준서가 자꾸만 말을 붙여 왔다.

"야, 너는 인마. 회사에서 따로 안 주면 너라도 수당 따따블로 챙겨 줘. 매니저가 보통 힘든 게 아니란 건 진즉 알았으나 우린 술 먹을 동안 밖에서 이러고 있으니, 괜히 내가 다 미안해지네."

"알았으니까, 먼저 갈게. 너도 대리 오면 딴 데 새지 말고 곧장 집에 들어가."

"새긴 내가 어딜 샌다고. 갈 데도 없는데."

구시렁거리는 준서를 뒤에 둔 채 윤은 빠른 보폭으로 걸었다. 아까 전과는 다른, 옆 건물 주차 구역에 세워져 있는 걸 봐선 아마 그가 들어간 뒤에 제대로 다시 자리를 잡고 기다린 듯했다.

그러나 차 앞까지 다가간 윤은 돌연 멈추었다. 왠지 이 차 문을 여는 순간, 모든 게 돌이킬 수 없을 것 같은 예감이 들었다. 그건 기이한 두려움인 동시에 흥분이었다. 윤은 한참 동안을 거기 그렇게 서 있기만 했다. 의진을 바로 앞에 두고도 다가갈 수가 없는 기분은 처음이었다.

"야, 너 안 가냐? 왜? 빈 차야? 키 없어?"

들려오는 준서의 목소리에 고개를 돌려 봤다. 벌써 대리 기사가 왔는지 준서가 달리는 차에서 그런 저를 내다보며 말하고 있었다. 윤이 가라고 손을 흔들었다. 둘 사이에서 잠시 속도를 줄여 주던 차는 곧 부웅, 소리를 내면서 저를 지나쳐 가 버렸다.

윤은 주머니를 뒤적거려 차 키를 찾아냈다. 삑, 하는 소리와 함께 잠겼던 문이 열리자 조수석 문손잡이를 당겼다. 의진은 운전석에서 잠이 든 채였다. 윤은 소리 안 나게 조심스레 차 문을 닫았다.

운전석 조그맣게 열어 둔 창문으로는 한기가 스며 들어왔다. 잠결에 추웠는지 의진은 코트로 몸을 덮고선 잔뜩 웅크린 모습이었다. 오늘 오전 일찍 있는 행사 때문에 아마 새벽부터 일어나 바쁘게 움직였을 의진이었다. 그러니 이 시간에 졸음을 이기지 못해 여기서 이러고 있지.

윤이 손을 뻗어 그녀의 머리카락을 어루만졌다. 그건 애틋하게 밀려오는 감정을 주체 못 해 저도 모르게 나온 행동이었다. 그러다 손이 언뜻 뺨에 닿자 그 작은 기척이 느껴졌는지 갑자기 의진이 소스라치게 놀라며 눈을 뜬다.

"괜찮아. 나예요."

"아, 난 또⋯⋯."

난 또, 라니. 이 시간에, 이 차에 함부로 들어올 사람이 저 말고 누가 있다고. 윤의 그 표정을 읽었는지 의진이 어색하게 말을 돌렸다.

"근데 기다리는 건 어떻게 알았어? 준서랑 얘기하는 데 방해될까 봐 일부러 메시지도 안 남겼는데."

"그러니까 왜 기다려요? 내가 나이가 몇인데, 알아서 집에 못 갈까 봐?"

"응."

무슨 대답이 그러냐고 미간을 찡그리자 의진이 장난이라며 웃는다. 갓 잠에서 깬 얼굴이 순하고 예쁘다. 계속 이렇게, 밤이 새도록 보고 있어도 질리지 않을 만큼.

"시은 씨랑 스캔들 터진 지 얼마 되지도 않았는데, 또 무슨 이상한 사람 따라붙을까 봐 걱정도 되고. 네 옆에 회사 사람이 없으면 난 왠지 마음을 못 놓겠어. 정민이랑 철주한테도 아까 연락해 봤는데 걔들도 다 바쁘더라고."

"준서가 데려다줘도 아무 일 안 나요."

"알아. 근데 둘 다 술 마실 거잖아. 대리 부르다가 괜히 또 무슨 문제라도 생기면 어쩌나 해서. 그냥 내가 여기서 기다리다 너 안전하게 집까지 데려다주는 게 제일 마음이 편할 것 같았지."

그녀의 설명에 잠시 말이 없이 보기만 했다. 의진은 그런 제게 안심시키듯 덧붙였다.

"걱정 마. 내내 여기서만 이러고 있은 거 아니니까. 너 들어가고 근처에서 간단하게 저녁도 먹었어."

"혼자?"

"응. 혼자."

그런 의진을 보며 윤은 그녀가 왜 그만두려는지 다시 한번 알 것 같았다. 이 일을 완전히 그만두지 않는 이상 늘 이런 상황들의 연속이겠지. 그녀가 원하든 원하지 않든. 무언가 깔끔하게 마무리되지 않으면 마음을 놓지 않는 의진의 성격상 대충대충 하는 것도 성에 안 찰 테니.

마음이 복잡해졌다. 매니저 신의진을 생각하면 그녀의 바람대로 새롭게 시작하길 축복하는 게 맞는데, 그러면 저와는 이제 아예 접점이 없을까 봐, 그게 싫었다. 오로지 저를 위한 욕심이라 해도 상관없었다. 어릴 적 엄마를 잃은 이후로 처음으로 내보는 욕심이었다. 그러니 이번 한 번만 더 뻔뻔해진다 해도 그게 그리 잘못은 아니지 않은가?

"아, 손. 나 손목……."

그때, 몸을 일으키던 의진이 인상을 찌푸리며 괴로워했다. 자다가 손이 눌렸나 보다.

"주물러 줘요?"

윤은 의진의 대답이 들려오기도 전에 가느다란 손목을 잡았다. 왜 이렇게 말랐어? 힘을 주면 금방이라도 부러질 것만 같은 손목이 몹시 연약해 보였다. 그게 보호 본능과 함께 묘한 성적 충동을 불러일으켰다.

"아파, 살살."

조심조심 눌러 주는데도 근육이 풀리는 통증 때문인지 의진은 숨을 헐떡거리며 끙끙댔다. 그 모습이 꼭 마치 상처 난 강아지와도 같아서, 윤이 저도 모르게 웃었다.

"웃지 마. 나도 지금 웃긴데 참고 있단 말이야."

"그러니까 왜 여기서 이러고 있냐고요."

"그 얘기 아까도 했어. 대답도 다 했고."

"뭐라고 대답했는데?"

"너 걱정돼서. 걱정돼서 기다렸다고! 얼굴 다 팔린 배우가 밤늦게 술 마시고 돌아다니다 행여 혹시 무슨 일이라도 생기면⋯⋯."

갑자기 그의 얼굴이 가깝게 다가오자 의진이 말을 삼켰다. 윤은 잡고 있던 손목을 엄지로 살짝 쓸었다. 그 은밀한 동작에 의진이 손을 빼면서 피하려고 했다.

"그렇게 걱정되면 평생 옆에 끼고 살지 그래요?"

"뭐?"

"내가 어떻게 더 참아? 그런 눈빛으로 나 걱정돼서 기다렸다는데, 어떻게 더 참아요?"

내내 붙들고 있던 이성의 끈이 어느 순간 툭, 하고 끊어졌다. 멍하니 저를 보고만 있는 의진에게로 윤이 고개를 수그렸다. 그녀의 입술에 그의 입술이 스치듯 닿자, 깜짝 놀란 듯 동그랗게 뜬 눈에선 전에 없는 혼돈의 감정이 읽혔다. 대었던 입술을 어렵게 다시 떼고는 허락을 구하듯 의진의 눈을 마주 봤다. 그러다 고개를 약간 비틀어 더 가까이 다가갔을 때, 의진은 결국 눈을 감아 버렸다.

가랑비처럼 어느새 조금씩 스며든 감정인지, 아무 예고도 없이 갑자기 내린 소낙비 같은 충동인지는 아직도 잘 몰랐다. 중요한 건 이제 더 이상은 신의진을 '실장님'으로만 바라볼 수 없다는 점이었다.

윤의 손이 의진의 뒷머리를 감싸듯 당겨오며 더 깊게 키스했다. 서로의 숨이 섞이고, 벌어진 입술 사이로 혀가 들어갔다. 노골적인 침입에도 의진은 더 이상 밀어 내지 않았다. 도톰한 입술을 빨고 혀를 얽으면서 윤은 그동안 많이도 참았다고 생각했다. 지난번 옥상에선 어떻게 참았는데, 그리고 저번에 빌라에서도 어떻게 참고 보내 준 건데. 오늘은 도저히 그 정도로 인내심이 없었다.

아무리 어떻게 제어를 해 봐도 신의진은 이제 제게, 여자였다.

* * *

때론 천 번의 다짐보다 한 번의 방심에 모든 게 허물어질 때가 있다. 오늘이 바로 그런 경우인지도 몰랐다. 며칠 동안 윤을 볼 때마다 혼란스러움을 감추며 태연하게 굴고, 아무렇지 않은 척 얼마나 애를 써 왔는데, 전부 소용없어지는 순간이었다.

빠져들면 안 될 것 같아서, 이대로 빠져들면 헤어 나오지 못할 것 같아서, 애써 제 감정에 회의감을 가진 적이 있었다. 오래 같이 있다 보니 그저 조금 특별한 정이려니 억지로 단념하려 했던 적도 많았다. 윤의 사소한 행동, 제게만 너그럽던 눈빛, 둘 사이에서만 공유하던 그런 것들에 의미 부여를 할수록 끝에는 저만 상처받고 비참해질 것 같아서였다.

회사를 그만두겠다고 했을 때부터 윤이 크게 흔들리는 게 느껴졌지만, 부러 심각하게 받아들이지 않았다. 윤의 방황이 어차피 저와는 다른 마음일 거라 생각했으니까. 단순히 그녀와 함께 지낸 세월이 길다 보니 잠깐 당황한 거라고, 당장은 그녀의 부재를 쉬이 받아들이지 못해 그러는 거라고 여겼었다.

그러다 조금씩 윤의 눈에서 저와 비슷한 감정이 읽히던 순간이 있었다. 제 치부와도 같은 부모님의 지난 얘기를 해 줄 때도, 자기랑 잘 거냐고 느닷없이 도발을 해 올 때도, 무엇보다 둘만 있을 때 문득문득 느껴지는 공기의 미묘함 속에서, 어쩌면 윤도 저와 같은 마음일지 모른다는 생각을 했다. 그래도 그때마다 갖은 힘을 다해 이성을 붙들었는데, 우습게도 무너지는 건 한순간이었다. 고작 윤의 기습 키스 하나에.

혀끝에서 맴도는 이름 모를 술 향이 마치 윤의 존재처럼 달고도 위험했다. 더 깊게 삼킬수록 더 진하게 저를 흔들어 버릴 남자.

"아, 안 돼."

언뜻 정신을 차렸을 때 윤의 손이 어느새 가슴께로 내려오고 있었다. 의진은 그제야 정신이 들었다. 그가 주는 아찔한 감각에 취한 채 여기가 앞 유리창이 훤한 차 안이란 것도 잊어버릴 지경이었다. 의진이 억지로 윤을 밀어 냈다.

"그만해."

제게서 조금 떨어진 윤이 그녀를 바라봤다. 그런 그에게 의진이 변명처럼 웅얼거렸다.

"누가 보면 어쩌려고."

"보라고 해요."

방금 전보다 한결 부드러워진 표정으로 윤이 말했다. 그는 저와의 키스가 싫어서 거부한 게 아니라는 사실에 마음이 놓인 듯했다. 정작 의진은 이미 일어나 버린 이 상황을 어째야 할지 갈피를 잡을 수가 없는데, 윤은 전혀 신경 쓰지 않는 모습이었다.

"내 차에서 내가 키스한다는데, 누가 뭐래요?"

"그, 그게 아니고. 방금 전엔 내가 너무 갑작스러워서 미처 반응을 못 했지만……."

"반응 잘하던데요?"

윤의 대꾸에 그만 말문이 막혔다. 그 뜻이 아닌데, 아직도 당황스러움이 가시지 않는 저와는 달리 윤은 평소와 똑같아 보였다. 다만 미처 감추지 못한 채 얼굴에 드러난 가벼운 흥분만이 방금 전 둘의 키스가 진짜였다는 걸 말해 주는 것 같았다.

"집에 가요."

그러다 윤이 말했다. 사람을 잔뜩 정신없게 만들어 놓고는, 됐으니 이제 운전하라는 듯 눈짓하는 게 영 얄미웠다. 게다가 술까지 마셨겠다, 아주 대놓고 운전기사 취급이다.

"술만 안 마셨으면 내가 해도 되는데, 오늘만."

그녀의 생각을 읽었는지 그가 능청스레 덧붙여 오는 말이었다. 결국 의진도 더 얘기하지 않고 시동을 걸었다. 머릿속은 쉽사리 진정되지 않았지만 그렇다고 언제까지 여기서 이러고 있을수는 없었다. 어서 윤을 데려다주고 혼자 조용히 생각을 정리하고 싶었다.

차가 출발하면서 윤에게 쇼핑백 봉투를 건넸다. 뭐냐고 쳐다보는 그에게 의진이 애써 시선을 마주치지 않으려 앞쪽을 바라봤다. 아무래도 키스를 나눈 직후라 그런지 그와 눈을 마주 보는게 괜히 어색하고 쑥스러웠기 때문이다. 의진은 운전에 집중하는 척 전방만 주시하면서 설명했다.

"준서 선물. 와이프 임신했다면서? 아까 요 앞 키즈 매장에서 급하게 샀어."

"사지 말래도, 말을 안 듣네."

"간단하게 샀으니까 부담 가질 거 없다고 전해 줘."

윤은 그녀의 말을 듣고선 더 얘기 없이 쇼핑백을 받아 갔다.

어느새 밤이 깊어 가고 있었다. 그의 빌라로 향하는 동안 둘 사이에는 딱히 많은 대화가 없었다. 평소와 같은 듯 다른, 밤이었다.

"아……. 미안."

주머니에서 핸드폰을 꺼내던 의진이 얼결에 윤의 손과 닿자 가만히 움츠렸다. 그저 손이 닿았을 뿐인데 몹시 이상했다. 예전 같으면 아무렇지도 않았을 가벼운 터치였지만, 이렇듯 부자연스러운 건 역시나 방금 전에 나눈 키스 때문일 터.

윤은 그녀의 말에 따로 대답하지 않았다. 대신 피하려는 그녀의 손을 당기듯 도로 잡아 왔다. 그러더니 손가락에 제 손가락을 하나씩 얽으면서 그녀가 쉽게 빼내지 못하도록 단단히 제게로 끌어당긴다. 의진은 그런 윤을 그저 바라봤다. 남자 손답지 않게 산뜻한 향이 전해져 와 기분이 묘했다. 종전의 확, 불붙던 욕망과는 전혀 다른 설렘이 가슴을 간질였다.

"운전, 해야 돼."

가까스로 목소리를 가다듬고는 의진이 말했다. 그러나 손을 빼내려 힘을 주어도 윤은 풀어 줄 생각이 없는 듯 오히려 얘기했다.

"해요. 원래 한 손으로도 잘하잖아요."

의진이 한숨을 쉬었다. 한 손으로 하든, 두 손으로 하든, 그게 중요한 게 아닌데 말이다. 그러나 운전 중에 자꾸 실랑이를 하려니 위험하기도 해서 의진은 더 말하지 않았다.

"10시 됐네."

온 신경이 윤한테 쏠려 있어서 힘들었지만, 다행히 목적지까지는 별 탈 없이 도착할 수 있었다. 그 시간 동안 윤은 줄곧 그녀의 손을 잡은 채 놓아주지 않았다. 그는 차 안의 시계를 보다가 무언가 아쉽다는 얼굴로 그렇게 중얼댔다.

"다 왔어. 내려."

의진이 시동을 끄며 말했다. 윤은 여전히 잡은 손 그대로 저를 바라본다.

"혼자는 좀 그런데, 집 앞까지 데려다주면 안 돼요?"

"수작 부리지 말고 얼른 안 올라가?"

참다못해 버럭, 목소리를 높이자 윤은 그제야 안전벨트를 풀었다.

"수작 부리는 건 아니까 다행이네."

"야, 무슨 뜻이야?"

바보가 된 기분으로 차에서 내리는 윤의 등 뒤에 따져 물었더니 그가 빙글 몸을 돌리며 말한다.

"오늘도 보내 줄 테니 가요, 그만."

말과 함께 차 문이 쾅, 닫혔다. 혼자 남아 버린 차 안에서 의진은 멍하니 그가 엘리베이터로 향하는 모습을 지켜봐야만 했다. 잠시 뒤에 그가 엘리베이터 안으로 완전히 사라져서야 후, 긴 숨을 쏟아 냈다. 내내 긴장으로 달아올랐던 뺨에서는 미열마저 느껴졌다. 뜨듯한 볼을 두 손으로 감싸던 의진이 무심코 옆으로 고개를 돌리다가 탄식했다.

"얘는 진짜."

준서에게 줄 선물이 덩그러니 조수석에 놓인 채였다. 까먹고 두고 내린 윤에게 얼른 전화를 걸어 봤지만 엘리베이터 안이라 그런지 통화가 되지 않았다. 의진은 고민 끝에 선물을 가져다주기 위해 차에서 내렸다.

문 앞에 도착해 벨을 누르자 곧이어 문이 열렸다. 바로 몇 분 전에 들어왔을 윤은, 난데없이 뒤따라온 그녀를 의아하게 바라봤다.

"아, 이거 차에 두고 가서."

말과 함께 선물이 들어간 쇼핑백을 내밀어 보였더니 거기에 눈길을 주던 윤이 다시 의진을 봤다.

"왜, 안 받아?"

윤은 대답 대신 뜻 모를 한숨을 쉬었다. 그러더니 혼잣말처럼 얘기한다.

"그냥 보내 줄 때 가지."

"그게 무슨……."

갑자기 윤의 손이 불쑥, 다가와 그녀를 잡아당겼다. 그 바람에 현관문 어귀에 서 있던 의진은 순식간에 그에게 끌려서 안으로 들어가야 했다. 찰칵, 도어록이 잠기는 소리와 함께 또다시 지난 번처럼 문에 기댄 채 윤의 몸 안에 갇혀 버렸다.

"저기, 윤아."

삽시간에 공기의 흐름이 탁하게 변했다. 의진은 그제야 방금 전 그가 한 말의 의미를 깨달았다. 윤은 나름대로 키스로 끝낸 채 보내 줬는데, 그녀가 다시 제 발로 찾아온 꼴이었으니. 솔직 히 전혀 이런 상황을 의도한 건 아니지만 이제 와 무슨 소용일 까 싶었다. 윤의 입장에선 이러나저러나 결과는 똑같을 테지.

"뭔가 오해가 있나 본데…… 난 그냥 너 이거 놓고 가서."

그래도 애써 변명 같은 얘기를 해 봤으나 과연 윤한테는 그게 중요하지 않았던 것 같다. 그는 그녀를 놓아주는 대신 더 가까이 다가왔다. 어느새 얼굴끼리 바싹 닿아 있는 거리, 코끝을 간질이는 남자의 숨결을 못 견디겠어서 의진은 간신히 한 발 뒤로 물렀다.

"계속해 봐요."

윤은 마치 이 상황을 즐기고 있는 듯했다. 말하면서 그가 상체 를 약간 숙여 오자 뒤로 겨우 물러섰던 게 아무 의미 없어졌다.

그의 가라앉은 눈빛이 저를 응시했다. 옷을 꽁꽁 다 입고 있음에도 그런 윤의 시선이 제 온몸을 낱낱이 훑고 애무하는 것 같았다. 의진이 저도 모르게 숨을 들이켰다.

"정말이야. 내가 설마 다른 생각으로 올라왔겠어?"

잘못한 것도 없는데, 얘기를 거듭할수록 어쩐지 점점 더 궁지에 몰리는 기분이다. 의진은 괜히 난처해서 입술을 잘근잘근 깨물었다. 물론 준서의 선물을 오늘 밤에 반드시 전해 줘야 되는 건 아니다. 차에 뒀다가 내일 다시 건네줘도 되는 일. 올라오지 말고 그냥 집에 갈걸……. 쓸데없는 후회가 밀려드는 와중에도 묘한 기대가 피어올랐다. 분명 의도한 건 아니지만, 지금 이 분위기 어쩌면 거절할 수 없을 거란 생각이 들었다. 그러기엔 윤의 유혹이 너무 뜨겁고 깊었다.

"뭐, 그런 건 상관없고."

윤이 웃음기를 머금은 채 느리게 내뱉었다. 방금 전까지 계속해 보라고 해서 기껏 횡설수설했더니 이제 와 상관없다고 한다. 의진은 어이가 없어 그런 윤을 쳐다봤다.

"어쨌든 오늘은 더 안 보내요."

"……"

"내가 병신인가. 몇 번이고 곱게 보내 주게."

미처 뭐라 할 사이도 없이 바로 다음 순간 웃, 하며 제 숨소리가 마주 닿은 입술 위에서 흩어졌다. 윤의 키스가 사납다. 아까 전차 안에서 했던 기습적인 키스만큼이나. 아니, 그때보다도 훨씬 더 농밀해진 행위에는 그녀를 향한 욕망만이 가득 배어 있었다.

"자, 잠깐만……."

의진이 잠시 의미 없는 반항을 했다. 그저 남자와 키스를 할 뿐인데, 정신이 다 혼미했다.

"천천히."

옴짝달싹 못 하도록 거세게 밀어붙이는 윤 때문에 그대로 주저앉을 것만 같았다. 그의 힘에 의해 더 이상 밀려날 수 없는 몸은 벽에 닿은 채 짓눌리고, 뜨거워졌다.

결국 윤이 제 어떠한 말도 들어 주지 않을 거란 걸 알아챈 의진이 팔을 들어 그의 목에 감았다. 처음에는 몸의 중심을 지탱하기 위해서 마지못해 조심스럽게 했던 행동이었으나 키스가 진해질수록 점점 더 꽈악, 매달렸다.

그동안 수많은 시간을 고민하고 다잡았던 이성이, 본능과 감정 앞에서 완전히 무너지는 순간이었다.

07.

코트가 벗겨지며 바닥에서 밟혔다. 키스를 이어 가면서 윤이 그녀의 몸을 현관에서부터 돌려세웠다. 의진은 그저 그가 이끄는 대로 뒤로 주춤주춤 움직여야 했다. 얼마 못 가 탁자에 발이 걸리고, 이어서 소파에 허물어지듯 주저앉았다.

윤은 그녀의 위로 몸을 실으며 잠시 입술을 뗐다. 서로의 시선이 허공에서 격렬하게 얽혔다. 그러다 정말 이게 맞나? 싶은 생각이 언뜻 스치기도 했다. 긴 시간 동안 가장 가깝게 지내 온 상대, 다른 누구도 아닌 윤과 정말 이래도 되나 싶었다.

곧 윤의 손이 다가와 그녀의 니트를 벗겨 냈다. 그러고는 드러난 맨 어깨와, 브래지어로 감춘 가슴에 차례로 입을 맞춰 왔다. 옅은 그의 향수 냄새와 섞인, 역시 진하지 않은 술 냄새. 문득 의진이 그런 윤을 붙들었다.

"왜?"

갑자기 멈추게 하자 윤이 애끓는 눈으로 바라본다. 의진이 약간 의심을 품은 채 얘기했다.

"너 혹시 지금 술에 취한 건 아니지?"

윤의 시선이 가늘어졌다. 그런 그를 보며 의진이 작은 목소리로 떠듬거렸다.

"술기운에 그, 뭐야. 나랑 이러는 거면……."

남자들은 대부분 술을 마시면 성욕이 강해진다고 하던데, 윤 역시 술기운에 저와 즉흥적인 관계를 가지는 건지. 만약에 정말 그런 거라면 내일은 어떤 마음으로 그를 마주해야 하는 걸까? 갑자기 생각이 복잡해졌다.

"맨정신이에요."

그때, 윤이 말했다. 열기 어린 눈빛과 다르게 목소리는 전에 없이 진지했다. 대답 없이 가만히 보고만 있자 그가 다시 얘기해 왔다.

"나 지금 신의진이랑 이러고 있는 거 맨정신이라고."

"술……."

"마셨어요. 근데 안 취했어. 오늘 했던 말들, 지금 하는 행동들, 내일 아침이 돼도 하나도 빠짐없이 기억해요."

"윤아."

그가 다시 고개를 수그려 왔다. 뜨거운 입술이 그녀의 귓불을 은밀하게 애무했다.

"아, 술 마셔서 하나는 문제겠네."

잊었다는 듯 윤이 얘기를 이었다.

"사정이 늦는 거."

미쳤나 봐……. 귓가를 간질이는 남자의 숨결이 아찔해서 의진이 진저리를 치듯 고개를 흔들었다.

"난 술 마시면 더 오래 해요. 간가이 둔해져서."

그러더니 입술이 목선을 타고 내려와 가슴께로 닿았다. 의진은 저도 모르게 발끝을 오므렸다. 정신을 차릴 수가 없었다.

"하아……."

커다란 손이 브래지어 안으로 들어와 한가득 움켜잡음과 동시에 의진에게서 신음 소리가 흘러나왔다. 윤은 거추장스럽다는 듯 뒤이어 브래지어마저 걷어 냈다. 그러자 불빛 아래 완전히 드러난 상체에 윤의 눈빛이 조금 의외란 듯 짙어졌다.

"왜 그래?"

"아니. 상상했던 것보다 더 커서요."

학생 때는 가슴이 커서 괜히 콤플렉스였는데, 성인이 되고 난 다음에는 그게 나름 장점이란 걸 알았다. 그럼에도 이상한 남자들의 힐끔대는 시선이 불편해, 의진은 늘 속옷도 가장 얇은 것으로 착용해 왔다. 그나마 그게 가슴이 덜 커 보이는 효과를 가져다주……. 근데 방금 뭐라고?

"상상? 너, 나에 대해서 뭘 상상했어?"

"남자가 여자에 대해서 뭘 상상해요? 뻔한 거 아닌가."

"뭔 소리야? 언제부터였는데?"

이번엔 윤은 굳이 대답하지 않았다. 대신 달래듯 웃더니 그녀를 어루만졌다.

"감각이 둔해진다는 말 취소해야겠다. 너무 예뻐서, 난감하네."

손가락 끝으로 예민한 정점을 자극하다가, 윤은 곧이어 입술을 갖다 대었다. 그의 입술과 혀끝이 번갈아 가면서 움직이자 의진은 자극을 견디지 못해 숨 가쁘게 허리를 들썩여야 했다. 가슴을 빨면서 윤의 손이 아랫배를 지나더니 바지 버클까지 연달아 풀었다.

"저기, 윤아."

"응. 얘기해요."

그러나 의진은 무슨 말도 할 수가 없었다. 여기서 멈추라는 말도, 더 힘껏 안아 달라는 말도, 아무것도 할 수 없어 그저 윤이 하는 대로 자신을 맡길 뿐이었다. 윤이 벗겨 낸 바지가 무릎 아래로 내려가며 각각 양 발목 사이로 집어 빼낼 때도 마찬가지였다.

윤의 손이 성급히 다리 사이의 젖은 곳을 맴돌다, 팬티를 젖히고는 안으로 들어왔다. 굵은 손가락이 길을 찾듯 위아래로 두어 번 매만지자 의진이 약간 몸을 틀었다. 그녀의 반응에 윤의 얼굴로 소리 없이 미소가 떠올랐다.

그가 다시 고개를 수그렸다. 유두를 하나씩 정성스레 핥고 건드리다가 머리가 서서히 아랫배를 타고 내려간다. 어느새 흠씬 젖은 팬티 위로 잠시 정돈되지 않은 호흡이 머무르는가 싶더니 이내 다리가 좌악, 벌려졌다.

"안 돼."

그제야 정신이 든 의진이 몸을 일으키며 거부했다. 당황해서

265

얼굴이 빨개진 그녀를 보며 윤은 잔뜩 목마른 사람처럼 갈증 어린 목소리로 말했다.

"해 주고 싶어."

"다, 다음에."

미쳤다. 겨우 거절한다는 말이 다음이라니. 의진은 부끄러움과 민망함에 그만 고개를 푹, 숙였다.

"그래요. 그럼 다음에."

머리 위에서 윤의 낮은 웃음소리가 났다. 언제나 상황을 즐기는 건 이 녀석이지. 약이 올라 손을 들어 윤의 팔뚝을 때렸다. 윤은 그런 그녀를 장난처럼 받아 주더니 넘어뜨리듯 다시 소파에 눕혔다. 그러고는 망설임 없이 그녀의 위를 타고 올라왔다.

의진은 누운 채로 눈만 들어 윤이 옷을 벗는 모습을 지켜봤다. 손목시계를 풀고, 아무렇게나 상의를 벗어 던지는 행동에서 그녀를 향한 갈급함이 느껴졌다. 곧 탄탄한 근육으로 다져진 남자의 몸이 드러났다.

와, 운동한 보람 있는 거 봐. 연기에 집중하는 한편 그동안 틈틈이 화보 촬영도 계속해 온 터라 몸 하나에는 자신 있었던 윤인 걸 알지만, 이렇게 직접 가까이에서 보니 정말이지 흠잡을 데 하나 없이 완벽했던 것이다. 살짝만 만져 보고 싶다고 생각하는 사이에 지익, 하고 바지 지퍼가 내려가는 소리가 났다.

의진은 엉겁결에 시선을 돌려 버렸다. 그러나 벌린 다리 사이로 닿는 묵직한 감촉까지는 모른 척할 수가 없었다. 저도 몰래 아랫입술을 깨물 듯 감빨았다. 아무것도 한 게 없는데, 벌써 식은땀이 배어 나왔다. 성적인 긴장과 흥분이 한데 뒤섞여 자꾸만 온몸이 저릿했다.

"아프면 말해요."

말과 함께 윤이 무자비하게 삽입해 왔다. 충분히 젖었다고 생각했으나 갑자기 들어오는 이물감에는 사실 쾌감보다 고통이었다. 의진이 미간을 약간 찡그리며 아프다고 했다.

"좀 천천히."

"여기서 더 어떻게 천천히 해요?"

그러나 그녀의 말에도 윤은 자꾸만 욕심을 내며 들어왔다. 그럴수록 경직된 몸이 한껏 굳어진 채 풀어질 줄을 모르자 그가 웬일로 멈추었다. 대신 머리를 숙여 와, 부푼 가슴을 조심스럽게 빨았다. 자극을 받은 유두가 바짝 일어서며 저절로 다리가 벌어졌다. 그 틈을 놓치지 않고 윤이 한 번에 들어왔다.

"아흣……."

터져 나온 신음 소리는 금방 윤에게 막혀 버렸다. 저를 끝까지 다 밀어 넣은 채 윤은 부드럽게 키스해 왔다. 그 모습이 무척이나 다정해서, 마치 오랜 연인끼리 나누는 당연한 행위처럼 느껴졌다. 빈틈없이 밀착된 둘의 몸에서 전해지는 체온마저도 전혀 어색하지 않고 따듯했다.

윤이 입술을 떼고는 잠시간 그녀를 바라봤다. 서로가 아무 말이 없었지만, 마주 보는 시선만으로도 가슴이 떨렸다. 의진이 가만히 손을 들어 그의 뺨을 만지작거렸다. 다시 뜨겁게 입 맞추고 싶고, 가장 깊은 곳까지 채워졌음에도 자꾸만 모자란 듯 애가 탔다. 그래서 중얼거렸다.

"안아 줘."

"……."

빠듯하게 꽉, 채운 그녀의 안에서 움찔거리는 그가 느껴졌다. 윤은 안아 달라는 말에 대답을 하지 않았지만 곧이어 그녀를 바라보며 움직이기 시작했다. 약간의 통증을 동반한 충만감에 한숨처럼 신음이 쏟아져 나왔다. 의진은 밀려오는 그를 받아들이다, 가끔은 버거워서 고개를 내젓기도 했지만, 결코 떨어지지 않으려는 듯 두 다리론 윤의 허리를 단단히 휘감았다.

그의 손에 의해 가슴이 마구 짓이겨지다가 다시 조심스럽게 빨리고, 그의 허리 짓에 의해 다리 사이가 허전해졌다가 다시 뻐근하게 차올랐다. 소파의 가죽 시트가 둘의 움직임에 따라 찌걱찌걱, 규칙적인 소리를 내며 외설스러움을 더해 갔다.

"팔에 힘줘요."

어느 순간 윤이 합체한 몸을 뺐다가 그녀를 뒤로 돌렸다. 갑자기 바뀐 체위에 정신을 차리는 사이, 자세를 잡아 준 그가 뒤로부터 다시 들어왔다. 곧 그가 움직이기 시작하자 한껏 찔러 대는 자극에 순간이지만, 눈앞이 새하얘졌다. 이건 너무…….

"깊어, 깊단 말이야."

배려 따윈 없는 공격에 의진은 손을 뒤로 뻗어 그의 허벅지를 붙들었다. 깊이를 조절해 달라는 사인에도 윤은 도리어 저더러 참으라고 했다.

"적응해 봐요."

"흐읏, 제발."

사정을 봐주지 않는 그의 허리짓이 노련해질수록 쾌감은 정직하게 증식되어 갔다. 거기에 더해 윤의 손이 다리 사이를 헤집고 들어와 예민하게 부푼 정점을 문질렀다. 그 순간, 더 버티지 못한 채 의진이 무릎을 꺾으며 허물어져 내렸다. 흐느낌과도 같은 신음 소리에 그제야 만족했는지 윤은 잠시 움직임을 멈추고는 기다려 주었다.

"……밉다."

이런 모습을 보여 주는 게 민망해서 중얼거렸더니 윤이 웃었다. 의진이 살며시 눈을 떴다. 흐릿한 시야 너머로 윤의 집 내부가 그림처럼 이어졌다. 몹시 익숙하면서도 뭔지 모를 이질감이 느껴지던 곳, 언제고 스스럼없이 드나들면서도 한 번도 밤을 새워 본 적이 없는 곳, 그곳에서 오늘은 윤과 한 몸이 된 채 잔뜩 엉겨 붙어 있었다.

이제 우린 무슨 사이가 되는 걸까?

절정의 끝에서 언뜻 현실 자각이 들었지만, 그마저도 잠깐이었다. 윤이 아직 안 끝났다는 듯 또다시 움직이기 시작했던 것이다. 끝나지 않을 것만 같은 밤은 오래도록 계속되어 갔다.

* * *

눈을 떠 보니 푸르스름한 여명이 방 안을 감싸고 있었다. 가만히 눈을 깜박이다가 한참 후에야 여기가 윤의 침실이라는 것을 기억해 냈다. 무슨 일이, 어떻게 있었지……? 기억상실증에라도 걸린 것처럼 간밤의 일들이 까마득히 떠오르지 않아 의진은 한동안 생각에 잠겨야 했다.

소파에서 서로에게 뒤엉킨 채 난잡한 모습들, 긴 사정 후에도 그녀를 놓아주지 않는 윤에게 거의 울듯이 목이 마르다고 했었던 것 같다. 냉장고에서 꺼내 온 생수를 한 모금씩 먹여 주던 윤은 그 이후 그녀를 건뜻 안아 들고는 욕실로 갔었고.

씻겨 준다면서 욕조에서 가슴이며 다리 사이며 한참을 지분거리다가 젖은 몸 그대로 안고 나가 세면대 위에 앉혀 버리던 장면도 떠올랐다. 그러니 거기서도 그저 얌전히 씻겨만 준 것 같지 않은데……. 마치 진탕 술을 마셔 필름이라도 끊긴 것처럼 기억이 띄엄띄엄 나다가 사라졌다. 격렬한 섹스의 후유증이 이런 거라면 할 말이 없었다.

동이 급격히 터오르는지 어느새 커튼 틈새로는 하얀 빛이 비쳤다. 몇 시인지 확인하려고 몸을 일으키는데 동시에 옆자리에서 기척이 났다. 누군가를 찾듯 더듬거려 오는 손에 의진이 고개를 돌려 봤다. 잠결에 그녀를 찾는 것 같아서 손을 잡아 줬더니 그제야 윤은 안도한 듯이 중얼거린다.

"혼자 두고 간 줄 알았어."

별거 아닌 그 말에도 마음이 쓰인다면, 윤을 향한 감정이 그냥 단순한 불장난은 아니란 건데. 의진은 그런 제게 걱정이 들었다.

윤이 곧 잡았던 손을 풀더니 그녀의 허리에 팔을 두르며 끌어당겼다. 등 뒤로 맞닿은 체온이 느껴지자 그제야 둘 다 아무것도 입지 않은 알몸이란 걸 눈치챘다. 그러는 동안 윤의 손이 자연스럽게 가슴을 감싸 온다. 온밤 그에게 만지고 빨린 유두가 아릿했다. 그런데도 윤의 노골적인 손길에 또다시 자극을 이기지 못한 채 꼿꼿해지고 만다.

그녀의 반응에 그에게선 만족스러운 한숨 소리가 흘러나왔다. 이번엔 손을 내려 아랫배를 간질이다, 곧이어 허벅지 하나를 잡아서 제 다리 위에 올린다. 무방비한 상태로 벌린 자세에 당황할 새도 없이 윤의 손가락이 먼저 닿았다. 만지기 좋게 벌어진 그곳은 어젯밤의 모든 걸 기억해 내며 저절로 움찔거렸다.

"원래 이렇게 잘 젖어요?"

그런 그녀를 놀리듯 윤이 웃음기를 머금은 목소리로 물어 왔다. 장난처럼 몇 번 만진 남자의 손길에 그만 속수무책으로 젖어 버린 의진이 얼굴을 붉혔다.

"그러니까 하지 마. 금방 깨서 정신없는데."

"더 정신없게 만들어 줘요?"

말과 함께 손가락이 쑥, 침범해 들어왔다. 마치 제 몸을 온통 밀어 넣었을 때처럼 윤이 멋대로 안을 건드리고 헤집었다. 그러더니 그녀에게 느낌을 알려 줬다.

"좁고, 뜨거워. 물도 많고."

의진이 달아오른 뺨으로 입술을 깨물었다. 벗어나려고 몸을 틀었지만 소용없었다. 그가 조금 힘을 주자 의미 없는 반항으로 그치고 만 그녀에게 윤이 말했다.

"오빠라고 부르면 놔줄게."

"미쳤니, 내가?"

"난 미쳤나 봐요. 신의진이란 여자한테."

"……."

말과 함께 윤은 잠시 그녀를 놓아주는가 싶더니 몸을 일으켜 순식간에 위로 올라타 버렸다.

"평생 할 섹스, 간밤에 다 한 것 같은데 일어나 보니 또 이래."

언행일치처럼 마침 그녀의 허벅지 안쪽에 닿는 딱딱한 무언가가 의진을 난감하게 했다. 그건 성기가 아니라 마치 흉기와도 같은 모양새로 그녀를 툭툭, 찔러 왔다. 의진에게서 흐리게 한숨이 새어 나왔다. 어떻게 거부할 방법이 없었다. 사실 어젯밤 이미 그렇게 미친 듯이 몸을 섞고서 이제 와 아닌 척 거부한다는 것도 웃기는 일일 테지만.

그런 그녀의 뺨에 허락을 구하듯 가벼이 키스한 윤이 몸을 수그렸다. 그는 곧 이불을 걷어 내더니 훤히 드러난 그녀의 다리 사이에 얼굴을 묻었다.

"흐읏……."

의진이 저도 모르게 몸을 뒤틀었다. 예고도 없이 시작된 애무는 그만큼 자극적이었다.

"어제 욕실에서도 여기 빨아 주니까 되게 잘 느끼던데요."

설마, 기억도 안 나는데. 의진은 잠시 멍하니 지난밤 일을 떠올려 봤다. 생각이 날 듯 말 듯 꿈인 듯 아닌 듯 에로틱한 정사의 장면들이 머릿속에서 하나둘씩 떠다녔다. 그동안에도 쓰윽쓰윽, 할짝할짝,

남자의 입술과 혓바닥이 내는 음란한 소리는 계속됐다.

아, 안 되는데. 윤의 고갯짓이 빨라질수록 의진은 그의 양손에 다리를 꽉, 붙들린 채로 도망도 못 가고 그저 힘없이 허리만 비틀 뿐이었다. 어디선가 자꾸만 하얀 불빛이 펑펑, 터지는 것같이 눈앞이 흔들리고 어지러웠다.

"그만, 그만해……."

그러다 어느 결에 비명처럼 소리를 내지르며 윤의 어깨를 발로 때리듯이 허우적거렸다. 어떻게든 윤에게서 벗어나려 애를 썼으나, 그보다 앞서 다리 사이가 바짝 조여들더니 온몸이 수축했다. 동시에 아래에서는 무언가 왈칵, 쏟아져 흘렀다.

어떡해. 어제부터 윤에게 보일 꼴 못 보일 꼴 다 보인 것 같아 수치스럽고 창피해 죽겠는데, 또 그 감각이 너무 좋아서 모순이었다. 의진은 나른하게 늘어진 채 그만 체념하듯 눈을 감았다.

"잘했어요."

윤의 칭찬 같지 않은 칭찬이 들렸다. 그는 그녀가 흘린 절정의 흔적들마저 남김없이 핥은 뒤에야 상체를 일으켰다. 가만히 눈을 떴다가, 윤의 입가에 반짝이는 물기를 발견하고서 의진은 다시금 얼굴이 붉어졌다.

윤은 서두르지 않고 들어왔다. 티 나게 조급했던 어제와는 달리 제법 여유가 느껴졌지만, 그런 것들과는 별개로 삽입해 오는 페니스는 여전히 끔찍할 정도로 거대했다. 발기하면 이 상태인데 평소엔 어떻게 바지 안에 잘 감추고 다녔는지, 새삼 배신감이 치솟았다.

"……너무 커."

혼자 진저리를 치다가 결국 내뱉은 말에 윤이 괜찮다고 웃어 준다.

"칭찬해 주는 거예요?"

"아니. 짜증 내는 건데? 얼마나 힘들고 아픈지 알아?"

와중에도 꼬박꼬박 대꾸하는 그녀가 얄미웠던지 윤이 강하게 허리를 쳐올렸다. 아흑, 하고 신음이 터졌다.

"안 아프게 그렇게 공을 들였는데, 노력이 가상하지도 않던 가요?"

"그게 아니라……. 살살 해. 제발."

울 것처럼 애원하자 그가 많이 봐줬다는 듯 천천히 움직였다. 그런 그를 보며 둘은 이제 무슨 사이가 되는 걸까, 다시 그 생각 이 들었다. 한 줌의 이성도 남아 있지 않던 지난밤과는 조금 다 르면서도, 비슷한 아침이었다.

시계를 보던 의진이 몸을 일으켰다. 더 미적댈 시간이 없었다. 마음 같아서는 하루 종일 아무것도 하지 않고 침대에만 널브러 져 있고 싶으나 윤은 오늘도 스케줄이 있었다.

"아야……."

침대를 내려서다 말고 의진이 비틀거렸다. 다리에 마치 쥐가 난 것처럼 온통 저려 왔던 것이다. 과격한 정사의 여파는 생각보 다 컸다. 제대로 서 보니 다리뿐만 아니라 허리, 가슴에 이어 온 몸이 욱신거렸다.

"그러니까 운동 좀 해요."

마침 욕실을 나오다가 그 모습을 본 윤이 말했다. 저랑은 상관없는 일이라는 듯 무심하게 내뱉은 소리에 의진이 중얼댔다.

"운동이 문제가 아니라 어제오늘 너무 무리한 거야."

"그 무리 나도 같이 했는데, 왜 난 멀쩡해?"

"너랑 나랑 같니? 난 30대고 넌 20대잖아."

"내년이면 저도 서른이거든요? 신의진 씨."

저게, 어제부터 빽 하면 이름 부르더라? 한마디도 안 지고 대꾸하는 윤을 흘겨봤다.

"아, 이제 서른이세요? 어리다, 어려."

별생각 없이 농담처럼 깐죽댔다가 아차 싶었던 건 다음 순간이었다. 머리칼의 물기를 털어 내던 윤이 타월을 휙, 세탁 바구니에 집어 던지고는 다가왔다. 미묘하게 굳은 얼굴로 윤은 그녀의 앞까지 와서 서더니 묻는다.

"그래서, 어린놈이랑 붙어먹으니까 어때요?"

"야. 말 그따위로……."

"먼저 말 그따위로 한 건 신의진 씨죠."

"꼬박꼬박 이름 부르지 말라고."

"난 적어도 '야'라고는 안 불렀어요."

그러는 윤의 표정이 정말로 화난 것 같아 의진은 결국 사과했다.

"그래. 야라고 한 건 미안해."

"앞으론 쓸데없이 나이 얘기 하지 마요."

"네 기분이 나쁜 건 알겠는데."

내가 없는 얘기 지어낸 것도 아니고, 사실이잖아. 나보다 세 살이나 어린 거. 그러나 뒤의 말은 삼켜 버렸다. 나이 핑계로 그동안 무의식 간에 윤한테 편하게 대했던 건 사실이니 변명하지 않기로 했다.

"난 한 번도 실장님을 나이랑 연관 지어서 생각해 본 적 없어요."

들려오는 말에 의진이 고개를 들었다.

"그리고 세 살 차이가 뭐 대수야? 맞먹으려면 얼마든지 맞먹었어."

뭐라고? 의진이 미간을 찌푸리자 윤은 잠시 얘기를 끊었다가 말했다.

"그러지 않았던 건 실장님을 존중했으니까."

"……."

"늘 열심히 하고 긍정적이던 실장님이 인간적으로 좋았거든요. 그런 사람이 내 옆에서 진심으로 나 잘되길 바라며 위해 주는 것도 좋았고."

윤의 그 말은 고백 같기도 하고, 한편으론 고백과는 전혀 상관없는 말처럼 들리기도 했다.

"그럼 나, 인간적으로만 좋았던 거야?"

바보 같은 물음인 걸 알지만 어쩐지 꼭 확인하고 싶어서 물어봤다.

"그럴 리가요."

윤은 짧은 대답과 함께 의미 모호하게 덧붙였다.

"인간적으로만 좋아서 그렇게 밤새 발정 난 것처럼 굴었을까?"

아니, 그래서? 뭔 대답이 이래? 그냥 인간적이니 뭐니 하지 말고 여자로서 좋아한다고 말해 주면, 말하는 이도 듣는 이도 속 시원할 텐데. 그동안 대충 짐작은 했다만, 최윤도 확실히 감성적인 스타일과는 거리가 멀었다. 의진은 고개를 살짝 저어 보이다 결국 더 묻지 않았다.

둘이서 빌라를 나왔을 땐 벌써 오전 8시가 지나는 시각이었다. 서래마을을 벗어나며 의진이 말했다.

"사무실까지 데려다줄 테니 먼저 준비하고 있어. 연희가 시간 맞춰 나올 거야."

"실장님은요?"

"응. 난 집에 들러서 옷 갈아입고 바로 갈게."

방금 전, 윤의 집에선 그저 간단히 씻기만 했는지라 화장이나 옷을 갈아입으려면 번거로워도 집에 한 번 들러야 했다. 윤은 그 녀의 말에 알았다며 고개를 끄덕이고는 손에 쥔 영화 시나리오로 시선을 내렸다.

회사까지 가는 동안 적막 가득한 차 안이 평소처럼 익숙하면서도 묘하게 어색했다. 어느새 예전 모습대로 돌아온 둘 사이, 간밤의 일들이 문득 거짓말인가 싶은 착각마저 들었다. 그러나 의진은 아무런 내색 없이 묵묵히 운전만 했다.

"다 왔다. 내려."

회사 건물 아래에 도착하자 그제야 의진이 말을 건넸다. 윤은 등받이에 머리를 기댄 채 들리지 않게 뭔가를 중얼거리고 있었다. 대사를 외우는 중인 것 같았다. 의진은 방해되지 않도록 조심스레 시동을 껐다.

"미안. 좀 집중하느라."

그리다 윤이 치가 멈춘 걸 발견했는지 몸을 일으키며 안전벨트를 풀었다. 의진은 걱정스러운 얼굴로 물어봤다.

"왜? 잘 안 외워져?"

"아뇨."

"그럼 왜?"

"어젯밤에 내내 딴짓하느라 못 한 거 보충 공부."

윤이 말하는 딴짓이 뭔지 이해를 한 의진은 더 말을 못 했다. 윤의 손이 다가와 그런 그녀의 뺨을 살짝 어루만져 준다. 의진이 고개를 들자 눈이 마주쳤다. 윤은 갈게요, 하고 웃어 보였다. 내리려는 그의 등 뒤에서 의진이 문득 생각나 말했다.

"참, 준서 선물은 집에 뒀던가? 이번에는 까먹지 말고 잘 전해 줘."

"네."

짧게 대답하던 윤이 이내 덧붙였다.

"그게 얼마나 귀한 선물인데. 나한테도."

그의 말속 뜻을 알아챈 의진이 다시금 얼굴을 붉혔다. 윤은 장난스럽게 웃고는 차에서 내렸다. 건물 안으로 들어가는 윤의 뒷모습에 의진은 한참 눈길을 주었다. 그러다 그가 완전히 시야에서 사라지자 슬며시 한숨을 내뱉었다.

이런 느낌은 마치 거짓말과 진실, 꿈과 현실 사이를 오가는 기분이었다. 어제 밤새도록 윤과 함께 있으면서 그동안의 제 감정에는 확실한 자각이 들었으나, 동시에 불안감도 깊숙이 찾아왔다.

이제 어떻게 해야 하지? 겨우 잘 가던 길을 한순간의 부주의로 잃어버린 아이처럼 막막해져 왔다. 사직, 일이든 결혼이든 새로 시작하길 원하시던 아버지, 그리고 연예인 윤과의 앞으로의 관계와 결말⋯⋯.

머릿속이 복잡하게 헝클어져 오자 의진은 시동을 걸었다. 우선 집에 들러 옷부터 갈아입기로 했다. 고민이란 눈덩이가 끊임없이 몸집을 불려 와도, 오늘 해야 할 일은 해야 했다. 그렇게 마음을 다잡았지만, 집으로 향하는 차 안에서도 의진은 한동안 저만의 생각에서 빠져나오지 못했다.

* * *

시간은 계속 흘렀다. 윤과의 관계를 빼면 모든 게 평소와 똑같은 날들이었다. 의진은 여전히 회사를 떠나지 못한 채 자리를 지켰고, 윤도 여전히 제게 주어진 스케줄을 하나씩 소화해 나갔다. 다른 사람들한테 보여지는 신의진과 최윤은 달라진 것 하나 없는 모습이었다.

그러나 하루 일과가 모두 끝난 늦은 밤, 둘만 남은 공간에서는 약속이나 한 듯 남자와 여자로 뒤엉켰다. 남녀 간의 선은 한 번 넘어 버리면 다시 원래대로 돌아가기 힘든 법이었다. 그녀와 윤도 그랬다. 이제 와 없었던 일로 만들기도, 이대로 핑크빛 미래를 꿈꾸기도 힘들다는 걸 알지만, 지금 당장은 헤어 나오고 싶지 않았다.

그런 그녀에게 아버지와의 만남은 어쩌면 그동안 애써 외면하고 싶었던 현실로 돌아오게 해 주는 계기가 되었다.

"벌써 봄이구나."

"그러게요. 바람이 많이 부는데 공기는 따듯한 게 진짜 봄인가 봐요."

어느 주말 점심, 한강 공원 근처 전통찻집에서 의진은 꽤 오랜만에 아버지를 만났다. 드넓게 트인 한강 너머를 바라보며 아버지는 잠시 말이 없었다. 그런 아버지를 기다려 주며 의진은 뜨거운 김이 나는 대추차를 마셨다.

"회사 일은 어떻게 됐니?"

아버지는 오래 뜸 들이지 않고 본론을 물어 왔다. 의진은 대답을 고르다가 결국 솔직하게 말했다.

"아직요."

그동안 사람은 간신히 한 명 구해 놨다지만, 회사 사정을 봐서나 아니면 윤을 봐서나 당장 나오기에는 곤란했다. 어쩌면 저 스스로가 시간을 끌고 있는지도 모른다는 생각이 들었다. 처음엔 언제 어떻게 시작됐는지 모를, 윤을 향한 제 마음을 부정하고 싶어 어떻게든 그에게서 멀어지려 했으나, 지금은 잘 모르겠다. 둘만 아는 비밀스러운 관계로라도 계속 그의 옆에 있고 싶은 건지, 아니면 원래의 계획대로 다 새로 시작하고 싶은 건지.

"연초부터 그만둔다더니."

이어지는 아버지의 핀잔에 마땅히 대꾸할 말이 없어서 애꿎은 핸드폰만 만지작거렸다. 아버지는 찻잔을 들어 차를 한 모금 마시더니 다시 얘기했다.

"그건 그렇고, 건우 그 친구랑은 어떻게 되어 가고 있는 거야? 저번에 너랑 연락이 안 된다고 하던데, 무슨 일이 있는 거니?"

"아…… 그게. 핸드폰이 한번 고장 난 적 있는데, 그때 건우 씨 번호도 함께 지워진 것 같아요."

의진은 어물어물 거짓말을 했다. 사실은 그날, 윤이 이건우의 번호를 차단 삭제한 이후로 여태 따로 연락하지 않고 있었다. 번호가 삭제되어 연락할 방법이 없었다는 건 누가 봐도 변명이었지만, 한편으론 딱히 연락할 이유가 없어서였다. 그랬는데 오늘 보니 아무래도 한번은 다시 만나서 제대로 정리를 해야 할 듯싶었다.

"조만간 연락할게요. 전해야 할 말도 있고."

아버지에게서 남자의 번호를 받으며 의진이 말했다. 그러자 아버지는 무슨 말이냐며 궁금한 표정을 지었다. 아버지는 나름 둘 사이가 좋은 쪽으로 발전되길 원하실 테지만 의진으로서는 그럴 생각이 없었다. 그러려면 아무래도 일찍 단념시키는 게 좋을 것 같아서 말이 나온 김에 얘기를 드렸다.

"그게, 건우 씨와는 인연이 아닌 것 같아요."

"왜? 그 친구가 우리 부서에서 얼마나 인기 있는 놈인데."

"그 사람이 나쁘다는 건 아니고요."

어떻게 설명할지 몰라서 말끝을 흐리는데 문득 아버지가 무언가를 눈치챈 것처럼 물어 왔다.

"혹시 누구 만나는 사람 있어?"

"실은…… 좋아하는 사람이 있어요."

의진은 생각 끝에 그렇게 대답했다. 만나는 사람이라고 하기엔 여러 정황상 남들처럼 평범하게 연애하는 모습이 아니었다. 그래서 돌려 말했더니 아버지는 그것만으로도 기쁜지 무척 반색하는 얼굴이었다.

"아니, 그럼 진즉에 말할 것이지. 난 또 남자가 없는 줄 알고……. 거참, 이제 보니 건우한테 괜한 짓을 했네. 언제 인사시켜 줄 거야?"

"아빠, 지금은 좀."

윤은 이런 상황에 대해 아무것도 모를 텐데, 괜히 너무 앞서가는 것 같아서 의진은 마음이 복잡했다. 그러나 그녀의 사정을 알 리가 없는 아버지는 딸한테 좋아하는 사람이 있다는 것만으로도 걱정이 가신 표정이었다.

그런 아버지를 보며 의진은 차라리 아버지가 나쁜 사람이었으면 좋았겠다고, 터무니없는 생각을 했다. 딸의 행복보다 제 욕심이 우선인 그런 사람이었으면 오히려 의진도 제멋대로 했을 텐데 말이다. 진심으로 저를 위해 주고 잘되길 바라는 아버지인 걸 알기에 의진 역시 그런 아버지에게 어떤 식으로든 실망을 끼쳐 드리고 싶지 않을 뿐이었다. 그게 요즘 따라 더 저를 이도 저도 못 하게끔 곤란하게 만들었다.

"나는 말이다. 꿈이랄까, 소원이랄까, 그런 게 좀 있어."

갑자기 아버지가 하는 말에 의진이 무슨 소리냐고 고개를 들었다. 아버지는 어딘가 설레는 표정으로 얘기를 이었다.

"너 결혼하게 되면 사위 되는 사람이랑 낚시도 가고 바깥사돈이랑 술 한잔하는 거 말이다."

아, 낚시. 윤은 사람들이 낚시 같은 건 왜 하는지 모르겠다며, 시간 낭비라고 딱 질색해 하는데. 그리고 술 한잔 함께 나눌 바깥사돈도 없을 테고……. 아니, 지금 이게 아니지. 윤과 당장 결혼이라도 할 것처럼 혼자 걱정하던 의진은 불현듯 정신을 차렸다.

"에이. 무슨 소원이 그래요?"

그러고는 타박하듯이 말하자 아버지는 개의치 않고 하하, 웃어 보인다.

"왜. 다른 사람들이 사위랑 그리고 사돈네랑 잘 지내는 게 얼마나 부러웠는데."

아버지의 그 말에 의진은 더 말을 하지 못했다. 마침 메시지가 들어오는지 핸드폰이 짧게 진동했다.

[뭐 해요?]

윤이었다. 오늘 윤은 정민과 같이 움직이고 있어서 간만에 그녀는 이렇게 차 한 잔 마실 여유도 생긴 것이었다.

[응. 아빠랑 있어.]

짧게 답장을 보내고는 다시 아버지와 차를 마시는 데 집중했다. 그러느라 윤의 다음 메시지는 아버지와 헤어지고 차에 올라서야 확인할 수 있었다.

[아버지는 어떤 분이세요?]

의진은 거기에 망설이지 않고 답을 썼다.

[좋은 아빠.]

아버지가 남들한테 어떤 사람인지, 어머니한테 또 어떤 남편이었는지는 잘 모른다. 단지 저한테는 현재 하나뿐인 혈육이면서, 아버지로서 여태 최선을 다해 줬다는 건 분명했다.

윤은 바쁜지 그녀의 메시지를 읽고서도 더 답이 없었다. 그래서 의진도 핸드폰을 내려놓고는 회사로 향했다. 주말이지만 오후에 회의가 예정돼 있었다. 윤의 해외 화보 촬영 출장 건에 관한 내용이었다.

잠시 후 회사 건물까지 도착했을 때, 윤의 메시지가 들어왔다.

[부럽네요.]

짧은 네 글자에 의진은 엘리베이터로 향하던 걸음을 멈추었다. 괜히 자랑처럼 들렸나……? 지난번 삼계탕집에서 윤이 해 주던 부모님 얘기가 떠올랐다. 아버지에 관해 말을 할 때 유독 냉소적이던 윤이 생각나자, 의진은 괜한 답을 한 것 같아 후회가 됐다.

바로 올라간 회의실에서는 임 대표와 팀장 매니저, 그리고 윤과 정민이 벌써 나와 있었다.

"좀 늦었어요."

"아냐. 얼른 앉아."

임 대표에게 먼저 인사를 건네고 윤을 건너다봤다.

"넌 왜 정장이야? 어디 갔다 왔어?"

블랙의 슈트 차림에 헤어와 메이크업까지 신경 쓴 모습을 보고 궁금해서 물었더니 옆에서 정민이 대신 대답해 준다.

"시상식 MC 있잖아요. 거기 다녀오는 길이에요."

"아, 맞다. 그랬지."

어젯밤에도 함께 스케줄을 검토해 놓고는 아버지를 만나는 그 잠깐 사이에 까먹어 버렸다. 요새 이런저런 잡생각이 많아져서 인지 일에 있어서도 전과 다르게 실수가 잦았다. 의진은 어색하게 웃어 보이고는 자리에 앉았다.

맞은편의 윤은 그런 그녀를 가만히 바라볼 뿐 따로 말을 건네오지 않았다. 윤의 얼굴은 평소와 똑같아 보였다. 방금 전 메시지는 크게 신경 쓰지 않아도 되겠다. 의진이 그 생각을 하며 정민이 정리해 놓은 파일을 들여다봤다.

〈장소: 인도네시아 발리 / 동행 스태프: 매니저(이정민), 코

*디네이터(지연희), 그 외 한 명(신 실장님 or 문 팀장님) / 일
정: 4박 6일 / 1일 차: 패션 잡지 담당 에디터 촬영 현장 헌
팅 및 최종 미팅(우리 팀은 공항에서 숙박 시설 도착 이후 따
로 스케줄 없음) / 2일 차: 본격 촬영 진행 / 3일 차: 보충 촬
영 진행 및 마무리 / 4일 차: …….〉*

　논점만 쏙쏙 잘 정리되어 있는 파일을 보면서도 의진은 어느
샌가 다른 생각에 빠져들었다.
　"혹시 누구 만나는 사람 있어?"
　"언제 인사시켜 줄 거야?"
　반색하던 아버지의 말투와 표정들이 계속 머릿속에서 맴돌았
다. 그런 아버지에게 무엇 하나 자신 있게 대답을 못 하던 제 모
습이 떠오르자 슬며시 한숨이 흩어져 나왔다.
　"비행기 좌석이랑 숙소 등급은 원래는 비즈니스 클래스 좌석
이랑 현지 A급 호텔이 일반적인데, 저쪽에서 형한테는 요번에
특별히 예산을 올려서 퍼스트 클래스 좌석이나 현지 특급 호텔
중에서 선택하실 수 있게 조정해 주겠다고 합니다."
　"그래? 우리 윤이는 어떤 게 좋으실까? 골라 봐."
　"숙소는 스태프들도 같이 묵을 수 있는 거죠?"
　만약 윤이 이건우란 남자처럼 평범한 일반인에다 결혼 적령기
의 남자였다면 어땠을까? 조금 더 둘의 관계가 확실해졌을까?
　"이번엔 그렇게 해 준대. 스태프들도 똑같이 특급 호텔에 들 수
있는 거지. 어떤 데선 스태프는 따로 나가서 묵게 하고 그러잖아."

"그럼 숙소로 해 주세요."

그보다 둘은 과연 다른 이들처럼 진지한 사이가 맞는 걸까? 같이 잠 몇 번 잤다고 너무 많은 생각을 하는 것 같아, 의진은 우울해졌다. 윤은 저렇게 아무 생각 없어 보이는데, 왜 저만 혼자 이렇게 초조해하는 거지……?

다른 사람들이 의견을 나누는 소리는 계속됐으나 의진은 거기에 집중 못 한 채 내내 저만의 생각에서 헤어 나오지 못했다. 그런 그녀가 이상했는지 임 대표가 문득 물어 온다.

"여기 추가 인원 동행에는 그럼 신 실장이 갈래? 아니면 문 팀장한테 맡길 거야?"

"……."

"신 실장?"

임 대표가 두어 번 불러서야 의진이 정신을 차리면서 네, 하고 대답했다. 윤이 고개를 들어 그런 그녀를 바라봤다.

"무슨 생각을 그렇게 해? 방금 전에 내 얘기 들었지?"

"아, 네. 근데 철주는 안 가도 돼요?"

실은 임 대표가 뭐라 물었는지 미처 듣지 못했기에 의진은 우선 딴말을 했다.

"현지 경호팀에서 공항부터 맡아 주기로 했어요."

옆에서 정민이 대답해 주더니 눈치 있게 방금 전 임 대표의 물음도 같이 덧붙여 전해 줬다. 의진은 정민의 말을 듣고는 얼른 답했다.

"발리에는 저보단 문 팀장이 가는 게 어떨까요?"

윤이 타이 매듭을 잡아당겨 느슨하게 만들었다. 그는 계속 아무 말 없었으나, 그 작은 동작으로도 의진은 알 수 있었다. 이 상황이 무언가 마음에 들지 않는다는 걸. 의진은 그런 윤을 모른 척한 채 말을 이었다.

"이번엔 저까지 굳이 안 따라가도 될 것 같은데요. 4박 6일 정도면 문 팀장이 충분히 커버할 수 있기도 하고."

"문 팀장 생각은 어때?"

"네. 저는 다 괜찮습니다. 보내 주시면 전체적인 일정에 차질 없게 꼼꼼히 살피겠습니다."

"그럼 정민인 저쪽 담당자랑 스케줄 최종 정리해서 줘. 윤이, 넌 더 문제 있어?"

"아뇨. 없습니다."

회의는 오래 걸리지 않고 끝났다. 정민에게서 받은 추가 일정 표를 가방에 밀어 넣으며 의진은 먼저 회사를 나왔다.

* * *

깨작깨작 먹는 시늉만 하다 결국 얼마 못 먹고는 포크를 내려 놓았다. 오는 길에 유명하다는 맛집에서 포장해 왔던 새우 크림 파스타는 무척 비쌌으나 어쩐지 입맛에 썩 당기지 않았다.

"왜, 안 먹어요?"

윤이 보고 있다가 물었다. 의진은 고개를 끄덕이며 자리에서 일어났다. 회의가 끝나고 잠시 다른 일을 보러 갔던 의진은 저녁쯤 윤의 전화를 받고는 다시 빌라로 왔다.

함께 밤을 보낸 이후로 둘은 틈만 나면 같이 시간을 보냈다. 물론 윤의 상황을 고려하여 사람들 눈에 띄지 않게 대부분 차 안이나 집 안에서 보내야 했지만, 서로 같이 밥을 먹고 같이 잠을 자는 등 며칠째 거의 반 동거나 다름없는 생활이 이어지고 있었다.

"오늘 아버지 만나 무슨 얘기 했어요?"

"그냥 뭐……. 이것저것."

"아까부터 이상하네."

윤이 혼잣말처럼 중얼거렸다. 그는 포크로 면을 돌돌, 말아 입가에 가져다 댔다가 도로 내려놓았다.

"발리에는 왜 실장님 대신 문 팀장님 보내요?"

회의 때 얘기에 의진이 돌아섰다. 윤은 여전히 식탁에 앉은 채로 그녀의 대답을 기다리고 있었다.

"난 발리 싫어. 몰디브가 좋아."

지금 그 얘기가 아니지 않느냐며 윤이 슬며시 눈썹을 찌푸렸다. 의진은 농담이라고 웃어 보였다.

"내가 그만두면 아무래도 문 팀장이 당분간 내 자리를 맡아야 하잖아. 그러려면 너에 관해서도 지금보다 여러 가지로 더 많이 알아 둬야지. 그리고 문 팀장도 전에 해외 출장 자주 다니던 사람인데, 이번에 발리 가는 게 뭐가 문제야?"

"정말 그만둘 생각이에요?"

"어. 그럼."

부러 덤덤하게 대답했다. 원래 그러기로 한 건데, 뭐. 다만 의도치 않게 윤과의 관계에 변화가 생긴 탓에 계획이 잠시 어그러졌을 뿐이다.

"그럼 난 뭔데? 먹고 버리려고요?"

"너는 무슨 말을 해도……."

누가 누굴 먹고 버려? 의진은 기가 차서 말을 못 했다. 그러나 대답을 강요하는 윤의 표정은 장난기 없이 심각했다.

"회사 그만두는 거랑 너랑 지내는 건 서로 다른 문제라고 생각하는데."

"정말로 그렇게 생각해요?"

윤의 그 물음에 의진은 말을 못 했다. 실은 회사를 그만두는 것만큼이나 윤과의 관계도 복잡하긴 마찬가지였다. 차라리 없었던 일로 된다면……. 그 생각을 하자 무슨 이유에서인지 갑자기 마음이 쿡, 아렸다. 무엇보다 이미 있었던 일이 없던 일로는 변하지 못했다. 그렇다고 마냥 이대로, 언제까지 관계를 지속해야 할지도 몰랐다. 한참이 지나도록 대답이 없는 그녀를 보다가 윤이 식탁에서 일어났다.

"왜? 더 먹어."

"식단 관리."

평소 하지도 않던 식단 관리 핑계는. 착잡한 눈으로 쳐다보자 윤이 턱짓했다.

"가서 씻어요. 여긴 내가 치울게."

의진은 어, 하고 고개를 끄덕이고는 욕실로 들어갔다. 시계를 보니 어느덧 밤 9시가 되어 가고 있었다. 씻고 잠이나 자야겠다는 생각에 의진은 샤워기의 물을 틀었다. 원래 오늘은 저녁만 같이 먹고 그냥 집에 돌아가려 했는데, 방금 전 분위기가 영신경이 쓰였다. 괜히 고집을 피워 집에 간다고 하면 윤이 끝내화를 낼 것 같은 느낌이다. 의진은 더 얘기하지 않고 자고 가기로 했다.

"여기 골반이랑 허리 사이에 희미하게 점 있는 거 알아요?"

윤의 손이 모로 누운 그녀의 티셔츠 안으로 들어와 지분댄 지한참. 집요한 손길로 맨살을 더듬다가 그가 물어 왔다.

"응. 알아요."

의진이 그의 말투를 따라 하며 대답했더니 느릿느릿 움직이던손이 돌연 멈추었다. 의아해서 돌아보자 윤이 몸을 일으킨다. 표정이 난데없이 험악했다. 뭘 잘못 말했지? 의진은 어리둥절한얼굴로 바라봤다.

"어떻게 아는데?"

"왜? 뭐가?"

"거울에 비쳐 봐도 쉽게 안 보이는 곳인데, 누가 알려 줬어요?"

아……. 그제야 그가 왜 갑자기 골이 났는지 이유를 알아챘다. 혹시 다른 남자가 그녀의 몸을 보고 말해 줬는지, 그것 때문인듯했다. 의진이 얼른 해명했다.

"어릴 때 엄마가 얘기해 줬어. 넌 희한하게 온몸에 점 하나 찾기 힘든데, 딱 그곳에만 있다고. 뭐 문제 있어?"

그녀의 말을 듣고서야 사납던 눈매가 조금 누그러진다. 그런 윤을 보면서 의진은 헛웃음이 흘러나왔다. 아니, 혼자 넘겨짚어도 정도가 있지. 그러나 입 밖에 나오려는 말을 삼키고는 의진이 그만 누우라고 끌어당겼다. 못 이긴 척 그녀의 손에 이끌려 도로 누운 윤은 제가 생각해도 허무했는지 짜증 나, 하고 내뱉었다.

"괜찮아. 그럴 수도 있지."

의진이 위로했다. 윤은 대답 대신 그녀를 끌어당겨 안더니 느른하게 한숨을 쉰다. 맞닿은 체온은 여전히 따뜻했고, 그의 향수 냄새는 여전히 부드러웠다. 이런 사소한 것에 익숙해지면 안 되는데, 익숙해지는 만큼 마음이 커가는 게 의진은 두려웠다.

"무슨 생각 해요?"

"아무 생각도 안 해."

대답하면서도 복잡한 마음을 감추지 못했다. 갓 시작된 관계, 왜인지 윤과 같이 있을수록 끝을 향해 달리는 느낌이었다. 어쩌면 처음부터 시작을 말았어야 했던 건 아닌지…… . 의진은 이런 못난 생각만 드는 저 자신이 싫었다.

"이 멍은 뭐예요?"

문득 윤이 물어 왔다. 그의 손은 어느새 그녀의 왼쪽 무릎 위를 맴돌고 있었다. 아, 그거. 의진이 어떻게 말할까 망설이는데 오른쪽 무릎도 이어서 살펴보던 윤이 중얼거린다.

"양쪽에 다 있네."

그야 당연히 양쪽 무릎으로 지탱했으니까. 의진이 그 생각을 하며 담요를 끌어다 덮었다. 언젠가 정확히 기억은 안 나지만, 침대가 아닌 바닥에서 하다가 쓸린 멍 자국이었다. 할 때는 너무 정신없어서 잘 몰랐는데 집에 와서 씻으면서 보니 꽤 짙게 흔적이 남아 있었다. 그걸 발견한 순간, 엎드려 있는 제 뒤로 그가 노골적으로 박아 오던 게 다시금 생각나 한참을 얼굴이 화끈해져 있어야 했다.

"저번에, 하다가 그런 거야."

의진이 얘기하자 윤은 그제야 알아챘는지 더 말이 없었다. 대신 눈빛이 서서히 욕정으로 물들어 가는 게 보였다. 멍 자국을 만지는 손길도 한층 에로틱하게 변해 간다.

"난 뒤로 하는 게 좋은데."

윤은 몸을 수그려 그녀의 무릎에 입술을 갖다 댔다. 따스하고 부드러우면서도 은밀한 자극에 의진이 저도 몰래 발가락을 오므렸다.

"으읏……."

"오늘만 봐줄게요."

"쿠션 받치면 돼."

"멍 다 나으면. 대신 나을 때까지 잘 가리고 다녀요."

"왜?"

아직 봄이라 무릎 다 보이게 치마 입고 다닐 일은 없지만, 혹시나 궁금해서 물어봤더니 윤이 그걸 몰라서 그러냐며 인상을 쓴다.

"남자들이 당신 무릎 보면서 그딴 상상하고 다닐까 봐, 벌써 화나."

윤에게서 '실장님' 대신 '당신'이란 호칭을 들으니 왜인지 신선하고 설렜다. 의진이 일어나 앉으면서 손으론 조심스레 그의 얼굴을 매만졌다. 반질반질 깨끗한 피부, 보기 좋게 날렵한 콧대, 서늘하게 음영이 진 눈가를 만지작대다가 머리칼에 손가락을 넣어 애무하듯 쓰다듬었다.

윤이 몸을 일으켜 다가왔다. 시선이 마주치고 입술이 닿았다. 산뜻하게 시작된 키스가 혀끼리 얽히며 조금씩 진해지더니 서로의 숨결이 가쁘게 섞였다. 어느새 티셔츠 밑으로 들어온 손이 브래지어를 하지 않은 그녀의 가슴을 움켜쥐었다. 그러더니 소리 없이 팬티마저 벗겨 냈다. 몸에 달랑 티셔츠 하나만 걸친 채, 의진은 곧이어 단단하게 들어오는 그와 몸을 합쳤다.

"……비 와."

터져 나오는 신음을 억눌러 삼키면서 의진은 일부러 딴 얘기를 했다. 너무 빠져드는 건 멋없어서 싫다. 그런데도 윤이 이렇게 저밖에 없다는 듯 소중히 안아 올 때면 한 번 또 한 번 빠져들 수밖에 없었다. 눈물이 날 것처럼 이 남자가 너무 좋은데, 그 마음을 드러내기가 주저됐다. 다 보여 주고 나면 되돌아갈 길이 없을까 봐.

"응. 봄빈가 봐요."

창가에 후드득, 떨어지는 물방울 소리를 듣고는 윤도 자연스레 대답해 준다. 그러다 낮은 신음과 함께 갑자기 뒤로 몸을 물리더니 저를 바라봤다.

"왜?"

"시작부터 너무 조여 오잖아."

간신히 사정의 위험을 넘겼다는 듯 티 나게 찌푸린 미간으로 윤이 왜 그러냐고 추궁했다. 좋아서, 좋아하는 마음이 넘쳐흘러서. 너라는 사람, 가졌음에도 더 온전히 나만의 것으로 소유하고 싶어서. 의진은 새어 나오려는 고백들을 되삼키며 말했다.

"이제 네 몸에 제대로 적응했나 봐. 안 아파."

다시금 깊숙이 삽입해 오는 윤을, 의진이 양팔로 껴안았다.

"안 아프고 좋아. 딱딱하고 뜨겁고 꽉 차서 얼마나 좋은데."

"……오늘 작정했어요? 나 빨리 싸게 하려고."

고개를 돌려 나무라듯 노려보면서도 윤의 입가엔 미소가 부드러웠다. 그녀에게 시선을 고정시킨 채 윤이 손을 뻗어 와 뺨을 어루만졌다. 그 작은 손길 하나에도 마음은 자꾸만 짙어져, 괜히 눈가가 젖어 들었다.

윤을 만난 지 여덟 번째 봄, 윤과 함께한 여덟 번의 봄. 이 시간이 지나면 둘에게는 또 어떤 계절이 찾아올까? 의진은 투둑투둑, 창문을 때리는 빗소리를 들으며 그 생각을 했다.

* * *

잠결에 어슴푸레하게 벨이 울리는 소리를 들었다. 처음에는 핸드폰 알람이 울리는 줄 알았으나 자세히 듣다 보니 현관에서 나는 소리인 것 같았다. 퍼뜩 정신이 든 순간에 옆자리의 윤도 기척을 들은 건지 부스스, 몸을 일으켰다.

"누가 온 것 같은데?"

의진이 당황한 어조로 말하자 윤은 응, 하면서 침대를 내려섰다. 그러더니 바닥에 던져뒀던 바지와 티셔츠를 대충 꿰어 입고는 침실을 나선다. 그 뒷모습에 잠시 시선을 주다가 의진도 침대에서 내려왔다. 어제 윤에 의해 벗겨진 팬티와 티셔츠를 찾기까지는 그리 오래 걸리지 않았다. 얼른 바닥의 티셔츠부터 주워 입는데 침실 바깥에서 말소리가 들려왔다.

"웬일이에요? 아침부터."

"근처 운동 나왔다가 들러 봤어. 아침은 먹었나?"

침실 문으로 다가가 귀를 기울이던 의진은 그만 얼굴이 하얗게 질렸다. 들려오는 목소리는 바로 임 대표였던 것이다.

어떡하지? 의진이 저도 모르게 손톱을 물어뜯었다. 혹시라도 집 안에 들어와 이런 상태의 그녀를 발견하게 된다면…… . 둘 관계는 말 그대로 들통나 버릴 것이다.

"자던 중이라, 아침은 좀 이따가요."

"기다릴 테니 씻고 나와. 요 앞에 조식 기가 막히게 잘하는 레스토랑 있어."

"아, 뭘 아침을 레스토랑에서 먹어? 가요. 난 피곤해서 더 자야 돼."

적당히 핑계를 대서 돌려보내려는 윤의 말에도 임 대표는 끈덕지게 요청했다.

"잠이야 매일 자는 거, 오늘 하루 좀 덜 자면 어때? 나가자. 그 집 수프가 진짜 예술이라니까."

"혹시 형수님이랑 싸우고 쫓겨나신 건 아니죠?"

"쫓겨나긴 누가, 인마. 너 밤낮으로 촬영하느라 고생한다고 맛있는 아침이라도 좀 챙겨 주려고 그런 건데."

"알았어요, 알았어. 형 마음은 알겠으니까, 다음에요."

둘이서 한동안 더 투덕대더니 결국 보냈는지 잠시 뒤에 현관문 닫는 소리가 났다. 방문에 기대어 동정을 살피던 의진은 그제야 후, 하고 안도의 숨을 내쉬었다. 그러다가 미처 입지 못한 채 제 손에 꾹, 말아 쥐고 있던 팬티를 내려다봤다. 미묘한 자괴감이 든 건 그때였다.

막말로 불륜도 아닌데 이렇게 숨어서 만나야 하는 관계라니. 이후에도 비슷한 일이 생기면 오늘처럼 무사히 넘길 수 있을까? 그때마다 제 마음은 아무렇지 않을 수 있을까……?

"갔어요."

그때, 침실 문이 열리며 윤이 들어왔다. 딴생각에 잠겨 있던 의진은 어, 하며 옷을 마저 입었다.

"1년 가도 몇 번 들르지 않던 양반이 왜 갑자기 찾아왔지?"

"무슨 냄새 맡은 거 아냐?"

나야 모르죠, 하면서 윤이 침대 옆 의자에 걸터앉았다. 시계를 보니 막 6시가 가까워 오고 있었다. 이른 시간, 뜻밖의 방문객 때문에 잠이 다 깨 버린 둘은 떠오르는 아침 해를 잠시 바라봤다.

"근데 현관에 내 구두, 대표님이 못 보셨을까?"

"문 열어 주기 전에 신발장에 넣어 놨어요."

"그래. 잘했어."

센스 있는 윤의 대처에 칭찬하면서도 어쩐지 한편으론 씁쓸해졌다. 그만큼 윤도 둘의 관계를 드러내고 싶어 하지 않는다는 뜻이기도 했으니까.

가끔 어떤 날에는 제 곁에 가만히 누워 있는 윤을 바라보면서 그의 생각이 궁금해질 때도 있었다. 윤한테 그녀는 어떤 존재인지, 언제까지 이렇게 비밀로 만날 건지, 그런 것들에 관해서 말이다. 한 번쯤은 속 시원하게 물어보고 싶었으나 그러지 못했다. 윤에게서 어떤 대답이 나올지 두려웠고, 그와 엮여 있는 상황들이 쉽지 않다는 것 또한 잘 아니까.

"또 무슨 생각 해요?"

요즘 들어 자주 혼자만의 생각에 빠져 있는 그녀한테 윤은 볼 때마다 이렇게 물어 오곤 했다. 그리고 의진은 오늘도 그저 고개를 흔들어 보이는 것으로 복잡한 얘기를 대신했다.

"아니야."

그러다 다시 다른 데 생각이 미쳐서 물어봤다.

"주차장에 내 차 들어와 있는 것도 발견 못 하셨겠지?"

요즘 대부분 윤의 차로 이동해 같이 밤을 보냈지만, 어제는 외부에서 미처 차를 바꿔 탈 시간이 없어 그녀의 차를 가져왔던 것이다. 전에도 가끔 다른 용무로 빌라 주차장에 밤새 세워 둔 적이 있는 터라 아직 경비나 관리실 쪽에선 둘의 사이를 별다르게 눈치채지 못할 테지만, 혹시 임 대표의 눈에 띄었을까 봐 걱정스러웠다.

"대표님은 실장님 차 브랜드가 뭔지도 모를걸요? 차체 색깔이 화이트란 정도만 아시겠지."

"아, 그건 그래."

의진은 결국 안심했다. 윤의 말처럼 임 대표는 유난히 그런 것에 무딘 편이었다.

"나처럼 멀리서도 실장님 차 알아보는 사람 없어요."

반면 윤은 꽤 눈썰미가 좋았다. 언제 어디서든 금방 그녀의 차를 찾아내곤 했던 것이다. 그녀가 운전하는 차에 앉아 다닌 세월만 8년째니, 어쩌면 당연하기도 했다. 그 생각에 의진은 더 말 없이 욕실로 향했다.

출근해서도 오전 시간은 하는 것 없이 빠르게 훌쩍 지났다. 요즘은 집과 윤의 빌라를 오가며 여러 가지로 바빠서인지 몹시 피로했다. 점심 식사를 앞에 두고도 입맛이 당기지 않아 가만히 앉아 있자 같이 밥 먹던 연희가 걱정스레 물어 온다.

"왜요? 어디 안 좋으세요, 실장님?"

"아니. 아침에 좀 일찍 깨서 피곤한가 봐."

네, 하며 고개를 끄덕이던 연희가 문득 재미있는 얘깃거리가 생각난 듯이 목소리를 작게 냈다.

"혹시 그 얘기 들으셨어요? 배우 현상욱 씨 스캔들이요."

"현상욱?"

이 바닥에서 스캔들이야 하루에도 수십 건씩 터지는지라 제 소속 연예인이 아니면 일일이 다 알 수 없었다. 간혹 며칠씩 내내 연예 면을 장식하는 쇼킹한 뉴스가 아니고서는 대부분 이렇게 연희나 다른 이를 통해서 건너 건너 듣는 정도였다.

"어젯밤 여초 커뮤니티를 중심으로 당사자 폭로 글이 나왔는데요. 글쎄, 숨겨 둔 동거녀가 있다나 봐요."

"그래?"

의진은 심드렁하게 되물었다. 매번 거의 다 비슷비슷한 얘기였다. 숨겨진 애인 얘기, 숨겨진 과거 얘기, 아니면 음주 운전, 도박, 마약, 성매매……. 하도 많이 보고 들어서 이제 웬만한 건 그러려니 했다. 그러나 연희는 천성이 말을 하기 좋아하는 성격 때문인지 매번 이런 가십거리에 지대한 흥미를 보이고 있었다.

"네. 현상욱 씨가 그동안 인터뷰에서도 늘 사귀는 사람 없다, 미래 이상형은 이러이러한 사람이면 좋겠다, 하고 블라블라거렸잖아요. 근데요, 동거녀랑 아무도 모르게 6년을 만나 왔대요."

이어지는 연희의 말에 의진이 고개를 들었다. 6년씩이나? 그동안 잘도 숨겼구나 싶었다. 배우 현상욱이라 하면 요즘 들어 뜨기 시작했다고 알고 있는데, 6년이나 된 거면 데뷔 전이나 무명 시절부터 시작된 관계였나……? 여자가 안됐다는 생각이 들었다가, 문득 아침에 임 대표의 갑작스러운 방문으로 놀라 어쩔 바를 몰라 하던 제 모습이 떠올랐다.

뭐가 다르다는 말인가? 그 여자나 저나 둘 다 숨겨진 존재인 건 똑같았다. 그저 저쪽은 6년이라는 긴 시간, 저는 이제 갓 시작됐을 뿐이다. 멍하니 생각에 빠져 있는 그녀에게 연희가 계속해서 재잘댔다.

"6년 동안 낙태도 세 번이나 했대요. 처음이랑 두 번째는 남자가 강요해서 어쩔 수 없이 지운 거고, 마지막 아이는 생기자마자 자연 유산됐대요. 아마 잦은 낙태로 인한 후유증인 건지도 모르죠."

"……."

"둘이 피임도 안 했나? 아무튼 들을수록 같은 여자 입장에서 화도 나고, 그 동거녀가 참 안됐더라고요. 어제 폭로 글을 쓴 이유도 현상욱 씨가 요즘 새로 만나는 여자 때문에 배신감으로 쓴 것 같던데."

의진은 아무 말도 못 한 채 연희의 얘기를 듣고만 있었다. 연희는 국물을 한 숟가락 뜨면서 정떨어진다는 듯 진저리를 쳤다.

"아우. 연예인들은 정말 TV 속 이미지만 보고선 모르겠다니까요. 현상욱 씨 지난번 예능에서 나오는 거 보고 되게 순수한 매력 때문에 팬 됐는데, 어제 그 글 보고 어찌나 충격이던지. 이래서요, 사람은 겉모습만 보고 판단하는 거 아니라니까요."

"그건 그렇지."

의진이 가까스로 대답하곤 젓가락으로 식판 위의 아무 반찬이나 집어 먹었다. 평소 더 놀라운 스캔들에도 그저 덤덤히 지나쳤는데, 오늘은 어쩐지 자꾸만 제 모습과 오버랩되어 아무렇지 않은 척할 수가 없었다.

"또 모르죠. 멀리 볼 것 없이 우리 윤이 오빠도 지금쯤 몰래 만나 오는 애인이 있을지, 누가 알아요?"

순간, 젓가락이 손에서 흘러내려 바닥에 떨어졌다. 의진이 당황한 표정을 감추며 허리를 숙였다. 그러나 그녀보다 먼저 다가온 손 하나가 젓가락을 주웠다.

"또 무슨 생각 하다가 그래요?"

나직이 타박하는 목소리에 고개를 들어 보자 언제 내려왔는지 윤이 구내식당 한복판에 나타나 있었다. 그는 그녀에게 금방 젓가락을 바꿔 오겠다고 했다.

"어, 그래."

의진이 얼결에 대답했다. 갑자기 나타난 그의 모습을 보고 놀란 건 의진뿐만이 아니었다. 바로 방금 전까지도 윤의 얘기를 하던 연희는 얼른 고개를 창밖으로 돌리면서 아닌 척했다. 윤은 곧 뒤따라온 정민과 함께 안쪽의 음식 코너로 향했다. 그들이 멀어지자 연희가 그제야 후, 길게 숨을 내쉬었다. 남의 뒷말을 하다가 현장을 들킨 게 적잖이 당혹스러웠던 모양이다.

"아, 놀라라. 밥 잘 먹다가 난데없이……. 체하는 줄 알았어요."

놀란 가슴을 쓸어내리는 연희에게 의진이 그러게 조심하라고, 말했다.

"그러니까 다른 사람 얘기 함부로 하면 안 돼."

"네. 안 그럴게요."

씽긋 웃어 보인 연희는 다시 밥 먹는 데 집중했다. 의진은 젓가락이 올 동안 잠자코 그런 연희를 바라봤다. 실은 눈으론 연희를 보고 있으면서 머릿속으론 또 혼자만의 잡생각에 빠져 버렸다는 게 맞았다.

"여기요."

윤과 정민은 오래 걸리지 않고 돌아왔다. 윤이 건네는 새 젓가락과 바나나 우유. 손을 내밀어 받으면서 스치듯 체온이 닿았다.

"……."

사람들 시선을 피해 살짝 잡아 오는 손에 의진이 고개를 들었다. 눈이 마주치자 윤은 애정 어린 웃음을 지어 보이고는 곧 놓아줬다. 이상하게도 눈물이 쏟아질 것 같았다. 의진은 흐릿해지는 눈가를 감추기 위해 입술을 꾹, 깨문 채 여러 번 눈을 깜박여야 했다.

못난 마음이 덜그럭덜그럭 방황하는 소리가 들린다.

08.

비는 봄 들어서 자주 왔다. 그래서인지 날이 풀리다가도 금세 또 으슬으슬 추워졌다. 의진은 카페에 들어와서 벗어 뒀던 코트를 도로 걸쳐 입으며 창밖을 바라봤다. 추적추적 비 오는 주말의 거리에는 사람들이 별로 없었다.

"응, 난데. 지금 밖에 비와."

옆 테이블의 남자가 통화하는 소리에 의진이 언뜻 돌아봤다. 커피를 마시다 말고 비 오는 바깥이 신경 쓰였던지, 누군가에게 전화를 건 남자는 약간 상기된 어조로 말을 이었다.

"우산 없지? 지금 갈까? ……에이, 뭐 어때. 그 핑계로 데이트도 하고 좋잖아."

그러더니 주섬주섬 테이블의 물건들을 챙겨서는 카페를 나간다. 아마도 여자 친구한테 달려 나갈 그 걸음이 사뭇 들떠 보였다. 의진은 저도 모르게 낯선 남자의 뒷모습을 한참이나 바라봤다.

비 오는 날, 우산을 들고 찾아오는 남자 친구와 그런 그를 설레는 마음으로 기다리고 있을 여자. 둘은 함께 거리를 걷고 맛있는 것도 먹으며 행복한 데이트를 즐기겠지…….

솔직한 말로 부러웠다. 저와 윤은 그렇게 못 하니까. 남들 시선을 의식하지 않은 채 같이 영화 보고 커피를 마시며 사진도 찍을 수 있는, 그런 평범하고도 사소한 연애가 의진은 요즘 따라 자꾸만 부러워졌다.

지난주 어느 저녁인가 산책 겸 마트라도 다녀올까, 한 번 얘기를 꺼내 보기도 했으나 윤은 웃으며 앱으로 주문하라고 했다. 말은 안 해도 둘 관계를 조심스러워한다는 걸 눈치챌 수 있었다. 그래서 의진도 더 조르지 못했다. 다른 사람도 아니고, 누구보다 윤의 입장을 잘 아니까.

"일찍 오셨네요."

그때, 들려오는 목소리에 의진은 상념에서 깨어났다. 이건우가 막 그녀의 맞은편에 앉으며 인사를 건네 오고 있었다.

"저도 온 지 얼마 안 됐어요. 커피는 먼저 시켰는데, 비도 오니까 따뜻하게 아메리카노 괜찮으시죠?"

"그럼요. 가리지 않고 뭐든 잘 먹어요."

까다로워 보이는 외모와 달리 남자는 가끔 의외로 털털한 모습을 보일 때가 있었다. 의진이 새삼스러운 눈으로 남자를 보고 있는데 그가 먼저 말을 꺼내 왔다.

"그동안 연락이 계속 안 되더라고요."

"아, 그게 뭘 잘못 건드리는 바람에 번호가 다 날아갔어요. 복구가 잘 안 돼서 연락이 좀 늦었네요."

의진은 어설픈 거짓말로 둘러댔다. 사실 이제 와 다시 연락을 이어 가려고 만난 건 아니지만, 이렇다 할 마무리 없이 잠수 타는 형식으로 만남을 정리하기엔 이건우는 아버지가 소개해 준 사람이기도 했다. 의진은 생각 끝에 남자와의 관계를 제대로 매듭지으려고 오늘 만남을 요청했다.

"그런 줄도 모르고 괜히 혼자 끙끙 고민했네요."

"무슨……."

"전 제가 의진 씨한테 차단당한 줄 알았거든요."

남자의 가벼운 농담에 의진은 대답을 못 했다. 그날, 남자와 통화한 것 때문에 무섭게 화를 내던 윤의 모습이 떠올랐다. 실은 오늘 둘이 만나는 것도 윤이 모르게 약속을 잡은 것이었다. 알면 또 어떻게 나올지 모르니까, 괜히 긁어 부스럼을 만들고 싶지 않았다.

"실은요, 건우 씨한테 그동안 여러 번 얘기를 했던 것처럼 이제 서로 그만 연락했으면 해서, 그 말을 하려고 불렀어요."

의진은 뜸 들이지 않고 본론을 꺼냈다. 그녀의 얘기를 들은 남자의 얼굴이 소리 없이 굳어졌다. 며칠 소식이 끊겼다가 갑자기 만나서 한다는 얘기가 연락 그만하자라니. 제가 생각해도 조금은 어이가 없었다. 그렇지만 이제 더 질질 끌고 싶지 않았다. 제게도, 남자에게도 불필요한 감정 소모이며 시간 낭비인 것 같았다.

"이유가 뭔지 물어봐도 돼요?"

그런 의진에게 남자는 약간 공격적인 어투로 물어 왔다.

"저번에 노트에 적은 것처럼, 좋아하는 사람이 있어서요."

"그 사람이랑 결혼할 건가요?"

남자가 허를 찌르듯 말해 오자 의진이 괜히 놀라서 고개를 들었다. 남자는 방금 전보다 조금 가다듬은 목소리로 말을 이어 갔다.

"좋아하는 사람하고 그냥 연애나 하면서 만나려는 나이는 아니지 않아요? 의진 씨나 저나."

"……."

할 말이 없었다. 윤과는 당장 결혼은커녕 연애도 드러내고 할 수 없는 처지니까. 남자는 그런 그녀를 한동안 지켜보다가 일어섰다. 그는 어느새 평소처럼 차분한 얼굴이었으나 어딘가 화가 난 것 같기도 했다.

"어쨌든 의진 씨 뜻은 잘 알겠어요. 저도 저한테 마음이 없다는 여자한테 계속 매달리면 안 되겠죠. 더 이상 연락하지 않을게요."

"미안해요."

"그럴 거 없어요. 말귀도 못 알아먹고 자꾸 눈치 없이 군 제가 미안했죠."

"그게 아니라, 건우 씨."

남자는 그녀의 말을 자르더니 턱짓으로 테이블을 가리키며 얘기했다.

"커피 잘 마셨어요."

그러고는 몸을 돌려서 카페를 나갔다. 남자가 사라지는 모습을 보다가 의진이 고개를 떨구었다. 의외로 얘기가 빨리 끝나서 다행이라는 생각이 드는 한편, 괜히 멀쩡한 사람 기분 나쁘게 만든 것 같아서 마음이 안 좋았다.

잠시 뒤에 밖으로 나온 의진은 집까지 걸어갔다. 길 양옆에 늘어선 상가들을 지나치다가 무심코 멈춰 서서 위를 올려다봤다. 카페 바깥벽에 걸려 있는 커다란 모니터 화면에서는 한창 윤의 광고가 흘러나오고 있었다. 얼마 전에 찍은 숀 커피 광고였다.

흰 셔츠와 검은 타이 차림의 윤은 완벽하게 회사원으로 변신해 있었다. 한 손에 머그잔을 든 채로 리듬에 맞춰 춤추는 윤에게서 의진은 한참을 시선을 떼지 못했다. 광고 촬영이 끝나고 완성작을 체크할 때도 이렇게 홀린 듯 보지는 않았는데……. 그때는 일이라고 생각해서 별 감흥이 없었나?

얼마 뒤, 머그잔에서 넘칠 듯 넘치지 않는 커피를 클로즈업하며 광고는 끝났다.

⟨넘치지 않는 부드러움, 나를 감싸다.⟩

화면을 커다랗게 메우던 광고 문구가 사라지더니 다시 똑같은 광고가 처음부터 재생되었다. 의진은 그 자리에 선 채로 같은 광고를 몇 번이고 보고 또 봤다. 화면 속 윤의 모습은 아주 가까이 있는 것 같은 데 절대 닿지 않았다. 어쩌면 그와 그녀의 거리가 바로 그런 건지도 몰랐다.

"그 사람이랑 결혼할 건가요?"

"좋아하는 사람하고 그냥 연애나 하면서 만나려는 나이는 아니지 않아요? 의진 씨나 저나."

아까 전 남자에게서 들었던 말들이 떠올랐다. 스스로 답을 알고 있으면서도 쉬이 놓지 못하는 건, 어쩌면 윤이 없는 날들이 두려워서일지도 몰랐다.

문득 그런 생각도 해 봤다. 만약 한창 어릴 때 윤을 좋아했다면, 20대 그 무렵에 지금처럼 관계가 발전했었더라면, 무언가 달랐을까? 현실보다 이상과 사랑이 더 간절한 나이의 그때, 둘이 사랑했었다면은 오롯이 서로에게만 집중했을까? 아니면 다 떠나서 윤이 그녀처럼 그냥 일반인이었더라면, 둘은 다른 이들처럼 평범하게 연애를 하고 미래를 약속했을까……?

잠깐 그쳤던 비가 다시 오기 시작했다. 의진은 생각을 접고 천천히 걸음을 옮겼다.

* * *

"거긴 늘 한여름이지? 웃은?"

저녁이 돼도 비는 계속해서 내렸다. 커다란 유리창으로 비 오는 바깥을 내다보며 의진이 물었다. 오늘도 여전히 윤의 집이었다. 내일 윤은 화보 촬영 건으로 발리로 출국하는지라 빠트린 건 없는지 살펴볼 겸 해서 들른 길이었다.

"여름옷으로 챙겼어요. 기내에서만 긴팔 따로."

윤은 포장된 식사를 풀면서 대답했다. 의진이 창가에서 물러나 그쪽으로 다가갔다. 식탁에 놓아둔 출장 일정표를 다시 꼼꼼히 점검해 보자 윤이 말한다.

"문제없을 테니 밥이나 먹어요."

"그래. 정민이가 워낙 일을 깐깐하게 잘하니까. 문 팀장도 실수 잘 안 하는 사람이니 걱정 마."

"걱정은 지금 실장님이 제일 많은 거 알아요?"

의진이 그러게, 하면서 웃었다. 윤은 그동안 간단히 저녁 식사를 차렸다. 그가 차려 준 식탁에 마주 앉으며 의진이 젓가락을 뜯었다. 오는 길에 포장해 온 해물 우동은 아직 따끈따끈했지만 그새 불어 있었다. 의진은 숟가락으로 국물부터 떠먹어 봤다.

"맛있다."

다행히 맛은 나쁘지 않았다. 담백하면서도 깊은 맛이 우러나는 국물이 속을 개운하게 했다. 이렇게 질금질금 비 오는 저녁에 윤과 마주 앉아 우동을 먹으려니 꽤 분위기 있고 좋았다. 반면에 윤은 그다지 배고프지 않은지 젓가락으로 면발만 휘휘, 저으며 딴소리를 했다.

"……며칠 보고 싶을 텐데."

"괜찮아. 시간 금방 가."

그동안 윤의 국내 활동은 물론 해외 스케줄마저도 웬만하면 의진이 함께 따라다녔기에 윤은 그녀의 부재를 잘 못 견뎌 했다. 그건 의진도 마찬가지였지만, 부러 장난스럽게 얘기했다.

"나 없어도 이제 잘만 하면서. 약한 소리 하지 말고 잘 다녀와."

윤은 대답이 없었다. 의진은 고개를 수그려 계속해서 우동을 먹었다. 그런 그녀에게 윤의 시선이 한동안 끈질기게 맴돌았으나 애써 모른 척하고 먹는 것에만 집중했다.

식사는 금방 끝났다. 깨끗하게 한 그릇 다 비운 의진과 달리 윤은 절반도 못 먹은 채 일어났다.

"설거지할 거 있어?"

개수대로 돌아서는 윤의 등 뒤에서 물어봤다.

"많지 않아요. 내가 할게."

"그래. 고마워. 나, 그럼 양치만 먼저 하고."

윤을 뒤로하고 욕실에 들어온 의진은 거울 앞에서 잠시 생각에 잠겼다. 윤이 발리로 떠나면 임 대표와 일단 퇴사 문제라도 마무리 지을 생각이었다. 물론 윤에게도 그전에 미리 언질을 줘야 할 텐데, 도저히 타이밍을 못 잡고 있는 중이었다. 오늘 집에 돌아가기 전에는 얘기를 꺼내야 하는데……. 의진은 윤의 칫솔 옆에 나란히 놓인 제 칫솔을 멍하니 바라보다가 물을 틀었다.

양치를 다 하고 나왔을 때, 윤도 이미 설거지를 마친 뒤였다. 그는 소파에 기대앉은 채 욕실에서 나오는 그녀를 물끄러미 바라보고 있었다. 그런데 표정이 왠지 이상했다. 의진은 그 잠깐 사이에 무슨 일이 있었는지 걱정스러워 다가갔다.

"내일 갈 준비 다 끝났으면……."

말을 하다 말고 시선이 윤의 손으로 향했다. 그는 그녀의 핸드폰을 손에 들고 있었다. 뭐 잠깐 핸드폰으로 볼 게 있었나 하고 물어보려다, 다시 생각해 보니 아닌 것 같았다. 그는 그녀의 핸드폰 잠금 패턴도 모르거니와 평소에도 허락 없이 함부로 핸드폰을 보지 않았다. 그럼 뭐지? 종잡을 수 없어서 가만히 서 있는데 윤이 탁자 위에 핸드폰을 내려놓았다.

"오늘 뭐 했어요?"

그는 보통 때처럼 물어 왔다. 그러나 분위기는 어딘가 싸늘했다. 의진은 갈등 끝에 거짓말을 했다.

"집에, 있었어. 비도 오는데 어디 나가기 싫어서."

"그래요?"

"어. 왜?"

"아무도 안 만나고 집에만?"

그제야 윤이 저를 떠보고 있다는 걸 알 수 있었다. 방금 전 그가 들고 있던 핸드폰, 웃음기 없이 굳은 얼굴, 그리고 전에 없는 추궁조의 말투까지.

이건우와는 서로 연락하지 않기로 얘기가 다 끝났는데, 그 사람 때문일 리도 없고. 혹시 욕실에 있는 동안 무슨 전화가 걸려 왔던 것일까? 전화벨 소리나 통화하는 소린 못 들었던 것 같은데……. 삽시간에 머릿속이 복잡해졌다. 돌아가는 상황을 보니 그녀는 윤에게 거짓말을 했고, 그걸 그 자리에서 딱 걸린 듯했다.

"전화 왔었어?"

"전화 누구요?"

"그만해. 확인하고 싶은 게 있으면 그냥 직접 물어보면 되잖아."

그즈음 해서는 의진도 짜증이 났다. 따지고 보면 윤에게 잘못한 일을 한 건 없는데 오해받을 소지는 충분한 지금, 무어라 해석해야 할지 갈피를 잡을 수 없었다.

"물어보면?"

소파에 기댔던 몸을 일으키며 윤이 말을 이었다.

"이번엔 거짓말하지 않고 제대로 대답해 줄 자신 있어요?"

"네가 이렇게 계속 빈정대는데 어떻게⋯⋯."

"1분 전까지도 태연하게 거짓말만 잘하던 사람이, 지금 내 말투 지적할 상황은 아니지 않나?"

대화는 점점 더 꼬여만 갔다. 의진은 손을 뻗어 핸드폰을 집어 들었다. 윤이 보는 앞에서 핸드폰 화면을 터치했더니 방금 전에 들어온 메시지가 보였다. 발신자는 이건우.

[많이 생각해 봤는데, 아까는 제가 좀 말이 날카로웠던 것 같아요. 의진 씨 만나고 오는 길 내내⋯⋯.]

메시지 미리 보기 내용은 거기까지였다. 잠금 해제 패턴을 알지 못해도 새 메시지가 들어오면 누구라도 거기까지는 쉽게 읽어 볼 수 있게 설정돼 있으니, 당연히 윤도 그걸 봤을 테지. 의식적이든 무의식적이든 본 사람의 잘못이 아니었다. 이렇게 금

313

방 들통날 거짓말, 솔직하게 얘기했으면 문제 없었을 일. 윤이 기분 나빠하더라도 이건우와 아무 사이도 아니란 걸 인내심을 갖고 해명해 줬으면 됐을 일. 의진은 한순간의 제 짧은 판단에 후회가 들었다.

의진이 묵묵히 핸드폰을 내려놓았다. 방안에는 한동안 정적이 감돌았나.

"왜 거짓말했어요?"

"네가 싫어할까 봐."

의진은 한숨 쉬듯 대답했다. 윤의 얼굴은 여전히 차갑기 그지없었다.

"그럼 싫어하는 거 알면서, 삭제한 그 남자 전화번호 다시 저장하고 몰래 만난 거네."

"그런 게 아니라."

"내가 우스워 보여요?"

"그게 아니라고. 거짓말한 건 어쨌든 미안한데, 오늘 그 사람을 만난 건 네가 생각하는……."

윤은 자리에서 일어났다. 더 듣기 싫다는 듯 그는 그녀를 지나쳐서 방으로 걸어갔다.

"왜 그래? 내가 얘기해 주잖아. 너한테 미리 솔직하게 말하지 않은 건 내 잘못이야. 근데 다른 남자랑 뭘 어떻게 하려고 한 건 아니라고. 왜 사람 말을 못 믿어?"

다소 구차하게 느껴질 정도로 길게 얘기했더니 윤이 돌아선다. 그는 종전과 다르게 맥 빠진 얼굴이었다. 윤이 힘없이 물었다.

"왜 나만 이래야 돼?"

"⋯⋯."

"왜 만날 나만 혼란스럽고 불안해서 매달려야 하냐고."

"그게 무슨 소리야?"

불안하고 혼란스러운 건 온통 내 몫인데, 네가 왜 불안하고 혼란스러운 건데? 하루에도 몇 번씩 저 멀리서 빛나는 널 보면서 불안하고, 하루에도 몇 번씩 네 숨겨진 여자로 이렇게 지내는 게 맞는 건지 혼란스러운데. 나야말로 티도 내지 못하고 하루 종일 너한테 영혼까지 매달려 있는 느낌으로 얼마나 자괴감이 드는데.

"난 잘 모르겠어. 내 여자가 왜 딴 놈이랑 메시지를 주고받고, 거기에 거짓말까지 해 가면서 만나는 건지. 그 정도로 내가 하찮은 건지."

의진은 대답을 못 했다. 저도 잘 모르겠다. 윤이 느끼는 감정이 뭔지. 분명 저와 똑같이 괴로워 보이는데, 얘기를 나눌수록 어긋나는 느낌이다.

"이럴 거면 그만둬요."

의진이 고개를 들었다. 윤은 무감하고 메마른 어조로 이별을 말하고 있었다. 그녀가 내내 고민해 오면서도 차마 꺼내지 못했던 둘의 끝, 윤은 쉽게도 내뱉었다.

"신의진의 마음엔 내가 없는 것 같아."

눈가에 눈물이 흐릿하게 번지는 바람에 의진은 애꿎은 입술만 꾹, 깨물었다.

315

"왜 그렇게 생각하는데?"

한참 뒤에 애써 차분하게 되물었다. 시야를 가리는 눈물은 어쩔 수 없이 그대로 둔 채 흘러나오는 목소리만 죽어라 가다듬었다.

"한 번도 내게 확신을 준 적이 없으니까."

"넌? 니는 내게 확신을 줬어?"

너에게 난 어떤 의미인지, 우리가 도대체 어떤 사이인지, 그동안 수도 없이 확인하고 싶었으나 혹시라도 들려올 네 애매한 대답이 두려워 한번 묻지를 못했는데. 한낱 거짓이라도 그녀에게 미래 따위 약속한 적 한번 없으면서, 이 순간 도리어 저만 탓하는 윤이 미워진다.

"가요, 그만."

"……."

"이러는 거 아무 의미 없어."

윤은 대화를 거부했다. 의진은 결국 더 얘기를 못 한 채 가방과 코트를 챙겨 들었다. 그런 그녀의 등 뒤에서 윤 또한 아무 얘기 안 했고, 잡지도 않았다.

시작이 갑작스러웠던 만큼 이별 또한 갑작스러웠다. 겨울이 다 가던 이른 봄의 어느 날에 시작되어, 아직 바깥은 봄꽃이 완연히 피지도 않았는데 끝나 버린 관계. 한 계절도 채우지 못한 윤과의 짧은 만남이 거짓말 같고 허무했다.

의진이 고개를 들며 한 손으로 눈물을 훔쳐 냈다. 어쩌면 잘된 일인지도 모른다. 어차피 오래가지 못할 거면 더 깊어지기 전에 이쯤에서 정리하는 것도 서로에게 좋을 테지.

차에 오른 의진은 지체하지 않고 시동을 걸었다. 비는 그동안에도 추적대며 그칠 기미가 없었다. 빗물에 푹, 젖은 서래마을을 빠져나오면서 의진은 애써 뒤 한 번 돌아보지 않았다.

* * *

"잘 갔지? 무슨 문제는 없었고?"

이튿날, 사무실에서 기다리고 있었더니 들어오던 임 대표가 그녀를 보고는 물어 왔다. 아침 비행기로 발리에 출국하는 윤 일행을 의진이 직접 데려다주고 오는 길이었다. 철주가 가도 된다고 했지만, 그냥 의진이 자처해서 다녀왔다. 일정에 동행하지 않는 대신 공항까지라도 잘 바래다주고 싶어서였다. 그런 마음으로 새벽같이 다녀왔는데, 지금은 그냥 철주를 보낼걸 후회 중이었다.

"혹시 공항 안에 기자들 있을지도 모르니 인상 피고, 잘 다녀와."

내내 저를 투명 인간 취급하던 윤은 공항에 도착해서 의진이 마지막으로 건넨 말에도 대답 없이 들어갔다. 둘만의 냉랭한 기운을 감지했던지 정민이 걱정스레 물어 오기도 했다.

"왜요? 무슨 일이 있었어요?"

"아냐. 그런 거."

"근데 형 왜 저래요? 표정도 그렇고, 말 한마디 없고."

"······가는 길에 정민이 네가 신경 좀 써 줘."

"네. 걱정 마세요."

정민은 걱정 말라고 밝게 웃었지만, 의진은 사실 지금까지도 윤의 생각을 떨쳐 내지 못하고 있었다. 어제 그렇게 윤의 빌라를 나온 뒤, 집에 돌아와서 의진은 한숨도 못 잤다. 윤과 이대로 끝났다는 게 믿어지지 않았다가, 다음 순간 또 현실적으론 이대로 끝낼 수밖에 없었다고 스스로 체념했다가, 그러다 또다시 전화나 메시지가 올 것 같아 핸드폰을 밤새 손에서 놓지 못했다. 그러나 긴 밤 내내 윤은 그녀를 찾지 않았다.

하얗게 아침이 밝아 오고, 예정대로 공항에 데려다주기 위해 사무실 앞에서 만났을 때조차 윤은 그녀에게 눈길을 주지 않았다. 무엇보다 그게 마음이 아팠다. 전에는 딱히 말을 안 해도 같은 공간에 있으면 늘 먼저 제게 시선을 보내오던 윤이었는데, 그런 그를 어딘가에 잃어버린 것만 같았다.

"아무 문제 없이 비행기 잘 탔어요."

그녀의 대답에 임 대표는 그래, 하면서 머리를 끄덕이더니 자리에 앉았다. 의진도 맞은편에 같이 마주 앉았다.

"드릴 말씀이 있습니다."

"뭔데?"

임 대표는 아침부터 무슨 일이냐는 듯 궁금한 표정을 지었다. 의진은 잠시 생각하던 끝에 조용히 말을 꺼냈다.

"사직이요, 이제 매듭지어 주셨으면 합니다."

윤과도 결국 이렇게 끝났으니 여기에 더 있어 봤자 모양새만

안 좋을 것 같았다. 사무실 일손은 여전히 빠듯했으나 이제는 제 코가 석 자였다. 제 마음 추스르기도 바쁜 와중에 의진은 더 이상 회사를 걱정하고 배려할 때가 아니라고 생각했다.

"뭐가 문제인지 한 번 더 물어봐도 돼?"

"윤이 때문에…… 힘들어서요."

의진은 망설이다 말했다. 지금 이 순간 더할 것도 덜어 낼 것도 없는, 가장 솔직한 진심이었다.

"그렇지? 봐봐. 결국 걔 때문일 줄 알았어."

임 대표는 그녀의 대답을 듣고 나선 자기 예상이 맞았다며 목소리를 높였다.

"도대체 그 녀석은 왜 그러나 몰라. 우리 중에 나이도 제일 어리면서 살갑기는커녕 건방지기만 하고. 그렇지?"

"네. 맞아요."

연하면서 귀여운 거 하나 없이 시니컬하고 제멋대로고. 의진이 동조했다.

"근데 걔가 속은 알고 보면 정도 많고 그런데, 표현을 잘 못해. 입만 살아선 마음에도 없는 말로 틱틱대기나 하고. 나한테도 그래. 아니, 나한테는 더 그래. 윤이가 그나마 신 실장한테는 너그렇게 굴 거야. 신 실장도 알잖아."

"네. 알아요."

이번에도 의진이 고개를 끄덕였다. 안다. 그 무의욕쟁이가 그동안 제게만은 가끔 관심 어린 표정을 지었다는 거, 그 무뚝뚝한 사람이 제게만은 종종 이유 없이 웃어 주기도 했다는 거, 그 냉소적인 인간이 긴 밤 내내 저를 얼마나 뜨겁게 안아 줬었는지조차도 다 안다. 떠오르는 윤의 생각에 눈앞이 흐려지자 의진이 슬며시 입술을 깨물었다.

"그러니까 한 번만 봐줘. 윤이 대신 내가 부탁할게."

"대표님."

"우선 휴가 줄 테니 원하는 대로 푹, 쉬다가 와."

"대표님. 제 얘기……."

"돌아오면 이사 자리 줄게."

그녀의 말을 중간에서 자르며 임 대표는 계속 밀어붙였다.

"비등기 이사로 있으면 따로 출근 안 해도 돼. 회사에 문제가 생겨도 연대 책임에서 제외되니까 걱정 말고. 다만 업무적으로는 등기 이사와 똑같이 회사에 큰 기획이나 사안이 있을 시 신 실장 의견이 필요할 거야. 스톡옵션 역시 부여해 줄 테니 회사 주식에도 관심 가져 보고. 해 보다가 신 실장이 원하면 그때 등기 이사로 전환해 줄게."

"대표님. 지금 저 회유하시는 데 너무 진심인 거 아세요?"

얘기할 틈도 주지 않고 혼자 말을 쏟아 내는 임 대표에게 뭐라 했더니 내가 그랬어? 하면서 하하, 웃는다. 그런 임 대표를 보면서 의진은 왜 저를 이렇게까지 붙잡으려는지 궁금해졌다. 물론 회사 초반부터 여태 함께해 온 정이 있다고는 하나, 분명 저보다 더 능력 있고 책임감 있는 직원들도 구하려면 얼마든지 구할 수 있을 텐데 말이다.

"신 실장 잡을 수 있는 방법이 열 가지가 있다면 난 열 한 가지를 제안할 거야. 그게 내 진심이야."

"제가 뭐라고요."

아까부터 흐릿해지는 눈시울이 견디기 힘들어 의진이 고개를 수그렸다.

"신 실장이니까. 나한테도, 회사에도 그만한 가치가 있는 사람이야. 난 사장으로서 그런 직원 놓치기 싫은 것뿐이고."

"대표님은 그때 저를 왜 뽑으셨어요?"

의진이 문득 물었다. 그 당시에는 미처 들지 못한 의문이었으나, 지금 생각해 보면 나름 지원자들도 많았을 텐데 왜 굳이 저를 선택했던 걸까?

"글쎄……. 간절해 보여서? 뭔지는 모르지만, 눈빛이 다른 이들보다 퍽 간절해 보였어."

임 대표의 대답을 듣고 의진은 의외라는 듯 웃었다. 그때는 그냥 돈이 급해서 간절했던 건데, 그래서 뽑혔다니 어쩐지 코미디였다. 임 대표는 그때를 생각하는 듯 상념에 잠긴 얼굴로 말을 이었다.

"윤이는 간절하지 않아서 걱정이었거든."

윤의 얘기에 의진이 고개를 들었다.

"가능성이 있는데, 난 걔 꼭 성공시키고 싶은데 말이야. 녀석은 성공해도 그만, 성공 안 하면 또 어때라는 마인드라 신 실장 같이 열정 있는 사람이 옆에 있어 주길 바랐지."

"……."

"근데 정말 내 생각처럼 바뀌더라고. 신 실장과 함께 있으면서 어느 순간 윤이 눈에서도 갈증이 보이기 시작할 때 이제 됐구나 했어."

묵묵히 듣고만 있는 의진에게 임 대표가 마치 자상한 아빠처럼 웃어 보인다.

"윤이 있어서 우리 회사가 여태 있는 것처럼, 신 실장이 있어서 지금의 윤이 있는 거야. 그 사실을 잊지 말았으면 좋겠어. 신 실장이 우리에게 얼마나 중요한 사람인지."

"대표님."

"최대한 신 실장한테 좋은 쪽으로 같이 의논해 보자고. 방법은 많으니까 사직은 모든 방법을 다 써도 안 될 때, 그때 다시 생각해 보는 게 어때?"

한참 있다가 의진이 대답을 드렸다.

"우선 휴가 준 대로 쉬도록 하겠습니다."

결국은 또 시원하게 결론이 나지 않은 채 일단 보류하기로 했다. 무엇 하나 쉽게 되는 건 없었다. 취직도 아니고 사직이 이렇게 어려울 줄이야……. 의진은 사무실을 나오면서 옅게 한숨을 쉬었다. 어찌 됐건 당분간은 회사에 나오지 않을 생각이었다. 적어도 윤을 마주하는 게 아무렇지 않을 때까지는.

그렇게 다짐을 하면서도 밖으로 나와선 괜히 먼 하늘을 바라봤다. 어제 종일 지루하게 비가 내리던 하늘은 오늘도 이따금 잿빛으로 흐려 보였다. 저 하늘 어딘가에 발리로 열심히 날아가는 비행기가 있을 것 같아, 의진의 시선이 한참 거기를 더듬었다.

* * *

  핸드폰이 진동하는 소리에 어슴푸레 눈을 떠 봤다. 몇 시인지는 모르나 날이 밝은 지 한참이 됐다는 건 알 수 있었다. 요즘은 늘 이랬다. 새벽까지 잠이 오지 않아 뒤척거리다가 겨우 잠이 들면 점심 무렵에야 일어나곤 했다.

  [30분 뒤에 도착할 거야. 아직 점심 전이지? 가져가는 반찬에 같이 먹자.]

  새어머니인 정 여사의 메시지였다. 의진은 이불을 젖히고 일어났다. 정 여사로부터 새로 김치랑 반찬 좀 했다면서, 가져다주겠다고 연락이 온 게 어제였다. 의진은 얼른 답장을 보내고는 침대를 내려섰다.

  정 여사가 올 동안 방 안을 간단히 정리하고 씻으러 들어갔다. 샤워 부스에서 뜨거운 물을 틀다가 문득 오늘이 며칠인지 떠올려 봤다. 11일이던가, 12일이던가······? 언뜻 생각이 나지 않을 정도로 집 안에만 쿡 박혀 있던 날들이었다. 그동안 창밖의 풍경은 비가 추적거리던 초봄에서 어느새 벚꽃으로 화사하게 물들어 가고 있었다.

  이러다 히키코모리로 변해 버릴지도 모른다는 생각이 들었다. 욕실 창 너머 세상이 저와는 온통 무관해 보였다. 실은 윤이 발리로 화보 촬영을 떠난 날, 임 대표에게서 사직 접수가 아닌 휴가를 받은 뒤로 거의 집에서만 두문불출해 온 그녀였다. 사람도 만나지 않았고 핸드폰도 평소에는 무음으로 한 채 들여다보지 않았으며 TV조차도 켜지 않았다. 그저 배고프면 배달 음식으로 대충 끼니를 해결하고, 심심하면 창가에 앉아서 멍하니 바깥을 바라봤고, 그러다 피곤하면 밤이고 낮이고 아무 때나 잤다.

그렇게 2주 넘게 시간이 흐르는 동안 신기하게도 아무도 그녀를 찾지 않았다. 어제 반찬 때문에 전화를 걸어온 정 여사의 연락이 유일했다. 회사는 물론 윤도, 건우라는 남자도 아무 연락 없었다. 아, 이건우와는 지난번 완전히 정리가 됐으니 당연히 연락이 없는 게 맞겠고. 의진이 뒤늦게 생각난 사실에 혼자 고개를 끄덕였다. 그날 윤과 있을 때, 남자가 보내온 메시지가 실은 마지막 인사였던 것이다.

[많이 생각해 봤는데, 아까는 제가 좀 말이 날카로웠던 것 같아요. 의진 씨 만나고 오는 길 내내 마음이 편치 않았어요. 의진 씨와 조금 더 알아 가며 잘 지내 보고 싶었는데 그런 제 마음을 알아주지 못하니 야속하기도 하고, 그래서 약간 감정적으로 말이 나갔나 봐요.

미안해요. 사과드릴게요. 이런 얘긴 전화로 마지막 인사 겸 전하는 게 맞지만, 아무래도 의진 씨도 제 전화 반갑지 않을 것 같고 저도 평소처럼 안녕 하는 게 힘들 것 같네요. 그래서 고민 끝에 장문의 메시지를 남깁니다. 이제 연락 안 했으면 좋겠다는 의진 씨의 얘기, 잘 알아들었습니다. 저도 더는 찾지 않을게요.

그동안 즐거웠어요. 진심이에요. 짧은 시간이지만 의진 씨를 만나 차 한잔 나누고 얘기하면서…… 그냥 그게 좋았던 것 같네요.

잘 지내요. 부장님께는 제가 잘 말씀드리겠습니다.]

윤과 헤어지고 집에 와서야 제대로 확인한 남자의 메시지에 몹시 허탈해졌다. 만약 윤이 메시지를 끝까지 다 읽었더라면 오해가 덜했을까? 아니, 어쩌면 윤이 화났던 건 메시지의 내용과는 별개로 그녀가 자신을 속였다는 사실이었는지도 모른다. 그래서 실망 끝에 그만하기로 했던 것 같다. 여태 아무 연락이 없는 게 그 증명이기도 했으니, 이제는 정말 깨끗이 남남이 되는 일만 남은 듯했다.

그걸 알면서도, 윤과는 완전히 끝났다는 걸 알고 있으면서도, 의진은 요 며칠 계속 그의 생각에서 헤어 나오지 못했다. 그를 떠올리는 게 괴로워 일부러 핸드폰도 안 보고 TV도 안 보고 지냈건만, 문득문득 기억의 틈 사이로 윤이 집요하게 비집고 들어올 때면 의진은 이렇게 한참을 아무것도 못 한 채 남아 있는 감정들로 괴로워해야 했다.

샤워를 마치고 나오니 마침 초인종이 울리고 있었다. 의진은 머리도 말리지 못한 채 대충 옷만 꿰어 입고는 문을 열었다.

"오셨어요?"

문밖에는 약속대로 정 여사가 서 있었다. 인사를 건넸더니 정 여사가 웃으며 안으로 들어섰다.

"오늘은 쉬는 날이야? 모처럼 집에 있네."

"아, 네. 요즘은 계속 집에서만 지내요."

"왜? 회사 그만둔다더니 벌써 얘기가 다 된 거니?"

"아뇨, 아직은……. 좀 더 상황을 보면서요. 대신 휴가 받았어요."

의진은 당장 긴 얘기를 할 수 없어서 그저 그렇게만 말했다. 솔직히 비등기 이사를 적극적으로 제안해 오는 임 대표의 설득에 반 넘어갔다고 하는 게 맞았다. 현실적으로 따지고 봤을 때 잘 다니던 회사를 나와 갑자기 어딜 들어가서 지금과 같은 대우를 받을 것이며, 만약 카페나 다른 가게를 낸다고 해도 그게 꼭 잘된다는 보장도 없으니 말이다.

사실 윤만 아니라면 그녀로서는 평생이고 눌러앉아도 될 곳이 바로 새움이었다. 그러나 새움이 있으려면 반드시 최윤이 있어야 하겠고, 그가 있으면 그녀는 있기가 힘든 상황이었다. 만약 둘 사이에 아무 일도 발생하지 않았더라면 그깟 사직 얘기 그냥 안 꺼냈던 셈치고 모른 척 적당히 다녀도 되겠으나, 이미 윤과 수도 없이 몸을 섞고서 끝마저 안 좋게 되어 버린 이상 계속 같이 얼굴을 보며 일을 다닐 순 없는 노릇.

그래서 다시 한번 사직의 뜻을 전했으나 역으로 임 대표가 이사직을 제안해 오니 의진은 그만 마음이 흔들리고 말았다. 임 대표의 말처럼 매일 출근할 필요가 없다면 크게 얼굴 부딪칠 일도 없겠고, 회사에 이사로 이름만 올려놓고 큰 기획이나 작업에만 참여하는 정도일 텐데 윤과는 거의 접점 없이 보낼 자신이 있었다.

거기까지 생각하던 의진이 문득 씁쓸하게 웃었다. 어쨌거나 한 남자와 뜨겁게 사랑하다가 헤어진 건데, 지금 이별의 아픔이니 그런 것보다는 생업을 두고 더 진지한 고민을 하고 있으니 말이다. 이해타산에 머리를 굴리며 계산적인 제 모습에 현실이 그렇지 않느냐며 합리화를 해야 할지, 아니면 속물이라고 비웃어야 할지 모르겠다.

"잘됐네. 얼마만의 휴가인 거야? 근데 아버지 얘기를 듣자 하니 좋아하는 남자가 있다면서?"

"아, 그건……."

어떻게 얘기해야 할지 몰라 의진은 말끝을 흐렸다. 정 여사는 가져온 반찬들을 꺼내더니 돌아서서 수저를 찾았다. 몇 번 그녀가 자취하는 오피스텔에 들른 적이 있는 정 여사는 능숙하게 수저를 꺼내 와서 식탁에 놓았다.

"언제 한 번 데리고 와 봐. 아버지도 궁금해하시고, 어떤 남잔지 보고 싶네."

"……."

"아직 좀 이른가? 미안. 부담 주려고 한 얘기는 아니야."

아무 말 못 하는 그녀를 눈치채고 정 여사가 편할 때 다시 얘기하자며 웃었다. 그러더니 이내 반찬들과 따뜻한 김이 나는 국까지 세팅해 놓고서는 그녀를 식탁으로 잡아끌었다.

"미역은 저번에 산 건데, 국 해 보니까 되게 부들부들하고 맛있어. 한 번 먹어 봐."

"근데 집에 밥이 없는데."

"밥도 싸 왔어. 걱정 말고 앉아."

"아, 진짜요?"

정 여사는 그럼, 하면서 갖고 온 다른 보자기를 풀었다. 곧 여러 잡곡을 섞어서 지은, 빛깔 고운 밥이 의진의 그릇에 소복이 담겼다. 안 그래도 끼니를 걸러 잔뜩 허기져 있던 배가 맛있는 음식 앞에서 꾸르륵, 소리를 냈다. 의진은 정갈하게 차려진 밥상을 둘러보다 작게 중얼댔다.

"정말 엄마 같아."

엄마가 살아 계셨을 적, 매번 돈 욕심으로 저를 힘들게 할 때마다 의진은 반대로 늘 제게 다정하게 굴던 정 여사가 생각이 나곤 했다.

가끔은 바보 같은 생각도 했었다. 사치스럽고 극성맞던 엄마 대신 교양 있고 온화한 정 여사가 제 친엄마였다면 어땠을까? 그러면 아버지도 이혼하는 일 없이 한 가족 단란하고 행복하게 잘 살았을 텐데. 저도 외롭지 않게, 살뜰한 사랑만 받으며 컸을 텐데, 하는 생각들을 말이다. 그런데 그렇게 잠깐 바라고 상상했던 것마저 잘못이었는지 그녀가 그 생각을 했을 무렵, 엄마는 사고로 돌아가시고 말았다. 그게 왠지 꼭 헛된 생각을 품었던 저 때문인 것 같아 얼마나 죄책감이 들고 후회가 되던지…….

그 뒤로 의진은 감히 그런 욕심을 갖지 못했다. 여전히 아버지와 같이 사시는 새어머니 정도로 적당히 거리를 둔 채 너무 가깝지도, 멀지도 않게 지내 왔다. 그러나 지금처럼 이런 순간이면 저도 사람인지라 엄마한테 하듯 자꾸만 기대고 싶어졌다.

"응? 뭐라고?"

컵에 물을 따르느라 미처 못 들었던지 정 여사가 고개를 돌리며 물어 왔다.

"아니에요. 잘 먹을게요. 고맙습니다."

"새삼스럽긴. 얼른 먹어."

의진은 네, 하며 대답하고는 밥을 먹기 시작했다. 오랜만에 따듯한 국과 밥에 맛있는 나물 반찬들을 꼭꼭 씹어서 먹으니 허전하던 속이 얼마간 채워지는 느낌이었다.

"맛있네요. 다 이모 혼자서 하신 거예요?"

하나씩 맛을 보고서 물어보자 정 여사는 흐뭇하게 웃으며 얘기한다.

"응. 거기, 알타리 김치는 네 아버지가 양념 좀 도와주셨어."

"반찬 가게 내셔도 되겠는데요."

"얘는. 난 평생 원고만 보고 지내서 장사하라고 해도 못 해. 반찬이야 네 아버지 입에만 맞지, 돈 받고 팔면 욕먹는다?"

"아니에요. 얼마나 맛있는데."

빈말이 아니라 진심이었다. 아버지의 입맛이 곧 그녀의 입맛이라 더 그렇게 느낀 건지도 몰랐다. 어릴 때부터 식성이 아버지를 꼭 빼 닮았던 그녀였던 것이다. 그 생각에 슬며시 웃다가 의진이 물었다.

"이모는 처음에 아버지가 왜 좋았어요?"

그동안 가끔 궁금했지만 한 번도 물은 적 없던 물음. 왠지 실례가 되는 것 같고, 사람을 곤란하게 하는 질문인 것 같아서였다. 그랬는데 오늘은 어쩐지 꼭 답을 듣고 싶은 마음에 정 여사를 바라봤다.

"갑자기 그건 왜?"

"그냥요."

그런 그녀에게 싱겁다며 웃어 보이던 정 여사가 이내 기억을 더듬는 듯 눈매가 가느스름해졌다.

"조심스러운데 용기 있는 모습이 좋았다고 할까?"

"아버지가요?"

"응. 우리 둘 다 첫 결혼에 실패하고 만난 거잖아. 나는 그래서 결혼이란 것에 다시 자신이 없었거든."

의진은 밥을 먹으면서 조용히 정 여사의 얘기를 들었다.

"네 아버지도 마찬가지였나 봐. 눈빛은 조심스러운데, 그래도 매번 한 걸음씩 먼저 다가와 줬어."

"……."

"그게 참 고맙고 믿음이 가서 나도 용기를 냈지."

나는 왜 한 번도 용기를 안 냈을까? 왜 매번 스스로의 감정에 솔직하지 못한 채 언제든 돌아설 것처럼 방어적으로 굴고, 빠져들지 않으려고 무진 애를 썼을까……? 의진은 제 지난 모습이 떠오르는 바람에 아무 말도 못 했다. 시작 전부터 자신의 마음을 부정했고, 함께 있으면서도 늘 번뇌로 가득했다. 윤과는 그랬다. 처음부터 마지막까지, 짧았던 둘의 관계는 매 순간 고민과 불안의 연속이었다.

"한 번도 내게 확신을 준 적이 없으니까."

이유는 하나였다. 확신이 없어서였다. 그가 그녀에게, 그녀가 그에게. 서로 다른 이유로 서로에게 확신이 없었고, 확신을 주지 못했다. 그녀가 바라는 건 그가 줄 수 있는 현재와 미래에 대한 약속이었고.

"신의진의 마음엔 내가 없는 것 같아."

그가 원하는 건 그녀의 마음이 온전히 자신에게 있다는 것이 었는데.

"왜 만날 나만 혼란스럽고 불안해서 매달려야 하냐고."

끝나고 보니 알게 됐다. 마주 섰을 땐 아무리 들여다보려 해도 보이지 않던 마음들이 뒤돌아서 다시 보니, 보였다. 이미 늦었지만.

"난 미쳤나 봐요. 신의진이란 여자한테."

그렇게, 저한테 미쳐 있던 소중한 사람을 잃어버렸다.

"잘하셨어요."

의진이 숟가락으로 국물을 떠먹으며 말했다. 그러자 정 여사가 미소를 지으며 얘기한다.

"그러게. 잘한 선택이 맞나 봐. 이렇게 다 큰 딸도 생기고."

뱅뱅, 눈가를 맴도는 눈물이 정 여사의 따뜻한 위로 때문인지 윤에 대한 먹먹한 그리움 때문인지 모르겠다. 의진은 고개를 수그려 보이지 않게 눈물을 삼켰다.

식사가 계속될수록 허전하던 배는 점차 불러 갔으나 텅 빈 마음은 어떤 것으로도 채우지를 못했다. 그 사실이 못 견디게 서러워 펑펑, 울고만 싶은 날이었다.

* * *

정 여사가 다녀간 뒤로 의진의 세상은 다시 조용해졌다. 여전히 아무것도 하지 않고 혼자 집에서만 보내는 날들이 이어졌다. 임 대표가 말해 두었는지 회사 사람들도 그동안 아무도 그녀에게 연락을 해 오지 않았다. 발리에서는 잘 끝내고 돌아왔는지, 연초에 촬영이 끝난 〈금지 구역〉도 개봉된 이후로 반응이 여태 괜찮은 건지, 후속작 영화 촬영도 별 탈 없이 이어 가고 있는지…… 궁금한 건 많았지만 어느 누구도 그녀에게 윤의 소식을 알려 주지 않았다.

그만큼 아무런 문제가 없다는 뜻이겠지. 그녀가 곁에 없어도 그는 이제 주어진 모든 것들을 무리 없이 소화하고 있었다. 그게 다행스러우면서도 한편으로는 씁쓸해졌다. 신경 쓰지 않아도 알아서 잘하는데, 지금껏 만날 저 혼자만 전전긍긍 걱정했던 게 영 바보 같았다. 그녀 하나 사라졌다고 윤의 세상은 무너지지 않았다. 그러니 저도 이만 정신 차려야지.

의진이 자리에서 일어났다. 커튼을 열고 창문도 활짝 열었다. 화창한 봄빛으로 물든 바깥세상에 잠시 눈길을 주다가 청소기를 찾았다. 며칠 동안 폐인 아닌 폐인처럼 지내 온 방 안은 봐주기가 곤란했다. 의진은 청소기를 돌리고 내친김에 세탁기도 돌렸다. 저녁쯤에는 밥솥에 따끈한 밥을 지어, 갓 구워 낸 계란 프라이를 얹어서 먹었다. 깨끗해진 집 안에서 직접 지은 밥으로 식사를 하니 마치 모든 걸 새롭게 시작할 수 있을 것 같기도 했다.

생각해 보면 별거 아니었다. 세상 사람들이 다 한다는, 사랑하다 싸우고, 만나다 헤어지는, 그런 흔한 연애 과정을 겪었을 뿐이다. 사실 윤과의 그 짧은 시간이 남들이 말하는, 그런 일반적인 연애였는지도 모르겠지만.

이튿날부터는 마트에 장 보러 다녀오기도 하고, 카페에 가서 커피 한 잔을 시켜 먹기도 했으며, 꽃집에 들러 저를 위한 화사한 꽃다발도 사 왔다. 의진은 여전히 누구와도 연락을 하지 않고 만나지도 않았지만, 그렇다고 더 이상 집에만 틀어박혀 있지도 않았다. 그런가 하면 아직도 윤의 모습을 보는 게 두려워 핸드폰도 잘 못 보고 TV도 못 켜는 것 또한 여전했다. 그렇지만 이 모든 게 과정이려니, 시간에 맡긴 채 자연스럽게 흘려보내기로 했다.

그러다 어느 날에는 혼자 여행이라도 다녀올까 싶어서 여행 사이트를 훑어봤다. 마음 정리하는 데는 여행만 한 게 없다던데, 정작 가려니 어디가 좋을지 몰라 의진은 늦게까지 노트북을 켠 채 골몰했다.

전화가 걸려 온 건 그때였다. 생각 끝에 여행지를 정하고 핸드폰으로 숙박 시설을 예약하던 의진이 발신자를 확인하고는 의아해졌다. 이런 시간에 오는 전화는 보통 좋은 일보다 안 좋은 일이 대부분이던데……. 의진은 그 어떤 예감이 들어 망설이다가 결국 전화를 받았다.

"네. 대표님."

- 지금 시간 괜찮아? 어디야?

"저야 늘 집인데, 근데 무슨 일이 생겼나요?"

공연한 예감처럼 이어서 들려오는 임 대표의 목소리는 무척이나 무겁고도 음울했다.

- 집에 검은색 정장 있지? 입고 30분 후에 나와. 데리러 갈게.

"대표님."

- 윤이 할머니…… 돌아가셨다.

가슴에서 무언가가 쿵, 떨어져 내리는 것 같았다. 의진은 갑작스러운 얘기에 미처 반응을 못 한 채 멍하니 핸드폰 너머에서 들려오는 말을 들었다.

- 가는 길이니 오래 안 걸릴 거야. 도착하면 전화할게. 준비하고 있어.

겨우 네, 하고 대답하고는 전화를 끊었다. 아직도 믿기지 않아서 손이 벌벌 떨렸지만, 의진은 애써 마음을 가다듬은 채 옷장 앞으로 다가갔다. 평소 일 때문에 정장을 몇 벌 사 뒀으나 막상 입으려니 바지가 다 밝은색들이라 의진은 맨 아래의 정장 치마를 집어 들었다. 스타킹도 검정색을 어디에 뒀는지 찾지 못해 급하게 살구색으로 입을 수밖에 없었다. 맨얼굴에 머리만 단정하게 묶고서 기다리는데 마침 임 대표가 도착했는지 전화가 울렸다. 의진은 얼른 가방을 챙겨서 나갔다.

밖에는 임 대표의 차가 기다리고 있었다. 다가가서 차 문을 열어 보니 늦은 시간에 임 대표 역시 갑작스럽게 나온 건지 기사가 따로 없이 본인이 직접 운전대를 잡고 있었다.

"자리 바꾸실래요, 대표님? 제가 운전할게요."

그녀의 말에 임 대표는 됐다며 얼른 타라고 했다. 그녀가 자리에 앉자마자 차는 지체 없이 출발했다. 가는 길에 임 대표에게서 간단히 상황에 대해 들을 수 있었다.

"고향 댁에서 쓰러지신 거 옆집이 발견했나 봐. 뇌출혈로 돌아가신 거고, 댁에 할머니 외엔 사람이 없다 보니 발견이 좀 늦었지."

"윤이는요?"

"윤이도 소식 들은 지 얼마 안 됐어. 촬영장에 있다가 전화 받고 바로 달려갔으니까."

아무 말 못 하고 있는 그녀에게 임 대표가 운전하면서 말을 이었다.

"지금 정민이랑 같이 있어. 너무 걱정 마. 급하게 상조 회사에 연락해서 장례식 준비하느라 둘 다 정신은 없을 텐데, 철주랑 다른 직원들도 아까 보내 놔서 괜찮을 거야."

"윤이가…… 충격이 컸겠어요. 임종을 못 지켜 드려서."

"그러니까 말이야. 워낙에 갑작스럽다 보니."

의진은 임 대표의 얘기를 들으며 마지막으로 봤던 할머니의 모습을 떠올렸다. 저녁상을 치우다 간간이 이마를 짚으시던 그때부터 어지럼증 증상이 있었던 건 아닌지, 그저 소홀히 지나쳤던 것만 같아 후회가 됐다. 그게 마지막일 줄 알았으면 더 늦게까지 있어 주다가 나올걸. 골목 끝에서 저 오는 모습에 함박웃음을 짓던 할머니가 떠올라 마음이 미어졌다.

"아무튼 신 실장 스스로 원해서 돌아올 때까진 자잘한 일들은 따로 연락 안 하려고 했는데……. 오늘은 어쩔 수 없었어. 이해해 줘."

"그런 말씀 마세요. 당연히 연락 주셨어야죠."

떠오르는 할머니의 모습 위로 어느덧 윤의 얼굴이 겹쳐졌다. 삼계탕집에서 부모님 얘기를 해 주던 그날, 그 외롭고 텅 빈 눈빛이 생각났다. 의진은 입술 끝을 깨물면서 먹먹한 한숨을 삼켰다.

수원 모 병원의 장례식장에 도착했을 때는 이미 11시가 지나고 있었다. 한밤중의 빈소는 통곡하거나 흐느끼는 소리도 없이 그저 고요하고 적막했다. 언뜻 잘못 찾아온 게 아닌가 싶을 정도로 아무 소리도 들리지 않아서 의진은 저도 모르게 주춤했다. 앞장섰던 임 대표가 돌아보자 그제야 의진은 천천히 빈소 안으로 걸음을 내디뎠다.

안에는 낯익은 남자 셋이 보였다. 윤의 매니저인 이정민, 윤의 친구인 김준서, 그리고 윤. 그들은 조용히 빈소 한쪽에 서서는 조문하러 오는 사람들을 맞았다. 임 대표와 의진이 들어서는 걸 보고서 맨 먼저 정민이 고개를 숙여 보였다. 준서도 둘을 발견하고는 눈으로 인사를 건네 왔다.

의진이 가만히 윤을 바라봤다. 거의 한 달 만에 보는 윤은 검은 양복에 흰 와이셔츠, 검은색 타이를 매고 있었다. 서 있는 다른 이들과 비슷한 차림새지만 상주임을 알려 주는 팔뚝의 완장이 눈을 아리게 했다.

누구도 입을 열지 않는 정적 속에서 임 대표가 먼저 분향을 한 뒤 영정 앞에 무릎을 굽혀 앉았다. 임 대표가 영정 사진을 향해 큰 절을 두 번 하고 다시 상주 윤과 맞절을 하는 모습을, 의진은 묵묵히 지켜만 보았다. 임 대표의 문상이 끝나고 의진이 똑같은 절차를 반복하는 동안에도 빈소 안은 조용했다. 가끔가다 준서가 훌쩍이는 소리가 들렸지만, 그뿐이었다.

말없이 서 있는 윤은 조금 메말라 보였으나 평소와 똑같은 표정이었다. 그녀와 눈을 마주친 것도 처음 빈소에 들어설 때와 맞절 후 가볍게 묵례할 때 그 두 번이었다. 아무 감정이 보이지 않는 얼굴로 짧게 눈길을 보내더니 곧 다시 시선이 떨어졌다. 윤은 울지 않았다. 흐느끼지도 않았다.

울음이 터질 것 같은 건 오히려 의진이었다. 영정 사진 속에서 환하게 웃는 할머니의 모습 위로 마지막으로 수원에서 보냈던 할머니와의 저녁 시간이 겹쳐지고, 돌아가신 엄마의 환영마저 겹쳐져서 자꾸만 뿌옇게 시야가 흐려 왔다. 의진은 겨우 마음을 가다듬고는 뒤로 서너 발자국 물러난 뒤 몸을 돌려서 빈소를 나왔다.

"옆에 식사나 차 한잔하실 수 있게 준비해 뒀어요."

빈소에서 따라 나오며 준서가 하는 말이었다. 의진이 고개를 돌려 봤다. 울음을 참느라 그랬는지 눈 주위가 잔뜩 벌게진 채 준서가 옆으로 안내한다.

"사실 제가 이쪽에서 식사 안내라도 도와드려야 하는데, 윤이 녀석이 하도 걱정돼서 사람 없을 때 잠깐 들어가 본 거예요. 누나, 밥은요?"

윤을 알고 지낸 시간 동안 준서도 여러 번 봐 왔는지라 둘끼리 사이가 어색하지는 않았다. 무엇보다 준서는 여태 꼬박꼬박 직급으로만 호칭하는 윤과 달리 처음 만났을 때부터 저를 스스럼없이 누나라고 불러 와, 가끔은 정말이지 친한 동생같이 느껴질 때도 있었다.

"아니야. 아까 저녁 먹어서 생각 없어."

"그래도 걸음 한 김에 차라도 드시고 가요. 근데 같이 오신 사장님은요? 식사도 안 하고 벌써 가셨나?"

"아, 대표님? 저기 계시네."

임 대표는 문 앞에서 철주와 무슨 얘긴가를 나누고 있었다. 의진과 준서는 잠시 그 자리에 서서 임 대표를 기다렸다.

"연락은 언제 받은 거야?"

그러다 의진이 물어보자 준서는 뻑뻑한 눈가를 한 손으로 문지르며 말했다.

"저녁쯤인가? 소식 듣고 바로 달려오긴 했는데, 한 게 없어요. 와 보니까 회사 식구들이 이미 여럿 와서 도와주시더라고요."

"그래."

의진이 고개를 끄덕이며 주변을 둘러봤다. 준서의 말처럼 식장 안팎에는 새움의 직원들이 각자 자리를 잡은 채 차분하게 움직이고 있었다. 임 대표의 도움이 컸을 테지. 윤에게는 아버지와도 다름없는 사람이니, 소식을 듣고선 누구보다 빠르고도 빈틈없이 지시를 내렸을 것이다. 그래서 다행이라고 생각했다. 가족이며 친척들이 거의 없는 윤이 혼자서 준비하려면 몹시 막막했을 텐데 말이다.

곧이어 임 대표가 그들한테로 다가왔다. 준서는 밥 먹는 곳을 안내해 주고는 다시 빈소로 돌아갔다. 준서가 알려 준 테이블에 앉아서 임 대표는 육개장을, 의진은 밥 대신 녹차 한 잔을 달라고 했다.

"발인은 언제인가요?"

"모레라고 들었어."

시뻘건 육개장에 하얀 쌀밥을 말면서 임 대표가 한숨처럼 말했다.

"밥 먹고 나는 이따 서울 올라갈게. 발인할 때 다시 오려고."

"네."

"신 실장도 같이 갈래?"

"아니요. 전 여기에 있어야죠."

왜 그랬는지는 몰라도 1초의 고민도 없이 이곳에 남겠다고 했다. 윤과는 이제 아무 사이 아니지만 이대로 두고 가려니 발길이 떨어지지 않았다.

"정민이가 사흘간 밤낮으로 옆에 있어 주기로 했어. 신 실장은 정 힘들면 정민이한테 맡기고 올라가도 돼."

"전 괜찮아요. 그나저나 정민이가 고생이네요."

임 대표는 그녀의 말에 건너편 빈소를 바라봤다.

"별수 없지. 매니저가 자리를 비우면 안 되잖아."

"정민이도 급여 조정할 시기인데 끝나면 섭섭하지 않게 올려주세요. 요즘은 정민이처럼 착실한 친구들도 잘 없더라고요."

"그럼. 신 실장 말이 맞아."

"그리고 윤이 스케줄은 당분간 비워 주시고요. 장례 끝나고서도 좀 쉬어야 할 것 같아요."

윤이 걱정돼서 제안하자 임 대표도 응, 하면서 고개를 끄덕였다.

"안 그래도 내일 회사에 가서 스케줄 전부 뒤로 연기하고, 기사 관리도 하고 하면 모레 새벽쯤에나 다시 올 것 같다."

그러더니 임 대표가 자리에서 일어난다. 아직 차를 반도 안되게 마신 의진과 달리 임 대표는 그새 육개장을 다 먹었는지 그릇이 깨끗하게 비어 있었다.

"먼저 가 볼 테니 윤이 좀 부탁해."

"네. 걱정 마세요."

임 대표를 바래다주고는 다시 테이블로 돌아왔다. 장례 첫날이고 늦은 시각이라 그런지 조문객들은 거의 없었다. 의진은 먹은 음식들을 치운 뒤에 생수 몇 병을 받아서 빈소로 향했다. 마침 준서가 가려는지 빈소를 나오는 게 보였다.

"이제 가려고?"

그녀가 건넨 말에 준서는 면구스러운 표정으로 얘기했다.

"와이프가 요즘 입덧을 심하게 해요. 일단 올라갔다가 내일이나 모레쯤 다시 오려고요."

"그래. 늦었는데 얼른 들어가 봐."

"그동안 윤이 부탁할게요. 누나."

"응. 매니저도 계속 자리 지킬 거고, 나도 있으니 걱정 말고 가."

준서는 그럼에도 마음이 놓이지 않는지 몇 번 더 윤이 있는데를 돌아보더니 식장을 나갔다. 준서까지 바래다주고 의진은 그제야 빈소로 다시 들어갔다. 안에는 정민과 윤, 둘만 있었다. 들어서는 그녀를 보더니 앉아 있던 정민이 일어난다. 의진은 가져온 생수 두 병을 건넸다.

"괜찮아. 앉아 있어. 물이라도 마시고."

"네."

정민이 생수 하나를 윤에게 건네자 윤은 그걸 받아서 바닥에 내려놓았다. 조문객이 더 없어서인지 그는 아까 들어올 때와 달리 벽에 등을 기댄 채 앉아 있는 모습이었다. 그는 여전히 그녀에게 오래 시선을 두지 않았다. 기척에 한 번 고개를 들었다가 곧 눈길을 돌리던 윤이 말했다.

"실장님도 보내 드려."

정민은 윤의 말을 듣고선 의진을 바라봤다. 가실까요, 하는 눈빛에 의진이 신경 쓰지 말라고 고개를 흔들었다. 의진은 다시 윤을 봤다. 멍하니 단상 위의 영정 사진을 보고 있는 그에게서는 무거운 피로가 읽혔다. 사람 없을 때 잠이라도 좀 자야 하는데……

"2층에 상주랑 가족들 쉬는 방 있던데, 둘 다 올라가서 쉬다가 나와. 여긴 내가 있을게."

"괜찮아요. 실장님."

"아니야. 내 말 들어. 상 치러 봐서 알아. 내일은 입관식도 있고, 조문객들도 가장 많이 올 테니 그때가 제일 바쁘고 힘들어. 그러니 오늘은 몇 시간이라도 자 둬야 해."

두 사람 눈치를 살피던 정민은 의진이 여러 번 재촉해서야 못 이긴 척 자리에서 일어났다. 정민이 빈소를 나가자 둘만 남게 된 방 안에서는 한동안 침묵이 맴돌았다.

"가요, 그만."

그러다 윤이 말했다. 헤어지고 처음 제게 한다는 말이 바로, 그날처럼 가라는 말이었다. 의진에게서 한숨이 흩어져 나왔다.

"네 기분은 알지만, 문상 온 조문객한테 그렇게 말하는 거 아니야."

그 말에 윤이 고개를 돌려 그녀를 봤다. 가까이서 마주한 그의 얼굴은 전과 똑같았다. 다른 게 있다면 조금 말랐고, 온통 수척해져 있을 뿐.

의진이 입술을 깨물며 고개를 수그렸다. 그동안 보고 싶었던 시간만큼 그저 눈이 마주친 것만으로도 눈물이 고여서 힘들었다.

"와 줘서 고맙다고, 한번을 말하지 않더라."

새움의 제 식솔들은 윤의 성격이 원래 그러하니 백번 이해한다 쳐도 내일부터는 업계 사람들과 기자들도 더러 올 텐데, 혹시라도 태도 문제로 논란이 일까 걱정됐다. 그러면서 의진은 지금 이 순간에도 윤이 느낄 슬픔이나 회한보다, 그가 괜히 사람들의 말밥에 오를까 봐 관리해야 하는 제 입장이 못내 싫었다.

"그 말이 듣고 싶었어요?"

"윤아."

그게 아니잖아. 답답한 그녀의 표정에도 윤은 빈정대듯 말을 이었다.

"와 주셔서 고맙습니다. 식사 마련해 두었으니 꼭 좀 드시고 가세요."

의진이 그런 그를 한참 보다가 자리에서 일어났다. 단상 위에서 할머니가 자애롭게 웃으며 지켜보시는데 이런 의미 없는 말싸움을 하고 싶지 않았다. 무엇보다 지금 가장 힘들 사람은 윤이었기에, 현재 윤이 어떤 마음으로 이 자리를 지키고 있는지, 똑같은 상실의 고통을 겪어 봤던 의진으로선 윤을 이해할 수밖에 없었다.

"가야 할 때가 되면 네가 말하지 않아도 갈게."

"……."

"그전까진 잔소리 같아도 내 말 듣고. 잘 수 있을 때 자 가면서 컨디션 조절해야 돼. 삼일장은 버텨 내야지."

계속 말이 없는 윤을 뒤에 둔 채 빈소를 나왔다. 자꾸만 울컥울컥 고여 오는 눈물에 두 손으로 얼굴을 감싸다가 고개를 들었다. 마침 저쪽에서 졸리는지 하품을 하던 철주와 눈이 마주쳤다.

그녀를 향해 인사처럼 웃는 철주에게 의진도 가까스로 웃어
보였다.

조용히 별 하나가 지던 날, 유난히 어둡고 캄캄하던 밤은 빛
이 보이지 않았다.

09.

　이튿날, 아침이 밝자 사람들이 몰려오기 시작했다. 대부분 어제저녁 부고를 접한 이들이 밤늦은 시간보다 다음 날 일찌감치 문상을 온 것이다. 방문한 사람들 대다수가 연예계 동료 배우나 업계 관계자들이었고, 연예 기사 면에도 배우 최윤의 조모상 소식이 온 오전 업데이트되고 있었다.

　의진은 기사를 읽던 핸드폰을 내려놓았다. 피곤한 눈을 비비다가 메시지가 들어오는 소리에 다시 들여다봤더니 어젯밤 예약했던 숙박업소에서 보내온 입실 확인 내용이었다. 숙소를 예약하자마자 받은 임 대표의 전화에 여길 달려오느라 그동안 새까맣게 잊고 있었다.

여행은 무슨⋯⋯. 의진이 흐리게 한숨을 쉬었다. 윤을 잊기 위해 무작정 어디라도 떠나고 싶었으나 결국은 도로 원점으로 돌아온 기분이다. 의진은 숙박업소에 전화를 걸어 예약을 취소했다.

점심이 지나고 오후로 넘어가는 시간대가 되자 문상객들이 조금 뜸해졌다. 그 틈을 타 대충 밥을 먹고는 의진은 다시 빈소로 향했다.

윤은 여전히 단상 옆에 앉아 있었다. 그는 어제 밤새 내내 거기에 있었다. 새벽에 잠이 안 와서 뒤척이다가 나가 봤을 때도 홀로 그림처럼 앉아선 미동도 없었다. 밥도 먹지 않았고, 가져다준 생수만 그저 반 정도 비어 있을 뿐이었다.

"화장실 가거나 씻을 때 빼곤 저기를 떠나지 않아요. 뭘 먹는 것도 못 봤어요."

"⋯⋯."

"저러다 장례 끝나기 전에 형이 먼저 쓰러질 것 같아요. 오전에 입관 때도 어지러운지 비틀거려서 제가 계속 잡아 줬거든요."

빈소 앞에 멈춰 선 의진에게 정민이 다가오더니 걱정스럽게 알려 줬다. 의진은 식장 도우미한테서 받아 온 호박죽을 건넸다.

"네가 가서 억지로 깔고 앉아서라도 입 안에 욱여넣어. 내 말은 안 들으니."

"실장님 말도 안 듣는데 제 말을 듣겠어요?"

"어떻게든 방법 들이대서 먹여 봐. 연예인 밥 먹이는 것도 매니저가 할 일이야."

그녀의 말을 듣고 정민은 울상을 지었다. 의진도 답답하긴 마찬가지였다. 예전이라면 어떻게든 어르고 달래서 먹일 수도 있겠으나 지금은 제게 틈 하나 내어 주지 않는 윤이었다. 그는 내내 그녀를 투명 인간 취급했다. 그만 돌아가라는 말이 통하지 않아서인지 가라는 말도 더 없었고, 그녀가 조문객들을 안내하며 빈소를 들락날락해도 따로 눈길 한 번 주지 않았다. 의진 역시 그런 윤에게 무어라 말을 붙일 수조차 없었다.

결국, 의진은 무거운 표정으로 돌아서야 했다. 마침 식장 안으로 들어서는 여자가 보였다. 화장기 없는 얼굴에 검정색 원피스 차림의 여자는 바로 한시은이었다. 의진은 시은이 다가오는 걸 보면서 인사를 건넸다.

"왔어, 시은 씨?"

"소식 듣고 이제 왔어요. 늦었죠?"

"아니야. 들어가 봐. 윤이 안에 있어."

시은은 곧 따라온 매니저와 함께 빈소로 들어갔다. 옆에서 정민이 괜히 걱정되는지 눈치를 살피다가 뒤따라갔다. 의진은 그 자리에서 그런 그들의 모습을 보고만 있었다. 시은이 들어가자 윤이 일어나는 게 보였다. 시은은 잠시 후 차분하게 조문 절차를 마치더니 위로의 말을 건넸다.

"뭐라고…… 얘기를 해야 할지 모르겠다. 기운 내."

"와 줘서 고마워. 밥이나 차라도 마시고 가."

의진이 돌아섰다. 둘이 나누는 얘기를 등 뒤로 흘리며 그녀는 빈소 앞 테이블에 걸터앉았다. 그런 의진에게로 철주가 스적스적 다가오더니 보고하듯 알려 주었다.

"연희랑 강나경 오고 있답니다."

"그래. 나경인 요즘 좀 어때?"

그동안 텔레비전이나 핸드폰을 아예 끊다시피 하고 살았기에 강나경에 대한 근황도 알지 못했다. 혹시 무슨 문제 없었는지 묻자 철주는 무덤덤하게 대답했다.

"병크 터져서 활동 잠시 중단하고 자숙 중입니다."

"무슨 병크?"

그새 또 뭔 사고를 쳤기에? 의진의 의아한 표정에 철주가 설명해 줬다.

"SNS에 영화 관람 관련해서 올렸는데, 그게 저작권 침해 논란으로 번졌어요."

"저작권 침해라면……. 설마 영화 한 장면을 찍어서 올린 거야?"

"네. 영화에서 가장 결정적인 스포가 되는 부분을 영상으로 찍어 올렸답니다."

철주가 답했다. 웬만해선 표정이 잘 드러나지 않는 철주지만 지금 이 순간엔 그에게서도 미친 거죠? 하는 기색이 그대로 내비쳤다. 세상에, 얼굴만 청순한 줄 알았는데 뇌까지 청순할 줄이야. 의진은 기가 막혀서 말이 나오지 않았다.

"아니, 걔는 자랑하고 싶으면 그냥 영화표 인증샷이나 올릴 것이지 왜 사서 논란을 만들어? 그리고 걔 매니저는 그런 것도 관리하지 않고 뭐 한 건데?"

"주말에 저 혼자 영화 보러 갔다가 올린 거라던데, 매니저가 스물네 시간 범죄자 감시하듯 따라다닐 수도 없고요. 안 그래도 죄 없는 매니저도 이번에 같이 대표님한테 혼났어요."

"골치 아프네."

"조만간 정리될 분위기예요. 지금 재계약 시점인데 대표님은 계속 아무 얘기 없으신 걸로 봐선 정황상 다른 데로 갈 것 같아요."

지난번에도 임 대표가 얼핏 재계약은 고민해 보겠다던 얘기가 떠올랐다. 아마 이대로 계약을 끝낼 생각인 듯했다.

"알았어. 이따 얘기해."

한시은이 빈소에서 나오는 게 보여 의진은 일단 얘기를 마무리 지었다. 시은은 그녀 쪽으로 걸어오더니 갈게요, 하면서 인사했다. 화장을 안 한 탓인지 유난히 창백해 보이는 얼굴에는 어딘가 모르게 초조한 빛까지 드러났다. 무슨 일이 있나? 의진은 궁금했지만 티 내지 않고 차를 권했다.

"차 한잔 마시고 가."

"다음에요."

지난번 윤과의 스캔들을 의식해서인지 시은은 오래 머무르지 않고 형식적인 조문만 한 뒤에 자리를 떴다. 의진은 다시 빈소 안의 윤을 봤다. 그는 여전히 우두커니 앉은 채로 단상 위의 영정 사진에만 시선을 두고 있었다.

"어쨌든 우리 윤이 계속 잘 좀 부탁할게. 어릴 때 지 부모 모두 잃고 여태 내 손에서만 커 왔는데, 말은 안 해도 무쟈게 외로웠을껴. 안 그러겄어? 살아오면서 기댈 사람이라곤 다 늙은 이 할미밖에 없었을 터인데……."

지금쯤 윤의 마음이 어떨지 짐작이 가지 않았다. 하나뿐인 가족이면서 제 모든 걸 품어 주셨던 할머니가 이리 떠났으니, 아마 텅 빈 세상에 홀로 남은 것 같겠지. 윤이 느낄 고독감과 무력감이 앉아 있는 모습에서 그대로 드러났다.

의진은 다가가지 못해, 한참을 그 커다랗고 외로운 뒷모습을 바라보기만 했다.

윤은 발인을 앞둔 당일 새벽녘에야 간신히 잠들었다. 정민이 달려와 알려 주는 소리에 의진은 바로 들어가 보았다. 버티고 버티다 더 이상 허기와 피로를 이기지 못했는지, 윤은 빈소 한구석에서 그대로 쓰러져 잠이 든 모습이었다.

"방에 들어가 편히 자면 좋을 텐데……. 여긴 드나드는 사람들이 많아서 금방 깰 것 같아요."

"아냐. 옮기려면 깨워야 하니까, 차라리 이대로 몇 시간이라도 자게 두는 게 좋겠어."

"가서 담요라도 가져올게요."

정민이 말과 함께 담요 가지러 뛰어갔다. 잠시 후에 그가 베개와 담요를 가져다주자 의진은 돌아가 쉬라고 했다.

"여긴 내가 있을게. 좀 자고 아침에 나와."

"아뇨. 당연히 제가 있어야죠."

"말 들어. 발인 때 운구하려면 너도 잠깐이라도 눈 붙여야지."

"그럼…… 이따 필요하면 저 부르세요."

정민이 망설이는 듯하더니 그 말을 남겨 놓고는 이내 빈소를 나갔다. 의진은 그가 가져온 담요로 윤의 몸을 덮어 주었다. 베개도 넣어 주고 싶었으나 기척이 심하면 깰 것 같아서 그대로 내버려 두었다. 잠든 윤의 옆에 앉은 채 의진이 가만히 그를 바라봤다. 흐트러진 머리칼이 이마를 반쯤 덮은 채 윤은 숨소리 하나 없이 잠에 빠져 있었다. 양복 차림 그대로, 목을 꽉 죄는 타이가 불편해 보여 손을 뻗었다가 의진은 도로 거두어들였다.

"늘 열심히 하고 긍정적이던 실장님이 인간적으로 좋았거든요. 그런 사람이 내 옆에서 진심으로 나 잘되길 바라며 위해 주는 것도 좋았고."

차라리 널 알지 못했더라면, 차라리 우리 사이에 아무 일도 발생하지 않았더라면 얼마나 좋을까? 난 아직 널 보는 것만으로도 이렇게 마음이 아픈데. 계속 좋아할 수도, 깨끗이 잊을 수도 없어서 괴로운데. 단념의 반대말은 미련이라더니 이렇게 단념이 안 되는 걸 보면 아직도 미련이 많이 남았나 보다.

의진이 시선을 돌려 단상 위를 바라봤다. 영정 사진 속 할머니의 웃는 모습이 꼭 곁에 있는 것처럼 따뜻해서 눈물이 뭉클뭉클 솟아올랐다.

"녀석이 우리 실장님처럼 똑 부러지는 여잘 만나는 걸 봐야…… 내가 그만 마음 편히 가제."

"그런 아가씨 없으면 실장님이 우리 윤이 대신 책임져야 돼. 응?"

의진은 그만 두 손으로 얼굴을 감쌌다. 입술을 깨물고 숨을 죽였는데도 눈물은 자꾸만 흘러내렸다. 할머니와 윤을 바로 옆에 두고선 그 두 사람이 그리워, 의진은 한참을 울어야만 했다.

어느 결에 잠이 들었던지 갑자기 들려오는 기척에 놀라 고개를 들어 봤다. 임 대표가 눈앞에 서 있었다.

"왜 여기서 이러고 있어? 둘 다."

"아, 윤이 겨우 잠들어서요. 대표님은 언제 오셨어요?"

"지금 막 도착했어."

시계를 들여다보니 벌써 아침 5시였다. 오늘 발인에 늦지 않게 새벽길을 달려온 것 같았다. 의진은 옆의 윤을 건너다봤다. 그는 새벽에 잠든 모습 그대로, 한 번 뒤척이지도 않고 자고 있었다. 그래도 몇 시간이라도 이렇게 눈을 붙이니 다행이다. 그 생각으로 물끄러미 윤을 보고만 있는데 임 대표가 말했다.

"그때 생각나네."

"그때라니요?"

"신 실장 어머니 돌아가셨을 때 말이야."

임 대표가 맞은편에 대충 걸터앉으며 말을 이었다.

"장례 내내 먹지도 못하고 자지도 못하던 신 실장 기억나?"

"……."

"그때 신 실장도 발인 전날인가 겨우 잠이 들었는데, 들어가 보니 옆에서 윤이가 지키고 있더라고."

그랬었나……? 전혀 몰랐다. 울다 지쳐 죽은 듯이 자서 몰랐을 수도. 의진은 처음 듣는 얘기에 임 대표를 바라봤다.

"윤이 그때 한창 영화에 광고, 화보 촬영도 몰려 있을 때라 엄청 바빴는데 3일 내내 스케줄 끝나면 집에도 안 가고 빈소부터 들렀잖아. 신 실장이 밥은 먹었는지, 잠은 자 가는지, 그게 그렇게 걱정됐나 봐."

"……네."

"하여튼 신 실장하고는 각별했어."

이번에도 의진은 그저 네, 라고만 대답했다. 아무 말도 생각나지 않았다.

"윤이가 무심해 보여도 제 사람한테는 유독 정 많은 타입이지. 알잖아."

모르겠다. 알 것 같다가도 도통 모르겠다. 최윤이 어떤 사람인지, 그에게 그녀는 대체 어떤 의미인지, 언제부터 그의 마음이 이랬는지조차도. 의진이 고개를 들어 창 너머에 시선을 줬다. 창가는 어느덧 희붐하게 밝아 오고 있었다.

"깨면 뭐라도 좀 먹여 줘. 나가서 기다릴게."

임 대표는 그 말을 한 뒤 곧 빈소를 나갔다. 다시 둘만 남겨진 방 안에서 의진은 한참을 멍하니 앉아 있었다. 그러다가 시간을 확인하고는 자리에서 일어났다. 의진은 밖으로 나가 정민을 찾았다.

"좀 이따 윤이 깨워서 같이 밥 먹어. 오늘 같은 날은 기자들도 올 수 있으니 발인 시간에 맞춰 일찌감치 준비하고."

그녀의 말에 정민이 고개를 끄덕였다. 의진도 씻기 위해 방으로 돌아갔다.

* * *

역시 꿈이었나 보다. 면도를 끝낸 윤이 면도기를 툭, 세면대 위에 내려놓으며 생각했다. 잠결에 두런두런 들려오던 말소리에는 분명 의진이 있었던 것 같은데, 아침에 눈을 떠 보니 그녀 대신 정민이 제 어깨를 흔들고 있었다.

"형. 이제 밥 먹고 준비해야 돼요."

정민이 깨우는 소리에 바닥에서 몸을 일으켜 보니 어느새 날이 밝아 있었다. 어제 어떻게 잠이 들었는지 기억도 없건만 벌써 장례 세 번째 날이었다.

"내가 얼마나 잔 거야?"

"한 네 시간? 새벽에 잠들었어요."

정민의 대답에 어, 하고 고개를 끄덕였다. 할머니의 영정 사진 앞에서 고작 3일도 못 버티고 쓰러졌나 보다. 암만 두 눈 부릅뜨고 자리를 지키려 해도 결국은 밀려오는 잠을 이기지 못했고, 몇 끼를 굶었던 건지 허기진 배는 이제 더 이상은 죽겠다고 밥 달라며 아우성이다. 그게 씁쓸했다. 어떠한 슬픔도, 고통도, 생체의 리듬 앞에선 아무것도 아니라는 게 허무했다.

윤이 양복을 갖춰 입고 나갔다. 할머니의 마지막 가시는 길, 이제라도 정신을 차리고 잘 보내 드려야 싶었다. 사실은 할머니가 돌아가셨다는 연락을 받고 지금까지, 한 번도 정신이 나갔다거나 울음이 터져 나오지는 않았다.

그저 믿을 수가 없어 멍해졌을 뿐이다. 명절마다, 휴가마다,

내려갔던 고향에 이제는 누구를 보러 가야 하나 막막했을 뿐이다. 훗날 결혼이라도 하게 되면 부모님 자리에 당연히 앉아 계셔야 할 분이 없어서 어떡하지 싶었을 뿐이다. 할머니, 하고 부르면 '그려, 내 새끼.' 라고 응답해 주시던 그 목소리를 영영 다시 들을 수 없나 서러워졌을 뿐이다.

"아무거나 주세요."

식장 밥 먹는 테이블에 앉아서 곁에 있는 아주머니에게 얘기했다. 나이 지긋한 도우미 아주머니가 그런 저를 힐끔거리더니 말한다.

"상주분이 드디어 일어나셨네. 그래, 이제 밥 먹을 생각나면은 된 거야."

"네."

배도 고프고 지친 터라 그저 짤막하게 대답했다. 그런데도 아주머니는 밑반찬을 놓아 주며 계속해서 말을 걸어왔다.

"그나저나 티브이에서 보던 것보다 훨씬 잘생겼고만. 우리 딸이 그쪽이라면 자다가도 벌떡 일어나는데."

"감사합니다. 황태국으로 주세요."

메뉴를 말하지 않으면 쉽게 얘기가 안 끝날 것 같아서 눈에 보이는 대로 주문했다. 아주머니는 그의 주문에도 응, 하면서 건성으로 고개를 끄덕이더니 딴 얘기를 했다.

"근데 가족이나 친척은 거의 안 보이고 전부 다 연예인이랑 소속사 사람들인가 봐. 다른 집은 친척들이 같이 밤새워 주는데, 우리 배우님은 회사 사람들이랑 저기 여자 친구가 다네."

그때, 테이블로 다가오던 정민이 마침 아주머니의 말을 듣고는 되물었다.

"누가 여자 친구예요?"

아주머니가 저기 아니야? 하며 손가락으로 가리킨 방향에는 의진이 있었다. 그들과 조금 떨어진 곳에서 한창 장례 지도사와 무언가를 얘기 중인 의진은 검정색 정장 치마에 검정색 스타킹 차림이었다. 급하게 왔던, 첫날 입었던 스타킹과 대조되는 검정색이 눈길을 끌었다.

사흘 동안 내내 식장에서만 머물렀던 의진인지라 따로 필요한 것들은 근처 편의점에서 사 오거나 장례 업체에 부탁하는 것 같았다. 아마 갈아입을 옷 같은 것도 미처 준비하지 못해 꽤 불편할 터.

"아, 저분은 저희 실장님이세요. 난데없이 여자 친구라고 하니 깜짝 놀랐네."

정민이 얼른 아니라고 하자 아주머니는 '아이고, 그래?' 하면서 어색한 웃음을 터뜨렸다.

"그럼 다 회사 양반들이시네. 아유, 배우님은 참으로 복도 많아. 어떤 직장에서 이렇게들 챙겨 주시나. 가만 보니 저 아가씨, 어제도 밤새 빈소에서 자고 있는 배우님 곁을 지키던데. 방도 많은데 들어가 쉬지도 못하고 거기서 그러는 걸 봐선 어지간히 걱정이 됐나 보지."

"……."

꿈이 아니었네. 죽은 듯이 잠에 빠진 와중에도 그녀의 냄새가 나는 것 같고, 그녀의 체온이 느껴지는 것 같았는데 정말로 곁에 있었다는 소리였다.

윤은 의진의 뒷모습을 말없이 응시했다. 지금은 검정색 스타킹에 가려져서 볼 수 없지만, 조문 온 첫날에 무심코 내려다봤던 그녀의 무릎. 거기의 멍 자국은 어느새인가 깨끗하게 사라져 있었다. 그녀에게서 제 흔적들이 그렇게 다 지워지나 보다는 생각에 한순간 기분이 뭣 같아서 견딜 수가 없었다.

"네 기분은 알지만, 문상 온 조문객한테 그렇게 말하는 거 아니야."

"가야 할 때가 되면 네가 말하지 않아도 갈게."

"그전까진 잔소리 같아도 내 말 듣고. 잘 수 있을 때 자 가면서 컨디션 조절해야 돼. 삼일장은 버텨 내야지."

그러나 의진은 그때도 그토록 차분하고 침착했다. 당장이라도 터질 것 같은 감정들을 몇 번씩 꾹꾹, 욱여넣다가 결국 참지 못해 유치하게 시비 거는 저와는 달랐다. 의진은 여태 그래 왔듯 담담하면서 사무적이었다.

발리에서 돌아왔을 때, 그녀는 이미 회사에서 모습을 감춘 뒤였다. 임 대표는 떠나려는 사람 잡으려면 시간이 필요한 거라고 했지만, 윤은 어이가 없었다. 어떻게 저와 끝내자마자 기다렸다는 듯이 바로 사라진 건지, 그녀에게 있어 제 존재는 정말 아무것도 아니었는지, 허탈하고 허무하기만 했다. 그런 제가 그 시간들을 어떻게 견뎌 왔는지도 모르면서, 그녀의 빈 사무실 문을 바라보며 하루에도 몇 번씩 마음이 어떻게 무너졌는지도 모르면서, 다시 나타난 의진은 언제나처럼 실장님 역할에 최선이었다.

신의진에게 최윤은 도대체 뭐였을까? 처음부터 끝까지, 그저 단순한 회사 책임자와 아티스트였을 뿐인가? 어제 밤새 저를 지키고 있었다는 것도 한낱 그런 마음에서 비롯된 걱정뿐인 걸까?

"안 드세요?"

정민이 무슨 생각을 하냐는 듯 조심스레 저를 불렀다. 어느새 제 앞에 놓인 밥을 보면서도 윤은 아무 말 하지 않았다. 의진을 생각하고 있으면 괴로웠다. 괴로운데도 생각을 멈출 수가 없었다. 그는 다시 그녀 쪽을 바라봤다.

때마침 의진이 장례 지도사와 얘기를 끝내고 돌아서는 게 보였다. 그 바람에 계속 그녀를 보고 있던 그와 눈이 마주쳤다. 의진의 표정은 여전히 고요했다.

밉다. 아무 감정도 보여 주지 않은 채 늘 방어적인 저 여자가. 의진이 동요하고 무너지던 순간은 제 아래에 깔려서 흐트러질 때, 그 잠깐뿐이었다. 그때마저도 목석이었으면 제게 아무런 마음이 없는 거라고 미련이라도 버릴 텐데…….

왜 다 끝낸 관계를 두고 저는 아직도 이러고 있는 걸까? 제가 먼저 그만두자 해 놓고는 여태 그녀를 놓지 못하는 스스로에게 자괴감이 밀려왔다.

"너한테 미리 솔직하게 말하지 않은 건 내 잘못이야. 근데 다른 남자랑 뭘 어떻게 하려고 한 건 아니라고. 왜 사람 말을 못 믿어?"

그날, 그 남자의 메시지로 인해 결국 헤어짐까지 이르렀던 둘 사이. 사실은 윤도 알았다. 그따위 남자는 그저 핑계였다는 걸. 딴 놈이랑 연락하고 만나고, 이유야 어찌 됐든 제게 거짓말까지 한 건 화가 났지만, 그렇다고 그것 때문에 둘 관계를 끝내고픈 생각까지는 없었다. 다만 그저, 그녀의 마음을 확인하고 싶었다. 의진도 저처럼 혼란스럽고 불안하고 애가 타고 간절하다고, 저를 좋아하니까 그런 거라고, 얘기해 주길 바랐다.

그러나 의진은 그날도 저렇게 덤덤했다. 몰아붙이는 저한테 눈물이 핑 도는 것도 잠시, 평소처럼 돌아서던 모습에 윤은 알았다.

신의진의 마음은 나만큼은 아니구나.

생각해 보면 처음부터 그랬다. 둘이 함께 밤을 보낸 다음에도 의진은 늘 자신이 정한 안전거리 범위 내에서만 있을 뿐 더 다가오려 하지 않았다. 언제든 돌아설 것처럼, 언제든 이 사이를 끝낼 것처럼 깊이 빠져들려고 하지 않았다. 그녀의 멍한 눈빛이, 저와 있으면서도 계속 다른 생각에 잠겨 있던 표정이, 이따금 가만히 한숨짓던 모습이 그걸 말해 주었다.

의진에게 있어 둘의 만남은 썩 달가운 관계가 아니라는 사실. 그걸 눈치챈 순간부터 제 마음은 지옥이었다.

"무슨 생각 해요?"

"그럼 난 뭔데? 먹고 버리려고요?"

"……며칠 보고 싶을 텐데."

꼴에 자존심은 있어서 대놓고 매달려 보지도 못했다. 그래도 문득문득 혼란스러움을 이기지 못하는 날엔 그녀의 생각이 궁금했고, 애정을 원했고, 표현을 바랐다. 그러나 의진은 그때마다 그런 저를 모른 척했다.

어쩌면 그런 데 지쳤는지도……. 갑작스레 찾아온 감정에 정신없이 빠졌던 만큼 지치는 것도 한순간이었다.

그래. 다 지쳐서 끝을 냈다. 어차피 여기까지인 관계, 곱씹어 뭐 하고 되뇌어 봤자 무슨 소용이란 말인가? 생각을 거듭할수록 애꿎은 목이 답답하게 조여 왔다. 윤은 타이의 매듭을 신경질적으로 매만졌다.

그런 그에게서 의진이 시선을 돌렸다. 그녀는 지루한 눈싸움을 먼저 피해 버렸다. 이미 저를 보지 않는 그녀를, 윤은 그 뒤에도 한참이나 노려봤다. 그러나 의진은 끝끝내 다시 돌아보지 않은 채 발인이 끝나자 조용히 장례식장을 떠났다.

머리 위로 눈 부신 햇빛이 내리쬐었다. 장례 내내 하늘은 눈치도 없이 맑았다. 영화에서 보면 대개 이런 날에는 추적추적 비가 오거나 바람이 불면서 을씨년스럽기 그지없던데, 현실은 그런 분위기와 한참 달랐다. 햇살은 투명했고, 바람도 전에 없이 싱그러웠다. 그래서 장례가 다 끝나고서도 3일 동안 무슨 일이 일어난 건지 언뜻 실감이 나지 않았다.

윤은 모두가 떠나고 없는 빈 주차장에서 정민을 기다렸다. 장례 업체와 확인할 게 있다며 조금 전에 올라간 정민은 얼마 지나지 않아 다시 모습을 보였다.

"다 됐어요. 가요, 형."

정민이 부르는 소리에 그쪽으로 걸음을 옮기던 윤이 문득 저편의 사람 하나를 발견했다. 저를 바라보며 서성이는 중년의 한 여인. 어딘가 낯이 익은 모습에 물끄러미 쳐다봤더니 여자가 다가왔다.

"형. 안 타고 뭐 해요?"

뒤에서 정민이 재촉하자 윤이 고개를 돌리며 말했다.

"먼저 들어가 있어."

"오랜만이다. 윤아."

그사이 가까이 다가온 여자가 제게 말을 건네 왔다.

"……."

"내가 누군지, 알아보겠어?"

대답이 없는 그를 보다가 여자는 서글픈 웃음을 지었다. 위아래 검정색의 옷차림과 대조되는, 여자의 희끗희끗한 머리칼이 눈에 들어왔다. 얼마나 시간이 흐른 걸까? 저는 이렇게 다 커 버렸고, 이 사람은 이렇게 나이 들어갈 동안…… 몇 번의 계절이 바뀌었던 걸까?

윤은 한참 동안 여자를 바라보며 아무 말 못 했다.

"여긴 어떻게 오셨어요, 이모?"

그러다 가까스로 인사를 건넸다. 잠긴 목소리 사이로 아홉 살의 그해, 마지막으로 찾아와 저한테 울부짖던 이모의 모습이 떠오를 듯 도로 가라앉았다.

"할머니 소식을 전해 듣고 오는 길이야."

그가 조모상을 당했다는 소식이 연예 뉴스에 나왔다는 건 알고 있다. 아마 이모도 그걸 보고서 찾아온 거겠지. 실은 할머니가 돌아가셨다는 소식을 접한 뒤, 누구한테 연락할 정신도 없었다. 장례식장에 도착한 순간부터 영정 사진 액자를 얼마로 할지, 국화를 얼마짜리로 놓을지, 유골함은 또 어떤 것으로 할지, 끊임없이 선택하고 결정하느라 가장 중요한 조문객들 접대는 거의 회사 사람들이 맡아 줬던 것이다.

"잘 보내 드렸어요."

윤이 말했다. 임종도 못 지켜 드린 채 다 떠나신 뒤에야 차가운 할머니의 몸을 끌어안게 됐지만, 그래도 모두가 도와줘서 마지막 가시는 길 격식을 갖춰 잘 보내 드렸다. 추한 모습으로 목 놓아 울지도 않았고 정신을 놓은 채 쓰러지지도 않았다. 다만 다음 생이 있다면 할머니 꼭 제 딸로 태어나게 해 주시라고, 빌고 또 빌었다. 이번 생에 못다 갚은 사랑을 다음 생에선 무한하게 퍼 주기만 하겠다고, 다짐하고 또 다짐했다.

"잠깐 얘기 좀 할 수 있니?"

이모의 말에 윤이 뒤편의 차를 돌아봤다. 유리창 너머로 초조하게 내다보고 있는 정민과 눈이 마주쳤다. 눈짓으로 잠깐만 기다려 달라고 하자 정민이 흘낏 여자를 건너다보고는 마지못해 고개를 끄덕였다.

마땅히 갈 데를 찾지 못한 채 윤은 주차장에서 조금 떨어진 벤치로 이모를 안내했다. 이모 역시 그리 긴 얘기를 할 생각이 아니었는지 별말 없이 따라왔다.

"그동안 네 모습은 텔레비전에서 간간이 봐 왔다."

벤치에 앉아서 이모가 먼저 해 오는 말이었다. 윤은 그저 네, 하고 대답만 했다.

"어릴 때 얼굴이 조금 보이는 것 같기도 하고, 다 커서 아예 몰라볼 것 같기도 하고, 그래도 텔레비전에 네가 나올 때면 차마 채널을 돌리지 못했지."

"……."

"근데 본명을 쓰더구나. 다른 사람들은 연예인으로 활동할 땐 흔히 가명도 쓰고 그러던데."

"그냥, 그렇게 됐어요."

가명 생각을 안 했던 건 아니다. 다만 임 대표가 본명이 그의 이미지와 더 잘 어울린다고 해서 굳이 따로 가명을 쓰지 않고 데뷔했을 뿐이었다.

"덕분에 너를 쉽게 알아봤었어. 몇 번은 연락을 해 볼까, 생각했다가 결국 그만뒀었다."

"……."

"넌 다 잊고 살고 싶을 텐데 괜히 방해하고 싶지 않았지. 이번에도 모른 척할까 계속 고민하다가 그래도 할머니 마지막 가시는 길은 봐야지 싶어서 왔어."

"네."

이모가 잠시 저를 건너다보는 게 느껴졌다. 윤은 그런 이모와 애써 시선을 마주치지 않은 채 먼발치만 바라봤다.

"그나저나 잘 컸구나. 네 엄마가 봤으면 많이 흐뭇해하셨을 거야."

"할머니가 잘 키워 주셨어요."

"그래. 워낙 강직하셨던 분이니, 달랑 너 하나 남은 거 오죽했을까."

그러더니 이모는 망설이듯 한참 만에 얘기를 꺼냈다.

"그때는……. 내가 미안했다. 내 분을 못 이겨 너한테까진 그러지 말았어야 했는데."

"이모."

"한 번씩 생각나더구나. 이 사람이 갑자기 왜 이러나, 날 바라보며 울 것 같던 그때 네 얼굴이. 잊고 살다가도 문득문득."

아무렇지 않은 척 바지 주머니에 찔러 넣은 두 손이 미세한 움직임으로 떨렸다. 윤은 그걸 감추기 위해 주먹을 꽈악, 말아 쥐었다. 저로서는 돌아가고 싶지 않고, 다시 마주하고 싶지도 않은 과거였다. 그래서인지 이렇게 듣고 있는 것만으로도 힘겨워졌다.

"어른인 내가 어떻게든 참았어야 했는데……. 아무튼 사과가 늦어서 미안하다."

이모는 그 말을 하더니 고개를 돌리며 눈가를 훔쳤다. 윤은 여전히 아무 말도 하지 않았다. 이모를 원망해 본 적은 없었다. 그날, 제게 왜 그랬는지 당시에는 아무것도 몰라 당황스러웠으나 사연을 알고 난 뒤에는 그저 그러려니 했다. 이모로서는 당연했을 테니.

아주 한참 전의 기억들이지만 엄마가 돌아가시기 전의 이모는 늘 다정했다. 매번 집에 놀러 올 때마다 어린 그에게 옷이며 장난감, 간식거리 같은 것들을 잔뜩 사 들고 와선 기뻐하는 그의 모습을 보며 덩달아 웃어 주던 분이셨다. 가끔은 엄마처럼 묘한 얼굴로 저를 한동안 바라볼 때도 있었다. 그러다 눈이 마주치면 복잡한 표정을 감추며 고개를 돌리기도 했었지만, 엄마만큼이나 따듯했던 이모 품을 잊은 적이 없었다. 그래서 원망하지 않았다. 그럴 자격도 없었고.

"다 아버지가 잘못한 거예요. 그 사람이 해야 할 사과를 이모가 대신할 필요는 없어요."

윤은 침묵 끝에 말했다. 참 이상한 것이, 말을 하면서도 아버지의 얼굴이나 함께 나누었던 추억 같은 건 하나도 떠오르지 않았다. 그 시절 엄마랑 이모까지도 모습들이 또렷이 기억나는 반면, 아버지는 흐릿한 형상조차도 쉽게 생각나지 않았던 것이다. 그게 오히려 편했다. 지금껏 아버지에 관해선 증오도, 애정도, 아무런 감정이 없다는 뜻이기도 했으니까.

"할머니도 이리 가셨으니, 모쪼록 이제 다 잊고 살렴. 나도 더 찾지 않을게."

이모가 벤치에서 일어났다. 그녀는 뜨거운 햇살을 등지며 윤의 맞은편에 다가와 섰다. 그러자 그의 앞으로 그늘이 생기며 거짓말처럼 갑자기 시원해졌다.

"이쪽은 신경 쓸 필요 없어."

이모의 말이 무슨 뜻인지 몰라 쳐다봤더니 그녀가 말을 이었다.

"혹시라도 지난 이야기들이 알려질까 봐 걱정하는지 해서."

윤은 무심코 고개를 끄덕였다. 이모의 말이 맞았다. 한때는 이모나 다른 친척들, 혹은 그 동네 사람들이 제 어린 시절 이야기들을 떠들고 다닐까 봐 걱정했던 적도 많았다. 그러나 지금까지 단 한 번도 거기에 대해서 소문이 돈 적은 없었다.

여태 저를 다 잊어 먹었겠거니 생각했으나 오늘 이모의 얘기를 들어 보니 어쩌면 다들 잊은 게 아니라 그저 보고도 모른 척했던 건지도 몰랐다. 남의 일에 굳이 간섭하는 게 귀찮아서였을 수도 있고, 아니면 그냥 스스로의 인생이니 다 잊고 살게끔 배려했을 수도 있었다. 이유가 어떻든 간에 윤으로서는 다행스러운 일이었다.

"친가 쪽은 괜찮은 거니?"

"아버지 사고 이후로 연 끊고 산 지 오래돼서 잘 몰라요."

원래부터 친척이 많지 않은 집안이었다. 그마저도 아버지가 돌아가신 뒤, 할머니가 그 동네를 떠나 수원에서도 한참 외진 곳으로 이사를 하면서 더욱 사이가 멀어졌다. 그래서 이번 할머니 장례 때도 누구한테 알려야 할지, 떠오르는 사람 하나 없을 정도였다.

"너도 그동안 꽤 외로웠겠구나. 그런데도 독하게 한 번을……
안 찾더라."

이모가 말과 함께 긴 한숨을 쉬었다. 왜였을까? 물기 눅눅한 그 목소리에 윤의 눈가도 덩달아 젖어 들었다.

이모는 곧 자리를 떴다. 햇볕을 막아 주던 그림자가 사라지자 작열하는 태양이 기다렸다는 듯 다시 온몸에 내려앉았다. 그 뜨거운 햇살 속에서 윤은, 울었다.

어느 포인트에서 어떻게 눈물샘이 자극됐는지는 저도 몰랐다. 다만 장례 내내 나오지 않던 울음이 한순간에 터졌다는 건 참으로 기이한 일이었다. 슬그머니 젖어 든 눈가에서 흐르던 눈물이 어느새 온 얼굴을 다 적시고 흐느낌이 꺽꺽, 새어 나올 정도로. 윤은 벤치에 주저앉은 채 울고 또 울었다.

벚꽃 화사한 계절, 가장 소중한 두 사람이 곁을 떠난 그 봄날이, 윤에게는 가장 잔인한 시간으로 멈춰 버렸다.

* * *

"국 식겠네. 얼른 먹어."

정 여사가 재촉하는 소리에 의진은 언뜻 정신을 차렸다. 식사하러 오랜만에 들른 본가였다. 그런데 식탁 앞에 앉아서는 우두커니 딴생각에 잠겨 있었나 보다. 그릇을 내려다보자 밥은 몇 술 뜨지 않은 채였다.

"네."

나지막하게 대답하고 숟가락을 들었다. 그런 저를 맞은편에서 지켜보던 아버지는 아무 말이 없었다. 대신 이번에도 정 여사가 걱정스럽게 물어 왔다.

"그나저나 최윤 배우는 괜찮은 거지? 듣기론 가족이 달랑 조모 한 분뿐이라던데, 그분마저 그렇게 돌아가셨으니 상심이 크겠구나."

3일 내내 장례식장을 지키다 온 그녀임을 정 여사와 아버지도 알고 있었다. 그저 회사 사람이라고 하기엔 그동안 둘이 가족보다도 더 붙어 있는 시간이 많고 특별한 사이란 걸 짐작해서인지 정 여사도, 아버지도 꽤 걱정스러워하는 눈치였다.

"네."

의진은 짤막하게 대답했다가 다시 덧붙였다.

"잘 끝내고 왔어요."

"그래. 고생했다. 어서 먹자."

그런 그녀에게 아버지가 그만 밥부터 먹으라며 눈짓했다. 의진은 묵묵히 고개를 끄덕이고는 밥을 한술씩 퍼먹었다.

윤은 밥이나 먹고 있는지 모르겠다. 발인이 끝나고 그에겐 따로 간다는 얘기도 없이 식장을 떠났더니 그가 잘 돌아갔는지, 지금쯤은 서울에 올라왔는지조차 알 수 없었다. 그래도 정민이가 당분간 옆에 있어 줄 테니 문제야 없겠지……. 의진은 물을 찾았다. 반찬이나 국은 먹지 않고 밥만 씹어 삼켰더니 목구멍이 퍽퍽하기 그지없었다.

"반찬도 같이 먹지. 입맛이 없나 보네."

정 여사의 혼잣말 같은 얘기에 의진은 가장 앞에 보이는 아무 반찬이나 집어 먹었다. 입 안에 넣고 보니 윤이 평소 안 먹는 오이였다. 오이 냄새가 얼마나 시원하고 좋은데, 윤은 딱 잘라 비리다고 했다. 해물도 아닌 오이가 왜 비리지? 아무리 생각해 봐도 알 수 없는 노릇이었다. 의진은 멍하니 오이를 씹으며 윤을 생각했다.

식장에서 마지막으로 마주쳤던 그의 눈빛이 떠올랐다. 장례 지도사와 얘기를 나누다가 문득 고개를 돌렸을 때, 윤은 저를 보고 있었다. 화난 것 같기도 하고, 슬픈 것 같기도 한 그 눈에서 셀 수 없는 다양한 감정들이 읽히는 것 같아, 결국 의진이 먼저 피해 버렸다.

그런데 지금까지도 생각이 났다. 벌써 장례가 끝나고 여러 날이 흘렀는데도, 그날 식장을 나올 때부터 지금까지 생각이 나는 건 윤의 그 눈빛뿐이었다.

아무쪼록 잘 견뎌야 할 텐데……. 늦은 오후, 본가를 나서면서도 의진은 그의 생각을 떨치지 못했다. 솔직히 장례 내내 울지 않고 멀쩡하다고 해서 윤이 괜찮아 보이지는 않았다. 그나마 장례 때는 옆에 사람이라도 있었지. 다 끝난 뒤 혼자 남아 버린 윤에게 닥쳐올 상실의 후폭풍이 무엇보다 걱정됐다.

결국, 그래서 전화를 걸어 봤다. 윤과의 연인 관계는 끝이 났어도 '최윤'이라는 사람과는 그리 쉽게 정리가 될 수 없다는 걸 의진은 그제야 알았다. 쓸데없는 오지랖이라도 해도 좋았고, 채 잘라 내지 못한 미련이라 해도 좋았다. 그녀는 그저 윤이 걱정됐다.

뚜우……. 신호음이 한 번 가더니 곧 전화가 연결되는 소리가 났다.

- 네. 실장님.

의진이 미처 입을 열기 전에 정민이 이어서 말을 해 왔다.

- 안 그래도 걱정하실 것 같았는데, 전화하기 그래서 연락 못 드렸어요. 대표님이 저번에 당분간은 큰일 없으면 실장님 귀찮

게 하지 말라고 하셔서요.

"윤이는? 지금 같이 있어?"

가장 궁금한 것부터 확인했다. 그러자 전화 저편에서 정민이 대답했다.

— 아뇨. 윤이 형은 혼자 집에 있어요.

"집이라니? 아직 수원 할머니 댁에 있는 거야?"

— 서울에요. 장례 끝나고 할머니 댁에서 정리할 거 정리하고 는 얼마 안 있고 바로 서울 올라왔어요.

그랬구나. 의진이 무거운 한숨을 쉬었다. 할머니가 없는 빈집 에서 유품들을 하나씩 정리했을 윤의 모습이 마치 보는 것처럼 떠올랐다. 마음이 무언가에 쿡쿡, 찔리듯이 아파 왔다.

— 지금은 빌라에 돌아가서 혼자 지내는 중이에요. 제가 계속 같이 있어 주겠다고 했는데 형은 괜찮다고 하면서…….

말끝을 흐리는 정민에게 의진이 얘기했다.

"혼자 시간이 필요한 거겠지. 괜찮을 거야."

그건 어쩌면 저 스스로에게 걱정 말라고 달래는 말이기도 했다. 별일이야 있을까? 윤은 그렇게 물렁물렁 약한 성격이 아니다.

— 그건 그런데, 자꾸만 그날 울고 있던 형이 생각나서 마음을 못 놓겠어요.

"그게 무슨 소리야?"

울고 있었다니, 삼일장을 치르는 동안 한 번도 윤이 울거나 흐트러지는 모습을 본 적이 없었다. 발인이 끝난 뒤에도 그저 평소와 똑같이 무덤덤한 모습이기에 간다는 인사마저 머쓱해서 안하고 나왔었는데.

- 아, 그날 다 끝나고 차 타기 전에 어떤 친척분인지 잠깐 만났거든요. 얘기 좀 나누겠다고 하고선 하도 안 오기에 찾으러 가봤더니 쭈그리고 앉아서 우시더라고요.

"……."

- 소리도 내지 못하면서, 근데 또 모든 걸 다 잃은 아이처럼 너무 서럽게 우니까 전 다가가지도 못하고 그냥 먼발치에서 지켜보기만 했어요. 윤이 형이 그렇게 무너지는 모습은 처음 봤어요. 되게 걱정되는데……. 아무한테도 얘긴 못 하고, 대표님한테도 말을 못 했어요.

친척으로 보이는 사람이었다면 아버지나 엄마 쪽에서 누군가 다녀갔던 걸까? 누가, 윤의 가장 아픈 부분을 어떻게 건드렸기에, 그가 내내 참았을 울음이 터져 버린 건지는 짐작하기 어려웠다. 다만 그때 윤이 느꼈을 슬픔과 무력감이 어느 정도였을지 생각하니 아무 말도 할 수 없었다.

정민의 전화를 끊고 의진은 한동안 멍하니 앉아만 있었다. 해가 기울면서 석양이 타는 듯이 차창을 붉게 물들였다. 핏빛 노을 속에서 의진은 한참을 윤의 생각에 잠긴 채 아무것도 하지 못했다. 그러다 해가 점점 서쪽으로 가라앉기 시작할 때쯤에야 천천히 시동을 걸었다. 그녀는 서래마을로 향했다.

30분 뒤에 의진은 빌라에 도착했다. 엘리베이터를 타고 윤의 집까지 다다르자 바깥은 이미 어두워져 있었다. 열어 놓은 복도 창문 어딘가에서 달큰한 봄 냄새가 흘러들어 왔다. 봄이라니……. 윤에게도, 그녀에게도, 모두에게 어울리지 않는 계절 같았다. 의진은 망설이다가 벨을 눌렀다.

처음 눌렀을 땐 아무 기척이 없었다. 자고 있나? 아니면 어디 외출한 건가? 다시 벨을 눌러 봐도 여전히 응답이 없었다. 전화를 걸어 볼까 생각하다가 마지막으로 한 번 더 벨을 눌렀다. 사실 그녀의 손가락을 가져다 대기만 해도 쉽게 열릴 문이란 걸 알지만, 지금 둘의 관계를 생각하면 그럴 수가 없었다. 다행히 문은 세 번째 만에 열렸다.

"집에 있었구나."

"……왜 왔어요?"

갑자기 나타난 그녀를 보고 윤이 물어 왔다. 그는 생각보다 멀쩡했다. 정민의 전화 속 얘기에 걱정되어 한달음에 달려왔던 제가 우스워 보일 정도로, 윤은 아무렇지 않았다. 얼굴은 면도 자국이 파랗게 보일 만큼 수염 하나 없이 말끔했고, 옷도 집에서 입는 흰 티에 면바지 차림으로 더없이 편안해 보였다. 그리고 그녀에게 묻는 그의 말투 역시 평소와 다를 바 없었다. 그는 그녀가 왜 여기까지 왔는지, 전혀 알 수 없다는 표정이었다.

"아, 그게……. 그냥. 네가 괜찮은지 걱정돼서."

그 바람에 당황한 건 의진이었다. 어떻게 대답해야 할지 몰라 떠듬거리는 그녀를, 윤은 물끄러미 보고 있다가 말한다.

"보다시피 괜찮은데."

"그래. 그래 보인다."

무엇 때문에 혼자 고민에 고민을 하다가 찾아왔는지, 이 순간 의진은 저조차도 어리둥절해졌다. 윤은 이렇게나 아무렇지도 않는데, 꼭 직접 확인해야 직성이 풀리는 것인가? 이것도 병이라면 병이었다. 밤낮으로 최윤이 혹시 어떻게 될까 걱정하는, '최윤' 병.

괜히 허탈함이 밀려왔으나 어쨌든 윤이 괜찮은 것에 안도하기로 했다. 의진은 기왕 왔던 바에 몇 마디 더 당부하려고 입을 열었다. 그러나 그보다 앞서 윤이 건조한 음성으로 말을 던졌다.

"그리고 내 걱정을 왜 해요?"

"뭐?"

의진이 언뜻 이해하지 못한 채 되물었다. 그것보다 문이 열린 지가 언젠데, 그는 아직 들어오라는 얘기 한마디 없었다. 현관문을 사이에 둔 채 한 사람은 집 안에서, 한 사람은 복도에서 대화를 주고받는 모양새가 영 적응이 되지 않았지만 그걸 따질 시간이 없었다. 윤이 뒤이어 날카롭게 덧붙여 왔기 때문이다.

"신의진 씨 이제 사무실에도 안 나오고, 아예 그만둔 거 아니었어요?"

"그건."

"그럼 더 이상 회사 책임자도 아닐 텐데 내 걱정을 왜 하냐고요."

"……"

"혹시 우리가 몇 번 같이 잔 사이라고 걱정해 주는 건가?"

373

윤은 이제 대놓고 비웃음을 띈 어조였다. 평소에도 친절과는 거리가 먼 성격이었지만, 그렇다고 저한테 여태 이런 식으로 대한 적은 없었다. 그만큼 정이 떨어진 걸까? 의진은 그런 그를 보면서 아무 말도 못 했다.

"잊으셨나? 그것도 끝내기로 했잖아요."

"……."

"그러니 이제 그만 와요."

윤의 말이 맞았다. 회사와도, 둘의 관계도, 윤의 입장에서는 인연이 끝난 사람이었다. 그런데 이곳까지 찾아오다니, 누가 봐도 몹시 웃기는 일이었다. 의진은 결국 더 얘기를 못 한 채 돌아섰다. 두어 걸음 옮겼을 무렵 뒤에서 탁, 하고 문이 닫히는 소리가 났다.

윤은 문을 닫았다. 당연하다는 듯 더할 나위 없이 자연스럽게. 그리고 의진은 믿을 수가 없어서 그 자리에 멈춰 서 버리고 말았다. 빈 복도에서 한동안 멍하니 서 있다가 무슨 생각이 들었는지 의진이 가던 길을 되돌아갔다.

다시 윤의 집 앞에 다다라 이번에는 벨을 누르는 대신 바로 손가락부터 가져다 댔다. 곧 지문이 인식되었다는 안내와 함께 문이 찰칵, 열린다.

"……."

"……."

윤은 여전히 그 자리에 있었다. 그녀가 제게서 뒤돌아서는 걸 보고, 직접 문까지 닫았으면서도, 그 닫힌 문 너머에서 한 발짝도 움직이지 않고 있었다.

뭘 기다리는 걸까?

"왜 그러고 서 있어?"

그녀가 물은 말에 윤은 대답이 없었다. 바지 주머니에 두 손
을 찌른 채 내내 태연한 얼굴이었지만 한순간 흔들리는 눈빛을,
의진은 봐 버렸다.

"내가 돌아오길 바랐어?"

"착각하지 마요."

태연한 표정만큼이나 무감한 말투, 그러나 감출 수 없게 화가
난 채 힘이 들어간 눈동자. 그런 윤이 이젠 낯설지도, 두렵지도
않았다. 의진은 한 발 더 다가가 아예 집 안으로 들어갔다. 등
뒤로 문을 닫고는 윤을 마주 봤다.

"그날도 그랬니?"

그녀의 말에 윤은 픽 웃음을 터뜨렸다. 분명 저를 향한 노골
적인 조롱인데, 오히려 그러는 윤이 서글퍼 보이는 건 왜일까?

"그만두자고, 가라면서 모진 소린 다 해 놓고, 내가 나간 문
뒤에서 이렇게 되돌아오길 기다렸냐고."

"신의진 씨. 소설은 집에 가서 써요."

차라리 소설이었다면 좋았을까? 너와 나의 결말을 내 뜻대로
마음껏 쓸 수 있을 테니……. 젖어 드는 눈가 때문에 고개를 수
그렸더니 머리 위에서 한숨이 흩어졌다.

"그러게, 굳이 왜 왔어요? 난 싸우기 싫어."

"싸우려고 온 거 아니야. 말했잖아. 네가 걱정돼서 온 거라고."

"글쎄 내 걱정을 네가 왜 하냐고!"

윤이 기어이 참지 못한 듯 화를 터뜨렸다. 무섭게 일그러진 얼굴로 그가 다가왔다.

"너 없으면 죽기라도 할까 봐? 너 없으면 내 생활이, 내 인생이 그대로 다 무너지기라도 할까 봐? 씨발, 네가 뭔데!"

잔뜩 몰아붙이는 윤의 앞에서 의진이 고개를 들었다. 입술을 피나도록 깨물다가 말했다.

"그래. 나 없으면 항상 무슨 일 날까 봐 걱정했어."

오늘 아니면, 어쩌면 지금이 아니면, 다신 못 할 것 같은 말들을.

"나 없는 데서 혹시 실수해서 이튿날 기사에 뜨기라도 할까 봐. 나 없는 데서 멋대로 사고 쳐서 사람들 논란거리가 될까 봐. 오늘도 나 없이…… 어두운 빈방에서 혼자 울고 있을까 봐."

"그러니까 왜냐고! 왜 네가……."

"아직도 모르겠어?"

시야를 뿌옇게 가리던 눈물이 어느새 볼을 타고 흘러내렸다. 그걸 닦을 생각도 못 한 채 의진이 이어서 중얼거렸다.

"널 좋아하니까."

일순 방 안에 흐르는 정적. 윤은 말없이 그 자리에 선 채로 저를 노려보고 있었다.

"내가 너 좋아해서 이러는 거잖아. 그래서 네 일이라면 늘 별것도 아닌데 걱정하고 달려오고, 그만두자고 한 네 말에도 미련을 못 버리고 여기 있는 거잖아."

여기까지 오는 동안 끊임없이 반복했던 생각들. 넌 나 없이 지금쯤 괜찮을까? 그리고 나는 너 없이 앞으로 괜찮을까? 네가 좋아하는 나와 내가 좋아했던 너는, 서로를 잃고 나면 정말로 괜찮은 걸까……?

"근데 왜 외면했어요? 나는 당신 무슨 생각하는지 늘 궁금했고, 나 좀 보라고 그렇게 원했는데."

"생각이 많아져서 그랬어. 우리 사이, 언제까지 이렇게 비밀로 해야 하는지도 모르겠는데. 그렇다고 이 바닥 생리를 다 아는 내가 무작정 우리 사이 공개하자고 조를 수도 없잖아. 나는, 난……."

"말해요."

윤은 한발 다가오면서 재촉했다. 잔뜩 화가 났던 그의 눈빛이 언제부터인가 복잡하게 흐려져 있었다. 그런 윤을 보면서 의진은 용기를 내어 말을 꺼냈다. 그동안 내내 제 마음을 혼란스럽게 좀먹어 가던, 윤을 향한 그 부정적인 감정의 찌꺼기들을.

"계속 불안했어. 너와 밤을 보낼 때마다 난 그저 가장 안전하게 네 욕구를 달래 주는 존재인가 싶기도 하고, 이대로 숨겨진 여자로 지내다가 그냥 그렇게 시간만 버리고 말까 봐."

윤이 성마르게 입술을 짓씹었다. 그 역시 할 말이 많은 듯했지만, 다행히 그녀의 말을 끊지 않았다.

"빠져들고 싶지 않았어. 미친 듯이 너를 원하면서도 그게 너무 무서웠어. 이런 관계, 결국 마지막엔 나만 상처받고 끝날까 봐. 좋아하는 만큼 점점 더 초라해지고 아파질……."

뒤의 말은 미처 나오지 못했다. 윤이 더 듣지 않고 그녀를 끌어당겨 안았기 때문이다. 숨이 막힐 만큼 꽈악, 품 안에 그녀를 가두자 의진도 더 이상 말을 할 수가 없었다. 대신 참았던 서러움이 터지고, 눈물이 쏟아졌다. 의진은 그만 윤의 어깨에 얼굴을 파묻었다.

"나는?"

그녀를 안은 채 윤이 긴 숨을 쉬었다. 마치 잃어버린 귀한 물건을 이제야 찾은 것처럼 의진을 안은 팔에 힘을 놓지 않았다.

"나는 어땠는데? 얼마나 엿 같았는지 알아요?"

"……."

"나 좋아하지도 않는 여자 몸만 꼬셔 옆에 둔 줄 알고. 자존심 때문에 가라고 해 놓고, 또 그대로 안 올까 봐. 지난번처럼 가 버려서 오늘도 진짜 안 올까 봐……. 얼마나 무서웠는데."

어쩐지 울고 있는 건 저 혼자만은 아닌 듯했다. 억눌리고 흔들리는 윤의 목소리에 의진이 팔을 둘러서 그의 넓은 등을 껴안았다.

걱정 마. 이렇게 왔잖아. 그렇게 기다릴 줄 알았으면 그날도 바로 되돌아왔을걸. 서로의 마음은 같았는데, 그동안 뭐가 그리 불안했을까? 뭐가 그리 어렵고 힘들었을까?

"다신 너 두고 안 갈게. 너도 이제 가라고 하지 마."

약속처럼 중얼거리는 그녀를 윤이 더 꽉, 껴안았다. 더 이상은 자존심으로 얼룩진 거짓이 없기를, 더 이상은 감정만 앞선 터무니없는 이별이 없기를. 더 이상, 더 이상은 무슨 일이 있어도 윤에게서 떠나지 않기로 했다.

* * *

깜박 잠이 들었다가 눈을 떠 보니 어느새 창밖은 어두워져 있었다. 의진이 조심스레 고개를 돌려 봤다. 옆자리의 윤은 아직 잠에 빠진 채였다.

투둑투둑, 언제부터 내리기 시작했는지 창문을 두드리는 빗소리가 들려왔다. 의진은 가만히 그 소리를 들으며 오늘이 무슨 요일이었는지 생각해 봤다. 정민의 얘기를 듣고 윤이 걱정돼 찾아왔던 그날, 끝끝내 서로의 진심을 확인한 뒤로 의진은 계속 이곳에서만 머물렀다.

그 시간 동안 둘은 하루 종일 아무 데도 나가지 않은 채 집에서 지냈다. 배고프면 둘이서 밥을 해 먹었고, 방이 어질러져 있으면 함께 청소를 했다. 심심하면 텔레비전을 보거나 책을 봤고, 피곤하면 밤이고 낮이고 할 것 없이 나란히 기댄 채 자기도 했다. 윤은 할머니 장례 이후로 스케줄을 올 스톱했고 의진 역시 사직을 핑계로 여전히 휴가 중이었다. 그 때문에 이렇게 아무것도 안 한 채로 둘이서만 보내도 아무도 간섭하는 이 없었다.

그러나 한편으론 알고 있었다. 이런 시간도 아주 잠깐이라는 걸. 조금 더 지나면 윤은 예정대로 촬영장으로 복귀하여 밀린 스케줄들을 소화하며 바빠질 테고, 그녀도 다시 새롭게 결정을 내려야 했다. 그리고 둘의 관계 역시…….

"몇 시예요?"

문득 옆에서 기척이 들려오자 의진이 생각을 멈추고는 돌아봤다. 윤이 잠에서 깼는지 그녀에게 묻고 있었다. 의진은 그제야 핸드폰으로 시간을 확인했다.

"7시 됐다. 벌써 저녁이야."

"그러게. 날이 어두워졌네."

"비도 와. 자기 전까진 하늘이 맑았는데."

둘은 침대에 나란히 누운 채로 창밖의 비 오는 하늘을 바라봤다. 어두운 방 안에서 따로 전등을 켤 생각도 하지 않았다. 덕분에 온 세상에 그저 둘뿐인 듯 고요하고 평화로웠다.

"나 있잖아요."

그러다 윤이 부르자 의진이 응, 하면서 물었다.

"배고프지? 뭐 시켜 줄까? 아니면 간단하게 밥해 먹을래?"

윤은 그녀의 말에 대답하지 않았다. 물끄러미 창 너머에 시선을 둔 채로 그는 한동안 말이 없었다. 요 며칠 집에서 푹 쉰 탓인지 그는 얼굴이 많이 편해졌다. 까칠한 표정도 사라졌고 눈매도 한결 느른하게 풀어져 있었다. 그동안 여러 일들로 지쳐 있던 윤의 몸과 마음이 회복되어 가는 것 같아 다행이었다.

"꿈을 꿨어."

그때, 어딘가 몽롱한 목소리로 윤이 말했다. 무슨 꿈인지 궁금해서 의진이 그를 향해 몸을 돌렸다. 윤은 습관처럼 팔을 뻗더니 그녀를 제게로 끌어당겨 안았다.

"꿈에서 엄마랑 할머니를 봤어요."

"정말?"

"응. 두 분이서 손을 꼭 잡고 어딘가로 걸어가시더라고요."

윤은 아직도 꿈속을 헤매는 듯 느리게 말을 이어 갔다.

"그러다 엄마가 문득 고개를 돌려 나를 보셨거든요."

"그랬는데?"

"엄마의 표정이 되게 편안해 보였어요. 처음 보는 안온한 표정으로 날 바라보다가 다시 할머니 손을 잡고 걸어가시는데, 그런 두 분 뒷모습이 약간 묘하고 신비하달까? 멍하니 계속 보고만 있다가 잠에서 깨 버렸어요."

"두 분이 좋은 곳에서 만나셨나 보다."

윤의 손이 그녀의 머리칼을 조용조용 어루만졌다. 사소하지만 다정한 손길에 의진은 괜히 마음이 설레어 왔다.

"아버지가 문제라서 그렇지, 엄마랑 할머니는 생전에 무척 사이가 좋으셨거든요. 고부지간이 아니라 꼭 모녀 같다고, 동네에서 많이들 얘기하고 그랬는데. 꿈속 두 분 모습이 마치 나 어릴 때 지내시던 그 모습같이 보였어요."

윤은 잠시간 얘기를 끊었다가 곧 한숨처럼 목소리를 냈다.

"이젠 정말 보내 드려야 하나 봐요."

"그래야지."

"그래도 다행인 게 꿈에 나타난 엄마가 처음으로 슬프지 않은 표정이었어요."

"아마도 이제 다 잊고 잘 살라고, 네게 마지막 인사하러 오셨나 봐."

의진의 말에 윤이 희미하게 웃음을 지었다. 그녀를 안은 팔에서 어느 결에 힘이 스르륵, 빠진다. 윤은 그대로 다시 잠이 들었다. 의진은 그런 윤의 얼굴을 조심스레 어루만지며 속삭였다.

"잘 자."

대답이 없는 윤에게 이어서 혼잣말처럼 중얼댔다.

"일어나면 만둣국 해 먹자."

비는 잠시 그치는가 싶더니 또다시 퍼붓기 시작했다. 내리다가 그치고, 다시 또 내리고 그치는 빗속에서 계절은 조용히 바뀌어 갔다.

* * *

5월이 되자 날은 갑자기 더워졌다. 긴 팔 봄옷을 몇 주 입지도 않았던 것 같은데, 사람들의 옷차림은 벌써 여름으로 변해 있었다.

"내일은 오전에 유일은행 광고 때문에 사전 미팅 있으니 일찍부터 움직이셔야 해요. 제가 7시까지 올게요. 형 픽업해서 바로 샵에 갈 거고……."

빌라에 다 도착하여 주차장으로 들어서는 동안에도 정민은 앵무새처럼 했던 말을 반복하고 또 반복했다. 듣기론 이번에 급여가 대폭 인상됐다고 하던데, 그 때문인가? 요즘 들어 이정민은 전에 없이 활기차 보였다.

"알았어. 같은 얘긴 한 번만 해."

"중요한 얘긴 반드시 세 번 하라고, 실장님한테서 교육 받았는데."

그런 정민을 보며 윤이 못 말린다는 듯 웃었다. 할머니의 장례가 끝나고 2주가 지나 다시 활동에 복귀한 터였다. 요즘은 전처럼 촬영장과 회사를 오가며 보내고 있었다. 늘 지내 오던 대로, 평범하지만 바쁜 하루하루의 연속이었다.

"지금 찍고 있는 영화, 촬영이 언제 끝난다고 했지?"

그러다 문득 드는 생각에 물었더니 정민이 대답해 주었다.

"이달 말이요. 촬영은 이달까지, 후반 작업이 두어 달 걸려서 개봉은 7월~8월 여름휴가 시즌에 맞춘다고 했어요."

"그럼 이번 영화 끝나면 당분간은 스케줄 잡지 마."

"왜요? 무슨 문제 있어요?"

정민이 의아한 얼굴로 돌아봤다. 윤은 생각에 잠긴 채 대답하지 않았다. 지금 영화 촬영이 끝나고 개봉까지, 그 사이라면 기사가 나가도 크게 문제 없을 텐데. 잠시 잠깐 이슈가 된다고 해도 1-2주 정도면 가라앉을 테니 영화 개봉 시점에는 영향이 없을 것이다.

"우리 사이, 언제까지 이렇게 비밀로 해야 하는지도 모르겠는데. 그렇다고 이 바닥 생리를 다 아는 내가 무작정 우리 사이 공개하자고 조를 수도 없잖아. 나는, 난……."

"계속 불안했어. 너와 밤을 보낼 때마다 난 그저 가장 안전하게 네 욕구를 달래 주는 존재인가 싶기도 하고, 이대로 숨겨진 여자로 지내다가 그냥 그렇게 시간만 버리고 말까 봐."

그날, 의진이 했던 말이 떠올랐다. 사실 의진이 그동안 그런 생각들로 괴로워했을 줄은 몰랐다. 정작 윤 자신은 둘 관계를 계속 비밀에 부칠 생각이 없이 언제쯤 밝히면 좋을지 적당한 타이밍을 재던 중이었기 때문이다.

그러나 그때는 상황이 애매했다. 현재 촬영 중인 것도 있고, 영화 〈금지 구역〉도 막 개봉한 지 얼마 안 된 터라 열애 기사가 뜨면 관심도가 다른 데 쏠릴 수밖에 없었다. 작품에 대한 반응이 배우 개인의 사생활로 번지는 건 함께 일했던 동료 배우들과 관계자들한테도 폐가 되는 일이었다.

그래서 잠시 시간을 두고 지켜보려 했던 게 의진을 그토록 불안케 만든 것이다. 실은 다른 사람도 아니고 의진이니까, 굳이 얘기하지 않아도 이런 사정을 다 이해하리라 안일하게 생각했던 제 문제였다.

"빠져들고 싶지 않았어. 미친 듯이 너를 원하면서도 그게 너무 무서웠어. 이런 관계, 결국 마지막엔 나만 상처받고 끝날까 봐. 좋아하는 만큼 점점 더 초라해지고 아파질……."

윤이 소리 없이 한숨을 쉬었다. 아마 의진도 머리로는 그의 상황을 이해하면서도 마음은 늘 복잡했을 테지. 그런 그녀의 고민을 한 번쯤은 알아챘어야 했는데, 오히려 의진을 원망했던 시간들이 후회됐다.

"근데 저녁은 진짜 혼자 드셔도 돼요? 지금이라도 다시 나갈까요? 보니까 요 앞에 식당들 꽤 많이 들어섰던데."

도착해서 내리려는 윤에게 정민이 관심조로 물어 왔다. 윤은 됐다고 고개를 흔들었다.

"난 늘 집에서 먹어."

"아, 그럼 형이 직접 해서 드신다는 얘기세요?"

어딘가 괴리감을 느꼈는지 재차 확인해 오는 정민에게 윤이 차 문을 닫으며 말했다.

"들어가 쉬어. 내일 보자."

"네. 수고하셨어요."

정민의 차가 떠나자 윤은 엘리베이터로 향했다. 그러다 몇 걸음 걸었을까? 문득 멈춰 서서 뒤를 돌아봤다. 아무도 없었다. 윤은 다시 걸음을 옮겼다.

착각인가……? 요즘 자꾸만 누군가 뒤따라오는 느낌이 든다. 예감이 썩 좋지 않았다. 윤은 엘리베이터에 오르며 주변을 한 번 더 살폈다.

집에 도착해 문을 열자 거실에는 온통 싱그러운 향이 났다.

"왔어?"

문이 열리는 소리에 의진이 고개를 들며 인사를 건네 왔다. 갑작스레 더워진 바깥 날씨를 실감하듯 그녀는 바지가 아닌 하얀 면 원피스 차림이었다. 아무런 패턴도 없이 다소 밋밋해 보이는 원피스였지만, 또한 그래서 의진의 투명한 피부와 잘 어울리는 느낌이었다.

"정민인 데려다주고 바로 간 거야?"

대답 대신 다가가 그녀를 당겨 안았다. 의진도 자연스럽게 그의 허리에 팔을 두르며 안겨 왔다.

"오늘은 뭐 했어요?"

요즘 늘 그의 빌라에서만 지내 온 그녀였다. 얼마 전부터 활동을 시작하여 외출이 잦은 그와는 달리 의진은 여전히 회사에 나가지 않고 있었다. 대신 집에서 간간이 메일로 제안이 들어오는 영화 시나리오나 광고 기획안 같은 건 검토하며 시간을 보냈다. 밖에 나가지 않고 집에만 있는 게 심심할까 봐 걱정스러웠으나 그녀는 그런대로 괜찮다며 웃고는 했다.

"그냥 책 보다가 잤어."

"아, 그러느라 전화 한 번을 안 했네요?"

짐짓 서운하다는 어투에 의진이 얼른 달래듯 얘기했다.

"일에 방해될까 봐 일부러 안 했지. 그리고 내내 집에만 있던 거 아니야. 방금 전엔 요 앞에 나가서 꽃도 사 왔다?"

의진은 말과 함께 탁자 위를 가리켜 보였다. 거기에는 붉은색의 꽃이 목이 긴 유리 화병에 꽂혀 있었다. 들어오자마자 나던 향의 정체가 저건가 보네. 윤은 잠시 꽃에 시선을 주다가 물어봤다.

"저건 무슨 꽃이에요?"

"튤립이잖아. 예쁘지?"

꽃에 대해 별로 아는 게 없는 윤은 매번 의진이 꽃을 사 오면 하나씩 이름을 물어 익혀 둘 뿐이었다. 오늘도 그동안 이름만 들어 본 튤립을 직접 보고선 저렇게 생겼군, 하고 생각했다.

"5월에 피는 대표적인 꽃 중 하나가 튤립이야. 요 때만 잠깐

볼 수 있는지라 일부러 나가서 사 왔어. 더 늦으면 보고 싶어도 못 보니까."

꽃 얘기에 혼자 생글거리며 웃던 의진은 곧 몸을 돌려 그의 품에서 빠져나갔다. 그녀는 탁자로 되돌아가더니 계속하여 꽃을 정리했다.

"저녁은 뭐 먹을래?"

"아무거나."

"그런 대답이 제일 어려운 거 알아?"

"그럼 실장님이 먹고 싶은 거로."

"내가 말을 말아야지."

답이 없다는 듯 고개를 젓는 의진을 보다가 윤은 저도 모르게 웃었다. 요즘은 그랬다. 별거 아닌 말과 별거 아닌 일에도 문득 문득 웃게 됐다. 의진이 제 곁에 있으면서, 의진과 함께 하루를 보내면서 생긴 사소한 변화였다. 할머니는 영영 떠나갔지만, 의진은 다시 돌아왔다. 한 사람을 보낸 뒤에 다른 한 사람이 곁을 지켜 줘서, 윤은 긴 어둠 속을 조금씩 걸어 나올 수 있었다.

다만 아쉬운 게 있다면, 살아생전 의진을 무척 예뻐하셨던 할머니께 미처 두 사람이 함께하는 모습을 보여 드리지 못한 것이었다. 그래도 지금쯤이면 아마 좋은 곳에서 둘을 내려다보며 미소 지으시지는 않을까? 그 생각이 들 때면 윤은 조금이나마 안심이 되고는 했다.

"그거, 오늘 안에는 다 끝나는 거예요?"

윤이 씻고 다시 나왔을 때까지도 의진은 여전히 꽃꽂이에 열

387

중해 있었다. 그의 눈에는 이렇게 꽂으나 저렇게 꽂으나 다 똑같아 보이는데, 의진한테는 그게 아닌지 고개까지 갸웃거리며 골몰하고 있었다.

뭘 하든 저렇게 온 마음을 쏟으며 진심이지. 매일 먹는 점심 메뉴 하나를 고를 때도, 매일 하는 운전 하나에도. 윤이 알고 있는 의진은 매일 저러고 피곤해서 어찌 살까 싶을 정도로 작은 것 하나도 허투루 하는 법이 없었다. 무덤덤한 말투와는 정반대의 성격이었다.

"배고프지? 다 됐어."

그녀의 맞은편에 걸터앉자 기척을 듣고 의진이 말해 왔다. 윤은 그런 그녀를 한동안 가만히 보기만 했다.

"결혼할래요?"

그러다 말을 던졌다. 저도 모르게 입 밖으로 튀어나온 말이지만, 뱉고 난 뒤에도 스스로 놀라지는 않았다. 요즘 들어 문득문득 파고들던 생각이었으니까. 생각이 그저 자연스럽게 말로 나왔을 뿐이었다.

"응, 그래. 뭐……?"

무슨 대답이 저런가 싶어서 윤에게서 낮은 웃음이 흘러나왔다. 의진이 고개를 들더니 그런 저를 빤히 바라본다. 느닷없는 말에 꽤 놀랐는지 그녀는 어리둥절한 표정을 감추지 못하고 있었다.

"왜 그래? 아직 저녁 전이라 뭘 잘못 먹은 것도 아닐 테고."

"그냥. 지금 내 마음을 말한 건데."

"……."

"실장님 생각은요?"

그러자 장난스러운 어조로 의진이 얘기했다.

"서른도 안 됐는데 결혼하면 네 팬들 다 떨어져 나가겠다, 그 생각."

"내가 말을 말아야지."

윤은 어이가 없어서 아까 의진이 했던 말을 그대로 따라 했다. 그동안에도 코끝을 맴도는 튤립의 향기는 쉽게 사라지지 않는다. 마치 그동안 눈을 감아도 내내 사라지지 않던 의진의 모습처럼.

"네가 실장님 생각을 물어봤잖아."

당연한 거 아니냐고 의진이 샐쭉하니 대꾸해 왔다.

"그럼 신의진 씨 생각은 어떤데?"

"이걸 덥석 물어, 말아 갈등했지."

로맨틱한 분위기를 다 망쳐 놓는 능청스러운 표정과 장난기 있는 웃음. 그래도 이젠 다 보인다. 아무렇지 않은 척하는 모습 뒤에 가려진 그녀의 붉어진 뺨이, 반짝이는 눈이, 미처 감추지 못한 설렘이. 그게 모두 저를 향한 특별한 감정이란 걸, 이젠 알 수 있었다.

"이리 와요."

그의 말에 의진이 다가왔다. 건뜻 안아서 무릎에 앉히자 의진은 그 와중에도 원피스 자락이 들리지 않게 두 손으로 말아 쥔다. 가까워진 몸만큼 얼굴이 바로 맞닿을 듯 서로를 마주 봤다.

망설이다 먼저 키스를 한 건 의진이었다. 조심스럽게 입술을 부딪쳐 오는 그녀를 윤은 서두르지 않고 받아 주었다. 입술이 맞물렸다가 벌어질 때마다 향 좋고 부드러운 술에 취하는 느낌이었다. 말로 할 수 없이 달고도 따뜻했다.

"의진아."

"응."

"……신의진."

키스가 깊어지면서 윤의 두 손이 의진의 얼굴을 감쌌다. 애가 타서 끊임없이 그녀의 뺨을 만지작거리면서도 그 이상의 애무는 하지 않았다. 왠지 그래서는 안 될 것 같은, 처음으로 아껴 보는 마음이었다. 초여름의 붉은 석양이 거실 한가운데로 쏟아져 그런 두 사람을 감싸 왔다.

둘은 그 후로도 오랫동안 키스를 나누고 또 나누었다. 마치 한 번도 몸을 섞어 본 적이 없는 수줍은 연인들처럼, 본능과 욕망을 뺀 채 오롯이 입 맞추고 서로를 껴안으며 다시 키스하는 일에만 열중했다. 그러다 노을 진 창가가 소리 없이 어두워질 때쯤 누가 먼저랄 것도 없이 말했다.

사랑해, 라고.

10.

월요일 아침 일찍 의진은 회사로 갔다. 로비에 들어서자 그녀를 발견한 직원들이 반색하며 인사를 건네 왔다.

"오셨어요, 실장님?"

"그동안 별일 없었죠?"

직원들과 가볍게 인사를 나눈 뒤에 의진은 임 대표의 사무실로 가기 위해 엘리베이터를 기다렸다. 곧이어 1층에 도착한 엘리베이터 문이 열린다. 무심코 타려던 의진이 살짝 헛기침을 했다. 기척에 놀란 철주와 연희가 아닌 척 서로에게서 멀리 떨어졌다. 방금 전까지 꼭 잡고 있던 둘의 손이 허공에 뜬 채로 몹시 어색해 보이는 순간이었다.

"언제까지 거기 그러고 서 있을 거야? 내려. 1층 다 왔으니까."

"아, 벌써 1층이네. 죄송해요. 엇, 근데 실장님은 오늘부터 다시 나오시는 거예요?"

연희는 꽤 당황했는지 횡설수설 말을 쏟아 냈다. 의진은 그런 연희에게 웃으며 농담을 던졌다.

"응. 이제 둘이 결혼 소식 생기면 알려 줘."

"……실장님."

입을 틀어막으며 울상이 된 연희와 떨떠름하니 놀란 표정의 철주에게 그만 내리라고 손짓했다. 반사적으로 엘리베이터에서 내리는 둘과 자리를 바꾸며 의진이 당부하듯 얘기했다.

"회사 건물이 보기보다 작아. 도처에 사람들이니까, 사내 연애가 부담스러워 비밀에 부칠 거면 조심하라고."

"어, 어떻게 아신 거예요? 실장님은 어떻게 아셨어요? 아니, 그보다 다른 분들도 아시나요?"

연달아 묻는 연희에게 미처 대답을 못 했는데 엘리베이터 문이 닫혀 버렸다. 결국 올라가는 엘리베이터 안에서 의진은 연희한테 메시지를 보내 줬다.

[내가 알기론 나랑 윤. 다른 사람들은 모르겠어. 어쨌든 너무 걱정은 말고, 한창 좋을 나이에 예쁘게 만나.]

그래도 저들은 그냥 사내 연애일 뿐이지만, 저와 윤의 사이는 조금 더 복잡했다. 선불리 공개할 수도, 언제까지고 비밀로 할 수도 없으니, 지금으로선 마땅한 방법이 떠오르지 않았다. 핸드폰을 도로 넣으며 의진은 생각에 잠겼다.

임 대표는 9시가 넘어서야 사무실에 들어왔다. 미리 앉아서 기다리고 있던 의진을 보고서 그는 약간 놀란 듯했으나 이내 사람 좋게 미소를 지었다.

"생각보다 컴백이 빨라서 좋군. 왠지 아침에 일어났을 때 까치가 그렇게 울더라니까? 신 실장 온다고 그랬나 봐."

"대표님 저택 주변에 까치가 어디 있다고요."

"기쁜 내 마음을 비유해 보자면 그렇다는 얘기야."

못 말린다는 듯 의진이 웃었다. 임 대표는 그녀를 돌아서 자기 자리로 가 앉으며 물었다.

"간만에 사무실 공기 마시면서 차라도 한잔할래?"

"좋죠."

잠시 후에 직원 하나가 사무실 문을 노크하더니 따뜻한 녹차 두 잔을 가져다주었다. 여름을 앞둔 5월 특유의 싱그러운 바람이 열어 놓은 창문으로 불어 들어왔다. 의진이 가만히 창밖 너머로 시선을 주다가 이내 얘기를 꺼냈다.

"이사 자리, 저 주세요. 새움에 뼈를 묻겠습니다."

간결하게 오늘 회사에 들른 목적을 말했다. 뜸을 들이지도, 돌려서 말하지도 않았다. 임 대표와 함께 보내 온 세월도 적지 않은지라 서로 간을 보는 사이는 아니었다. 그녀의 생각처럼 임 대표도 당연히 그래야지, 하면서 시원스럽게 웃었다.

"그래. 뭐 어려울 게 있나. 이사 자리든 부사장 자리든 처음부터 신 실장한테 주려고 한 건데. 말 나온 김에 일찍 준 것뿐이야."

"아, 그래요? 가만히 있어도 그 자리는 어차피 제 거였군요. 괜히 안 나오는 동안 다른 사람한테 **뺏길까** 걱정했는데."

왠지 속았다는 얼굴로 의진은 장난스럽게 뭐라고 했다.

"신 실장 말고 누구 줄 사람 있다고. 어쨌든 윤이랑은 다시 잘 지내 보기로 한 거야?"

"네."

의진은 망설이지 않고 대답했다. 아직도 둘 사이가 어찌 흘러 갈지 모르지만, 순간순간의 마음에 최선을 다하기로 했다.

그리고 윤을 믿었다. 그동안에 제게 보여 준 그의 눈빛, 표정, 행동, 그런 것들이 다 저를 향한 진심이라고, 윤을 믿을 수 있었 다. 그건 짧은 시간의 놀라운 변화였다. 서로 마음을 확인한 뒤 로도 고민은 여전했지만, 의진은 대신 제가 조금 더 단단해졌다 는 걸 느꼈다. 좋은 징조였다.

임 대표와 면담을 마치고 그간의 상황들을 살펴본 뒤에 의진 은 회사를 나왔다. 벌써 점심이 가까워 오는 시간이었다. 건물을 내려오면서 내일부터 다시 정상 출근을 하기로 했다고, 윤에게 메시지를 남겼다. 어젯밤 이미 회사 복귀 내용에 대해 윤에게 간 단히 귀띔해 줬는지라 그는 그녀의 메시지를 받고는 장난스럽게 답장을 보내왔다.

[잘했어요. 신 이사님. 승진 선물 또 준비해야겠네.]

답장을 확인하고는 슬며시 웃던 의진이 이번엔 아버지에게 메시지를 보냈다.

[밖에서 점심 같이하실래요? 제가 그쪽으로 갈게요.]

갑작스러운 그녀의 요청에 아버지는 조금 의아한 듯했으나 흔쾌히 그러자고 했다. 약속 장소를 정하고는 의진이 바로 출발했다.

"오늘 만나자고 한 게 이 얘기를 하기 위함이더냐?"

아버지가 묻는 말에 의진이 고개를 끄덕였다. 아버지 회사 근처 식당에서 식사를 주문하고서였다. 의진은 생각 끝에 회사를 그만두지 않겠다고 말씀을 올렸다.

"많이 고민하다가 내린 결정이에요."

아버지는 그녀의 말을 듣곤 한숨을 쉬었다. 어느덧 주름이 깊어지고 까맣게 윤이 나던 머리칼마저 희끗희끗해져 버린 아버지의 모습을, 의진이 복잡한 눈으로 바라봤다. 아버지가 저를 위하는 마음만큼 자신도 아버지가 원하시는 대로 따랐으면 얼마나 좋을까, 그런 생각을 잠깐 하기도 했다. 그래도 이제 결심을 굳힌 만큼 어떤 것에도 쉽게 흔들리지 않기로 했다.

"전 여기가 좋아요, 아빠."

처음에는 돈이 급해 얼떨결에 다니게 됐지만, 일하다 보니 여러 가지로 재미도 있었고 정도 많이 들었다. 모든 먹고사는 일이 그러하듯 가끔은 이유 없이 지겨워지기도 하고 사소한 걸로 환

멸이 나기도 했으나, 지금껏 잘 버텨 왔으니 앞으로 더욱 잘할
수 있을 거라는 자신도 생겼다.

"여태 믿고 지켜봐 오셨던 것처럼 한 번만 더 믿어 주세요."

"혹시, 거기에 네가 좋아한다던 사람이 있는 건 아니고?"

문득 아버지가 묻는 말에 의진은 한순간 대답을 하지 못했다.
그런 그녀에게 아버지가 다시 물었다.

"연예인이니?"

이번에도 대답을 못 하고 망설였다. 그러자 아버지에게서 깊
은 탄식이 흘러나왔다.

"그래서, 어떻게 할 생각이야?"

"결정되면 다시 말씀드릴게요."

지금 그녀가 할 수 있는 말이라곤 이것밖에 없었다. 그래서
더 죄송한 마음이 들었다.

"거기서 오래 일했으니 그쪽이 어떤 곳인지는 네가 더 잘 알
테지."

"……."

"그럼에도 마음을 접지 못했다는 건, 모든 걸 감수하고서라도
그 사람이 좋다는 얘긴 거야?"

"네."

의진이 대답했다. 처음부터 무작정 불나방처럼 뛰어든 건 아니었
다. 처음에는 저 역시 이 감정을 수없이 부정하고 단념하려고도
했었다. 그냥 오랜 시간 함께해 왔던 정일 거라고 스스로를 속였고,
그러다 이성적인 호감으로 진하게 번져 갈 때조차도 윤의 곁에서

떠나면 될 거라고 생각했다. 그럼에도 불구하고 결국에는 떠나지 못했다. 이젠 끝이 어떠하든 둘이서 함께 가 보고 싶었다.

"밥 먹자."

아버지는 그즈음 해서 얘기를 접었다. 그런 아버지를 보다가 의진도 더 말을 하지 못했다.

* * *

드물게 바람 한 점 없이 고요하고, 밤하늘엔 별이 가득 떠 있는 날이었다. 창밖 너머를 가만히 바라보다가 의진이 혼잣말처럼 중얼거렸다.

"날씨 너무 좋다."

옆에서 내일 촬영분을 훑고 있던 윤이 그녀의 말을 듣고는 고개를 돌린다.

"나갈래요?"

"너 그거 다 봐야 하는 거 아냐?"

"잠깐 산책 정도야 괜찮아요. 사람 많고 재미있는 데도 데려가지 못해서 미안한데."

윤의 말에 의진은 괜찮다고 웃어 보였다. 지금 당장은 별수 없다는 걸 알아서 집 데이트에 서운해하지 않기로 했다. 솔직히 윤과 함께라면 마냥 좋았으나, 가끔은 남들처럼 놀러도 못 가고 집에서만 시간을 보내는 게 답답하게 느껴질 때도 있었다. 그럴 때면 둘은 빌라 단지 내에서 산책을 하거나 차를 타고 인적이

397

드문 곳으로 바람을 쐬고 오고는 했다.

"가요."

윤이 자리에서 일어나며 그녀의 손을 잡아끌었다. 의진은 결국 못 이기는 척 따라나섰다. 핸드폰과 지갑, 차 키만 챙겨 들고서 밖으로 나온 둘은 곧장 엘리베이터가 있는 곳으로 향했다.

"나 오늘 청첩장 받았어요."

"청첩장? 누구?"

"준서요. 6월 첫째 주 주말로 날짜 잡았대요."

"맞다, 준서. 안 그래도 궁금했는데. 근데 6월이면 드레스 입기에도 딱이겠네."

봄이어도 쌀쌀한 날이 많으니 6월 초면 너무 덥지도 않고 좋을 것 같아서 의진이 그렇게 말했다. 그런 그녀를 윤이 물끄러미 응시한다.

"왜?"

"아니에요."

"근데 식장엔 나도 가야 되나?"

의진이 중얼거렸다. 준서 결혼이니 당연히 축하는 해 줘야겠지만, 그런 사적인 장소에 이제 군이 매니저의 신분도 아니면서 윤과 함께 나타나는 게 괜찮을까 걱정스러워서였다.

"안 가면요? 준서 삐칠 텐데."

"대신 축의금 많이 넣어 줄게. 네가 잘 얘기해 줘."

"진짜 안 가려고요?"

"응. 사람들 보는 눈도 많고 아직 우리 서로 조심해야……."

갑자기 윤이 복도 모퉁이를 돌다 말고 그녀를 자기 쪽으로 홱, 잡아당겼다. 엘리베이터를 바로 몇 발짝 앞에 둔 채 의진은 윤에게 이끌려 모퉁이 뒤로 몸을 숨겨야 했다.

"뭐 하는……."

당황해서 물어보는 의진에게 쉬잇, 주의를 주며 윤이 입 모양을 냈다.

누가 따라와요.

그 뜻을 알아차린 의진이 놀라서 자리에 굳어 버렸다. 윤은 미행자가 눈치채지 못하게 고개를 비스듬히 돌려 뒤편을 바라보다가, 슬쩍 발 하나를 내밀었다. 의진은 긴장과 조바심이 얽힌 표정으로 그런 윤을 바라볼 뿐이었다. 곧 따라오던 누군가가 그 발에 걸려 어푸, 하면서 고꾸라지고 만다. 동시에 들고 있던 카메라도 바닥에 함께 나뒹굴었다.

윤이 모자를 깊게 눌러쓴 남자를 잡아채 일으켜 세우자 의진이 달려가 카메라를 집어 들었다.

"왜, 왜 그러세요?"

남자는 그때까지도 아닌 척 태연하게 물었다. 의진은 서둘러 카메라를 켜 보았다. 방금 전 둘이 집에서 나와 복도를 걷는 모습이 가장 최근에 찍혀 있었다. 그뿐만이 아니었다. 빌라 산책로에서, 지하 주차장에서, 엘리베이터를 기다리면서……. 카메라 안에는 윤과 의진의 모습들로 가득했다.

남자의 정체가 뭘까? 의진은 재빠르게 남은 사진들도 확인했다. 그러다 문득 멈칫했다. 카메라 안에 등장한, 또 다른 익숙한 얼굴 때문이었다. 그런 그녀를 보고 윤이 물어 왔다.

"왜요?"

일이 복잡해지네. 이 정도면 단순한 사생팬은 아닌 것 같다. 의진이 곧 윤에게 말했다.

"우선 경찰서로 가."

"그래요."

윤이 고개를 끄덕였다. 남자가 둘의 얘기를 듣다가 갑자기 자기가 한 게 아니라며 마구 팔을 휘저었다.

"잠깐만요. 전 그냥 누가 시켜서……."

"알았으니까, 가서 얘기해요."

윤이 남자를 통제하는 동안 의진은 경찰에 신고 전화를 걸었다. 그러곤 잠시 후 도착한 두 명의 경찰관에게 남자를 인계하고는 조사에 응하기 위해 함께 뒤따랐다.

"불기는 술술 잘 부는데요. 골치 아픈 게 놈을 사주한 사람이 따로 있어요."

대기실 문을 열며 경찰 하나가 들어왔다. 경찰서에 도착한 지 반 시간이 흐른 뒤였다.

"근데 하루 이틀에 걸쳐 범행한 것도 아니고, 꽤 오랜 시간 미행당하셨네요."

경찰의 얘기에 윤은 대답 없이 잠자코 있었다. 의진이 대신 물었다.

"사주한 사람이 누군데요? 사진 찍힌 연예인이 최윤 말고도 또 한 명 있었잖아요."

"뭐 자세한 건 수사를 해 봐야 알겠지만, 지금으로선 한시은 씨 쪽과 연관된 인물인 것 같습니다. 일단 한시은 씨도 소환해서 얘기를 나눠 봐야 할 것 같은데."

지난번 느닷없이 터졌던 둘의 스캔들이 떠올랐다. 아마 오늘 잡은 사람과도 관련이 있는 듯했다.

"놈의 말로는 배우 한시은 씨의 남자 관계가 목표라 최윤 씨를 미행했다고 합니다만. 뒤를 밟다 보니 최윤 씨 빌라에 자주 드나드는 여자가 있어서 호기심에 찍은 거라고 하네요. 이 사진들도 뒀다가 훗날 돈 뜯어낼 목적이었나 봐요."

"……."

경찰은 카메라에서 눈을 떼고는 윤을 바라봤다가, 다시 의진에게로 시선을 옮겼다. 그러더니 반은 사무적이면서 반은 흥미로운 어조로 물어 온다.

"근데 아까 기록 작성할 때 소속사 실장이라고 들었는데, 두 분은 정말 사진에 찍힌 대로입니까?"

어떻게 대답해야 하지? 찰나의 순간에 오만가지 생각이 스쳤다. 카메라에 찍힌 둘의 모습은 전부 다 어깨를 껴안거나 팔짱을 낀 채 다정한 모습이라 그런 사이 아니라고 변명해도 믿지는 않을 터. 솔직히 사실대로 말을 해도 경찰이니 함부로 떠들 것 같지는 않았으나, 한편으론 둘 사이를 인정하는 순간 벌어질 파장들이 두려웠다. 의진은 생각 끝에 일단 둘러대기로 하고 입을 열었다.

"그게 수사에 꼭 필요한……."

"네. 사진에 찍힌 그대로입니다."

거의 동시에 윤의 대답이 들려왔다. 의진은 고개를 돌려 봤다. 윤은 평소처럼 덤덤한 얼굴이었으나 인정하는 말투에는 망설임이 없었다.

"아, 그렇군요."

둘의 어긋나는 얘기를 듣고 경찰이 오묘하게 웃었다. 그러더니 알겠다는 듯 자리에서 일어섰다.

"어쨌든 조사에 응해 주셔서 고맙습니다. 두 분은 이만 돌아가셔도 좋아요. 한시은 씨 쪽에는 저희가 따로 연락을 취하겠습니다."

의진은 기계적으로 일어나 경찰서를 나왔다. 이제 어떻게 되는 걸까……? 일순 생각이 떠오르지 않았다. 당장 내일 아침 윤과 제 사이가 모두에게 까발려져 연예 1면에 실릴 것만 같았다. 그동안 조심한다고 했는데도 카메라에 찍힌 사진에서는 둘이 손잡고 껴안으며 스킨십을 하는 모습으로 가득했던 것이다.

보안이 철저한 빌라 안이라고 괜찮겠거니 방심했던 탓이었다. 생각해 보면 한시은과 스캔들이 터졌을 때도 장소가 빌라 주차장이었는데, 그저 우연으로 지나쳤던 게 일을 키운 것 같았다.

아까 전 경찰의 말에 따르면 사진을 찍은 남자는 윤과 같은 빌라, 같은 동에 최근 들어온 세입자라고 했다. 언제, 어떤 경로로 이사를 왔는지는 조사를 더 해 봐야 안다고 했다. 다만 주식 사기를 당하는 바람에 거액의 빚을 지고 있어 급전이 필요한 때, 마침 큰돈을 줄 테니 미행을 사주한 사람이 있다는 걸로 봐서 아마 빌라에 오게 된 것도 그 어떤 목적을 가진 게 분명했다. 그나저나 그 사람은 누굴까? 한시은한테 물어보면 알려나……?

"타요."

윤이 말과 함께 그녀를 차로 이끌었다. 그제야 생각을 접고는 의진이 서둘러 차에 올랐다.

"그나저나 왜 그랬어?"

조수석에서 안전벨트를 매다 말고 물었다. 시동을 걸던 윤이 무슨 말이냐는 듯 고개를 돌려 본다.

"우리 사이 말이야. 돌려서 대답해도 되잖아."

경찰에게 했던 말이 은근히 마음에 걸려서 얘기했다. 그러자 윤은 대수롭지 않게 답해 왔다.

"뭐 하러 그래요? 없는 얘기 지어낸 것도 아니고 그냥 사실을 말한 것뿐인데."

"그건 그렇지만……."

"왜요, 우리 관계가 알려지는 게 겁나요?"

윤이 떠보듯 장난스럽게 물어 왔다. 거기에 의진은 선뜻 대답을 못 했다. 솔직한 말로는 겁이 났다. 계속 지금처럼 윤과 숨겨진 관계로 지내는 것도 내키지 않았지만, 막상 또 둘 사이가 모든 이들한테 알려진다고 생각하니 두려운 건 사실이었다. 종잡을 수 없는 모순이었다.

"걱정 마요."

물끄러미 그런 윤을 바라봤다. 그 역시 생각이 많은 듯 보였으나 표정과 달리 내뱉는 말에는 흔들림 같은 게 보이지 않았다.

"그리고 방금 전 얘기 못 들었어요?"

"무슨 얘기?"

"잡은 저놈이 다가 아니라잖아요. 말인즉 우리 사진이 또 다른 놈의 손에도 있을 거란 얘긴데, 감춘다고 감춰질까?"

"어떻게 할 생각이야?"

"글쎄요. 지금 떠오르는 방법은 하나뿐인데."

시동이 걸리고 차가 출발했다. 윤은 운전을 하는 동안 더 얘기하지 않았다. 그 옆에서 의진도 말없이 생각에 잠겼다. 우선 회사 법무팀에 대응 전략을 준비시키면 그에 앞서 임 대표한테 둘의 사이를 사실대로 얘기해야 할 수밖에 없는데, 조금 이른 감이 없지 않았다. 그렇다고 이미 경찰에 신고까지 한 이상 둘의 선에서 해결이 가능해 보이지도 않았다.

"나 한번 믿어 볼래요?"

그러다 집에 다 도착했을 즈음, 윤이 말했다. 그는 그 얘기를 하면서 전처럼 웃어 보였다. 걱정 말라는 듯 위로하는 웃음처럼 느껴져 의진은 저도 모르게 고개를 끄덕였다. 믿기로 했으니까, 이제는 끝이 어떠하든 함께 가 보기로 했으니까. 그 생각에 의진이 윤을 마주 보며 웃었다.

불안한 밤은 조금씩 깊어 갔다.

* * *

잠결에 눈앞이 희붐해지는 느낌이 들었다. 의진은 손으로 옆자리를 더듬다가 눈을 떴다. 윤은 벌써 나가고 없었다. 오늘은 어제 낮에 못다 찍은 신 때문에 일찍부터 촬영이 있다더니, 그녀가 자고 있을 때 나간 듯했다.

의진은 침대서 몸을 일으키며 머리칼을 묶어 올렸다. 잠에서 깨고 나니 간밤의 일들이 다시금 생생해졌다. 뒤따라오던 미행자, 그의 카메라 속 둘의 다정한 모습들, 경찰서에서 조사에 협조하며 결국 둘 관계를 인정하게 된 일들까지……. 이제 어떻게 해야 하는 걸까? 새날이 밝았는데도 쉽게 판단이 서지 않았다.

침대를 내려서던 의진이 무언가를 발견하고는 멈칫했다. 협탁 위에 못 보던 편지 같은 게 놓여 있었다. 윤이 두고 갔나? 의진은 망설이다가 펼쳐 보았다.

[안녕하세요, 윤입니다.

오랜만에 손 편지를 통해 인사를 드리게 되니 조금은 어색하기도 하지만, 이 소식만큼은 팬 여러분들한테 제일 먼저 알려 드리고 싶어서 이렇게 글을 남깁니다.

얼마 전, 제게는 단 하나뿐인 가족을 갑작스레 보내야 하는 일이 있었습니다. 조모상을 치르는 동안 많은 이들의 도움과 관심 덕분에 저는 다행히 별 탈 없이 일상으로 돌아올 수 있었습니다. 그 과정에서 제가 가장 믿고 의지하며, 아껴 주고 사랑해 주고픈 사람과 서로의 진심을 확인하게 되었습니다.

웃는 모습이 늘 저를 설레게 하고, 작은 일 하나에도 최선을 다하는 그녀는, 제가 배우로서 이 자리에 설 수 있게끔 오랜 시간 옆에서 이끌어 주고 응원해 준 사람입니다. 부족한 저를 더

나은 사람이 될 수 있도록 여태 용기를 준 사람이었기에 앞으로의 인생도 함께하고 싶다는 확신을 갖게 되었습니다. 어렵게 마주 잡은 손, 놓지 않고 행복하게 잘 살겠습니다.

갑작스러운 소식에 놀라우실 테지만 늘 그랬듯 믿음과 사랑으로 지켜봐 주셨으면 좋겠습니다. 저는 이후에도 연기 생활에 전념하며 더 성숙하고 다양한 모습으로 찾아뵙겠습니다.

곧 무더위가 찾아올 것 같습니다. 건강 조심하시면서 즐거운 여름 보내세요.

감사합니다.

최윤 올림.]

편지를 다 읽은 의진은 잠시 멍하니 앉아 있었다.

"지금 떠오르는 방법은 하나뿐인데."

"나 한번 믿어 볼래요?"

어젯밤 차 안에서 했던 윤의 얘기가 생각났다. 설마 했었지만 정말로 결혼 발표를 계획할 줄이야…….

사실 지난밤 일만 놓고 본다면 이 방법이 최선이기도 했다. 앞으로 어떤 사진들이, 어떤 식으로 유출될지 모르기에 이쪽에서 먼저 둘 사이를 공개한다면 차후 불필요한 루머나 논란거리들을 미연에 막을 수 있었던 것이다.

게다가 얼마 전 한시은과의 재회설 스캔들도 있었던지라 만약 이 시점에서 또 다른 이와의 열애 기사가 터진다면 자칫 이미지만 가벼워지고 대중들의 피로감을 불러일으킬 수도 있었다. 그래서 윤은 이참에 아예 '결혼'이라는 카드를 선택했던 것 같다. 먼젓번 스캔들도 제대로 잠재우면서 그나마 현재로선 가장 잡음이 일어나지 않을 깔끔한 방법이니까. 그렇다면 윤은 오로지 냉정하게 일로 따져서, 추후의 복잡한 상황들을 막고자 결혼을 결심한 걸까……?

"결혼할래요?"

"그냥. 지금 내 마음을 말한 건데."

문득 며칠 전 그가 장난처럼, 혹은 진심처럼 던졌던 말들이 떠올랐다. 의진은 핸드폰을 찾았다. 윤에게 전화를 걸려다 보니 그에게선 이미 한참 전에 메시지가 들어와 있었다.

[협탁 위의 자필 편지는 이따 대표님과 상의해서 팬 카페에 올릴 거예요. 실장님 의견은 어떠신지?]

의견을 물어봐 놓고 그녀가 아직 답을 보내지도 않았는데, 그에게서는 막무가내로 다음 메시지들이 이어졌다.

[뜬금없이 편지로만 프러포즈해서 미안. 반지는 이제 같이 주문하러 가요. 대신 저녁에 꽃 사 들고 갈게.]

[깨면 전화해요. 목소리 듣고 싶어.]

의진은 가만히 핸드폰을 손에 든 채로 답장을 못 했다. 윤의 편지와 메시지를 연이어 보고 나니 갑자기 생각이 정리가 되지 않았다. 그러다 마음이 조금 진정되자 전화를 걸어 봤다. 촬영 중일까 봐 걱정했으나 다행히 윤은 신호음이 가자마자 바로 전화를 받았다.

- 일어났어요?

"어. 넌 언제 나갔어? 그건 그렇고, 옆에 누구 있어?"

둘이 통화하는 소리를 누가 들을지도 몰라서 한 말에 윤이 뭔 대수냐는 듯 얘기한다.

- 없어요. 있어도 무슨 상관이야. 얼마 안 있으면 다 알게 될 텐데.

"그래도 조심……. 아니, 이게 아니지. 진짜 우리 사이, 아니다. 그게, 내가 하려는 말은 있잖아. 정말 편지에 쓴 것처럼…… 그러려고?"

긴장해서 저도 모르게 혀가 꼬였다. 실은 마음이 벅차올라 무슨 말을 하고 싶은 건지도 몰랐다. 의진은 자꾸만 두근대는 가슴을 가라앉히기 위해 괜히 손으로 명치 끝을 꾹, 눌렀다.

배우로서의 윤을 생각하면 이런 결정이 무조건 좋은 결과만 가져오지 않는다는 걸 알지만, 그럼에도 저 역시 사람인지라 새로운 욕심이 드는 건 어쩔 수 없었다. 윤의 등 뒤에서 보이지 않는 그림자보다 옆에서 함께 걸어갈 수 있는 존재가 되고 싶었다. 그러나 여태 윤만 바라봤던 임 대표나 회사 사람들을 생각하자 다시금 마음이 복잡해졌다.

- 응. 정말 편지에 쓴 것처럼 결혼하려고.

윤이 그런 그녀의 마음도 모르고 낮은 웃음소리로 놀려 댔다.

그래도 의진은 대답을 못 했다. 여전히 윤의 입장과 저 자신을 고민하고 있는 그녀에게 윤이 말했다.

- 진심이에요. 의심하지 마. 그 편지도, 내 마음도.

"……."

- 내가 어떤 사람인지는 당신이 잘 알 거고, 신의진이 어떤 사람인지는 내가 잘 알아. 우리 어제오늘 본 사이 아니잖아요. 스물한 살에 처음 당신을 만나서부터 내 일상은 온통 당신과 함께였어.

처음 윤을 만났던 그날이 떠올랐다. 그때는 그저 어색하고 어렵기만 하던 최윤이 어느새 제게 가장 익숙하고 따뜻한 사람이 됐다는 게 조금은 믿어지지 않았다.

- 이제 신의진이란 여자 없이는 앞으로의 시간들을 어떻게 보낼지 자신이 없어. 꽤 늦게 깨달은 것 같지만, 그래도 놓치지 않아서 다행이라고 생각해요.

가만히 젖어 든 눈가는 분명 자신인데, 어쩐지 전화 저편 윤의 목소리에도 물기가 묻어 있는 것처럼 느껴졌다.

- 그러니까 결혼해요, 우리. 내가 잘할게.

저도 몰래 눈물이 흘러 내려오자 의진이 서둘러 닦았다. 그러고는 마음을 굳힌 채 얘기했다.

"저녁에 꽃 사 오는 거 잊지 마."

배우 최윤이 아닌, 여자 신의진을 사랑하는 남자 최윤만 생각하고서 기어이 욕심을 내 보기로 했다. 그가 내민 손을 더없이 행복하고 기쁜 마음으로 잡기로 했다.

- 응. 지난번 튤립 사 갈게요.

그녀의 허락을 들은 윤은 들뜬 어조로 대답하더니 이내 전화를 끊었다. 의진은 통화가 끊긴 핸드폰을 협탁 위에 내려놓았다.

자리에서 일어나 커튼을 열어젖히자 맑은 유리창으로는 햇빛이 찬란했다. 새로운 아침이 막 시작되는 걸 보며 의진은 오늘부턴 왠지 기분 좋게 바쁠 것 같다는 예감이 들었다.

* * *

침묵은 한참 동안이나 계속됐다. 윤이 손을 뻗어 물을 마셨다. 그러곤 맞은편의 임 대표를 바라봤다. 식사하러 자리에 앉은 지 벌써 10여 분이 흘렀으나 둘 사이에는 정적만이 가득했다.

윤은 다 마신 물잔을 내려놓았다. 그때까지 임 대표는 여전히 핸드폰 화면에 시선을 고정하고 있었다. 임 대표가 보고 있는 건 다름 아닌 결혼 발표 내용의 편지였다. 새벽에 편지를 써서 따로 사진을 찍어 온 윤은, 밥 먹으러 와선 맨 먼저 그걸 임 대표에게 보여 주며 상대가 신의진이라고 했다.

"그렇게 보고만 계시다 화면 다 닳겠네."

결국, 윤이 먼저 말을 건넸다. 그제야 임 대표가 고개를 든다. 그는 복잡한 낯빛으로 핸드폰을 돌려주었다.

"내 언젠간 이런 날이 올 줄 짐작은 했다만."

한숨처럼 내뱉고는 잠시 말을 끊었던 임 대표가 중얼거렸다.

"막상 닥치니 마음이 요상하게 헛헛하네."

"……."

"근데 그것도 신 실장이랑? 어린놈이 연상이랑, 재주도 좋아."

"겨우 세 살 차이 나거든요?"

"그래서? 세 살은 네가 더 많아요? 세 살이든 서른 살이든 연상은 연상이지."

유치하게 말꼬리 잡긴. 윤이 그런 임 대표를 향해 모르면 말을 말라는 듯 얘기했다.

"하나도 연상 같지 않은데, 뭐. 밥 먹을 때 보셨어요? 오물오물 다람쥐처럼 얼마나 귀여운지."

바나나 우유 하나에도 아이처럼 좋아서 웃는 그런 모습들 임찬혁, 이 양반은 여태 모르고 있겠지? 어찌나 사랑스러운지, 저만 알고 있다고 생각하니 아까워서 굳이 다른 사람에게 설명해 주고 싶지 않았다. 그런 저를 임 대표가 혀를 차면서 바라본다.

"사람이 밥 먹는 게 꼴 보기 싫으면 정 다 떨어진 거고, 밥 먹는 것만 봐도 예쁘면 미쳐도 단단히 미친 거라던데. 그동안 나한텐 얘기도 없이 언제 그렇게 미친 거야?"

"죄송해요. 그런데 정말 하고 싶어서 그래요."

"뭐가? 결혼이?"

못 믿겠다는 임 대표의 표정에 윤이 네, 하고 고개를 끄덕였다. 거짓 없는 진심이었다. 언제부터였는지 의진을 바라보고 있으면 문득문득 '결혼'이란 말이 입 안에서 맴돌았고, 그녀와 새로운 가족을 꾸리고픈 욕심이 들었다. 의진과 함께라면 지금까지의 외로움과 방황은 잊은 채 소소하지만 완전한 행복을 느끼

411

면서 잘 살 수 있을 것 같은, 미묘한 믿음도 생겼다.

"거참, 캐릭터에 안 어울리는 소리 하네."

임 대표의 구박에 대꾸할 말이 없었다. 그런 제게 임 대표가 괜히 눈을 부라리더니 얘기했다.

"결혼 발표하면 팬들 한꺼번에 떨어져 나가는 건 알고 있지? 당분간 일 줄어들 것도 각오해야 해."

"네. 알아요."

"그게 다 회사 손해로 돌아오는 것도 알고 있어?"

아니, 근데 임찬혁 씨 듣자 듣자 하니까. 윤이 등받이에 기댔던 상체를 일으키며 말했다.

"8년을 옆에 끼고 있었던 자식 같은 사람이 결혼 좀 하겠다는데, 상식적으로 축하는 먼저 건네고 손해 얘기를 해야 하는 것 아닙니까? 대표님."

"아, 그건 모르겠고. 내겐 새움도 자식이야. 새움의 미래가 달린 일인데, 너라면 선뜻 축하가 나오겠냐?"

몰랐는데 임 대표님께서는 뼛속까지 장사치였네. 윤이 여태 속았다고 인상을 찌푸렸다. 임 대표도 똑같은 표정으로 투덜댄다.

"너 인마. 몇 년 더 버티다 서른 넘고 결혼해도 되잖아. 뭐가 그리 급해? 지금 막 연기 인생의 정점을 찍고 있는데 덜컥 결혼해 버리면……."

"대신 제가 사랑하는 아내와 나만의 가족이 생기잖아요."

임 대표는 그런 저를 바라보며 한순간 말을 못 했다.

"무엇보다 내 여자가 나랑 있을 때 불안함이 아닌 희망을 느끼길 바랄 뿐이에요."

그 방법이 연인 사이 흔히들 미래를 약속하는 '결혼'이라면 더욱 망설일 것 없다고 생각했다. 윤이 잠시 얘기를 끊었다가 말했다.

"물론 연기도 중요해요."

지금의 저를 있게 해 주고, 살면서 가장 중요한 두 사람을 만나게 해 줬으니까. 가끔은 임 대표와 의진을 만나지 못했더라면 지금쯤 저는 어떤 모습의 삶을 살까, 궁금해지기도 했다. 어쩌면 완전히 다른 인생을 살지도 모르지만, 지금보다 더 나은 모습일 거란 건 기대하지 않는다. 그래서 윤은 그들이 제게 준 기회를 앞으로도 더 열심히 해서 보답하고 싶었다.

"결혼한다고 은퇴하고 싶은 생각도 없고요. 오히려 결혼하면 더 다양하게 장르 넓혀 가면서 도전해 볼 생각입니다."

그때, 노크 소리와 함께 종업원이 들어왔다. 주문한 음식들을 테이블에 재빠르게 서빙하고는 종업원이 물러나자 임 대표가 화제를 돌렸다.

"어쨌든 그래서, 둘 얘기 좀 해 봐. 언제 그렇게 서로 마음이 통한 거야? 신 실장이 느닷없이 사직하겠다고 했을 때는 너랑 일부러 엮이지 않으려고 그랬을 것 같은데."

투둑투둑, 소리가 들려온 건 그 무렵이었다. 고개를 돌려봤더니 유리창을 때리듯이 소나기가 퍼붓고 있었다.

"어라? 갑자기 쏟아지네. 어두워서 날 흐린 줄도 몰랐는데."

임 대표도 덩달아 창가로 시선을 주더니 중얼거렸다. 윤은 무언가에 이끌리듯 비가 쏟아지는 창밖 너머에서 시선을 떼지 못했다.

"이럴 거면 사전에 언질이라도 주든가. 둘이 결혼까지 가는 동안 전혀 모르고 있었잖아."

임 대표는 식사를 하기 위해 물수건으로 손을 닦으면서 얘기했다. 둘의 관계를 여태 알아차리지 못한 게 못내 억울한 모양이었다.

"저도 잘 몰랐어요."

제 마음을 말이다. 의진을 향한 감정들이 그저 단순히 오랜 시간 정인지, 아니면 남녀로서의 끌림인지 애매하게 헷갈릴 때도 있었으니까.

"이야, 근데 비 오는 거 봐봐. 난리도 아니네."

창문을 부술 것처럼 점점 거세지는 빗줄기에 임 대표가 워, 하면서 놀란 표정을 지었다. 윤은 미동도 없이 창 너머를 바라봤다. 그동안의 모호한 의문들이 문득 깨달아지는 듯했다.

어쩌면.

"아침엔 그리 화창하더니만 웬 소낙비야? 이거, 이렇게 쏟아지는데 쉽게 그치려나?"

어쩌면, 아무도 모르게 차곡차곡 쌓여 가던 마음이 어느 결에 터진 건 바로 지금과 같은 순간이었는지도. 어둠에 가려져 내리는 줄도 모르고 있다가 갑자기 쫘, 하는 소리에 정신 차려 보면 어느새 거세게 퍼붓는 밤 소나기. 신의진에 대한 자각이 꼭 그랬다.

"아무튼 앞에 내가 구시렁대던 말들은 다 잊고, 축하한다. 상대가 신 실장이니까 너 이대로 보내 주는 거야."

윤이 창가에서 고개를 돌렸다.

"다음엔 신 실장이랑 다 같이 식사 한번 하지. 그땐 네가 사."

"왜요, 저보다 돈도 많으시면서."

장난스럽게 말했더니 임 대표 역시 농담처럼 받아친다.

"내 덕분에 이렇게 된 줄 알아. 나 아니었으면 네가 어디 가서 신 실장 같은 여잘 만날 건데?"

말을 하며 임 대표가 괜히 뿌듯하게 웃었다. 윤도 따라서 웃어 버렸다.

이 비가 그치면 늦지 않게 꽃집에 들러야겠다. 가장 붉고 향기 나는, 그녀를 닮은 튤립 꽃다발을 사 들고 갈 생각에 마음이 자꾸만 들떠 왔다.

다행히 비는 식당을 나올 때쯤 이미 그쳐 있었다. 집에 도착한 윤은 조심스레 현관문을 열었다. 기척이 없이 몹시 조용한 걸로 보아 의진은 벌써 잠든 것 같았다.

그리 늦지 않았는데…… . 윤이 손목을 들어 시계를 봤다가, 이어서 다른 손에 들린 꽃다발을 바라봤다. 탐스럽게 싱싱한 꽃은 적당히 물기를 머금은 채 기분 좋은 향을 풍겨 왔다. 방금 전 꽃집에 들러서 사 온 것이었다. 손수 꽃을 사 들고 나오다가 차에서 기다리고 있던 임 대표한테 괜히 한 소리 듣기도 했다.

"아직 결혼 발표 안 했다. 이 밤에 얼굴 다 드러내고 그러고 싶어?"

"모자랑 마스크 썼잖아요."

"겨우 그런 걸로 가려질 비주얼이면 그게 연예인 얼굴이니?"

안 그래도 마스크를 쓰고 모자까지 깊이 눌러쓴 채 들어갔는데도 직원이 두어 번 힐끔거리더니 '어머나, 혹시 최윤 배우님?' 하면서 알아본 건 사실이었다.

"누구 드리시게요? 여자 친구분한테 드릴 선물이신가요?"

계산할 때도 은근히 궁금한 듯 물어 오는 직원에게 윤은 굳이 부정하지 않고 고개를 끄덕여 보였다.

"세상에, 저 이거 소문내면 안 되는 거죠? 최윤 님이 저희 꽃 가게에 들른 것도, 여자 친구분한테 드릴 꽃을 직접 사 갔다는 것도 막 인터넷에 알리고 싶은데. 그럼 안 되는 건가요?"

"안 되긴요. 소문 많이 내 주세요."

선선히 그러라고 하자 직원은 오히려 미덥지 않은지 고개를 갸우뚱했다. 그러다 손님들이 들어오는 틈을 타 윤은 얼른 가게를 나와 버렸던 것이다.

"튤립 꽃말이……."

사랑 고백이라 했지. 꽃가게 직원이 얘기해 주던 말을 떠올리며 윤이 웃었다. 지금 이 순간, 의진에게 주고픈 제 마음 같기도 했다. 윤은 꽃묶음을 든 채 거실로 들어갔다. 의진이 소파에서 잠들어 있는 게 보였다. 일하다가 깜박 잠이 든 건지 탁자 위의 노트북은 켜진 채였다. 그 옆에 꽃묶음을 내려놓고는 윤은 우선 씻기 위해 욕실로 향했다.

"와, 예쁘다."

씻고 다시 나왔을 땐 의진은 이미 깨어 있었다. 그녀는 탁자 위에 놓아둔 꽃묶음을 가져가며 즐거운 표정을 짓는다. 그런 의진을 보다가 그녀에게 꽃을 사다 준 건 오늘이 처음이라는 걸 깨달았다.

집 분위기가 단조롭다며, 계절마다 각종 이름 모를 꽃들을 번갈아 사 오던 건 매번 그녀였던 것이다. 그는 그럴 때마다 그저 그녀가 사 들고 온 꽃들을 한 번씩 쳐다보고 마는 게 다였다. 사오고, 화병에 꽂아 두고, 말라 버린 꽃들을 다시 치우는 일들은 언제나 의진의 몫이었다. 귀찮을 법도 한데 의진은 매번 열심히 했다. 그 언젠가 그녀가 얘기하던 카페보다는 어쩌면 꽃집을 하면 더 어울릴 것 같다는 생각이 문득 들어, 윤이 혼자 웃었다.

"다음에 또 사 줄게요."

옆에 다가가 앉으며 약속하듯 말했다. 의진이 응, 하고는 웃어 보인다. 팔을 뻗어 그런 그녀를 끌어당겨 안았다. 이끌리듯 기대오는 그녀에게 가만히 입술을 눌렀다가, 곧 허기진 것처럼 빨아들였다. 의진은 다소 서두르는 그를 어르듯이 받아 주며 두 팔을 목에 감았다.

"며칠 못 했는지 알아요?"

"겨우 이틀인데."

의진에겐 겨우 이틀일 테지만 저한테는 '이틀이나'였다. 의진이 그제부터 감기 기운이 있는 것 같아 좀 쉬라고 배려했던 윤은 오늘은 더 이상 못 참을 것 같았다. 투욱, 맨 먼저 제가 사 준 그녀의 손목시계부터 풀어 줬다. 하다가 혹시 다칠 수도 있으니 귀걸이 같은 것도 늘 미리 빼 두는 편이었다. 온몸에 날카로운 물건 같은 게 없는지 꼼꼼히 살피면서 윤이 말했다.

"대표님한테 우리 사이 얘기하고 허락받았어요."

지금 의진이 가장 궁금해할 답이었고, 집에 와서 제일 빨리

해 주고 싶었던 얘기이기도 했다. 아무래도 둘의 관계가 확정되려면 부모님들 허락만큼이나 중요했던 게 임 대표의 의사이기도 했으니까.

"진짜? 다행이다."

그의 말을 듣고서 의진은 그제야 마음을 놓은 듯이 환하게 웃었다. 윤은 의진의 티셔츠 속으로 손을 넣어 가슴을 움켜쥐었다. 손안에 가득히 들어차고도 남는 가슴은 무척 탐스러웠다. 따듯하고 말랑한 살결을 만지다가 이어서 젖꼭지를 비벼 대듯 자극하자, 의진이 신음 소리를 내며 매달려 왔다.

"이제 신의진 씨 차례야."

"뭐가?"

"아버님 관문이요, 잘 넘을 수 있게 부탁해요."

그 말에 의진은 약간 걱정스러운 듯했으나 기꺼이 고개를 끄덕여 보인다. 그런 의진의 가슴에 얼굴을 묻고는 숨을 크게 들이켰다. 어쩐지 날이 갈수록 점점 더 그녀의 몸에 집착하는 것 같았다. 이토록 부드럽고 달콤한 감각은 그 어디에서도 접해 보지 못한 채 오로지 그녀를 안을 때만 느낄 수 있었던 것이다.

"결혼 발표하고 부모님들이랑 식사 자리 한번 마련해 볼게."

의진이 덜 마른 그의 머리칼을 만져주며 얘기했다. 윤은 응, 하고 대답하고는 그녀를 건뜻 들어 안아 무릎에 앉혔다. 그런 뒤에 거추장스러운 티셔츠부터 머리 위로 잡아 뺐다.

"야아……."

갑작스럽게 탈의를 시키자 의진이 본능적으로 두 팔을 들어

가슴을 가렸다. 윤은 뭐 어때, 하며 그녀의 손을 잡아서 내렸다. 브래지어를 하지 않은 젖가슴이 눈앞에 그대로 드러났다. 희고 둥근 모양의 풍만한 가슴은 볼 때마다 묘한 갈증을 일으켰다. 윤은 고개를 숙이며 가슴을 세게 베어 물었다.

"아홋."

의진이 진저리를 치듯 떠밀다가 결국은 다시 그를 껴안았다. 작고 앙증맞은 유두가 입 안에서 굴려질수록 제 페니스에 맞닿아 있는 의진의 다리 사이도 티 나게 젖어 들고 있었다. 흉흉하게 발기한 채 찔러 대는 자극이 견디기 힘든지 간혹 그걸 피하듯 허리를 들썩이던 의진은 얼마 안 지나 나지막한 목소리로 넣어 달라고 했다.

윤이 나이트가운을 젖혔다. 그러자 가리는 것 하나 없이 적나라하게 드러난 건, 한껏 위를 보며 치솟은 페니스였다.

"줄게. 넣어 봐요."

의진은 얼굴을 붉히며 망설이는 듯하더니 이내 손을 아래로 뻗었다. 여자의 조그만 손이 살며시 감싸 오자 페니스는 터질 듯이 부푼 채 말간 액이 스미고 나왔다. 윤이 그녀의 손 위로 제 손을 얹고는, 스스로 하던 것처럼 훑어 내리게 했다. 의진은 따라 하면서도 시종 그의 눈을 마주하지 못했다. 그러다 가끔 무심결에 밑을 내려다보고는 훤히 보이는 진풍경에 한 번씩 놀라는지 고개를 돌려 버린다.

어딜 봐서 저보다 연상이냐고. 하는 행동을 보면 마치 전혀 남자를 겪어 본 적 없는 것처럼 온통 수줍음으로 휩싸여선, 그게 더 제 음습한 욕망을 부추겼다.

"어서."

윤이 삽입을 재촉했다. 이런 밤, 서두르고 싶진 않지만 의진의 손을 더 버텨 내다가는 멋없이 혼자 끝날 것 같았다. 그는 결국 참지 못한 채 그녀의 엉덩이를 들었다. 미처 벗겨 내지 못한 팬티를 옆으로 젖히고는 제 몸을 한 번에 밀어 넣었다. 그 바람에 의진이 그의 어깨에 손톱을 박으며 티 나게 미간을 찌푸렸다. 찰나의 통증과 쾌감으로 물든 그녀의 표정을 잠시 보고 있다가, 윤이 중얼거렸다.

"……입술 깨무는 게 아니었네."

"응? 뭐가?"

어리둥절하게 묻는 그녀에게 아무것도 아니라는 듯 웃었다. 처음 의진이 사직하겠다고 얘기를 꺼냈던 그날, 꿈에서 봤던 그녀가 섹스하는 모습은 꿈인 듯 현실인 듯 몹시 몽롱하게 다가왔다. 윤은 제 위에서 조금씩 허리를 움직이기 시작하는 의진을 바라봤다. 이제 정말 내 것 같고 내 하나뿐인 사람이 될 것 같은 여자. 보고 있을수록 아름답고 눈이 부셔서, 마음까지 벅차올랐다.

윤이 손을 뻗었다. 의진의 허리를 감싸 움직임을 돕던 손이 허벅지를 타고 내려와 무릎을 매만졌다. 하얗고 매끈한 무릎 위를 애무하듯 만지면서 장난쳤다.

"여기, 또 멍들게 해 줄까요?"

농담 속에 반은 진심을 섞어 건네자 의진이 와중에도 눈을 흘기며 뭐라고 했다.

"안 돼. 이제 여름이라 쉽게 가리지도 못한단 말이야."

윤은 그런 의진의 등을 감싸서 안으며 허리를 일으켰다. 그녀를 소파에 눕히면서 뒤로 몸을 물렸다. 그러곤 곧바로 벌린 그녀의 다리 사이로 고개를 내렸다.

"하지 마. 더러워."

둘의 체액으로 질척대는 곳에 그의 숨이 닿자 의진이 민망한 목소리로 거부했다. 윤은 양손으로 그녀의 두 다리를 움직이지 못하게 잡은 채 말했다.

"이게 왜 더러워? 당연한 건데."

"아, 그래도."

그동안 수도 없이 몸을 섞은 사이임에도 뭐가 그리 부끄러운 건지 의진은 여전히 발갛게 달아오른 얼굴로 싫다고 했다. 윤 역시 개의치 않고 저 하고 싶은 대로 했다. 두 사람의 체액으로 잔뜩 미끈거리는 그곳에 그의 입술이 닿고 혀가 움직이기 시작하자 잠시 가만히 있던 의진의 다리가 반항하듯 거세게 흔들렸다.

"흐읏, 하지 말라고. 야, 이 변태야."

"또 야라고 하네. 한동안 안 그러더니."

"아, 알 게 뭐야. 그만 좀……."

그의 혀 놀림이 빨라질수록 의진 역시 숨 가쁘게 허리를 뒤튼다. 그러면서도 입으로는 꼬박꼬박 대꾸를 멈추지 않았다. 재미있네, 이 여자. 그녀의 다리를 붙잡은 손에 힘을 주며 윤은 놀리듯 말했다.

"섹스는 원래 변태같이 해요. 점잖게 하면 그게 남자랑 여잔가?"

말과 함께 의진의 가장 깊고 습한 곳으로 손가락을 밀어 넣었다. 하나를 넣었다가 곧 두 개로 늘려 가자 기다렸다는 듯 꽉, 조이는 그녀의 안은 못 견디게 뜨거웠다. 이 안에서 흔적도 없이 녹아내린다고 해도 달가울 것 같았다.

"이러고도 나만 변태야? 좋아 죽겠다는 당신 몸은 거짓말 못 하는데."

의진은 이제 졌다는 듯 나른한 기색으로 저를 보고만 있었다. 윤이 몸을 일으켜 그녀의 얼굴 가까이 다가갔다.

"신의진."

영원한 건 없다고 하지만, 가끔은 이런 순간이 영원하길 바라게 된다. 의진이 제 곁에 있는 시간이, 의진이 저를 바라보는 시선이, 그리고 의진이 저를 안아 오는 체온이 늘 항상 이대로 영원하기를……

"사랑해."

그의 고백을 듣고 의진이 따뜻하게 웃어 보였다. 하찮은 저를 언제나 빛으로 바라봐 주던 여자, 윤은 제게 온 유일한 사랑이 소중하고 고마웠다.

* * *

윤의 결혼 소식은 예정대로 발표되었다. 팬 카페와 윤 계정의 SNS에 동시에 그의 자필 편지를 올리자 곧 기자들에 의해 기사화되어 연예 면에 퍼지기 시작했다. 편지를 등록한 그날부터 며칠 동안은 관련 기사들이 쏟아지는 바람에 회사는 말 그대로 초

비상이었다. 하루 종일 울려 대는 전화들 대부분은 결혼 사실 확인 여부와 함께 상대 여자가 누구인지 하나라도 더 알아내려 애를 쓰고 있었다.

"전 좀 섭섭해요. 실장님."

그리고 둘의 사이를 그제야 알게 된 이정민은, 안 그래도 바빠 죽겠는데 뚱한 표정으로 저 말만 몇 번째 하는지 몰랐다. 정민뿐만이 아니었다. 연희와 철주를 비롯한 회사 사람들도 틈만 나면 그녀를 붙잡고 진짜냐며 확인해 왔던 것이다.

"그래. 너한테라도 미리 말을 해 줬어야 했는데……. 사실은 여러모로 나도 갑작스러워."

의진이 난처하게 변명했다. 실은 그녀조차도 윤과의 관계가 이처럼 빠르게 발전되리라고는 상상 못 했던 것이다. 윤의 할머니 장례 때까지만 해도 둘이 다시 좋아질 거란 건 생각도 못 했고, 그 뒤 초고속으로 결혼을 결정한 것 역시. 의진도 혼란스럽기는 마찬가지였다. 그런 그녀에게 결혼 발표 첫날, 윤은 너무 걱정 말라며 얘기했다.

"언제까지 비밀로 할 수도 없고 어차피 겪어야 할 일인데, 시원하게 한 번 터지면 끝나요."

그래. 윤의 말처럼 언젠가 한 번은 부딪쳐야 할 일이었다. 그렇다면 어서 빨리 잠잠해질 때까지 조용히 숨어 있을 수밖에.

"근데 어제부터 결혼 상대가 실장님이란 기사가 쏟아지고 있는 건 아시죠?"

이어지는 정민의 얘기에 의진이 이마를 짚으며 한숨을 쉬었다. 조용히 숨어서 지내기는 무슨. 정민의 말처럼 윤의 편지 속 여자가 그녀란 걸, 이미 알 만한 사람들은 다 알고 말았던 것이다. 의진은 결국 체념하고 그냥 받아들이기로 했다. 피할 수 없으면 즐겨야지, 뭐. 이때 말고 또 언제 이렇게 전 국민적으로 뜨거운 관심을 받을까 싶었다.

"비연예인에, 그렇게 오랜 시간 동안 곁에서 배우로 성장하게 도와준 사람이라고 하면 누가 봐도 새움의 안방마님인 실장님이 시긴 하죠. 저라도 바로 알겠던데요?"

종알종알 떠들어 대는 이정민은 이젠 어쩐지 신나 보이기까지 한다. 의진이 그런 정민에게 그만 나가 보라고 하려는데 마침 핸드폰이 울렸다. 핸드폰을 집어 들자 정민이 그제야 자리에서 일어났다.

"⋯⋯누구지?"

걸려 오는 전화는 낯선 번호였다. 또 어떻게 그녀의 번호를 알아낸 기자들의 문의 전화일까 봐 의진은 받지 않고 저절로 끊길 때까지 내버려 두었다. 일이나 하자. 도저히 어수선해서 손에 일이 잡히진 않지만, 그래도 뭐라도 좀 보려고 책상을 뒤적거렸다.

그때, 방금 전 번호로 메시지가 한 통 들어왔다.

[실장님. 저 시은이에요. 잠시 드릴 얘기가 있어서 그러는데, 시간 되세요?]

한시은? 의진은 그제야 전화를 걸었다.

"응. 시은 씨. 오늘 괜찮은데 어디서 만날래?"

잠시 후, 약속을 정한 의진이 머리를 갸웃하며 핸드폰을 내려놓았다. 무슨 일이지? 윤과의 결혼 발표 때문인가? 아니면……? 의진은 의문스러운 표정으로 생각을 거듭하다가 사무실을 나섰다.

약속한 장소는 회사에서 멀리 떨어지지 않은, 어느 조그만 식당이었다. 밖에서는 얼핏 작아 보였으나 안으로 들어가니 일반적인 밥집 같은 구조에 옆으로는 개인적인 시간들을 보내기 좋게 룸들이 죽, 늘어서 있었다. 종업원의 안내에 따라 맨 안쪽의 룸까지 도착하자 가까운 테이블에 한시은의 매니저로 보이는 남자 한 명이 앉아 있었다. 그는 의진을 보고 눈인사를 건네더니 직접 문을 열어줬다.

"미안. 전화 끊고 바로 출발했는데도 늦었네."

의진이 안으로 들어서며 얘기했다. 시은은 커튼을 엷게 드리운 창가에 앉아 있다가 기척에 고개를 돌려 본다.

"아니에요. 제가 일찍 와서 기다렸어요. 앉으세요."

시은의 맞은편에 다가가 앉자 그녀는 테이블에 놓여 있던 투명한 유리의 티 포트를 들어 찻잔에 따라주었다. 잔에 찰랑찰랑 담기는 붉은 빛깔의 홍차를 바라보고 있는데 시은이 먼저 입을 열었다.

"얘기 들었어요. 결혼하신다면서요."

"아, 응."

의진이 어색하게 웃으며 답했다. 시은도 아마 들었을 테지. 요 며칠 윤의 결혼 소식으로 꽤 떠들썩했으니, 연예계에 관심이 없는 사람들 빼고는 다들 알고 있는 일이었다.

"축하드려요."

"고마워."

"요즘 내내 결혼 기사로 들끓던데, 실장님은 괜찮으세요?"

윤의 갑작스러운 결혼 발표에 이어 상대 여자인 그녀에게도 많은 이들의 이목이 쏠린 지금, 불편한 데는 없는지 묻는 듯했다. 의진은 담담하게 고개를 끄덕여 보였다.

"응. 살면서 이런 관심은 처음이라 좀 당황스러운데, 즐기려고 노력 중이야."

"다행이네요."

"인터넷 반응들도 거의 안 보려고 하지만 궁금해서 한 번씩 슬쩍 들여다보기도 하고 그래. 근데 다들 나 엄청 욕하더라? 더 보다간 상처받을 것 같아."

"그럴 거 없어요. 이런 일엔 상대가 누구든 욕먹으니까요."

시은의 얘기에 의진은 조금 마음이 놓여서 그렇지? 하면서 웃었다.

"내 배우 뺏어 갔다고, 오죽하겠어요? 게다가 윤이는 나름 이쪽 판에서 탑급인데, 갑작스럽게 결혼한다고 하니 더 난리죠."

"어쨌든 이번에 다시 느꼈어. 연예인은 진짜 아무나 하는 게 아니겠더라. 근데 시은 씨도 나라서 좀 놀라지 않았어?"

시은이 그 말에 고개를 살랑살랑 젓더니 얘기했다.

"전혀요. 이미 전에 짐작한 일이에요."

"응? 짐작이라니?"

"윤이랑 만나고 있을 때요. 그때부터인걸요."

무슨 소린지 몰라서 빤히 쳐다봤다. 시은은 기억을 더듬듯 눈매가 가늘어지더니 얘기를 이어 갔다.

"두 분 사이가 단순히 매니저와 연예인을 벗어나 더 많이 끈끈해 보였다고 할까요? 실장님 얘기를 할 때 윤이 눈빛이나 말투, 그리고 표정에서 느껴지곤 했죠. 가끔 실장님을 뵐 때도 비슷해 보였고요."

"……."

"근데 둘은 또 서로 못 느끼는 것 같더라고요. 제 눈엔 보통의 관계보다 약간 다르다는 게 보이는데."

"흔히 말하는 여자만의 육감, 뭐 그런 건가?"

의진이 혼잣말처럼 중얼거렸다. 지금 보니 귀신이 따로 없었다. 시은이 말하는 그때라면 아마 윤은 물론, 의진 자신조차도 자각을 못 했을 시기일 텐데 말이다.

"전 윤이란 남자를 사랑해 봐서 잘 알아요."

"윤이랑 이제 막 결혼하려는 사람 앉혀 두고 그런 얘기 잘도 하네?"

의진이 악의 없이 뭐라고 하는 말에 시은은 미안하다는 듯 웃었다.

"아무튼 저흰 그래서 오래 만나지 못했어요. 윤이랑 둘이 있으면서도 묘하게 세 사람이 있는 것 같은 느낌이랄까요? 나쁘게 말하면 실장님은 마치 본처 같고 전 첩실도 안 되는, 그런 기분인 거죠."

"뭔 소리야. 어쨌든 난 여태 몰랐네. 본의 아니게 나 때문에 시은 씨 힘들었겠다. 왜 이제야 얘기해?"

"저도 자존심이 있죠."

턱을 약간 들고서 새치름하게 웃어 보이는 시은이다. 의진은 그런 그녀를 물끄러미 바라봤다. 시은에겐 이미 지난 일일 테지만, 그래도 괜히 미안하고 마음이 안 좋았다.

"내 남자 친구가 나보다 다른 여자 얘기를 더 많이 하고 그 사람 걱정을 더 하고 고작 일로 엮인 관계면서 둘이 세상 누구보다 애틋해 보이는데, 거기다 뭐라 말을 할 수가 없더라고요."

"시은 씨."

"그래서 모든 이들에게 윤이는 내 거라고, 우리 관계를 드러내고 싶어 조르고 졸라 공개 연애를 했지만……. 그뿐이었어요. 나랑 있으면서도 마음은 늘 딴 데 가 있는 윤이를 볼수록 자존감은 바닥나고, 그래서 그만 헤어지자고 했어요."

"……."

"사실 그때까지만 해도 실장님께 질투도 나고 가끔은 밉기도 하고 그랬는데, 지나고 보니 그냥 저희는 인연이 아니었던 거예요."

인연은 처음부터 따로 있었는데 제가 잠시 불쑥 끼어들었던 것 같기도 하고. 시은이 말끝을 흐리더니 찻잔을 입가에 가져다 댄다. 의진은 뭐라고 얘기를 해야 할지 몰라 가만히 창문 너머로 시선을 보냈다. 둘은 한동안 고요한 정적 속에서 커튼 밖 풍경만 바라봤다.

"이틀 전에 경찰에서 전화가 왔었어요."

한참 뒤에 시은이 꺼낸 말이었다. 의진은 그래서? 하고 물어봤다. 안 그래도 그날, 경찰에 신고하면서 괜히 시은까지 사건에 휘말리게 한 건 아닌지 걱정스러웠던 차였다. 이상한 사진이 찍혀도 일을 키우지 않기 위해 그저 조용히 무마하려는 배우들도 많았기 때문이다. 다행히 이튿날, 시은의 소속사로 연락하여 간단히 상황에 대해 얘기해 주었을 때 그들 쪽에서도 미행과 몰카 사실을 어느 정도 알고 있는 듯 불편한 티를 내지 않았다. 그래서 여태 어떻게 되어 가고 있나 시은이 먼저 말을 해 오길 기다리던 참이었다.

"실장님은 어디까지 아시는지 모르겠지만, 윤이를 미행하던 그 사람 목표가 실은 저였어요."

의진이 고개를 끄덕였다. 그건 어느 정도 짐작한 일이었다. 카메라에 찍힌 사진들만 봐도 윤보다 한시은이 훨씬 많았으니까.

"놈을 사주해서 뒤를 쫓게 한 진짜 범인은 지난 연말에 헤어진 제 남자 친구였고요."

의진은 잠자코 이어지는 말들을 들었다.

"사귀는 도중에도 비정상적인 집착이 너무 소름 끼쳐서 겨우 안전 이별했는데, 헤어지고 나선 자꾸 사람을 붙여 미행하는 것 같았어요. 저번에 서래마을 식당에 들렀다가 밥도 못 먹고 도망치듯 나온 것도 그 때문이었어요."

"……."

"다행히 그날, 윤이 도와줘서 무사하게 돌아올 수 있었는데 거기서 사진이 찍혀 버릴 줄은 몰랐어요. 그 사진으로 저희가 다시 만난다고 공연한 기사 퍼뜨린 것도 전 남친이 한 짓이고요."

윤의 집에서, 그의 외투를 입고 있던 그날을 얘기하는 건가? 사실 윤은 처음부터 딱 잘라 아니라고 했지만, 사진과 함께 스캔들 기사까지 터졌을 땐 둘 사이가 도대체 어떻게 된 건지 의심을 떨쳐 내지 못했었다. 그 뒤로도 따로 물을 기회가 없어서 그저 윤의 말을 믿을 수밖에 없었는데, 오늘 시은의 얘기를 들어 보니 하마터면 정말 오해할 뻔했었다.

"그 사람도 연예인이야?"

궁금한 마음에 물었더니 시은이 고개를 흔들었다. 남자와의 안 좋은 기억을 떠올리는 게 힘든지 낯빛이 그 잠깐 사이에 눈에 띄게 창백해졌다.

"그냥 일반인이에요. 근데 그 사람은 제가 돌아오지 않으면 배우 인생을 망쳐 주겠다고 하면서 끊임없이 추문을 만들어 냈어요."

시은의 그 말에 문득 생각나는 게 있었다. 바로 얼마 전에도 시은의 스폰서에 관한 루머가 이틀 정도 떠돌다 사라졌던 것이다. 이제 보니 그것도 다 그 사람 짓이었나 보다.

"그럼 여태 신고 안 했어?"

"했는데 계속 무혐의로 풀려나더라고요. 어떨 때는 증거 불충분으로 조사조차도 이뤄지지 않고요."

"돈 많은 집이야?"

시은이 네, 하고 대답했다. 어쩌다 그런 쓰레기한테 걸려서는. 돈 많은 쓰레기는 더더욱 답도 없다던데……. 의진의 딱한 표정을 읽었는지 시은이 한숨과 함께 하소연했다.

"저요, 그 사람 때문에 몇 달째 잠도 잘 못 자요. 공식적인 자리 빼고는 아무 데도 이제 혼자 못 가고요. 언제부턴가 옆에 매니저랑 다른 스태프들이 있어도 자꾸만 무섭, 누군가 지켜보는 느낌 때문에 불안하고 미칠 것 같더라고요."

그러고 보니 윤의 할머니 장례식장에서도 어딘가 계속 초조해 보이던 시은이었다. 그때도 무슨 일이 있나 걱정스러웠는데, 얘기를 듣고 보니 그동안 마음고생이 정말 심했던 것 같았다.

"그나마 다행인 건 지난번 잡힌 사람이 이런 데 좀 어설픈지 현장에서 증거도 걸리고, 조사받을 때도 그 사람이 시켰다고 바로 실토했다더라고요. 그래서 이번엔 소속사에서도 끝까지 대응해 보기로 했어요."

"잘됐네."

"네. 얼마 못 가 또 어떻게 풀려날지 모르겠지만……. 일단 지금은 그 사람이 조사받고 있다는 사실만으로도 마음이 편해요. 어젠 오랜만에 잠도 푹, 잤어요."

그러면서 시은은 의진에게 미안한 표정을 지었다.

"죄송해요. 제 일에 윤이까지 휘말리게 해서. 사실 지난번 윤이랑 스캔들이 터졌을 때도 얘기하고 싶었는데, 소속사에서 공연히 나서지 말라고 해서 그냥 가만히 있을 수밖에 없었어요."

"이해해. 그래도 그때는 빨리 정리가 됐잖아."

"그니까요. 이번에 두 분 결혼하기로 발표한 거 정말 잘하셨어요. 아니면 저랑 엮여서 더 복잡하게 꼬일 수도 있을 텐데……. 윤이 그러자고 했나요?"

"응. 그게 여러모로 가장 좋을 것 같았어."

차후에 생길 쓸데없는 논란도 방지하고, 둘의 관계도 확정 지으려면 결혼 발표만큼 확실한 게 없었다. 대신 갑작스러운 소식에 팬들이 실망하는 것도 어느 정도 감수해야 했지만, 다행히 예상보다 심하지는 않았다. 요즘 반응들을 보면 혹시 혼전 임신으로 발목 잡혀서 결혼하는 게 아니냐는 의혹 절반, 그래도 잦은 연애사 없이 바로 결혼이라니 오히려 이미지가 클린해서 호감이라는 팬들 절반이었다.

"다시 한번 축하드려요."

"고마워. 청첩장 보내면 와 줄래?"

무심코 한 말에 시은은 고개를 갸우뚱하며 장난스럽게 되물었다.

"제가 이래 봐도 최윤의 전 여친인데, 식장에 나타나면 신경 안 쓰여요?"

"뭐, 난 괜찮아. 지난 과거 일일이 따지고 그런 편이 아니라서."

의진이 상관없다는 듯 웃었다. 솔직히 아주 신경이 안 쓰인다고는 할 수 없지만, 다 지난 얘기에 굳이 서로 불편하게 굴고 싶지 않았다. 또 그동안 지켜본 한시은도 꽤 괜찮은 사람이라 질투나 다른 감정보다는 그저 동생 같고 잘됐으면 하는 바람이 컸다.

"됐어요. 그냥 안 갈래요. 무슨 부귀영화를 누리겠다고 거길 가서……."

그러더니 서운해 말라는 듯 이내 덧붙인다.

"대신 축의는 많이 할게요."

눈을 찡긋거리며 웃는 시은은 나름 표정이 편안해 보였다. 의진은 따라서 웃다가 창밖을 바라봤다. 하늘이 어느덧 불그스름해졌다. 예쁘게 노을이 물드는 풍경을 보며, 습관처럼 윤이 떠올랐다. 의진은 그가 선물해 준 시계를 만지작거리면서 한참을 윤을 생각했다.

* * *

서대문구에 위치한 한정식집은 외부서부터 고즈넉하고 정갈한 기운을 풍겨 왔다. 아버지와 정 여사를 모시고 그곳에 도착했을 때는 벌써 점심이 다가오는 시각이었다.

안으로 들어가서 예약해 둔 룸이 있다고 얘기하자 종업원이 알겠다는 듯 직접 안내해 주었다. 맨 안쪽에 자리 잡은 룸까지 가는 동안 아버지는 괜히 주변을 둘러보며 헛기침을 했다.

"먼저 들어가세요."

문을 열어 주고는 의진이 아버지더러 들어가시라 얘기했다. 고개를 끄덕이는 아버지를 따라 정 여사도 조심스럽게 안으로 들어갔다.

"오셨어요? 아버님, 어머님."

안에는 이미 와서 기다리고 있는 윤이 보였다. 그는 자리에서 일어나 들어서는 의진네 일행을 맞았다. 단정한 슈트에 흠잡을 것 없는 차림새임에도 의식적으로 커프스단추를 매만지는 윤은 평소와 달리 긴장한 모습이었다.

오늘은 부모님한테 정식으로 윤을 인사시키는 자리였다. 윤의 자필 편지 발표 전, 그와 결혼하고 싶다고 미리 얘기를 내비쳤을 때 아버지는 가타부타 반응이 없으셨다. 반대한다는 얘기도, 그렇다고 선뜻 허락하지도 않았다. 대신 정 여사가 적극적으로 반기는 눈치였다.

"어머님도 앉으세요."

윤은 가까이 다가온 정 여사에게 자리를 권해 드렸다. 정 여사는 고개를 끄덕이면서도 앉을 생각을 하지 않고 신기한 눈으로 윤을 보고 있었다.

"근데 텔레비전에서 볼 때보다 훨씬 잘생기셨네."

그러다가 정 여사가 의진에게 속삭이는 말이었다. 의진이 대답 대신 웃어 보였다. 아버지도 따로 얘기는 안 했지만 새삼 놀라운 눈으로 윤을 한참 바라봤다. 평생 키가 크다는 소리를 듣고 살아오셨던 아버지도 윤과 시선을 마주하려면 약간 고개를 들고 올려다봐야 할 정도로 윤은 크고, 그들 사이에서 홀로 아우라가 넘쳤던 것이다.

"광고 나오는 거 잘 보고 있어요."

"고맙습니다."

윤은 여전히 긴장한 표정을 지우지 못한 채 정 여사에게 인사했다. 잠시 후에 아버지와 정 여사가 차례로 앉자 의진도 윤의 옆에 나란히 앉았다.

자리에 앉은 지 얼마 안 되어 노크 소리와 함께 종업원들이 들어와 음식을 세팅했다. 버섯 잡채, 갑오징어 볶음, 참나물 무침, 새우 찹쌀 튀김, 소 갈비탕……. 갖가지 맛있는 음식들에 잠깐 눈이 팔린 새 아버지가 운을 뗐다.

"의진이한테서 얘기는 들었네. 기사도 봤고."

"네. 아버님."

"거두절미하고, 우리 딸과 결혼하고 싶다고?"

"그렇습니다. 허락해 주신다면 의진 씨와 함께 새로운 인생을 시작하고 싶습니다."

윤의 대답을 듣고서 아버지가 이번엔 의진을 건너다봤다.

"네 생각도 같으냐?"

"예."

짧지만 단호한 그녀의 말에 아버지에게선 의미 모를 한숨이 새어 나왔다. 잠시 정적이 흘렀다. 의진은 초조한 마음을 감추려고 애써 허리를 곧게 세워 앉았다. 그러다 얼핏 식탁 아래를 봤더니 윤은 끊임없이 셔츠 소맷자락을 만지고 있었다. 저만큼, 아니 저보다 훨씬 더 초조해 보이는 윤은 여태 보지 못한 모습이었다.

"그런데 나이가 어린 걸로 알고 있는데. 아직 서른도 안 됐다고 하지 않았어?"

아버지가 그녀에게 물어 오는 말에 의진 대신 윤이 답했다.

"내년이면 서른입니다."

"그래, 흐음."

아버지는 가만히 생각에 잠긴 얼굴로 얘기하지 않았다. 잔뜩 경직된 그들을 보다가 정 여사가 식사부터 하자며 사이에 껴들었다.

"맛있는 음식들 앞에 두고, 이렇게 얘기만 나누러 온 건 아니잖아요. 애들 배고플 텐데 얼른 먹으라고 하세요."

"어. 그러자꾸나. 먼저 먹지."

아버지의 권유에 그제야 의진과 윤은 젓가락을 들었다. 식사가 이어지는 동안 아버지는 이것저것 윤에게 궁금한 걸 물어 오기도 했다. 가끔은 정 여사도 함께 거들었다.

"저번에 조모상을 치렀다고 들었네만. 그럼 이제 가족이라고는 따로 없는 건가?"

"네. 할머니가 제 마지막 친인이었습니다."

"거참, 아직 젊은데 어쩌다 이렇게 혼자 남아 버렸을까?"

딱하다는 아버지의 표정을 놓치지 않고 윤이 조심스럽게 말씀을 올렸다.

"그래서 염치없지만 아버님과 어머님이 의진 씨와 더불어 제 또 다른 가족이 되어 주셨으면 해서, 오늘 이 자리를 찾았습니다."

"당연히 그래야지. 우리야 안 될 게 있나."

정 여사가 말하다가 아버지의 눈치를 살피고는 살짝 어색한 웃음을 보였다. 그 틈을 타 의진은 윤에게 좀 먹으며 얘기하라고 눈짓했다. 아버지는 그런 그녀를 보고 있다가 말했다.

"네가 제일 잘 알 거 아냐. 의진아."

의진이 고개를 들어봤다. 아버지는 미처 근심 걱정을 지우지 못한 얼굴로 얘기를 이었다.

"모두에게 얼굴이 알려진 사람과 함께 지낸다는 게 어떤 건지."

"……."

"이제 둘이 결혼해서 함께 장을 보거나 흔한 동네 산책을 가도 사람들 시선에서 자유롭지 못할 거야. 만날 둘이 다니다가 어쩌다 하루 혼자 있는 모습이 포착되어도 괜히 쓸데없는 헛소문들도 돌 거고."

아버지의 걱정은 괜한 게 아니었다. 그래서 의진은 아무 말 못 한 채 조용히 듣고 있기만 했다.

"보통 부부와는 달리 남들 보는 앞에서 사랑싸움도, 애정 표현도 마음 놓고 못 할 텐데. 그런 걸 다 각오하고 결혼하겠다고 하는 거야?"

"네."

의진이 대답했다. 실은 아버지의 말씀이 다 맞았다. 저 역시 한때는 아버지와 비슷한 현실적인 고민에 사로잡혀 윤을 향한 감정이 두려웠던 적이 있었으니까. 그래서 용기를 내지 못했고, 함께 있는 동안에도 마음껏 사랑하지 못했다.

그러나 서로 짧은 만남과 헤어짐을 겪으며 제 마음을 조금 더 찬찬히 들여다보게 됐다. 윤 때문에 해 왔던, 그간의 수많은 고민과 방황들도 모두 그를 향한 마음의 깊이라는 걸 알게 됐다. 이제는 갖은 어려움이 있더라도 함께 있고 싶은 마음이 더 컸다.

그건 그녀뿐만 아니라 윤도 마찬가지일 거라고 생각했다. 서로를 향한 마음이 같았기에 결국 진심이 통했고, 다시 어렵게 손을 잡을 수 있었다고.

"자네도 같은 생각인 건가?"

아버지가 고개를 돌려 윤을 향해 물어 왔다. 그러자 묵묵히 듣고 있던 윤도 그녀와 똑같은 대답을 했다.

"네. 아버님."

고개를 든 윤이 이어서 말했다.

"아버님이 걱정하시는 부분이 뭔지 잘 알고 있습니다. 결혼하면 최대한 의진 씨가 저랑 사는 데 불편함 없이, 괜한 상처 받는 일 없이 잘하겠습니다. 한 번만 믿어 주세요."

윤의 말이 끝나고도 아버지는 대답을 하지 않았다. 그저 갈비탕에 숟가락을 넣어서 국물을 몇 모금 떠먹기만 할 뿐이었다. 윤과 의진은 마치 최후의 심판을 기다리는 사람들처럼 아무것도 못 한 채 그런 아버지를 기다렸다. 정 여사마저도 덩달아 애가 탄 얼굴로 그들을 번갈아 봤다.

"밥 먹고 둘이 할머니한테 다녀와."

"……네?"

그러다 침묵을 깨고 아버지가 한 말에 의진이 미처 알아듣지 못해 되물었다.

"그쪽 어르신한테도 인사를 드려야지 않겠나? 결혼해서 잘 살겠다고, 말씀드리고 와."

"아빠."

예상을 못 한 건 아니었지만, 그럼에도 이렇게 직접 아버지의 허락을 받고 나니 괜스레 눈앞이 뿌옇게 흐려졌다. 그런 의진을 보며 아버지는 나지막한 한숨과 함께 말했다.

"네가 좋다니 된 거야. 다녀오면 날짜 좋은 걸로 받아 줄게."

"고맙습니다. 아버님. 허락해 주셔서 정말 고맙습니다."

윤의 거듭된 인사에 됐다면서 그만 밥을 먹으라고 하던 아버지가 갈비탕을 뜨다 말고 문득 물어 온다.

"마지막으로 하나만 더."

"네. 얘기하세요."

"자네 낚시 좋아하나?"

의진이 고개를 들었다. 아버지의 평생 유일한 취미가 바로 낚시였고, 반면 윤은 낚시라면 뒤도 안 돌아보고 도망가는 사람이었다. 드디어 올 게 왔구나 하는 생각에 의진이 입을 열었다.

"아빠……."

"그럼요. 다만 좋아는 하는데 잘 모르니까, 아버님이 많이 가르쳐 주세요."

그러나 그녀보다 한발 빠르게 뻔뻔스러운 대답이 들려왔다. 의진은 기가 막혀서 옆자리의 윤을 돌아봤다. 그는 눈 하나 깜짝하지 않은 채 태연한 모습으로 웃어 준다.

"그래? 거, 잘됐네. 안 그래도 퇴직 후엔 어찌 보낼까 마음이 싱숭생숭하던 차였는데, 우리끼리 낚시나 가자고. 난 이제 있는 게 시간이니 아무 때나 다 돼."

"네. 불러만 주세요."

둘의 대화에 의진이 걱정스러워서 한마디 끼어들었다.

"근데 이 사람 촬영이 계속 잡혀 있어서 낚시 갈 시간이 있을지 모르겠어요."

"촬영이라 하면은, 혹시 드라마는 찍을 생각 없을까? 광고 그 잠깐 나오는 거 말고 난 좀 텔레비전에서 오래 보고 싶거든."

이때다 싶은지 정 여사가 슬며시 얘기를 해 오자 이번에도 윤은 선선히 대답했다.

"네. 당연히 드라마도 한번 찍어야죠."

의진은 그런 윤을 바라봤다. 윤이 시선을 느꼈는지 고개를 돌린다. 넌 정말 예쁨 받기 위해서라면 수단과 방법을 가리지 않는구나. 속엣말을 들은 것처럼 윤은 당연하다는 듯 웃어 보였다.

그래. 네 입으로 뱉은 말, 네가 지키면 될 일. 알아서 잘하겠지 하는 생각에 의진은 그만 고개를 살랑살랑 젓고 말았다.

* * *

여름이 다가오는 한낮은 더웠다. 식사가 끝난 뒤, 아버지와 정 여사를 바래다드리고 의진은 차에 올랐다. 편의점에 잠시 들른 윤을 기다리며 정민에게 메시지를 썼다.

[윤이 내가 잘 케어하고 있다. 걱정 말고 오늘은 푹 쉬도록 해.]

그동안 특별한 경우를 빼고는 항상 윤을 그림자처럼 따라다니며 챙겨 오던 정민인지라 혹시나 걱정할까 봐 연락했더니 정민은 바로 답장을 보내왔다.

[부모님은 잘 만나셨어요? 윤이 형, 사위로 합격점 받은 거예요?]
[그럼. 이제 사무실 나가면 떡 돌릴게.]
[와, 대박. 윤이 형 진짜 보내 줘야 하나 봐. 실장님도 축하드려요.]

정민과 시시콜콜한 잡담을 나누는데 차 문이 열리더니 윤이 들어왔다. 그는 시동을 걸고서는 손에 들고 있던 바나나 우유를 건네준다. 마침 달달한 게 당기던 차에 의진은 기쁜 얼굴로 냉큼 받았다. 이럴 땐 꼭 딸 키우는 기분이야, 하면서 윤이 웃었다.

"가는 동안 좀 쉬어요. 오늘 운전은 다 내가 할 테니."

말과 함께 차는 곧 할머니가 계신 수원으로 향했다. 차창으로 빠르게 스쳐 지나는 풍경들을 무심코 보고 있다가 의진이 중얼거렸다.

"근데 할머니가 좋아하실까? 너랑 결혼한다고 하면은."

"제발 실장님 같은 여자 데려오라고 하던 분이셨는걸요."

그 말에 의진이 슬며시 웃었다. 물론 할머니가 살아생전 저를 많이 예뻐해 주셨던 건 알고 있다. 그러나 막상 금쪽같은 손자의 짝으로는 마음에 안 차 하셨을까 봐, 이제 와 괜히 걱정됐다. 그런 그녀의 걱정도 모른 채 윤이 운전하는 차는 시원하게 초여름의 도로를 달려갔다.

"할머니. 저희 왔어요."

한 시간이 좀 지나자 할머니가 잠드신 곳에 도착할 수 있었다. 의진은 오는 길에 준비한 하얀 국화를 사진 앞에 놓아두며 인사를 드렸다. 사진 속 할머니의 모습이 마치 어제도 봤던 것처럼 가깝게 느껴져 저도 모르게 눈물이 핑, 고였다. 목소리를 흠흠, 가다듬으며 다음 말을 생각하는 사이에 옆에 선 윤이 얘기했다.

"오늘은 좋은 소식이 있어서 달려왔어요. 할머니."

가만히 선 채로 그의 말을 듣고 있자 윤이 얘기를 이어 갔다.

"저희 결혼할게요."

"……."

"허락해 주실 거죠?"

말을 하면서 윤이 제 손을 잡아 오자 의진은 고개를 들었다. 할머니는 여전히 사진 안에서 푸근히 웃고 계셨다.

"살아 계셨을 때 얘기를 드렸더라면, 할머니 많이 좋아하셨을 텐데."

마주 잡은 손에 아프지 않게 힘을 주며 윤이 말했다.

"이젠 할머니 걱정 안 하시게 잘 살게요."

윤의 말을 들으며 의진은 건너편 유리창으로 시선을 보냈다. 어디선가 날아온, 노랗고 자주 빛깔이 섞인 나비 한 마리가 창문에 곱게 내려앉았다. 어쩐지 할머니가 그들을 보러 오신 것 같아 의진은 화답하듯 미소를 지었다.

이 봄이 완전히 가고, 뜨거운 여름이 오면 또 어떤 이야기들이 기다릴까? 해마다 똑같이 바뀌는 계절이지만 이번은 왠지 조금 더 설레고 특별해질 것만 같았다. 의진이 살며시 그의 어깨에 머리를 기댔다. 윤과 둘이서 걸어갈 모든 날들, 늘 지금처럼만 평화롭고 따듯한 행복이 가득하길 빌었다.

에필로그

주말의 거리는 언제나 차들로 붐벼서 혼잡하기 그지없었다. 가다가 멈추고 가다가 멈추길 반복하는 동안, 옆에선 의진이 했던 말을 계속하여 반복하고 있었다.

"너 영화판에만 있다가 드라마는 이게 겨우 두 번째잖아. 부담이 크겠지만 대본이 워낙에 좋으니까."

드라마 〈상실〉의 출연을 확정 짓고 오늘은 작가와 감독과 미팅 겸 저녁 식사를 위해 가는 길이었다.

"그러게. 재미있던데요."

윤이 고개를 끄덕였다. 빈말이 아니라 실제로 꽤 괜찮은 대본이었다. 휴가를 맞아 캠핑을 떠난 한 남자가 그 마을에 사는 기이한 가족과 얽히면서 벌어지는 스릴러 소재의 드라마는, 처음부터 끝까지 긴장을 놓지 못하는 데다 결말 역시 상상 못 했던 반전으로 끝을 맺었던 것이다.

의진이 이거 어떠냐며 대본을 내밀었을 때까지만 해도 뭔지 몰라 시큰둥해했으나 펼치는 순간부터 홀린 듯 빠져들어 앉은 자리에서 다 읽어 버리고 말았다. 안 그래도 적당한 드라마를 고르고 있었던 차에 윤은 고민 없이 출연을 결정했다. 이로써 장모님의 소원을 이뤄 주게 된 셈이다.

"작가님이 쭉 방송가에서만 일하며 산전수전 다 겪으신 분이라 인맥도 넓고, 무엇보다 드라마로는 데뷔작부터 히트 친 능력자야. 드라마 쓰기 전에 시사 교양 파트에서 오랫동안 구성 작가로 활동하신 경력 때문인지 사회에 대한 이해도가 높으면서 장르적 재미도 놓치지 않고, 암튼 진짜 괜찮아. 난 작가님 첫 드라마 때부터 봐 왔거든."

멈춰 선 차 안에서 한동안 작가에 대하여 장황하게 설명해 주던 의진이 문득 그를 바라봤다.

"왜요?"

"내가 운전할까? 명색이 톱스타인데 자꾸 운전시키니까 미안하잖아."

"됐네요. 신의진 씨."

윤은 생각도 말라는 듯 딱 잘랐다. 슬슬 불러 오기 시작하는 배를 안고 뭔 운전. 그러면서 손을 뻗어 괜히 다시 그녀의 안전벨트를 매만져 줬다. 배에 닿는 부분이 혹시 불편할까 한 행동에 의진이 괜찮다고 웃었다. 결혼하고 벌써 두 번의 봄이 지났다. 그동안 둘에게는 감사하게도 새로운 생명이 찾아왔고, 이제 제법 태동을 씩씩하게 하는 6개월 차로 접어든 것이다.

"내가 있으니까 오늘은 따로 정민이 안 불러도 될 것 같아서 그냥 나왔더니, 길 막히는 이런 날에 몸값 비싼 울 남편 운전만 오지게 시키는 기분이야."

임신해서부터 스케줄을 하러 가든, 개인적인 일을 보러 가든 둘이 있을 때는 늘 윤이 운전을 해 왔었다. 그깟 운전 내가 좀 하면 어때, 라며 자신은 핸들 잡는 것에 전혀 어색함이 없건만 의진은 그래도 마음이 불편한지 가끔 가다 이렇게 도로 사정에 불만을 터뜨리곤 했다. 윤은 꽉 막힌 길을 내다보며 중얼거렸다.

"정민이도 쉬어야지. 드라마 시작하면 또 정신없이 바쁠 텐데."

"응. 그건 그래."

"그리고 당신도. 오늘 미팅만 가고 출산 때까진 이제 일하지 마요."

그의 당부에 의진이 의아하게 쳐다본다.

"왜? 그게 무슨 소리야?"

결혼한 이듬해에 의진은 예정대로 새움 엔터테인먼트의 이사로 선임됐다. 윤의 매니저인 이정민도 지금까지 별 탈 없이 일을 하고 있는지라 전처럼 그녀가 그의 스케줄 하나하나를 따라다니지 않아도 됐다. 대신 회사의 굵직한 기획과 경영에 직접 관여하게 되어 바쁘기는 매한가지였다. 윤은 몸도 무거워지는데 괜히 일하다 스트레스받을까 봐 걱정돼서 말했다.

"출산 휴가 미리 받는다고 생각하고 쉬어요."

"괜찮은데, 나는."

"내가 안 괜찮아."

"벌써 답답하게 집에만 있으라고?"

"그럼 일 말고 놀러 다녀요. 그건 허락할 테니까."

의진은 그만 졌다는 듯 고개를 두어 번 흔들었다. 그동안 차는 조금씩 기어서 목적지로 향했다.

"어? 전화 온다."

문득 핸드폰이 울리는 소리에 의진이 전화를 받았다. 윤은 차 안의 시계를 봤다가 다시 도로를 내다봤다. 약속 시간까지 빠듯했다.

의진은 계속 통화 중이었다. '응응. 그래서, 진짜?' 하면서 적당히 응수하는 걸 봐선 그다지 중요한 내용은 아닌 듯했다. 아니나 다를까 한동안 시시콜콜한 이야기를 하다가 전화를 끊은 의진이 말했다.

"강나경 여전하대. 어제 연희가 저기 청담동 샵에서 봤는데, 보고도 인사 한번을 안 하더래. 아무리 그래도 예전에 같이 일하던 사이잖아."

이미 2년 전쯤인가 회사와 재계약 없이 아주 나간 사람이었다. 윤은 관심 없다는 듯 응, 하고 건성으로 고개를 끄덕였다.

"새로 계약한 곳 하고는 성질부리지 말고 잘해야 할 텐데 말이야. 그래도 난 가끔 방송에 나오는 거 보면 한때나마 한솥밥 먹었다고 반갑던데. 그나저나 나경이도 나경이지만, 시은 씨는 아예 은퇴해서 이제 텔레비전이나 어디서도 얼굴 보기 힘들고……."

한시은은 지난해 여름, 유명한 법조계 집안의 자제와 결혼을 하면서 동시에 배우 생활을 접었다. 미행을 사주한 전 남친의 사건을 도우면서 맺어진 인연이라고 언뜻 들었던 것 같다. 어쨌든 그녀의 때 이른 은퇴를 두고 팬들은 많이 아쉬워했지만, 한시은은 그동안 보내 준 사랑에 감사하다며 인사를 한 뒤에 홀연히 대중들의 시선 속에서 사라졌다.

"참, 그 얘기 들었어? 연희랑 철주 날짜 잡았대."

"나도 어제 들었어요."

윤은 고개를 끄덕이며 말했다. 그동안 용케도 비밀 연애를 고수해 오던 둘은 얼마 전, 결혼한다는 좋은 소식을 들려주었다. 새움 엔터테인먼트에서의 두 번째 사내 커플이 결혼에 골인한 셈이었다. 여전히 아무것도 모르고 있다가 갑작스레 결혼 소식을 듣게 된 임 대표는 앞으로 사내 연애 금지법이라도 만들어야 겠다고 껄껄 웃었다.

"윤이랑 신 이사로 끝날 줄 알았더니……. 그동안 다들 회사에 일하러 온 거야, 아니면 연애하러 온 거야?"

그래도 끝이 좋으면 다 좋은 거지. 언젠가 옥상에서 남들 눈을 피해 비밀스러운 데이트를 하던 둘이 생각나서 윤이 그만 피식 웃었다.

"근데 방금 전에 연희가 나한테 물어보더라? 결혼하니까 어떤지."

"그래서 뭐라고 했어요?"

"다 들었잖아, 옆에서."

의진은 다시 말하기가 쑥스러운지 딴청을 피웠다.

"나는 처음엔 좀 고민이 많았거든. 아무래도 윤이 직업상, 그런 데서 오는 불편함이 있을 것 같아서. 근데 함께 지내다 보니 생각보다 견딜 만하더라고. 이제는 조금 즐기기에 이르렀어. 윤이 팬들도 요즘은 나 인정해 주는 분위기잖아. 그게 뭐라고 막 뿌듯해진다?"

방금 전 통화에서 의진이 얘기하던 말들이 떠올라, 윤이 저도 모르게 웃었다. 그런 그를 보며 이번엔 의진이 궁금한 목소리로 물어 왔다.

"넌?"

"뭐가요?"

"결혼하고서 달라진 심경의 변화라든가, 그런 거 없냐고."

의진이 저를 떠보듯 기대하는 눈으로 바라봤다. 변화가 왜 없을까? 생각해 보면 결혼 전부터였다. 무채색의 딱딱한 집 분위기가 언제부턴가 그녀가 사 들고 오던 여러 꽃들로 색을 더해 갈 때, 이미 변화는 시작됐었다.

"난 그냥…… 열심히 살고 싶어졌고 오래 살고 싶어졌어요."

뭔 대답이 그러냐며 의진이 심드렁해했다. 바라던 답이 아닌가? 윤은 그런 의진을 달래듯 한 손으로 흘러내린 그녀의 머리 칼을 쓸어 넘겨 줬다.

실은 제게 생긴 가장 큰 변화인데도 말이다. 의진과 결혼을 한 뒤로 삶의 욕구가 새로이 솟았던 것이다. 대충 살다 아무 때

449

나 죽어도 상관없을 것 같던 예전과 달리 이제는 누구보다 열심히 살고 싶어졌고, 의진과 함께 좋은 것도 많이 보고 좋은 것도 많이 먹으면서 다 늙어서까지 오래오래 살고 싶어졌다. 그녀를 만났기에 까맣게 죽어 가던 그의 세상이 비로소 빛이 나기 시작했다. 그토록 거창한 변화를 어떻게 설명해 줄지 몰라, 윤은 그저 애정 어린 웃음으로 대신할 뿐이었다.

"아이고, 밥도 잘 먹네. 우리 공주님."

그사이에 핸드폰을 들여다보던 의진이 중얼거리는 소리였다. 굳이 확인하지 않아도 준서네 아이 사진을 보고 있다는 걸 알 수 있었다. 2년 전인가 예정대로 식을 올린 준서네는 얼마 뒤에 순조롭게 출산하여 현재는 육아에 전념하고 있었다. 전부터 SNS에 올라오는 아이 사진들을 간간이 확인하던 의진은 임신한 다음부터는 예쁜 아가 사진으로 태교한다며, 부쩍 더 관심을 보이고 있었다.

"저긴가?"

어느새 약속한 장소에 다다랐다. 주차할 자리를 찾으며 윤이 턱짓으로 레스토랑 하나를 가리키며 물었다. 그때까지 준서네 아이 사진을 보느라 여념 없던 의진이 그제야 고개를 들었다.

"응. 맞네. 이분들도 도착했나 봐. 안으로 들어오래."

윤은 곧 주변에서 적당한 자리를 찾아 차를 세웠다.

* * *

"안녕하세요, 이경은입니다."

잠시 후에 들어간 곳에서 이번 드라마의 작가라고 자신을 소개한 여자가 그렇게 인사를 건네 왔다.

"최윤입니다. 처음 뵙겠습니다."

인사를 나누면서 윤은 조금 의외라는 생각을 했다. 의진에게서 전해 들은 말에 따르면 방송가에서 오랜 시간 일해 왔다기에 나이 꽤 지긋한 작가일 줄 알았는데, 눈앞의 여자는 기껏해야 서른 초반 정도로밖에 안 보였다. 게다가 청순한 얼굴에 단아한 분위기를 가진 여자는 언뜻 작가가 아니라 함께 나온 배우라고 해도 믿을 만큼 미인이었다. 옆의 의진도 비슷하게 느꼈는지 감탄했다.

"작가님 너무 미인이세요."

"감사합니다. 신의진 이사님 되시죠? 그때 두 분 결혼 기사도 봤어요. 어떤 분일까 많이 궁금했는데, 이렇게 뵐 수 있게 되어 영광이에요."

"저도 마찬가지예요. 평소 작가님 드라마 재미있게 봐 온 터라 꼭 한번 뵙고 싶었거든요."

"근데 제가 상상했던 것보다도 훨씬 더 아름다우세요. 배우 최윤 씨를 키워 내고 결혼까지 골인하신 분이라고 들어서, 안 그래도 보통 재능과 미모를 지닌 분은 아니실 거라 짐작했지만."

여자의 과한 칭찬에 아니에요, 하며 웃던 의진이 룸 안을 둘러봤다.

"박 감독님은요? 같이 나온다고 하시지 않았나요?"

"아, 전화 받으러 잠깐 나가셨어요. 곧 들어오실 듯해요."

그러면서 둘더러 자리에 앉으라고 권했다. 마침 문이 열리더니 통화를 마쳤는지 박 감독이 들어왔다.

"자자, 앉지. 오늘은 일 얘기도 일 얘기지만, 서로 얼굴 익히고 앞으로의 작업을 함께 잘해 보자는 의미에서 부른 거야. 나랑 윤이는 몇 번 같이 밥도 먹고 해서 잘 아는데 우리 작가님과는 처음이잖아."

"네. 얘기는 많이 들었습니다."

오늘도 오는 길 내내 의진에게서 귀에 딱지가 앉도록 들었던지라 윤은 그렇게 대답했다. 그러자 여자가 약간 들뜬 미소를 짓더니 얘기한다.

"제가 최윤 님 오랜 팬이거든요. 그리고 억지로 갖다 붙이는 우연이라고 웃을지도 모르지만, 저희 남편 이름 끝 자도 윤이에요."

"그래요? 작가님 남편분 성함이?"

단순한 호기심으로 물었더니 여자는 망설이는 듯하다가 이내 말해 주었다.

"도윤이요, 한도윤. 근데 최윤 님처럼 이름이 외자는 아니에요."

"아네. 그렇군요."

"어쨌든 제 작품에 꼭 한 번 주연으로 출연해 주시길 바랐는데, 이번에 흔쾌히 오케이 하셔서 얼마나 기쁘던지요."

"제가 영광이죠. 좋은 작품에 함께 할 수 있어서요."

"대본이 워낙 좋잖아요. 앉은 자리에서 한 번에 몰입해서 읽게 만드는 이야기는 흔하지 않거든요. 작가님 이번 드라마도 대박 날 것 같아요."

상투적인 멘트를 하는 제 옆에서 의진은 늘 그랬던 것처럼 적당하게 한두 마디 얹으면서 매끄러운 대화를 유지해 나갔다. 윤은 새삼 애정 어린 눈으로 그런 의진을 바라봤다.

"중박이라도 감사하니 모쪼록 많이 도와주세요."

여자가 겸손하게 웃었다. 서로가 초면임에도 불구하고 그 뒤로 이어지는 식사 내내 크게 불편하지는 않았다. 그렇게 두어 시간이 흐르다 자리가 파할 때, 여자에게서 명함을 받으며 의진은 마치 유명인의 사인이라도 받은 것처럼 즐거워했다.

"저 진짜 작가님 첫 작품부터 다 봐 왔거든요. 앞으로 잘 부탁드릴게요."

"부탁은 제가 드려야죠. 오늘 나와 주셔서 정말 감사했어요."

밖으로 나오며 박 감독은 대본 리딩 때 다시 보자며 맨 먼저 차에 올랐다. 감독을 바래다주고 돌아보니 여자는 누군가와 통화하다가 막 전화를 끊고 있었다.

"작가님은 댁이 어디세요?"

인사치레로 물었더니 옆에서 의진이 말해 준다.

"아까 남편분이 데리러 온다고 하시던데, 같이 기다려 주자."

그러자 여자가 고개를 흔들면서 말했다.

"지금 막 주차를 끝냈다고 하니 늦을 것 같아요. 그냥 혼자 돌아가려고요."

"주차 끝냈으면 여기 다 오신 거 아니에요?"

의진이 어리둥절하게 물으며 저를 올려다봤다. 여자는 그제야 얘기가 전달이 잘못됐다고 생각했는지 서둘러 말했다.

"그 주차가 아니라 비행기 착륙이요. 평소엔 저희끼리 그렇게 말하는데 습관이 돼서."

"와, 정말요? 남편분이 파일럿이시구나. 멋지다."

"네. 연착이 다반사라 오늘처럼 이렇게 시간이 어긋날 때가 많은데, 멋있어서 결혼까지 했네요."

여자는 장난을 곁들인 자랑을 하고는 쑥스러운지 웃었다. 그 모습을 보다가 의진을 돌아봤다. 우리 신의진 씨도 어디 가서 남편 자랑 저렇게 했으면 좋으련만, 남의 여자 남편 얘기에 오히려 제가 더 설레하는 표정이다. 윤은 괜히 심술이 나서 손을 뻗어 의진을 세게 끌어당겨 안았다.

"그럼 저희는 이만 먼저 들어가 보겠습니다."

윤이 인사를 하자 의진도 아쉬운 얼굴로 손을 흔들었다.

"아까 들었어? 작가님 벌써 아이도 있으시대. 근데 관리를 잘 한 건지 매일 늦게까지 글 쓴다면서 어쩜 저렇게 피부도 고우시고 분위기 있을까? 타고났나 봐."

평소 좋아하던 작가를 만난 흥분에선지 의진은 차에 올라서도 한동안 여자에 대한 얘기가 끊이질 않았다. 윤이 듣다못해 웃으며 핀잔했다.

"신 이사님. 아무리 팬이어도 그렇지, 나한테도 좀 그래 봐요."

"저 정도 미모를 가진 작가는 처음 봐서 그래. 연예인 해도 되겠어."

"전에 당신 내 로드 매니저였을 때는? 무슨 매니저가 배우들보다 더 예쁘다고, 그런 소리 들었던 거 기억 안 나요?"

그 말에 의진은 민망하다는 듯 웃었다.

"그건 그냥 듣기 좋으라고 그런 거겠지."

듣기 좋으라고 한 소리치고는 꽤 심각하게 예쁜 걸 스스로는 모르나 보다. 윤이 그 생각에 물끄러미 그녀를 응시했다. 하얗고 투명한 피부에 오밀조밀 조화로운 이목구비, 가늘고 긴 목선이 눈에 들어왔다. 벗겨 놓으면 가슴과 골반 라인은 또 어떻고……. 거기까지 생각하자 갑자기 몸에 열이 올랐다. 그러나 제가 지금 무슨 상상을 하는지도 눈치 못 챈 의진은 핸드폰을 꺼내며 중얼 댄다.

"어쨌든 미팅 잘 끝났으니 다행이다. 대표님 궁금해하실 텐데 문자라도 보낼까?"

"그래요."

"아냐. 차 안은 집중이 안 되니까 집에 가서 자세히 얘기해 주지, 뭐."

그렇게 윤은 의진의 일 얘기 절반, 시시한 잡담 절반을 들으며 집까지 도착했다. 저녁 내내 밖에서 사람들을 만나며 피곤했던지 의진은 집에 들어오자마자 소파에 쓰러졌다.

"먼저 씻어. 나 잠깐만 숨 좀 돌리고."

"왜요? 어디 불편한 데 있어요?"

안 그래도 슬슬 몸이 무거워지는 그녀가 걱정돼서 윤이 다가갔다.

"아니, 그런 건 아니고. 그냥 좀 피곤할 뿐이야. 임신하면 다 그렇대."

배 속의 아이가 하루가 다르게 커가다 보니 에너지를 많이 쓰겠지. 윤은 이해가 되자 그런 의진이 안쓰러워 얘기했다.

"우린 하나만 낳아요."

괜히 멀쩡한 사람 고생시키는 것 같아 말했더니 의진이 무슨 소리냐며 도리어 정색한다.

"왜, 난 둘은 낳을 건데? 아들 하나, 딸 하나. 지금 아이가 아들이라잖아. 이제 둘째만 딸 낳으면 돼."

"이 힘든 걸 또 하려고?"

"뭐가 힘들어. 난 괜찮은데. 그리고 너처럼 돈도 있고, 잘생긴 유전자를 가진 사람들이 애 많이 낳아야 해. 애국 안 할 거야?"

아이 하나만 낳자고 말 잘못 꺼냈다가 졸지에 애국자도 못 되게 생겼다. 윤은 졌다는 듯 그만 의진을 토닥였다.

"알았어요, 알았어. 다 당신 마음대로 해. 기꺼이 협조해 줄게."

그제야 안심한 얼굴로 배시시 웃어 보이는 의진이다. 윤은 잠시 그녀를 놓아주고는 씻기 위해 욕실로 향했다.

씻고 나오니 창밖에서는 그새 비가 내리고 있었고, 충전을 위해 전원을 꽂아 둔 핸드폰에선 막 전화가 울리고 있었다. 윤은 물기 묻은 머리칼을 타월로 문질거리며 그리로 다가갔다. 준서였다.

"응. 왜?"

─ 내일 뭐 하나? 간만에 나 하루 종일 시간 비는데, 만나서 한잔할까?

내일? 윤은 곤란하다는 듯 미간을 찌푸렸다.

"약속 있는데. 내일은 저기 안면도에 가야 돼."

– 안면도엔 왜? 너 찍던 영화 금방 끝난 거 아냐? 당분간 쉰다고 해서 잔뜩 기대했더니.

"어. 내일은 안 되고. 장인어른이랑 바다낚시 가기로 했어."

전화 저편에선 혀를 차는 소리가 요란했다. 처음 장인어른과 낚시하러 간다고 준서와의 약속을 거절했을 때도 녀석은 못 믿겠다는 목소리로 연신 확인을 해 왔었다.

"낚시를? 네가? 최윤이 낚시하러 간다고? 세상에서 제일 할 일 없는 사람들이나 시간 때우려고 하는 게 바로 낚시라고, 네가 안 그랬니?"

"아, 뭐……. 살다 보니 취향이 변할 수도 있는 거잖아."

별수 없었다. 장인어른한테 결혼을 허락받을 때 함부로 뱉은 말이 있으니 지킬 수밖에. 윤은 그렇게 결혼한 뒤로 장인어른이 낚시 가자고 부르면 그저 군말 없이 네, 하고 따라나서야 했다. 그런 모습이 딱해 보여 의진이 몇 번 막아 주기도 했지만, 장인어른은 여전히 그가 잠시라도 쉬는 틈이 있으면 전화를 걸어 오고는 했다.

변변한 장비 하나 없는 그에게 직접 데리고 가선 하나하나 골라 주면서 낚시의 요령이며 낚시터 어디가 유명한지에 대해서 소상히 알려 준 것도 바로 장인어른이었다. 낚싯대를 드리운 채 멍하니 입질이 오기를 기다리는 동안에는 그가 심심할까 봐 의진의 어린 시절 이야기도 곧잘 해 주었고, 가끔 컨디션이 안 좋은 날에 울렁울렁 뱃멀미를 하면은 일어나 그의 등을 툭툭 두드려 주기도 했다.

"아니, 키 크고 체격만 멀쩡했지, 남자가 이렇게 허약해서 어디에 쓰나."

초조하게 안색을 살피며 괜한 잔소리도 잊지 않았다. 그런 장인어른과 번번이 낚시를 하러 떠나고, 갓 잡은 횟감들로 함께 소주를 마시면서, 윤은 세상 아버지들은 다 이렇게 잔정 많고 푸근한 분들이실까 생각했다. 물론 기억도 안 나는 제 아버지는 좀많이 달랐지만.

윤은 우습게도 살면서 한 번도 못 느껴 본 아버지의 사랑을 결혼하고 장인어른과 낚시를 다니면서 종종 느낄 때가 많았다. 그의 등장에 낚시터 사람들의 이목이 쏠리면 장인어른이 유난히 흐뭇해하시면서 '아, 우리 사위야. 텔레비전에서도 자주 나오지 않나? 바로 그 배우 맞아.' 하고 묻지도 않은 얘기를 할 때도, 추운 겨울 밥 먹으러 가면 뜨끈한 국물은 항상 제게 먼저 내주며 웃던 모습에서도, 낯선 길을 앞서 걷다가도 잘 따라오고 있는지 한 번씩 돌아봐 주던 사소한 행동에서도, 윤은 문득문득 눈가가 시큰거려지곤 했다.

스물아홉, 할머니마저 아주 떠나셨던 그 봄. 홀로 남겨졌던 그에게 의진은 기꺼이 손을 내밀어줬고, 그녀의 가족들 또한 그런 저를 넉넉히 품어 주었다. 의진과 결혼하고 윤은 비로소 평범하고도 정상적인 삶을 사는 것 같았다. 언제부턴가 불쑥불쑥 묘한 자신감도 생겼다. 어쩌면 저 역시 배 속의 아이한테 좋은 아버지가 될 수도 있을 것 같은, 그런 자신감 말이다.

- 그럼 별수 없지, 뭐. 다음에 너 시간 날 때 연락해.

그만 전화를 끊으려는 준서에게 지나가는 말로 물어봤다.

"넌 근데 애 안 보냐? 내일 갑자기 어디서 시간이 나?"

전에 주말이면 육아로 더 전쟁이라던 준서의 얘기가 생각나서 물어보자 녀석이 들뜬 목소리로 냉큼 대답한다.

- 응. 와이프가 아이 데리고 친정엘 가서 하루 자고 오거든.

"휴가받은 거야?"

- 아니, 뭐. 거창하게 휴가랄 것까지는 없고. 잠시 혼자서 재충전의 시간을 가지는 거지.

준서는 누가 듣기라도 하는 것처럼 나지막이 속삭이더니 이내 전화를 끊었다. 녀석의 즐거움이 여기까지 전해져 오는 것 같아, 윤은 슬며시 웃음을 흘리고는 핸드폰을 내려놓았다.

거실로 나가 보니 이번엔 의진의 핸드폰인지 진동 소리가 들려왔다. 아까 외출해서 돌아온 뒤, 아직 옷도 갈아입지 않은 상태의 의진은 소파에서 깜박 잠이 든 모습으로 전화가 오는 것도 모르고 있었다. 손에 들고 있다가 잠결에 떨어트린 건지 바닥에서 한창 진동하는 핸드폰을 윤이 주워 들었다. 임 대표의 전화였다.

- 왜 말을 하다 말아? 답장 기다리고 있는데.

"얘기하다 잠들었나 봐요. 무슨 일인데요?"

윤은 의진이 깰까 봐 뒤로 물러나 거실을 나와서 얘기했다. 의진 대신 전화 받는 목소리에 임 대표가 잠시 어리둥절하더니 곧 말한다.

- 아아, 그랬어? 난 또. 미팅 얘기하다가 갑자기 말을 안 하니까 무슨 일인지 전화해 본 거야.

"작가님하고 얘기 잘 나누다 왔어요. 박 감독님은 가면서 대표님이랑 따로 식사 한번 하고 싶다고 얘기 전해 달라던데."

- 그래야지. 박 감독한텐 내가 내일 전화할게. 아무튼 문제없었다니 다행이다.

"이사님과 함께 갔는데 문제 있을 리가요."

윤이 마시던 물잔을 소리 나지 않게 빙그르르 돌리며 말했다.

- 네 연기 인생에 드라마는 다시 없을 줄 알았거든. 이번에도 어렵사리 한다고 해 놓고 갑자기 또 마음 변해서 엎을까 봐 내가 얼마나 걱정했는지 알아? 너 결혼하면서부터 혹시라도 일 끊길까, 그동안 속은 또 속대로 태우고.

침대 광고에 연달아 라면 광고까지 찍은 게 바로 며칠 전인데, 괜히 또 이러신다. 윤은 임 대표의 잔소리에 답이 없다는 듯 혼자 고개를 흔들었다. 사실 그가 뭘 걱정하는지 모르는 바는 아니었다. 결혼 발표와 동시에 인기가 하락할 것 같아 여태 노심초사했던 것도 알고 있었다.

다행히 당시 의진과의 결혼에 갑작스럽다는 반응들이 많기는 했지만, 그래도 평소 사생활에 크게 잡음이 없었던지라 팬들 역시 서서히 받아들이기 시작했다. 최근 아빠가 될 것 같다고 의진의 임신 소식을 전했을 땐 반반으로 반응이 갈리던 결혼 발표 때와 달리, 대부분이 축하해 주면서 훈훈한 분위기가 만들어지기도 했다.

"걱정 마세요. 한 달 뒤 대본 리딩 날짜도 정해졌어요. 그땐 정민이랑 나갈게요."

임 대표의 전화를 끊은 뒤에 다시 거실로 나가 봤다. 그때까지도 의진은 세상 모른 채 잠들어 있었다. 곤하게 자는 거 깨우고 싶진 않았지만, 엎드린 자세라 눌려 있는 배가 꽤 불편해 보였다. 결국, 윤은 조심스레 다가가 그녀를 안아 들었다. 흔들리는 기척이 느껴졌던지 그 무렵 의진이 가늘게 눈을 떴다.

"더 자요. 침대로 옮겨 줄게."

"으응. 씻어야 되는데, 너무 피곤하고 귀찮아."

그의 목에 두 팔을 감으면서 의진은 투정하듯 웅얼댔다. 윤은 고개를 끄덕이곤 욕실로 방향을 바꾸었다.

"그럼 내가 씻겨 줄게. 지금처럼 눈 감고 있기만 하면 돼요."

"씻겨 준다는 핑계로 네가 뭐 할 줄 알고, 잠이 오겠어?"

"이런 밤에 부부 사이 일밖에 더 할 게 있겠어?"

그녀의 말투를 따라 장난쳤더니 얌전히 안겨 있던 의진이 푸흣, 하고 웃음을 터뜨린다. 욕실이 어느새 코앞이었다. 윤은 그녀를 안은 채 욕실 문을 열면서 말했다.

"옷은 들어가서 벗어요."

"어? 근데 비 온다."

그제야 비 오는 걸 발견했던지 의진이 고개를 들어 욕실 창 너머를 바라본다. 윤은 그런 그녀의 쇄골에 은근하게 입술을 갖다 대며 말했다.

"응. 비 그칠 때까지만 해요."

왠지 쉽게 그칠 비는 아닌 것 같아, 말을 하면서 즐거워졌다.

윤이 등 뒤로 욕실 문을 소리 나게 탁, 닫았다.

둘만의 뜨겁고 은밀한 시간은 이제 막 시작이었다.

-完-

작가 후기

안녕하세요, 향기바람이입니다.

후기를 쓰는 데 많이 익숙하지 않아서 어떻게 서두를 떼야 할
지 한참을 고민하다, 열 번째 종이책 출간을 스스로 기념하는 의
미에서 이렇게 오랜만에 인사를 올립니다.

글 쓰는 것을 참 좋아하고, 그중에서도 사랑 얘기들 유독 좋
아해서, 어쩌다 보니 10년 넘게 꾸준히 써 오고 있습니다만. 많
은 분들이 좋아해 줄 만한 이야기가 나오고 있는지는 잘 모르겠
네요 ^^; 그럼에도 글 속 주인공들과 함께 부딪치고 넘어지고
갈등을 풀어 가면서 끝끝내 해피 엔딩으로 마침표를 찍을 때면,
그때가 로맨스 작가로서 가장 행복해질 때인 것 같습니다.

'연예인과 매니저'라는 소재는 전부터 생각해 왔던 이야기였는
데, 이번에 기회가 생겨 이렇게 써 보게 되었습니다. 일로 맺어
진 관계지만 보통의 사이들보단 조금 더 특별하고 애틋한, 서로

자각이 늦었던 남녀의 얘기를 그려 내고 싶었는데, 생각처럼 잘 풀어졌는지 후기를 쓰는 지금도 고민이 많네요.

또한 이번 작품 에필로그에서는 전작의 주인공이 살짝 출연했습니다. 제가 연작이나 외전에 유독 소질이 없는 터라 간혹 독자님들이 전작 주인공들은 어찌 지내실까, 애정 어린 리뷰를 보내주실 때면 한 번 써 봐야지 했지만 어쩐지 많이 어렵더군요. 그래도 요번에 용기를 내어 한 장면이나마 출연시켰는데, 아직 기억해 주시는 분이 계셨으면 좋겠답니다. 〈여전히 사랑이죠〉의 장수 커플 경은이와 도윤이는 여전히 비행기 때문에 어긋나고 그러면서 잘 살고 있나 봐요 ^^

모쪼록 한 사람의 머릿속에서만 나오다 보니 비슷비슷한 이야기들이 많지만, 그 속에서도 조금씩 다르게 변화를 시도해 가며, 앞으로도 여건만 된다면 더 재미나고 공감될 수 있는 이야기로 찾아뵙겠습니다.

작품에 관심 가져 주시고 응원해 주셔서 늘 감사드립니다. 다음 이야기로 찾아뵐 때까지 건강하세요.

감사합니다.

-2023년 6월 2일, 향기바람이 올림-